世界不朽
傳家經典

基度山恩仇記 3

Le Comte De Monte-Cristo

大仲馬 著
Alexandre Dumas

鄭克魯 譯

目次

基度山恩仇記3　主要角色簡介

基度山伯爵　真實身分依舊成謎。持續籌謀龐大且縝密的計畫，藉政治、金融、媒體等手段介入並操控巴黎社交圈核心，並不時假扮其他身分，以接近昔日恩仇之人。

巴爾托洛梅奧・卡瓦爾坎蒂少校　對外宣稱是盧卡人，曾在奧地利服役，官拜少校。實則收到密信，利誘其編造義大利貴族身分，並與安德烈亞假扮父子。

安德烈亞・卡瓦爾坎蒂　對外宣稱為卡瓦爾坎蒂少校之子，因幼時被擄走而骨肉分離。實則收到密信，誘其隱瞞真實身世，以及叫人驚詫的過往經歷，進而踏入巴黎社交圈，對唐格拉爾之女歐仁妮一見傾心。

馬克西米利安・摩雷爾　法老號已故船主摩雷爾先生之子，北非騎兵軍團上尉。為人正直善良。與維勒福之女瓦朗蒂娜展開不為人知的戀情，然因備受阻礙而總是忐忑憂慮。

瓦朗蒂娜・德・維勒福　維勒福與第一任妻子所生女兒，善良恭順。和弗朗茲訂有婚姻，實則與馬克西米利安密戀，內心備受煎熬。與父親、繼母關係疏離，祖父努瓦蒂埃為心靈支柱。

德・莫爾賽夫伯爵

貴族院議員、將軍。以戰功和過往戰績在政壇直步青雲，並以貴族身分自豪，地位顯赫。

德・維勒福

工作成性、執法如山的巴黎首席檢察官。性格嚴厲，少與人往來，在一絲不苟形像下懷藏別種面目。一心想將瓦朗蒂娜嫁與弗朗茲。家庭成員莫名接連遭遇死神打擊。

努瓦蒂埃・德・維勒福

維勒福之父，因病癱瘓，只剩視覺與聽覺，然心思依然敏捷雪亮，持續照看心愛孫女瓦朗蒂娜。

卡德魯斯

苦役監逃犯。曾為唐泰斯鄰居。生活窮愁潦倒，後找上晉身貴族名流的昔日獄友，威脅利誘對基度山伯爵下手，圖謀不軌。

唐格拉爾男爵

著名銀行家、貴族院議員。金融投資事業動盪起伏，想取消女兒歐仁妮與阿爾貝的婚約，改嫁與安德烈亞，藉聯姻獲取利益。

唐格拉爾夫人

與大臣祕書呂西安・德布雷過從甚密。介入唐格拉爾投資生意，而常有內線消息。

海蒂

希臘女子，美麗動人。被基度山伯爵視為女奴，實則備受寵愛。擁有神祕曲折的身世際遇。

55 卡瓦爾坎蒂少校

無論伯爵還是巴蒂斯坦告訴莫爾賽夫，盧卡人少校即將來訪，都沒有撒謊，但此次來訪卻被基度山當作藉口，拒絕阿爾貝提出的宴請。

七點鐘剛敲響，貝爾圖喬先生按照主人吩咐，兩小時前已動身前往奧特伊。這時，一輛出租馬車停在公館門口，馬車讓一個五十二歲左右的男人在鐵柵門旁邊下車後，便彷彿羞愧萬分地一溜煙走了。這個男人身穿繡有黑色肋形胸飾的禮服，這種款式在歐洲似乎永遠不會退流行似的。一件寬大的藍呢長褲，一雙尚稱乾淨的皮靴（儘管擦得不太亮，而且鞋底厚了點），麂皮手套，一頂貌似憲兵戴的軍帽，白色滾邊的黑衣領，若不是主人特意穿上，真可以說是一道枷鎖。這個人就穿著這樣一套別致的服裝，在鐵柵門拉鈴，打聽這裡是不是香榭麗舍大街三十號，基度山伯爵的公館。得到門房肯定的答覆後，他走了進來，關上門，朝石階走去。

這個人的小腦袋棱骨突出、頭髮花白，髭鬚濃密灰白，巴蒂斯坦一眼就認出了他。巴蒂斯坦已事先得知訪客的相貌特徵，在門廳底下等候他。因此，他一在這個聰明的僕人面前報上姓名，基度山就接獲通報。陌生人被帶到樸素無華的客廳裡。伯爵在那裡等候他，並含笑迎上前。

「啊！親愛的先生，」伯爵說：「歡迎，我恭候大駕。」

「大人真的在等候我啊？」盧卡人說。

「是的，我得到通知，您今晚七點鐘到達。」

「歡迎，我恭候大駕。」基度山伯爵含笑迎上前。

「我會到達？您得到通知？」

「一點都沒錯。」

「啊！好極了！不瞞您說，我還擔心他們忘了此事。」

「忘了什麼事？」

「忘了通知您。」

「啊！不會的！」

「您有把握沒弄錯嗎？」

「我有把握。」

「大人今晚七點鐘等的就是我嗎？」

「正是您。不過讓我們證實一下。」

「啊！如果您等的是我，」盧卡人說：「那就用不著了。」

「剛好相反！剛好相反！」基度山說。

盧卡人顯得有點不安。

「所以，」基度山問：「您可是巴爾托洛梅奧．卡瓦爾坎蒂侯爵先生？」

「我正是巴爾托洛梅奧．卡瓦爾坎蒂。」盧卡人高興地說。

「前少校，曾在奧地利服役？」

「我當過少校嗎？」老軍人膽怯地問。

「是的，」基度山回答：「您當過少校。您在義大利的軍階，法國人是這樣稱呼的。」

「好。」盧卡人說：「我求之不得，您知道……」

「而且，您不是主動來到這裡的吧？」基度山又問。

「啊！當然不是。」

「別人要您來的吧。」

「是的。」

「是那位傑出的布佐尼神父？」

「正是！」少校高興地大聲說。

「您帶了一封信？」

「在這裡。」

「沒錯，您一清二楚。給我吧。」基度山接過信拆開來看。

少校睜大眼睛驚訝地望著伯爵，又好奇地環顧房裡每一樣東西，然後目光回到主人身上。

「沒錯……是這個親愛的神父，『卡瓦爾坎蒂少校，盧卡一個高尚的實業家，佛羅倫斯卡瓦爾坎蒂家族的後裔。』」基度山邊看邊念，「『每年收入五十萬。』」

基度山從信紙上抬起頭，表示敬意。「五十萬收入，」他說：「親愛的卡瓦爾坎蒂先生。」

「有五十萬嗎？」盧卡人問。

「寫得清清楚楚，應該是如此，布佐尼神父對歐洲所有富豪瞭如指掌。」

「就算有五十萬吧，」盧卡人說：「但以名譽擔保，我沒想到有那麼多。」

「因為您有一個管家會偷竊。有什麼辦法呢，親愛的卡瓦爾坎蒂先生，那是難以避免的事！」

「您剛點醒我了。」盧卡人嚴肅地說：「我要把那個傢伙趕出去。」

基度山繼續念道：「『他只有一件遺憾的事。』」

「啊！天哪！是的，只有一件。」盧卡人嘆口氣說。

「就是要找回他的愛子。」

「我的愛子。」

「『他小時候或者被他高貴家族的世仇，或者被波希米亞人虜走了。』」

「五歲時，先生。」盧卡人深深地嘆了一口氣說，舉目望天。

「可憐的父親！」基度山說。

伯爵繼續念：「『我告訴他，十五年來他四處尋找兒子卻徒勞無功，而您能幫他找到，這讓他有了希望，精神振奮，伯爵先生。』」

盧卡人帶著難以描述的不安表情注視基度山。

「我能找到。」基度山回答。

少校挺直身體。

「啊！」他說：「所以這封信從頭到尾說的都是實情？」

「您懷疑嗎，親愛的巴爾托洛梅奧先生？」

「不，決不懷疑，怎麼會呢！像布佐尼神父這樣一個莊重謹慎的人，是不會開這種玩笑的。但您還沒有念完呢，大人。」

「啊！沒錯，」基度山說：「還有附言。」

「是的。」盧卡人重複說：「還……有……附……言……」

「『為了免去卡瓦爾坎蒂少校到銀行提款的麻煩，我給了他一張兩千法郎的匯票，作為他的旅費，另外再讓他從您那裡拿取您還欠我的四萬八千法郎。』」

少校明顯對這個附言焦慮不安。

「好的！」伯爵僅僅說了一句。

「他說『好的』。」盧卡人喃喃地說：「這樣……先生……」他又說。

「這樣？」基度山問。

「所以附言也……」

「附言怎麼樣？」

「也跟信的正文一樣，為您所接受嗎？」

「當然。布佐尼神父和我有帳務往來，我不知道我是否還正好欠他四萬八千法郎，我們之間不在乎這幾張鈔票。啊，您如此重視這個附言嗎，親愛的卡瓦爾坎蒂先生？」

「不瞞您說，」盧卡人回答：「由於完全信賴布佐尼神父的簽字，我沒有另外帶錢。因此，如果這筆財源告吹的話，我在巴黎就進退維谷了。」

「像您這樣的人在任何地方會手足無措嗎？」基度山說：「得了吧！」

「當然，人地生疏。」盧卡人說。

「但別人知道您。」

「是的，別人知道我，所以……」

「接著說，親愛的卡瓦爾坎蒂先生！」

「所以您會交給我四萬八千法郎？」

「只要您提出要求。」

少校轉動著驚訝的大眼睛。

「請坐。」基度山說：「說實話，不知道怎麼搞的，我讓您站了一刻鐘。」

「別在意。」

少校拉過一把扶手椅坐下。

「現在，」伯爵說：「您想喝點什麼？一杯赫雷斯酒、波爾圖[1]酒或阿利坎特[2]酒？」

「來杯阿利坎特酒，既然盛情難卻，那是我愛喝的酒。」

「我有上好的阿利坎特酒，來塊餅乾好嗎？」

「來塊餅乾吧，既然您堅持。」

基度山拉鈴，巴蒂斯坦出現。

伯爵朝他走去。

「怎麼樣？」伯爵低聲問。

「小伙子在那裡。」貼身男僕也低聲回答。

---

1 葡萄牙港口。
2 西班牙東部港口。

「好，您讓他進來了嗎？」

「照大人吩咐的，在藍色客廳裡。」

「好極了，去把阿利坎特酒和餅乾端來。」

巴蒂斯坦出去了。

「說實話，」盧卡人說：「給您添麻煩了，我很不好意思。」

「沒有關係。」基度山說。

巴蒂斯坦端來杯子、葡萄酒和餅乾。

伯爵斟滿一杯酒，而只在第二隻杯子裡倒了幾滴，瓶子裡裝的是紅寶石般的液體，酒瓶上佈滿蜘蛛網，還有其他標記，顯示這是陳年老酒，比人的皺紋所顯示的高齡更為確切可靠。

少校沒有弄錯，他拿起那杯斟滿的酒和一塊餅乾。

伯爵吩咐巴蒂斯坦將托盤放在客人伸手可及的地方，客人用嘴唇啜了一口阿利坎特酒，露出滿意的表情，又輕輕地把餅乾放進杯裡蘸了蘸。

「這麼說來，先生，」基度山說：「您住在盧卡，您很富有，出身貴族，德高望重，具備了幸福人的一切條件。」

「完全具備，大人。」少校一口吞下餅乾說。

「您的幸福只欠缺一樣東西？」

「只欠缺一樣。」盧卡人說。

「就是沒找到您的孩子？」

「啊！」少校說，拿起第二塊餅乾，「這正是我欠缺的幸福。」

盧卡人抬起眼睛，長長嘆了一口氣。

「現在，親愛的卡瓦爾坎蒂先生，」基度山說：「您萬分想念兒子是怎麼回事？因為別人告訴我，您一直獨身。」

「別人一直這樣認為，先生，」少校說：「而我……」

「是的，」基度山說：「而您甚至讓人相信這個謠言。您想掩人耳目，掩蓋年輕時的失足。」

盧卡人挺直身體，擺出安之若素和正人君子的神態，同時謙遜地垂下眼睛，或者是想約束自己，或者是想發揮想像力，他一邊偷偷觀察伯爵。伯爵掛在嘴上的笑容始終表現出善意的好奇心。

「是的，先生。」他說：「我想掩人耳目，掩蓋這個過失。」

「這不是您的錯，」基度山說：「因為這事是男人管不了的。」

「不，當然不是我的錯。」少校微笑說，一邊搖搖頭。

「而是他母親的錯。」伯爵說。

「是他母親的錯！」盧卡人大聲說，拿起第三塊餅乾，「是他可憐的母親的錯！」

「喝吧，親愛的卡瓦爾坎蒂先生。」基度山說，為盧卡人斟滿第二杯阿利坎特酒，「您激動得喘不過氣來了。」

「是他可憐的母親的錯！」盧卡人喃喃地說，一邊試圖在淚腺上施展他的意志，擠出一滴濡濕眼角的虛假眼淚。

「我想她屬於義大利首屈一指的家族吧？」

「是費索雷[3]的貴族之家，伯爵先生，是費索雷的貴族之家。」

「她的名字呢？」

「您想知道她的名字嗎？」

「我的天！」基度山說：「您不需告訴我，我已經知道了。」

「伯爵先生無所不知。」盧卡人鞠躬說。

「奧莉薇亞．科爾西納理，對嗎？」

「是奧莉薇亞．科爾西納理。」

「是侯爵小姐嗎？」

「是侯爵小姐。」

「儘管她家裡反對，您終於還是娶了她？」

「我的天，是的，我終於娶了她。」

「您把合乎程序的文件都帶來了吧？」基度山問。

「什麼文件？」盧卡人反問。

「您與奧莉薇亞．科爾西納理的結婚證明和孩子的出生證明。」

「孩子的出生證明？」

「您的兒子安德烈亞．卡瓦爾坎蒂的出生證明，他不是叫安德烈亞嗎？」

「我想是的。」盧卡人說。

「什麼！您想是的？」

「是的，我不敢確定，因為他丟失了這麼多年。」

「沒錯，」基度山說：「這些文件您都準備好了嗎？」

「伯爵先生，我遺憾地告訴您，由於未接獲通知要攜帶這些文件，我疏忽了。」

「啊，糟糕。」基度山說。

「這些文件不可或缺嗎？」

「不可或缺！」

盧卡人抓耳撓腮。

「啊！per Baccho![4]」他說：「不可或缺！」

「無疑的，如果有人懷疑您的婚姻是否有效，您的孩子是否合法，就難辦了。」

「沒錯，」盧卡人說：「會有人懷疑的。」

「對那個小伙子而言就麻煩了。」

「必然會帶來不幸。」

「他可能會錯過一門風光體面的親事。」

「O peccato![5]」

3 義大利中部城市，艾特拉斯坎文明的古老中心。

4 義大利文：真怪！。

5 義大利文：哦，真可惜！

「在法國，您知道，那是一板一眼的。像在義大利那樣，找到一位教士，對他說：『我們相愛，為我們證婚吧。』在法國是不可行的。法國時興非宗教結婚儀式，然若想進行非宗教結婚儀式，必須具備證明身分的文件。」

「那太糟糕了。我沒有帶著這些文件。」

「幸虧我有。」基度山說。

「您有？」

「是的。」

「您有這些文件？」

「我有這些文件。」

「啊！」盧卡人說，他眼看此行的目的會因缺少文件而落空，生怕未帶文件一事，會讓他無法順利獲得四萬八千利佛爾，「啊！太幸運了，真的，」他又說：「太幸運了，因為我完全沒想到這點。」

「我相信，一個人不能事事設想周全，幸虧布佐尼神父替您想到了。」

「啊，這位神父真是值得敬佩。」

「是一個辦事細心的人。」

「是一個讓人佩服的人。」盧卡人說：「他把文件寄給您了？」

「在這裡。」

盧卡人合起雙手，表示讚賞。

「您在卡蒂尼山的聖保羅教堂跟奧莉薇亞．科爾西納理結婚。這是教士簽署的證書。」

「是的，真是在這裡！」少校驚訝地看著證書說。

「這是安德烈亞．卡瓦爾坎蒂的洗禮證明，由薩拉韋札本堂神父簽發的。」

「完全符合程序。」少校說。

「收下這些文件，我用不著，您交給您的兒子，讓他細心保存。」

「我想他會細心保存。如果丟失了……」

「如果丟失了，怎麼辦？」基度山問。

「若是如此，」盧卡人回答：「只能讓那邊再寫一份，但耗費的時間會很長。」

「確實會相當麻煩。」基度山說。

「甚至幾乎不可能。」盧卡人回答。

「您明白這些文件的價值，我就放心了。」

「我看作無價之寶。」

「現在，」基度山說：「至於小伙子的母親呢？」

「至於小伙子的母親……」少校惴惴不安地重複。

「至於科爾西納理侯爵小姐？」

「天啊！」盧卡人說，他覺得似乎又冒出難題：「還需要她嗎？」

「不，先生。」基度山回答：「而且，她不是已經……」

「是的。」少校說：「她已經……」

「辭世了？」

「唉，是的。」盧卡人趕緊說。

「我知道這個情況，」基度山說：「她已經去世十年了。」

「我還在哀悼她的去世，先生。」少校說，從口袋裡掏出一塊格紋手帕，先擦左眼，再擦右眼。

「有什麼辦法呢？人總是會死的。您明白，親愛的卡瓦爾坎蒂先生，您明白，在法國不需讓他人知道，您與兒子分離了十五年。波希米亞人誘拐孩子的故事在法國已經不流行了。您送他到外省的中學接受教育，您想讓他在巴黎社交圈完成教育。因此，您離開了維亞雷季奧[6]。自從您妻子去世後，您就住在那裡。這樣說便夠了。」

「您這樣認為？」

「當然。」

「那麼，好的。」

「如果有人知道你們父子分離的情況……」

「啊，是的，那我該說些什麼呢？」

「說有一個背信忘義的家庭教師，投靠您家的仇敵……」

「科爾西納理家？」

「當然，他們虜走孩子，想讓您斷絕子嗣。」

「沒錯，既然他是獨生子。」

「既然一切都安排好了，您別忘了這些被喚起的前塵往事。您應已猜出，我有出乎您意料之外的安排吧？」

「是讓人高興的事嗎？」盧卡人問。

「啊！」基度山說：「我看得出來，身為一個父親，他的眼睛和心是騙不過別人的。」

「啊！」少校說。

「有人已經冒冒失失地對您透露了吧，或者您已猜出他在這裡。」

「誰在這裡？」

「您的孩子，您的兒子，您的安德烈亞。」

「我早已猜到了。」盧卡人鎮定自若地回答：「所以，他在這裡？」

「就在這裡。」基度山說：「貼身男僕剛才進來時，通知我他抵達了。」

「啊！太好了！太好了！」少校說，每感嘆一聲就拉一次直領長禮服的肋形胸飾。

「親愛的先生，」基度山說：「我理解您的激動，您需要一點時間鎮定下來。我也想讓小伙子對這個望眼欲穿的會面有所準備，因為我猜想，他的迫不及待不下於您。」

「我相信是的。」卡瓦爾坎蒂說。

「那麼，一刻鐘後我們來找您。」

「您把他帶到這裡來嗎？您如此好心，要親自把他引薦給我嗎？」

「不，我不想介於父子之間，就你們兩人，少校先生。但請放心，即使血緣關係不起作用，您也不會搞錯，他會從這道門進來。那是一個金髮的漂亮小伙子——或許有點太金黃了，待人很體貼。您很快會看到

---

6 義大利中部城市。

的。」

「對了，」少校說：「您知道，我身上只帶著兩千法郎，是善良的布佐尼神父讓我去拿取的。我當作旅費了……」

「您需要錢……沒錯，親愛的卡瓦爾坎蒂先生，喏，您點一點，這是八張一千法郎的鈔票。」

少校的眼睛像紅寶石似的閃閃發光。

「我還欠您四萬法郎。」基度山說。

「大人要收據嗎？」少校問，一邊將鈔票塞進直領長禮服的內袋裡。

「何必呢？」伯爵說。

「好讓您跟布佐尼神父結清帳目。」

「那您拿到剩下的四萬法郎時再一併開立收據。正派人之間，不需要如此小心謹慎。」

「啊，是的，沒錯，」少校說：「正派人之間。」

「還有最後一句話，侯爵。」

「說吧。」

「您允許我提出一個小小的建議，是嗎？」

「怎麼了，請說吧。」

「您可以脫下這件直領長禮服。」

「真的！」少校說，帶著得意神色地看著自己的衣服。

「是的，在維亞雷季奧還可以穿這種衣服，但在巴黎，不管這種服裝多麼雅致，早已過時了。」

「真遺憾。」盧卡人說。

「啊！如果您很珍惜它，就等離開巴黎時再穿上吧。」

「那我穿什麼衣服呢？」

「在您的行李裡找找。」

「我的行李？我只帶了一個旅行箱。」

「您應該是行囊簡便，何必自找麻煩呢？而且，老軍人總是喜歡輕裝出門。」

「正因為如此……」

「您是一個細心的人，已事先寄出行李。這幾個箱子昨天已送抵黎希留街王子飯店。您在那裡預訂了房間。」

「所以衣服在這些箱子裡？」

「我猜想，您已謹慎地叫您的貼身男僕把所有必需品裝進去了。做客時的衣服和軍裝。在重大場合，您穿著軍裝會很有禮。別忘了佩戴十字勳章，法國人雖然予以嘲笑，但還是戴在身上。」

「很好，很好，很好！」少校說，越來越喜形於色。

「現在，」基度山說：「您的心情已經穩定下來，不過於激動了，親愛的卡瓦爾坎蒂先生，準備好跟您的兒子安德烈亞相認吧。」

盧卡人沉浸在狂喜中。基度山向他優雅地鞠躬，消失在帷幔後面。

56 安德烈亞・卡瓦爾坎蒂

基度山伯爵走進被巴蒂斯坦稱為藍色客廳的隔壁房間，有一個風度翩翩、穿著高雅的小伙子早一步到達，是半小時前一輛帶篷雙輪輕便馬車將他送到公館門口的。巴蒂斯坦毫無困難地認出他。這個高大的小伙子，金黃頭髮，紅棕鬍子，漆黑眼睛，面色紅潤，皮膚白皙耀眼，符合主人所說的相貌特徵。

當伯爵走進客廳時，小伙子隨意地躺在沙發上，用金頭小藤杖漫不經心地敲打靴子。

看到基度山，他趕緊站起身。

「閣下是基度山伯爵嗎？」他說。

「是的，先生，」伯爵回答：「我想，我有幸跟安德烈亞・卡瓦爾坎蒂子爵先生說話嗎？」

「在下正是安德烈亞・卡瓦爾坎蒂子爵。」

小伙子重複自己的名字說，一面灑脫地鞠躬。

「您應該有一封給我的介紹信吧？」基度山問。

「我沒有提起，是因為我覺得那個簽名很古怪。」

「水手辛巴達，是嗎？」

「正是。因為我只知道《一千零一夜》中有水手辛巴達這個名字……」

「那是他的後裔，我一個非常富有的朋友，一個古怪得近乎瘋狂的英國人，他的真名叫威爾莫爵士。」

「啊！這就完全解釋清楚了。」安德烈亞說：「這就完全符合了。我認識這個英國人……在……是的，很好！伯爵先生，我聽候您的吩咐。」

「如果我有榮幸聽您說實話，」伯爵微笑著回答：「我希望您最好介紹一下自己和您的家庭。」

「好的，伯爵先生，」年輕人回答，滔滔不絕地說起來，顯示他記性很好，「正像您所說的，我是安德烈亞・卡瓦爾坎蒂子爵，寫在佛羅倫斯古代貴族名人錄上的卡瓦爾坎蒂一族的後裔。巴爾托洛梅奧・卡瓦爾坎蒂少校的兒子。我們的家庭儘管還很富有，因為我父親有五十萬的收入，但歷經坎坷。而我呢，先生，我在五、六歲時被一個背信忘義的家庭教師虜走，所以十五年以來我不曾見過我的生父。到了懂事的年齡，我自由自主了，便開始尋找他，但毫無結果。最後，您的朋友辛巴達寫信告訴我，他在巴黎，並且允許我向您打聽他的消息。」

「說實話，先生，您對我所說的這番話很有意思。」伯爵說，他既滿意又哀傷地端詳著這張臉，那漂亮得酷似邪惡天使的美，「您凡事都按我朋友辛巴達的要求進行，做得很好，因為您的父親確實在這裡，並且正在找您。」

伯爵走進客廳後，無時無刻盯著青年人。他很欣賞小伙子眼神充滿自信，聲音平穩。但一聽到這句彷彿再自然不過的話：「您的父親確實在這裡，並且正在找您。」年輕的安德烈亞跳了起來，嚷道：「我的父親！我的父親在這裡？」

「毫無疑問。」基度山回答：「您的父親，巴爾托洛梅奧・卡瓦爾坎蒂少校。」

年輕人臉上的驚恐表情旋即一掃而光。

「是的，沒錯。」他說：「巴爾托洛梅奧・卡瓦爾坎蒂少校。伯爵先生，您說我親愛的父親在這裡。」

「是的，先生。我甚至補充一句，我剛與他道別，他對我述說有關以前失去寶貝兒子的故事，讓我感動至深。說實話，這件事帶給他的痛苦、恐懼，以及期望，能寫成一則催人淚下的詩篇。直到有一天，他得知消息，擄走他兒子的綁匪提出將兒子歸還，寫明他兒子身在何處，並索取一大筆贖金。什麼阻止不了這位愛子心切的父親。這筆款項送到皮埃蒙邊境，還附上一本到義大利的護照。我想，您那時在法國南方吧？」

「是的，先生，」安德烈亞相當尷尬地回答：「是的，那時我在法國南方。」

「大概有輛馬車在尼斯[7]等候您吧？」

「沒錯，先生。馬車把我從尼斯帶到熱那亞，再從熱那亞帶到杜林，又從杜林帶到香貝喜[8]，從香貝喜帶到篷德博伏瓦贊[9]，最後從篷德博伏瓦贊帶到巴黎。」

「好極了！他一直希望能在路上遇到您，因為他也走這條路，您的路線就是這樣設定的。」

「但是，」安德烈亞說：「如果我親愛的父親遇到我，我懷疑他會認出我。見不到面的這段時間，我的樣子有了變化。」

「啊！血脈關係會發揮作用的。」基度山說。

「啊！是的，沒錯，」年輕人回答：「我沒想到血脈相連。」

「現在，」基度山說：「只有一件事讓卡瓦爾坎蒂侯爵忐忑不安，那就是您離開他之後發生了什麼事？那些迫害您的人是如何對待您的？他們是否對您的出身保持應有的尊敬，以及，您遭受的精神痛苦是否留下了陰影，因為那比肉體疼痛可怕百倍？您原本優異的天賦是否因此被削弱了？您是否自認為能在社會上恢復且保有尊嚴地維持屬於您的地位？」

「先生，」年輕人暈頭轉向，囁嚅地說：「我希望沒有什麼謠傳……」

「我呢，先是從我的朋友、慈善家威爾莫那裡聽說您。他發現您處在麻煩的境況之中，我不知道詳情，也沒有過問，我並不好奇。您的不幸引起了他的關注。他告訴我，他想恢復您在社會上失去的地位，他決心要找到您的父親。他開始搜尋，看來是找到了，因為您的父親就在這裡。昨天，他終於通知我，您即將到來，同時給了我關於您前途的一些指點，情況就是這樣。我知道，我的朋友威爾莫是個怪人，但也是一個可靠的人，他富有得宛如金礦，因此可以放縱自己的怪癖，而不致傾家蕩產，我答應按他的指示行事。現在，先生，不要為我的問題而生氣，由於我不得不協助您，我想知道，您遭遇的不幸雖然並非出於您的意志，卻毫不減低我對您的尊敬，但是否因此讓您對即將踏入的社會多少感覺格格不入呢？而您的財產和出身姓氏卻要求您表現得不同凡俗。」

「先生，」年輕人回答，隨著伯爵的談話，他恢復了鎮定，「在這點上請放心。把我從父親身邊虜走的人無疑是為了勒索一筆贖金，就像他們已經做過的那樣。他們盤算過，為了從我身上大撈一筆，必須保有我的個人價值，如果可能，甚至還要提高它。那些拐走小孩的人，對待我就像對待小亞細亞的奴隸那樣，他們將奴隸培養成語法學家、醫生和哲學家，為的是在羅馬市場上賣出更高的價錢。」

基度山滿意地微笑。看來，他對安德烈亞·卡瓦爾坎蒂並沒有那麼高的期望。

「另外，」年輕人繼續說：「如果我身上有某些教育上或者禮儀上的缺點，我想，顧及我與生俱來以及青少年時代遭遇的不幸，人們會寬宏大量，予以原諒的。」

---

7 法國地中海沿岸城市，靠近義大利。

8 法國薩瓦省首府，這條路線兜了一個圓圈，穿過義大利境內。

9 薩瓦省的村莊。

「那麼，」基度山漫不經心地說：「您想怎麼做就怎麼做，子爵，因為您是獨立自主的，而且這是您自己的事。但若是位置互換，說實話，對於這些遭遇我會絕口不提。您的身世是部傳奇故事，而世人酷愛濃縮在兩張黃紙裝訂的傳奇故事，卻古怪地質疑活生生的小說，哪怕您甚至燙上了金字。這就是我冒昧向您指出的難處，子爵先生，只要您向某人提起您動人的身世，流傳在社會上時會完全走樣。您因此不得不像安東尼那樣行事，而安東尼那類人的時代已經過去。或許您會引起好奇心，但不是人人都喜歡成為話題的焦點和品頭論足的對象。這或許會給您造成麻煩。」

「我相信您說得對，伯爵先生，」年輕人說，在基度山無情的注視下，他的臉色不由自主地變白，「這確是嚴重的不利之處。」

「也不必予以誇大，」基度山說：「因為人們會為了避免犯錯而做出蠢事。不，只需制定一個尋常的行動計劃。這個計劃符合您的利益，像您這樣的聰明人尤其容易採納。您必須擁有證據，並結交可敬的朋友，澄清您過去經歷所帶來的疑點。」

安德烈亞明顯失去了自制力。

「我本來可以毛遂自薦擔任您的保證人，」基度山說：「但是我習於懷疑摯友，而且會盡力讓別人也持有類似的懷疑，因此我會像悲劇演員所說的那樣，扮演一個不適合我的角色，我會有被喝倒采的危險，那是有害無益的。」

「但是，伯爵先生，」安德烈亞大膽地說：「顧及威爾莫爵士將我介紹給您……」

「是的，當然囉，」基度山接口說：「但威爾莫爵士也讓我知道，親愛的安德烈亞先生，您青少年時代波折動盪。啊！」伯爵看到安德烈亞所做的動作，「我不要求您解釋，況且，正是為了讓您無需尋求任何人的協助，才從盧卡將您的父親卡瓦爾坎蒂侯爵請來。您馬上會見到他，他有點古板，有點故作高傲，但那是當過兵的關係，一旦知道他在奧地利服役十八年，一切都可以諒解。我們對奧地利人並不苛求。總之，我向您保證，他會是一個稱職的父親。」

「啊！您讓我放心了，先生。我離開他這麼多年，已不記得他的樣子。」

「另外，您知道，擁有大筆財產會讓人對許多情況都睜隻眼閉隻眼。」

「我的父親確實很有錢嗎，先生？」

「百萬富翁……每年有五十萬利佛爾收入。」

「所以，」年輕人焦急地問：「我的境況……會很愜意？」

「非常愜意，親愛的先生。在您停留巴黎期間，他每年給您五萬利佛爾收入。」

「這樣的話，我選擇一直待下去。」

「嘿！誰能保證情勢的發展呢，親愛的先生？謀事在人，成事在天……」

安德烈亞嘆了一口氣。「總之，」他說：「我在巴黎停留期間，而且，沒有出現迫使我離開的情勢，我確定可以獲得您剛才所說的那筆錢嗎？」

「啊！完全可以。」

「由我的父親給我？」安德烈亞不安地問。

---

10 大仲馬同名戲劇的主人公。

「是的，但要由威爾莫爵士具保支出，他依照您父親的要求，在巴黎最可靠的銀行家之一、唐格拉爾先生的銀行裡，為您開了一個每月支取五千法郎的戶頭。」

「我的父親打算長期待在巴黎嗎？」安德烈亞憂心忡忡地問。

「只待幾天，」基度山回答：「他的職務不允許他離開兩三個星期以上。」

「啊！親愛的父親！」安德烈亞顯然很高興他父親這麼快就離開。

「因此，」基度山說，假裝誤解了這句話的涵意，「因此我不想耽誤你們會面的時間。您準備好擁抱這位可敬的卡瓦爾坎蒂先生嗎？」

「我希望，您不懷疑這點吧？」

「那麼，請走進客廳，親愛的朋友，您會看到您的父親，他在等您。」

安德烈亞向伯爵深深一鞠躬，走進了客廳。

伯爵目送他，直到他消失，然後按下連接著一幅油畫的按鈕，畫框因此微微移動，露出一道設計巧妙的縫隙，能一眼看到客廳內的情景。

安德烈亞在身後關上門，朝少校走去，少校一聽到腳步聲靠近，便站了起來。

「啊！先生，親愛的父親，」安德烈亞高聲說，讓伯爵透過關上的門也聽得到，「真是您嗎？」

「你好，親愛的兒子。」少校莊重地說。

「分開那麼多年，」安德烈亞說，繼續朝門邊望去，「久別重逢是多麼幸福啊！」

「確實，我們骨肉分離的時間真是漫長。」

「我們不擁抱嗎，先生？」安德烈亞問。

「隨你的心意，我的兒子。」少校說。

於是兩人就像法蘭西劇院舞台上的演員那樣擁抱，即把頭靠在彼此的肩膀上。

「我們終於團圓了！」安德烈亞說。

「我們又團圓了。」少校也說。

「不再分離？」

「正好相反。親愛的兒子，我想，現在您把法國看成第二祖國了吧？」

「事實是，」年輕人說：「離開巴黎我會傷心絕望的。」

「而我呢，您明白，我不會在盧卡以外的地方生活。一有可能，我便返回義大利。」

「親愛的父親，您動身之前，務必把文件交給我，有了這些文件，我就可以輕易證明自己的出身血統了。」

「是的，因為我就是為此而來的。我好不容易與你見面，並將文件交給你，如此一來我們再也不需相互尋找，那會賠上我的老命。」

「那些文件呢？」

「在這裡。」

安德烈亞急切地將他父親的結婚證書和他的洗禮證明搶過來，以一個好兒子自然而然的渴望心情，他迅速而熟練地打開並瀏覽兩份文件，顯示出他在這方面訓練有素，且懷著強大的興趣。等他看完，難以形容的喜悅神情讓他容光煥發，然後帶著古怪的笑容望著少校。

「啊！」他用流利的托斯卡尼方言說：「所以義大利沒有划船的刑罰囉？」

少校挺直身體。「為什麼這麼說？」他問。

「偽造這樣的文件，不會受到懲罰嗎？親愛的父親，在法國，只做這種事的一半，我們就會被送到土倫，呼吸五年那裡的空氣。」

「請再說一遍？」盧卡人說，盡力擺出威嚴的神態。

「親愛的卡瓦爾坎蒂先生，」安德烈亞緊握少校的手臂說：「人家給您多少錢，讓您做我的父親？」

少校想說話。

「噓！」安德烈亞壓低聲音說：「我為您示範什麼是相互信任。有人給我每年五萬法郎，要我做您的兒子。因此，您知道，我不會否認您是我父親的。」

少校惴惴不安地環顧四周。

「放心吧，只有我們兩人。」安德烈亞說：「而且我們正說義大利語。」

「那麼，」盧卡人說：「有人給我五萬法郎。」

「卡瓦爾坎蒂先生，」安德烈亞說：「您相信神話嗎？」

「不，從前不相信，現在我只能相信。」

「所以您有證據？」

少校從褲腰的小錢袋裡掏出一把金幣。

「你看，清楚明白了吧。」

「您認為我可以相信別人對我的承諾嗎？」

「我認為可以。」

「這個正直的伯爵會遵守約定嗎？」

「絕對會的。但您知道，要達到這個目的，我們必須扮演好角色。」

「怎麼做呢？」

「我扮演慈父……」

「我扮演孝子……既然他們希望我是您的後代……」

「『他們』是誰？」

「我一無所知，就是寫信給您的那些人。您沒有收到信嗎？」

「收到了。」

「誰寫的？」

「一個叫布佐尼神父的人。」

「您不認識他？」

「我從來沒見過他。」

「那封信說了些什麼？」

「你不會出賣我嗎？」

「我會守口如瓶，我們的利益是共同的。」

「那麼看吧。」

少校將一封信遞給年輕人。

安德烈亞低聲念道：

您很貧窮，不幸的晚年正等待著您。您想變得富有，或者至少能獨立生活嗎？請馬上動身到巴黎，去找香榭麗舍大街三十號的基度山伯爵先生，要求見您跟德·卡瓦爾坎蒂侯爵夫人所生的兒子，他在五歲時便被虜走了。

這個兒子名叫安德烈亞·卡瓦爾坎蒂。

為了避免您懷疑寫信者的善意，請參看隨附的兩樣東西：

一、一張二千四百托斯卡尼利佛爾的匯票，到佛羅倫斯的戈齊先生那裡支取；

二、一封給基度山伯爵的介紹信，我在他那裡留給您四萬五千法郎的款項。

請於五月二十六日晚上七點鐘拜訪伯爵。

布佐尼神父

「沒錯。」

「什麼沒錯？你這是什麼意思？」少校問。

「我是說，我收到幾乎一模一樣的信。」

「你也收到信？」

「是的，是的。」

「布佐尼神父的信？」

「不。」

「那麼是誰的信？」

「一個名叫威爾莫爵士的英國人的信，他自稱水手辛巴達。」
「你不認識他，就像我不認識布佐尼神父一樣？」
「正好相反。我呢，我比您好些。」
「你見過他？」
「是的，見過一次。」
「在哪裡？」
「啊，我不能告訴您，否則您知道的就會跟我一樣多，那就不好了。」
「那封信說些什麼？」
「看吧。」

您很貧窮，您的前途只會是悲慘的。您想擁有貴族身分、自由和財富嗎？

「當然囉！」年輕人搖晃身體地說：「居然提出這樣的問題！」

從熱那亞前往尼斯，您會看到一輛套好馬的驛車，坐上那輛車，沿著杜林、香貝喜和篷德博伏瓦贊那條路線走。五月二十六日晚上七點鐘到香榭麗舍大街拜訪基度山伯爵，向他提出要見您的父親。您是巴爾托洛梅奧・卡瓦爾坎蒂侯爵和奧莉薇亞・科爾西納理侯爵小姐的兒子，侯爵交給您的文件會予以證實，那些文件讓您得以用這個姓氏現身巴黎社交圈。

至於您的地位，每年五萬利佛爾的收入足以匹配。

附上一張五千利佛爾的匯票，由尼斯的銀行家費雷亞先生支付，還有一封給基度山伯爵的介紹信，我委託他滿足您的需求。

水手辛巴達

「哦！」少校說：「太妙了！」

「可不是嗎？」

「你已見過伯爵？」

「我剛和他道別。」

「他認同了嗎？」

「完全認同。」

「你知道其中的奧妙了嗎？」

「說實話，不知道。」

「其中有人受騙上當嗎？」

「無論如何，既不是您，也不是我吧？」

「當然不是。」

「那麼……」

「不關我們的事，對嗎？」

「沒錯，這正是我想說的。我們假扮到底，並且謹慎行事。」
「好的，你會看到我跟你一搭一唱。」
「我毫不懷疑，親愛的父親。」
「你真賞臉，親愛的兒子。」
基度山選擇此時回到客廳。聽到他的腳步聲，那兩個人投入彼此懷裡。伯爵看到他們擁抱。
「所以，侯爵先生，」基度山說：「看來您心願達成，找回兒子了？」
「啊！伯爵先生，我高興得說不出話來。」
「您呢，年輕人？」
「啊！伯爵先生，我幸福得喘不過氣了。」
「幸福的父親！幸福的孩子！」伯爵說。
「只有一件事讓我悲傷，」少校說：「那就是我必須立即離開巴黎。」
「親愛的卡瓦爾坎蒂先生，」基度山說：「我希望您在我為您介紹幾個朋友之後才動身。」
「我聽從伯爵先生的吩咐。」少校說。
「現在，年輕人，開門見山吧。」
「對誰呢？」
「對您的父親呀，對他說說您的經濟情況吧。」
「啊！」安德烈亞說：「您說中了我的心事。」
「您聽到了嗎，少校？」基度山問。

「是指我聽到他的話嗎？」

「是的，但您明白嗎？」

「完全明白。」

「這個可愛的孩子說，他需要錢。」

「您叫我怎麼辦呢？」

「您當然就是給他囉！」

「我？」

「是的，您。」

基度山從他們兩人中間穿過去。

「拿著。」他對安德烈亞說，將一疊鈔票塞到後者手裡。

「這是什麼？」

「您父親的答覆。」

「我父親的？」

「是的。您剛才不是表明需要錢嗎？」

「是的。怎麼樣？」

「他委託我把這個交給您。」

「部分支付我的收入嗎？」

「不，是給您在巴黎安頓下來的費用。」

「啊！親愛的父親！」

「別出聲，」基度山說：「您看得出來，他不希望我說是他給的。」

「我讚賞這種體貼。」安德烈亞說，將鈔票塞進他長褲的小口袋裡。

「好了，」基度山說：「現在你們走吧！」

「我們什麼時候有幸再見到伯爵呢？」卡瓦爾坎蒂問。

「是的，」安德烈亞問：「我們什麼時候有這個榮幸？」

「如果你們願意，星期六……是的……唔……星期六。我要在噴泉街二十八號奧特伊的別墅裡宴請幾個人，其中有你們的銀行家唐格拉爾先生，我要將你們介紹給他，他必須認識你們二位，才好付錢給你們。」

「穿著軍服？」少校小聲問。

「是的，穿著軍服，短褲[11]，戴十字勳章。」

「我呢？」安德烈亞問。

「您嗎，非常簡單。黑長褲，漆皮靴，白背心，黑色或藍色上裝，長領帶。您到布蘭或維羅尼克服裝店訂做衣服，如果不知道地址，巴蒂斯坦會給您的。你們如此富有，穿著方面越不矯揉做作，效果越好。如果你們要買馬，請到德弗德那裡；如果要買四輪敞篷馬車，就到巴蒂斯坦那裡。」

「我們幾點鐘出席？」年輕人問。

11 穿短褲是當時貴族的標誌。

「六點半左右。」

「好，我們會準時。」少校說，敬了個軍禮。

卡瓦爾坎蒂父子向伯爵鞠躬，走了出去。

伯爵走到窗前，看到他們手挽手穿過院子。

「說實話，」他說：「這是兩個大混蛋！可惜他們不是真的父子！」

他陰鬱地思索片刻：「到摩雷爾家。」他說：「我覺得厭惡比仇恨更叫我難受。」

57 苜蓿園

請讀者允許我們回到那片與德．維勒福先生宅邸毗鄰的苜蓿地，在栗子樹掩映的鐵柵門後面，可以遇到幾位讀者相識的人。

這次馬克西米利安先到。他將眼睛湊到隔板縫隙上，在深邃的花園裡窺探出現在樹木之間的黑影，以及沙徑上緞鞋踩踏的橐橐聲。

引頸期盼的腳步聲終於傳來，但不是一個黑影，而是兩個黑影走過來。瓦朗蒂娜姍姍來遲，是唐格拉爾夫人和歐仁妮的拜訪造成的，此次拜訪延宕了瓦朗蒂娜赴約的時間。為了不錯過約會，女孩向唐格拉爾小姐提議到花園散步，藉此向馬克西米利安表明，遲到不是她的錯。無疑地，他已等得焦急不已。

年輕人以情人專有的直覺明白了一切，他的心情因此舒緩下來。同時，瓦朗蒂娜雖然還沒有走到能讓他聽見聲音的範圍內，便改變散步方向，但她讓馬克西米利安看見她來回走動，每次經過時，便朝鐵柵投去一道她的女伴未能察覺的眼神，年輕人卻看到了。那眼神在說：「耐心點，朋友，您看，這不是我的錯。」

馬克西米利安確實耐心等待著，他一邊欣賞兩位小姐間的差異：一個金髮，眼神倦怠，腰若柔柳；另一個褐髮，目光高傲，腰身像楊樹一般挺直。毫無疑問，在截然相反的性格對比中，年輕人的心完全傾向於瓦朗蒂娜。

兩位小姐散了半小時的步，然後離開了。馬克西米利安知道，唐格拉爾夫人的拜訪要結束了。果然，過了一會兒，瓦朗蒂娜獨自出現了。她生怕有人察覺她的重返，故意走得很慢。她並非逕直走向鐵柵，而是在一張長椅上坐下，十分自然地探索每一叢樹葉，向每條小徑的深處張望。

進行了這些謹慎動作後，她跑向鐵柵。

「您好，瓦朗蒂娜。」一個聲音說。

「您好，馬克西米利安，讓您久等了，但您看到原因了吧？」

「是的，我認出是唐格拉爾小姐，想不到您跟那位女孩這麼親密。」

「誰告訴您我們關係親密，馬克西米利安？」

「沒有人。但你們彼此挽著手，相互交談的模樣讓我有這種感覺，簡直可以說是寄宿學校裡的兩個女友在說知心話呢。」

「我們確實是在說知心話。」瓦朗蒂娜說：「她坦白告訴我厭惡跟德・莫爾賽夫先生結婚；我呢，則坦白告訴她，我視嫁給德・埃皮奈先生為不幸。」

「親愛的瓦朗蒂娜！」

「因此，我的朋友，」女孩繼續說：「您看到我和歐仁妮表面上隨意自然，那是因為談起我無法愛的那個男人，我便想到我愛著的心上人。」

「您樣樣都好，瓦朗蒂娜。您身上有樣東西是唐格拉爾小姐永遠不會有的，就是對那難以抗拒的女性魅力，一如香氣之於花卉，滋味之於果實。因為對一朵花來說，美麗不是一切，對果實亦然。」

「是愛情讓您對事物產生了這種看法，馬克西米利安。」

「不，瓦朗蒂娜，我對您發誓。剛才我一直注視你們兩人，我以名譽保證，我公正地承認唐格拉爾小姐很漂亮，但我不知道哪一個男人會愛上她。」

「那是因為，正如您所說的，馬克西米利安，因為我在她旁邊，這讓您變得不公允。」

「不……請告訴我……純粹出於好奇心，出於我對唐格拉爾小姐的某些想法。」

「哦！即使我不知道是什麼想法，一定是不公正的。您對我們這些可憐女人評頭論足時，我們不該期待寬宏大量。」

「而你們彼此評論時也真寬諒！」

「因為我們的評論總帶著情緒。還是回到您的問題吧。」

「是因為唐格拉爾小姐愛上別人，她才擔憂跟德·莫爾賽夫先生的婚事嗎？」

「馬克西米利安，我對您說過，我不是歐仁妮的女友。」

「我的天！」摩雷爾說：「女孩們即使不是朋友，也說知心話的。就承認您曾向她提出問題吧。啊！我看到您笑了。」

「如果是這樣，馬克西米利安，我們之間有沒有這層木板隔開就不重要了。」

「好了，她對您說了些什麼？」

「她對我說，她沒愛過任何人。」瓦朗蒂娜說：「她對結婚很恐懼，她最大的快樂是過著自由自在、獨立不羈的生活，她甚至希望她的父親破產，她就可以像她的女友路易絲·德·阿米莉小姐那樣成為藝術家。」

「您看！」

「這能證明什麼呢？」瓦朗蒂娜問。

「證明不了什麼。」馬克西米利安微笑著回答。

「那麼，」瓦朗蒂娜問：「您為什麼笑了？」

「啊！」馬克西米利安說：「您看，您也在偷看，瓦朗蒂娜。」

「您要我走開嗎？」

「不！不！還是回到您身上吧。」

「是的，沒錯，因為我們只剩下十分鐘了。」

「我的天！」馬克西米利安沮喪地大聲說。

「是的，馬克西米利安，您說得對，」瓦朗蒂娜憂鬱地說：「您的女友很可憐。可憐的馬克西米利安，您生來應該擁有幸福，我卻讓您過著什麼樣的生活啊！請相信我，我因此而痛苦自責。」

「這不關您的事，瓦朗蒂娜。只要我覺得這樣很幸福，只要我認為這永恆的等待已得到彌補，即使那彌補只是見您五分鐘，聽您說兩句話。我深信上帝不曾創造過像我們這樣契合的兩顆心，祂不會奇蹟般地讓它們聚合，卻又拆散它們的。」

「好，謝謝您，請為我們保持希望吧，馬克西米利安，這會讓我至少獲得了一半幸福。」

「您這麼快就離開我，究竟出了什麼事呢，瓦朗蒂娜？」

「我不知道。德．維勒福夫人派人叫我到她房裡去，據僕人說，我一部分財產取決於這件事。唉！天哪！但願他們奪走我的財產，我已經太富有了，但願他們就此讓我安生且自由。即使我一貧如洗，您也會愛我，是嗎，摩雷爾？」

「啊！我會永遠愛您。只要我的瓦朗蒂娜在我身邊，只要我確信沒有人能把她奪走，我不在乎她富有或貧窮。但是，瓦朗蒂娜，您不擔心是與您的婚事有關嗎？」

「我認為不是。」

「但聽我說，瓦朗蒂娜，您不必害怕，只要我活著，我就不會屬於另外一個女人。」

「您認為這樣說能讓我放心嗎，馬克西米利安？」

「對不起！您說得對，我是一個粗俗的人。我想告訴您，那天我遇到了德．莫爾賽夫先生。」

「怎麼樣？」

「您知道，弗朗茲先生是他的朋友。」

「是的。怎麼樣？」

「他收到弗朗茲的一封信，弗朗茲告訴他即將回國。」

瓦朗蒂娜臉色煞白，用手扶住鐵柵。

「天哪！」她說：「要是真的怎麼辦！不，德．維勒福夫人不會談這種事。」

「為什麼？」

「為什麼……我一無所知……但我覺得，德．維勒福夫人雖然沒有直率地反對，可是對這門婚事並沒有好感。」

「那麼，瓦朗蒂娜，我覺得我會崇敬德．維勒福夫人。」

「別著急，馬克西米利安。」瓦朗蒂娜苦笑著說。

「不管怎麼說，如果她反對這門婚事，她會傾聽其他提議，讓婚事告吹。」

「決不要這樣想，馬克西米利安。德．維勒福夫人反對的決不是對象，而是結婚這件事。」

「什麼？反對結婚！如果她如此憎惡結婚，為什麼她自己還結婚呢？」

「您不懂我的意思，馬克西米利安。一年前，我提出要退隱到修道院時，儘管她認為應當提出意見，但還是滿心歡喜地接受我的提議。連我的父親也同意了，我確信是緣於她的鼓動。只有我可憐的祖父挽留我。馬克西米利安，您無法想像可憐老人的眼神，在這世上他只愛我，如果這是一句褻瀆的話，但願上帝饒恕我，在這世上也只有我一個人愛他。他知道我的決心後，牢牢盯著我，那眼神蘊含多少責備啊，眼淚裡是多麼絕望啊！但他無法責備，也無法嘆息，眼淚沿著他一動不動的雙頰往下流。啊！馬克西米利安，我因此感覺內疚，我撲倒在他腳下，向他喊道：『對不起！對不起！爺爺！不管他們怎麼擺佈我，我永遠不離開您。』於是他舉眼望天。馬克西米利安，我能忍受痛苦磨難。我那老爺爺的眼神已經預先補償了我要忍受的一切。」

「親愛的瓦朗蒂娜，您真是一個天使，我不知道像我這樣一個軍官，用馬刀左右砍殺貝都因人[12]——除非上帝認為他們是異教徒，我不知道我憑什麼獲得您的垂青。無論如何，瓦朗蒂娜，若您不結婚，德．維勒福夫人可以得到什麼利益呢？」

「您剛才沒聽到我說，我很富有，太富有了嗎，馬克西米利安？我從母親名下獲得將近每年五萬利佛爾的收入。我的外祖父母、德．聖梅朗侯爵夫婦約莫會留給我同樣數目的一筆遺產。努瓦蒂埃先生明顯地有意讓我成為他唯一的繼承人。因此，與我相比，我弟弟愛德華從德．維勒福夫人名下得不到任何財產，十分窮困。然而，德．維勒福夫人十分疼愛這個孩子。如果我出家修道，我所有財產便會轉移到我父親手中，他承接侯爵夫婦和我的財產，然後再傳給他的兒子。」

「啊！那個年輕貌美的女人如此貪婪，真是不可思議！」

「請注意，馬克西米利安，這種貪婪，不是為她自己，而是為她兒子。您卻視為缺點而予以批評，但從母愛角度來看，那幾乎是一種美德。」

「可是，瓦朗蒂娜，」摩雷爾說：「如果您分一部分財產給她的兒子呢？」

「要如何提出這樣的建議呢？」瓦朗蒂娜說：「尤其對一個總是聲稱自己不求私利的女人呢？」

「瓦朗蒂娜，我始終視愛情為神聖的，如同看待一切神聖的東西那樣。我用愛慕的帷幕把它遮蓋起來，珍藏在我的心中。世上沒有人，甚至我的妹妹，知曉我的愛情，我不告訴任何人。瓦朗蒂娜，您允許我將我的愛情告訴一個朋友嗎？」

瓦朗蒂娜微微顫慄。

「告訴一個朋友？」她說：「天哪！馬克西米利安，聽您這樣說，我瑟縮發抖。告訴一個朋友？那個朋友是誰？」

「聽著，瓦朗蒂娜，您是否曾經對一個人感受到不可抗拒的好感，第一次看到對方，即以為早就認識他，心裡納悶何時何地曾見過他，由於想不起時間和地點，您因此認為是在前世，心生好感只是重溫舊事？」

「有的。」

「那麼，我見到這個異於尋常的人的時候，是第一次有這種想法。」

「一個異於尋常的人？」

「是的。」

「您早就認識他？」

「只有八到十天。」

12 北非和亞洲西部的民族。

「您把一個認識了一星期的人稱為朋友？啊！馬克西米利安，我還以為您不輕易使用朋友這個美好的稱謂呢。」

「在邏輯上您說得對，瓦朗蒂娜。不管您怎麼說，都無法改變我這種直覺的情感。我相信這個人會影響我未來的幸福，有時他深邃的眼神似乎洞悉一切，他強而有力的手正指揮未來。」

「所以他是個預言者？」瓦朗蒂娜微笑著問。

「真的，」馬克西米利安說：「我常常不自覺以為他在預言……尤其是幸福。」

「啊！」瓦朗蒂娜愁眉苦臉地說：「讓我認識這個人，馬克西米利安，讓他告訴我，我是否能得到足夠的愛，以彌補我所受的一切痛苦。」

「可憐的女孩，您是認識他的。」

「我認識他？」

「是的。正是他救了您繼母和她兒子的性命。」

「基度山伯爵？」

「正是他。」

「啊！」瓦朗蒂娜大聲說：「他絕不會成為我的朋友，他是我繼母的好朋友呀。」

「伯爵是您繼母的朋友，瓦朗蒂娜？在這點上我的直覺不會錯，我相信您搞錯了。」

「啊！您要是知道實情就好了，馬克西米利安。現在家裡不再是愛德華發號施令，而是伯爵。德・維勒福夫人樂意與他往來，認為他集人類知識於一身。您知道，我的父親讚賞他，說從未聽過別人如此滔滔雄辯地提出更精闢的論點。愛德華崇拜他，儘管害怕伯爵黑烏的大眼睛，但一看到伯爵來到，便朝他奔去，掰開他的手，因為總能拿到好玩的玩具。基度山先生不是來到我父親家裡，基度山先生不是來到德·維勒福夫人家裡，基度山先生是在自己家裡。」

「那麼，親愛的瓦朗蒂娜，如果事情正如您所說的那樣，您應該現在或者不久後將感覺到他的影響力。他在義大利遇到阿爾貝·德·莫爾賽夫，把他從強盜手裡拯救出來。他見到唐格拉爾夫人，送給她一份貴重的禮物。您的繼母和弟弟從他門口經過，他那努比亞奴僕拯救了他們的性命。這個人顯然擁有左右事物的能力。我從來沒有見過誰能兼具樸實的趣味跟恢宏的氣度。他的微笑非常親和，當他向我莞爾一笑時，我隨即忘卻別人感到他的苦笑是多麼讓人膽寒。啊！告訴我，瓦朗蒂娜，他也這樣對您微笑嗎？如果他這樣笑過，您一定會獲得幸福。」

「我嗎！」女孩說：「我的天！馬克西米利安，他連正眼都不看我，或者不如說，我偶爾經過時，他的目光會迴避。他並不寬容，或者他並沒有能直抵人心的慧眼，是您想錯了。如果他心地良善，看到我在這個家裡孤獨憂愁，他會以他的影響力保護我。依您所說，既然他扮演太陽的角色，他會用他的光線溫暖我的心。您說他喜歡您，馬克西米利安，天哪！您怎麼知道的？像您這樣身高五尺六寸的軍官，有著長長的髭鬚，身佩軍刀，人們自是笑臉相待，但對於一個暗自飲泣的可憐女孩，他們往往不屑一顧。」

「啊！瓦朗蒂娜，您錯了，我對您發誓。」

「如果他不是這樣，馬克西米利安，如果他對我施以手段，也就是說，他想以某種方式在我家裡發號施令，哪怕只有一次，他也會對我露出您滿口稱讚的那種笑容。但是沒有，他看我可憐無依，知道我對他一無用處，便對我視而不見。為了討好我的父親、德·維勒福夫人或我的弟弟，誰知道他是否在權力範圍內迫害過我呢？啊，坦白說，我不是一個應該被人如此無故蔑視的女人。啊，請原諒我，」女孩看到這番話對馬克西米利安產生的影響，又說：「是我不好，關於這個人，我所說的話您其實無需放在心上。我並不否認您提到的影響力是存在的，只不過他沒有施加在我身上。但是，如果他產生影響力了，正如您所見，即使初衷是良善的，一旦方式邪惡，一樣會帶來禍害。」

「好了，瓦朗蒂娜，」摩雷爾嘆口氣說，「我們不再談論他了，我什麼都不會告訴他的。」

「唉！我的朋友，」瓦朗蒂娜說：「我看得出來，我讓您不快了。但願我能握住您的手，請求您的原諒，不管怎麼說，我但願自己被說服。說吧，這個基度山伯爵為您做了什麼事？」

「不瞞您說，您問我伯爵做了什麼事，讓我非常尷尬，瓦朗蒂娜。我知道沒有什麼明顯的好事。因此，正如我告訴您的那樣，我對他的感情完全是直覺的，沒有任何理智的成分。太陽為我做過什麼事？沒有。它給我溫暖，在陽光下，我能看見您，如此而已。這種或那種香氣給了我什麼？沒有。香氣讓我的感官愉悅，若有人問起為什麼我讚美這種芳香時，我說不出所以然。我對他的友誼是奇特的，就像他對我的情誼那樣。一個神祕的聲音告訴我，這種不期而遇的、彼此相應的友誼不是偶然的。我從他最尋常的動作中，從他最隱密的想法裡，都找到了跟我的行動和思想關聯的東西。您又要笑我了，瓦朗蒂娜，但自從我認識這個人以來，我心生一個荒唐的想法，我遇到的所有好事都來自於他。但是，我活了三十年，從來也不需要這個保護人，不是嗎？沒關係，這是一個例子。他邀請我星期六赴宴，從我們的關係來看，那是很自然的，對嗎？您知道後來我知道了什麼事？您的父親也受到邀請，您的繼母也會出席，我會與他們相遇，誰知道這次會面會發生什麼事？這種情況看似一般，但我從中看到某些讓我驚訝的東西，我產生了一種奇特的信心。我心想，伯爵，這個未卜先知的怪人，想讓我跟德．維勒福先生見面，我對您發誓，有時我力圖從他的眼裡看出他是否猜到了我的愛情。」

「我的好朋友，」瓦朗蒂娜說：「如果我總是聽到您這樣的議論，我會把您看作一個幻想家，擔憂您的理智是否清明了。什麼，除了巧合，您從這次見面中還看出別的東西嗎？說實話，請仔細想想。我的父親從不出門，他拒絕德．維勒福夫人的請求將近十次，相反的，她卻迫不及待想去那個不尋常的富豪家裡看看，她好不容易徵得他的同意陪伴前往。不，不，請相信我，除了您，馬克西米利安，在這世上，我沒有別人可以求助，只有我的爺爺，一位全身癱瘓的老人！我沒有別人可以尋求支援，只有我可憐的母親，一個幽靈！」

「我覺得您說得有道理，瓦朗蒂娜，在邏輯上您是對的。」馬克西米利安說：「您柔和的聲音對我總是這樣強而有力，但今天卻沒有說服我。」

「您也沒有說服我。」瓦朗蒂娜說：「我承認，如果您舉不出別的例子……」

「我有一個例子。」馬克西米利安猶疑不決地說：「但說實話，瓦朗蒂娜，我自己也不得不承認，這比第一個例子更荒唐。」

「那就算了。」瓦朗蒂娜微笑著說。

「不過，」摩雷爾又說：「我很相信靈感和情感，在服兵役的十年間，有時即仰賴這種閃現的靈光而保全性命，靈光暗示您向前或退後一步，讓那顆原本即將奪走您性命的子彈擦身而過。因此，這個例子對我仍然具有決定性的意義。」

「親愛的馬克西米利安，為什麼不把子彈射偏歸功於我的祈禱呢？當您在那裡時，我不再為我自己，而是為您向上帝和我的母親禱告。」

「是的，自從我認識您之後是如此。」摩雷爾微笑著說：「但瓦朗蒂娜，在認識您之前呢？」

「好吧，既然您完全不想歸功於我，壞傢伙，就說說您自己也覺得荒唐的例子吧。」

「那麼，您透過門板縫隙，看看裡頭那棵大樹旁邊，那是我騎來的一匹新買的馬。」

「啊！一匹駿馬！」瓦朗蒂娜大聲說：「為什麼您不牽牠到鐵柵旁？我會對牠說話，牠聽得懂我的話。」

「正如您看到的，那確實是一匹價值不斐的駿馬，」馬克西米利安說：「您知道我財力有限，瓦朗蒂娜，而且我是所謂理智的人。我在馬販那裡看到這匹矯健的梅戴亞，我是這樣為牠命名的。我詢問價錢，回覆說四千五百法郎。您知道，我只能克制自己繼續欣賞下去。說實話，離開時我心裡很難受，因為這匹馬很溫柔地望著我，用頭輕輕蹭我，當我騎在牠背上時，牠在我胯下極其優雅而迷人地半旋轉著。當晚，我家裡有幾個朋友，德·沙托·勒諾先生、德布雷先生和五、六個壞傢伙，幸虧您連名字都不知道。有人提議玩布約特牌戲，我從不賭博，因為我並不富有，輸不起錢，也並非窮到一心想贏錢。但我在家裡，您明白，我無計可施，只能派人去找紙牌。」

「正當大家坐在桌旁時，基度山先生來了。他也上桌。大家開始玩牌，我呢，我贏了。我只敢向您承認這點，瓦朗蒂娜，我贏了五千法郎。我們在午夜道別。我待不住，坐上一輛四輪敞篷馬車到馬販那裡。我心臟怦怦跳著，興奮不安地拉響門鈴，來開門的人大概以為我是瘋子。門一打開，我便衝了進去。我來到馬廄，望向馬槽。啊！真幸運！梅戴亞正在吃糧草。我衝向一具馬鞍，親自將它裝到馬背上，再套上轡頭，梅戴亞乖乖地任憑安裝鞍具。然後，我將四千五百法郎放到驚訝的馬販手裡便回家了，我在香榭麗舍大街遛達了一整晚。我看到了伯爵窗裡的燈光，彷彿瞥見他的身影躲在窗簾後面。現在，瓦朗蒂娜，我發誓，伯爵知道我想買這匹馬，他故意輸錢，讓我贏得這筆錢。」

「親愛的馬克西米利安，」瓦朗蒂娜說：「說實話，您想像力太豐富了……您不會長久愛我的……一個充滿詩意想像的人，不會甘於在我們這樣單調乏味的感情中日漸憔悴的……咦，有人叫我……您聽見了嗎？」

瓦朗蒂娜爬上長椅，手穿過板壁伸向馬克西米利安。

「啊！瓦朗蒂娜，」馬克西米利安說：「穿過板壁的縫隙……伸出您的小指，讓我親吻一下。」

「馬克西米利安，我們說過，我們彼此只能是兩個聲音、兩個影子。」

「依隨您的心意，瓦朗蒂娜。」

「如果我按照您的願望去做，您會高興嗎？」

「會的。」

瓦朗蒂娜爬上長椅，不是從縫隙伸出小指，而是將整隻手伸過板壁。

馬克西米利安喊了一聲，衝上前，珍視地抓住手，熱切地按上嘴唇。但小手旋即從他手中抽出，年輕人聽到瓦朗蒂娜逃走的聲音，也許她是被剛剛襲上身體的感覺嚇壞了！

58 努瓦蒂埃·德·維勒福先生

以下是唐格拉爾夫人和她的女兒告辭之後，發生在檢察官家裡的事。上文已經敘述過主客之間的談話了。德·維勒福先生走進父親房裡，後面跟著德·維勒福夫人。至於瓦朗蒂娜，讀者知道她在哪裡。

夫婦倆向老人行過禮，讓服侍了二十五年的老僕巴魯瓦退下，然後坐在老人旁邊。

努瓦蒂埃先生坐在大輪椅上，早上僕人將他抱上去，晚上再把他抱下來。他面對著一面鏡子，鏡子映照出整個房間。他即使不能動彈，卻能看到誰走進房間，誰離開房間，別人在他周圍做什麼。努瓦蒂埃先生像死屍一樣紋絲不動，用機智活躍的眼睛望著他的兒子和兒媳，他們行禮如儀，那表示將有無法預料的要事。

他只剩下視覺和聽覺，如同兩朵火花一樣，在這個行將就木的軀體中跳耀著。這兩種感官，僅憑其中一種，就能反映出這尊雕像的內心活動，宛如在暗黑沙漠中，藉由遠方一盞燈火，告知迷路的旅人，在寂靜黑夜中仍有一息生命尚存。

老努瓦蒂埃眼睛與眉毛烏黑，長髮披肩，且已雪白。對於只能運用一種器官取代其他器官的人，眼睛裡往往凝聚了一切活動、靈巧、力量、智慧，而這些之前都散佈在他的身體和頭腦裡。誠然，他缺少手勢、聲音和姿態，但這強有力的目光代替了一切。他用眼睛發號施令，用眼睛表達道謝。這是一具眼睛靈活的屍體，沒有什麼比這張大理石般的臉更可怕的了，上面時而迸發憤怒的火花，時而閃耀喜悅的光芒。只有三個人懂得可憐癱瘓老人的語言，即維勒福、瓦朗蒂娜和上文提及的老僕。由於維勒福很少來看父親，萬不得已的時候才來；而他見到父親時，並不想理解他，讓他高興，因此，老人的快樂都放在孫女身上。瓦朗蒂娜出於忠實、熱愛和耐心，終於理解努瓦蒂埃用目光表達的所有想法。對於這無聲的、別人不可理解的語言，她以各種語調、表情、情感回應，以致在這個女孩和這個所謂用泥土做成的老人之間，建立起熱切的對話。泥土幾乎又將化為塵埃，但依舊是一個具有廣博知識、超群洞察力、意志力堅強的人。他的心靈雖然失去了指揮能力，但仍然保持著強大的意志力。

瓦朗蒂娜已經解決了理解老人想法，並讓他理解自己想法的難題。有賴於此，對於生活中的日常事務，她很少會誤解這個只有心靈還活著的老人的願望，或者這具半麻痺軀體的需要。

至於老僕，由於已服侍主人二十五年，他非常瞭解主人的習慣，努瓦蒂埃很少需要吩咐他去做這做那。

維勒福要與父親進行一場古怪的談話，無需他們二人的協助。上文說過，他完全理解老人的語彙，如果他不常常使用它們，那是出於厭煩和冷漠。他讓瓦朗蒂娜去花園，並支開巴魯瓦，他坐在父親右邊，德·維勒福夫人則坐在左邊。

「先生，」維勒福說：「瓦朗蒂娜沒有跟我們一起上樓，我又支開巴魯瓦，您不要見怪，因為我們要談的心裡話不能在女孩或僕人面前進行。德·維勒福夫人和我要跟您談一件事。」

聽到這段開場白，努瓦蒂埃的臉淡漠無情。與此相反，維勒福的眼光卻似乎看進老人的心底。

「這件事，」檢察官用冷冰的、不容爭辯的口氣繼續說：「德·維勒福夫人和我，我們深信這件事會讓您開心。」

老人的眼睛還是毫無表情，他在聽，如此而已。

「先生，」維勒福又說：「我們要讓瓦朗蒂娜出嫁。」

聽到這個消息，老人的臉仍然比蠟像的臉龐更冰冷。

「婚禮在三個月內舉行。」維勒福又說。

老人的眼睛仍無反應。

德‧維勒福夫人開口了，她急於補充：「我們認為您會關切這個消息，先生。瓦朗蒂娜似乎一直獲得您的愛護，現在我們只需告訴您與她結合的年輕人的名字。這是與瓦朗蒂娜最門當戶對的一門婚事，對方家產豐厚，姓氏高貴，我們中意的這個年輕人，品行和愛好能確保她幸福，他的名字您應該知道，那就是弗朗茲‧德‧凱內爾，即德‧埃皮奈男爵。」

維勒福在他妻子說話時，全神貫注地盯著老人。當德‧維勒福夫人說出弗朗茲的名字時，努瓦蒂埃的眼睛──他的兒子對此很熟悉──抖動起來，眼皮就像嘴唇說話時那樣張大，閃現一道亮光。

檢察官知道他父親和弗朗茲的父親之間公開的宿怨，所以他理解這道亮光和這份激動，但他佯裝沒有看見，重拾他妻子中斷的話題：「先生，」他說：「您很清楚，由於瓦朗蒂娜快滿十九歲，婚姻大事是當務之急。但我們決不會忘記跟您商議，我們已事先瞭解，瓦朗蒂娜的丈夫不會接受與我們一起生活，由於我們可能會妨礙這對年輕夫婦。而您不會，瓦朗蒂娜特別敬愛您，您似乎也對這份愛予以回報，因此可以生活在他們身邊。如此一來，您不需改變任何習慣，而且會有兩個孩子而不是一個孩子照顧您。」

努瓦蒂埃眼中的亮光變得異常激烈。

無疑地，老人的心靈經歷了可怕的事。痛苦和憤怒的吶喊已湧到他的喉嚨，卻發不出來，他因此喘不過氣，他的臉龐漲得通紅，嘴唇發青。

維勒福神情安然地打開一扇窗，說道：「屋裡很熱，熱得叫努瓦蒂埃先生難受。」

然後他走回來，但沒有坐下。

「這門婚事，」德·維勒福夫人又說：「德·埃皮奈先生和他的家人都很滿意，而且他家裡只有一個叔叔和一個姑媽。他的母親生下他時去世了，他的父親在一八一五年遭到暗殺，那時孩子只有兩歲，因此他可以自己做主。」

「神祕的暗殺，」維勒福說：「兇手一直查不出來，雖然懷疑過許多人，但不能鎖定誰。」

努瓦蒂埃做了極大努力，緊抿嘴唇，彷彿想微笑一般。

「然而，」維勒福繼續說：「真正的罪犯，那些知道自己犯罪的人，生前由人間法律判決，死後則受到上帝審判的人，會很樂於身處我們的地位。將女兒嫁給弗朗茲·德·埃皮奈先生，得以消除嫌疑。」

努瓦蒂埃竭力平靜下來，想不到身體癱瘓的人竟然有如此自制力。「是的，我明白。」他以目光回答維勒福，那目光既懷藏極深的蔑視，又充滿理智的憤懣。

至於維勒福，他看出目光中包含的深意，微微地聳肩以作為回答。

然後他示意妻子起身。

「現在，先生，」德·維勒福夫人說：「請接受我崇高的敬意。您要愛德華來陪伴您嗎？」

依之前大家約定的，老人閉上眼睛表示同意，眨幾下眼睛表示拒絕，舉眼望天表示有所期望或要求。如果他要瓦朗蒂娜來，只閉上右眼。如果他要巴魯瓦來，便閉上左眼。聽到德·維勒福夫人的提議，他趕忙眨幾下眼睛。

德·維勒福夫人受到明顯的拒絕，咬緊嘴唇。「那麼我叫瓦朗蒂娜過來？」她問。

「好的。」老人熱切地閉上眼睛表示道。

德·維勒福夫婦行禮，退了出去，一面吩咐僕人去叫瓦朗蒂娜，她事先已得到通知，白天要到努瓦蒂埃先生那裡，可能有事。

他們一走，還激動得滿臉緋紅的瓦朗蒂娜便走進老人房裡。她只看一眼，便知道爺爺心裡多麼難受，他有許多事要告訴她。

「啊！爺爺，」她大聲說：「出什麼事了？他們讓您生氣了是嗎，您心裡很惱怒？」

「是的。」他閉上眼睛，這樣說。

「生誰的氣？生我父親的氣？不是。生德．維勒福夫人的氣？不是。生我的氣？」

老人表示是的。

「生我的氣？」瓦朗蒂娜驚訝地問。

老人又做了那個動作。

「我什麼地方惹您生氣，親愛的爺爺？」瓦朗蒂娜大聲問。

沒有回答。

她繼續說：「白天我沒來看您，有人對您談起我的事嗎？」

「是的。」老人的目光急切地說。

「讓我想想。天哪，我向您發誓，爺爺，德．維勒福夫婦來過這裡，是嗎？」

「是的。」

「他們說的事讓您生氣？是嗎？您要我去問他們，再向您表示歉意嗎？」

「不，不。」老人的目光說。

「啊！您讓我心驚膽顫。他們說了什麼呢，天哪！」

她陷入思索。

「啊！我知道了。」她說，降低聲音，挨近老人，「也許他們談到我的婚事吧？」

「是的。」憤怒的目光回答。

「我明白了。您責怪我保持沉默。啊，您看，那是因為他們吩咐我對您隻字不提，他們也對我隻字不提。我是意外發現這個祕密的，所以我對您有所保留。原諒我吧，努瓦蒂埃爺爺。」

目光又變得呆滯而毫無表情，彷彿回答：「不僅是你的沉默讓我難受。」

「那麼是什麼呢？」女孩問：「或許您認為我會丟下您，爺爺，結婚以後我會忘記您嗎？」

「不。」老人說。

「他們告訴您，德・埃皮奈先生同意我們住在一起嗎？」

「是的。」

「那您為什麼生氣呢？」

老人的眼睛流露出無限痛苦的表情。

「是的，我明白。」瓦朗蒂娜說：「因為您愛我嗎？」

老人表示是的。

「您擔心我不幸福？」

「是的。」

「您不喜歡弗朗茲先生嗎？」

眼睛重複了三、四次：「不喜歡，不喜歡，不喜歡。」

「所以您很悲傷嗎，爺爺？」

「是的。」

「那麼聽著，」瓦朗蒂娜說，跪在努瓦蒂埃面前，用手臂摟住他的脖子，「我也非常悲傷，因為我也不喜歡弗朗茲・德・埃皮奈先生。」

一道快樂的亮光閃過老人的眼睛。

「之前我想退隱修道院時，您記得您有多麼氣憤嗎？」

一滴眼淚濡濕了老人乾癟的眼皮。

「唉，」瓦朗蒂娜說：「那是為了逃避這門讓我絕望的婚事。」

努瓦蒂埃的呼吸變得極為急促。

「所以，這門婚事讓您非常煩惱，爺爺？天哪，如果您能幫助我，如果我們兩人能推翻他們的計劃，那就好了。但您無力反對他們，雖然您的腦袋活躍，意志異常堅定。但說到抗爭，您跟我一樣無力，甚至比我更軟弱。唉，您健康強壯時，是我強而有力的保護人，但現在您只能理解我的話，與我一起高興或難過。您是上帝忘了從我身邊奪走的最後快樂。」

聽到這番話，在努瓦蒂埃的眼睛裡，有一種意味深長的狡黠表情，女孩從中讀到了這句話：「你錯了，我還能幫你做許多事。」

「您能幫我嗎，親愛的爺爺？」瓦朗蒂娜轉述說。

「是的。」

努瓦蒂埃舉眼望天。這是他想做某件事時，和瓦朗蒂娜約好的動作。

「您想做什麼，親愛的爺爺？」瓦朗蒂娜問。

「您想做什麼，親愛的爺爺？說吧。」

瓦朗蒂娜在腦海裡搜索了一會兒，大聲地想到什麼說什麼。但對於她所有的揣想，老人都做出否定的回答。

「算了，」她說：「既然我這麼傻，就用特殊的方法吧。」

於是她依序背出字母表，從A背到N，她以微笑詢問癱瘓老人的眼睛。聽到N時，努瓦蒂埃表示是的。

「啊！」瓦朗蒂娜說：「您想說的事開頭的字母是N！那麼，好的，我們就從N開始？Na，ne，ni，no。」

「是的，是的，是的。」老人表示說。

「啊！是no？」

「是的。」

瓦朗蒂娜找來一本字典，放在努瓦蒂埃面前的斜面閱讀台上。她打開字典，看到老人的目光盯著字典，她的手指從上至下迅速掃過條目。

在努瓦蒂埃陷入如此麻木狀態的六年中，她很習於應付這種練習，能很快猜出老人的想法，宛如他自己查閱字典一樣。

指到「公證人」這個詞時，努瓦蒂埃示意停住。

「公證人，」她說：「您想見公證人嗎，爺爺？」

老人示意他確實想見公證人。

「所以要派人去找公證人？」瓦朗蒂娜問。

「是的。」癱瘓病人表示說。

「我父親大概知道他的名字吧？」

「是的。」

「您急於想見您的公證人？」

「是的。」

「那麼馬上派人為您叫來，親愛的爺爺。您想這麼做？」

「是的。」

瓦朗蒂娜跑過去拉鈴，叫來一個僕人，讓他去請德・維勒福夫婦到她爺爺房裡。

「您滿意嗎？」瓦朗蒂娜說：「是的，我相信如此，嗯？這件事不容易猜到吧？」

女孩對爺爺微笑，就像對待一個孩子那樣。

德・維勒福先生由巴魯瓦領著走進來。

「您想做什麼，先生？」他問癱瘓病人。

「先生，」瓦朗蒂娜說：「爺爺想見公證人。」

聽到這個古怪的、始料未及的要求，德・維勒福先生跟癱瘓病人交換了眼神。

「是的。」後者堅決地表示，這說明在瓦朗蒂娜和老僕（他現在知道了主人的願望）的幫助下，老人決定堅持到底。

「您想見公證人？」維勒福又問。

「是的。」

「做什麼？」

努瓦蒂埃不回答。

「您需要公證人做什麼？」維勒福問。

癱瘓病人的目光一動也不動，不做回答，意思是說我堅持這麼做。

「想來場惡作劇嗎？」維勒福說：「有必要嗎？」

「無論如何，」巴魯瓦說，他準備堅持老僕慣有的耿耿忠心，「如果先生想見公證人，看來他確實有此需求。我去找公證人。」

巴魯瓦只視努瓦蒂埃為主人，從不允許主人的意願受到駁斥。

「是的，我想見公證人。」老人帶著挑戰的神態閉上眼睛，彷彿他要說：「看誰敢拒絕我的願望。」

「既然您一定要見公證人，他會來的，先生，但我要向他表示歉意，請他多多包涵，因為到時候場面會非常可笑。」

「沒關係。」巴魯瓦說：「我這就去找。」

老僕得意洋洋地出門了。

59 遺囑

當巴魯瓦走出房間時，努瓦蒂埃帶著意味深長的、狡黠關切的神情注視著瓦朗蒂娜。女孩明白這目光的意思，維勒福也明白，因為他的臉色陰沉，雙眉緊蹙。

他找了個座位，在癱瘓病人的房裡等待著。

努瓦蒂埃若無其事地望著他這樣做，但老人以眼角餘光吩咐瓦朗蒂娜，無需擔心，也待著好了。

三刻鐘之後，僕人帶著公證人來了。

「先生，」維勒福寒暄過後說：「努瓦蒂埃．德．維勒福先生有請。全身癱瘓讓他四肢無法動彈，也發不出聲音，我們只能盡力捕捉他零星的想法。」

努瓦蒂埃以目光召喚瓦朗蒂娜，這個召喚十分嚴肅而迫切，她馬上回答：「我嗎，先生，爺爺想說的話我完全明白。」

「沒錯，」巴魯瓦補充說：「完全明白，絕對明白，就像一路上我對先生所說的那樣。」

「對不起，先生，還有您，小姐，」公證人對維勒福和瓦朗蒂娜說：「這個案子，公務助理人員不能輕率接手，否則會承擔危險的責任。要使公證具法律效力，首要條件是公證人確信他能忠實地理解委託人的意願。可是，我不能確信無法說話的委託人是贊同還是反對。由於他缺乏說話能力，我不能清楚無誤地證實他的願望和厭惡，所以我的職務虛有其表，執行起來也會是不合法的。」

公證人退後一步，想要告辭。一絲難以察覺的微笑浮現在檢察官嘴上。努瓦蒂埃則帶著痛苦的神情望著瓦朗蒂娜，於是她擋住公證人的退路。

「先生，」她說：「我跟我爺爺交談的語言很容易學會，我可以在幾分鐘內讓您理解，而且理解得跟我一樣清楚。啊，先生，您如何才能完全放心呢？」

「為了使公證有效，小姐，」公證人回答。「不可少的是確認贊成或反對。可以為病人立遺囑，但病人必須心智健全。」

「那麼，先生，您可以從兩個動作確信我爺爺此刻具有健全的理解能力。努瓦蒂埃先生由於失語和無法動彈，他想說『是』時便閉上眼睛。他想說『不』時便眨幾下眼睛。現在您已經掌握這種語言，可以跟努瓦蒂埃先生交談了，試試吧。」

老人望向瓦朗蒂娜的目光閃爍著親和和感激的淚光，連公證人都看見了。

「您聽到而且明白您孫女剛才所說的嗎，先生？」公證人問。

努瓦蒂埃輕輕閉上眼睛，過了一會兒再張開。

「您同意她所說的話嗎？也就是，靠她指引的兩個動作，您能讓人理解您的想法嗎？」

「是的。」老人又表示。

「是您派人來叫我嗎？」

「是的。」

「為了立遺囑？」

「是的。」

「您不希望我不立遺囑就告辭吧？」

癱瘓病人趕緊眨了幾下眼睛。

「那麼，先生，現在您明白了吧？」女孩問：「您問心無愧了吧？」

但公證人還來不及回答，維勒福便把他拉到一邊說：「先生，您認為一個人能在肉體上忍受努瓦蒂埃·德·維勒福先生所遭受的嚴重打擊，在精神上沒有絲毫損傷嗎？」

「我擔心的決非這一點，先生。」公證人回答：「我在斟酌，如何才能猜出他的想法，以便讓他回答。」

「您看，這是辦不到的。」維勒福說。

瓦朗蒂娜和老人聽到這場談話。努瓦蒂埃對瓦朗蒂娜投以專注且堅定的目光，顯然在要她做出反擊。

「先生，」她說：「您不必擔心這點。無論如何困難，或者不如說，無論您覺得要猜到我爺爺的想法是如何困難，我還是會讓您明白他的想法，免除您對此的所有懷疑。六年來我一直待在努瓦蒂埃先生身邊，不管他想說什麼，是否有哪一個願望是埋藏在他心底，而我卻無法理解的？」

「沒有。」老人表示。

「那麼我們試試看，」公證人說：「您同意小姐做您的解說人嗎？」

癱瘓病人表示同意。

「好。先生，您希望我做什麼，您希望立下什麼文件？」

瓦朗蒂娜背誦字母，直到T。

聽到這個字母，努瓦蒂埃具說服力的目光示意她停下。

「先生要的是字母T。」公證人說：「這是顯而易見的。」

「等等，」瓦朗蒂娜說，她轉向祖父：「Ta……te……」

老人聽到第二個音節，示意她停下。

於是瓦朗蒂娜拿起字典，在公證人的注視下，她翻動書頁。「遺囑。」努瓦蒂埃的目光讓她的手指停在這個字上。

「遺囑！」公證人叫道：「這是顯而易見的，先生想立遺囑。」

「是的。」努瓦蒂埃重複表示。

「真是不可思議，先生，您要承認這點。」公證人對驚呆的維勒福說。

「確實是。」他回答：「這份遺囑會更加不可思議，因為坦白說，如果沒有我女兒的聰明協助，我無法想像這份遺囑可以逐字記下。可是，瓦朗蒂娜與這份遺囑的關係太緊密，或許不適宜做努瓦蒂埃．德．維勒福先生模糊不清的遺願的解說人。」

「不！不！」癱瘓病人表示說。

「怎麼？」德．維勒福先生說：「瓦朗蒂娜跟您的遺囑毫無關係嗎？」

「不。」努瓦蒂埃表示說。

「先生，」公證人說，他被這場試驗深深吸引，決定要在社交圈詳述這段美妙的插曲，「先生，剛才我以為不可能辦到的事，現在看來再容易不過了。這份遺囑很簡單，將是一份密封遺囑，當著七個證人的面宣讀，由立遺囑人在他們面前認可，並當面封存，如此才符合法律效力。至於時間，會比一般立遺囑的時間稍長。首先要符合程序，這些程序總是千篇一律。至於細節，主要由立遺囑人的具體情況而定，由於您處理過這類事務，一定十分瞭解，因此您也可以提供意見。此外，為了讓這份文件無懈可擊，我們會務求具備公信力，我一個同事會協助我，而且一反慣例，將參與筆錄。這樣做您滿意嗎，先生？」公證人對老人說。

「滿意。」努瓦蒂埃回答，因被人理解而神采奕奕。

「他要做什麼呢？」維勒福思忖，他身居高位，此身分促使他謹言慎行，而且，他猜不透他的父親目的何在。

於是他轉過身，派人去找第一位公證人提出的第二位公證人。然巴魯瓦早已聽到，並且猜出主人的意圖，已經出發了。

接著檢察官派人去叫他妻子上來。

一刻鐘後，大家聚集在癱瘓病人的房間裡，第二位公證人也到了。

略微交換幾句意見，兩個司法助理人員便為努瓦蒂埃朗讀一份尋常的遺囑範本。接著，為了試探他的智力，第一位公證人轉身對他說：「先生，立遺囑總有個受益人。」

「是的。」努瓦蒂埃表示說。

「您知道您財產的總數嗎？」

「知道。」

「我將對您說出幾個數目，逐漸增加，當我說到您自認為擁有的數目時，您就示意我停下。」

「好的。」

這段問答瀰漫著一股莊嚴的氣氛，而且，精神對肉體間的搏鬥更是前所未見。即使如同上述這不是一個崇高的場景，至少也是一個吸引人的畫面。

大家圍住努瓦蒂埃，第二位公證人坐在桌前，準備進行記錄，第一位公證人站在老人面前提問。

「您的財產超過三十萬法郎，是嗎？」他問。

努瓦蒂埃表示是的。

「您擁有四十萬法郎？」公證人問。

努瓦蒂埃毫無表示。

「五十萬？」同樣毫無表示。

「六十萬？七十萬？八十萬？九十萬？」

努瓦蒂埃表示是的。

「您擁有九十萬法郎？」

「是的。」

「是不動產？」公證人問。

努瓦蒂埃表示不是。

「存入公債？」

努瓦蒂埃表示是的。

「公債都在您手上？」

他以眼神對巴魯瓦示意，吩咐老僕出去，過了一會兒，老僕拿著一個小首飾箱回來。

「您允許我們打開這個首飾箱嗎？」公證人問。

努瓦蒂埃表示允許。

公證人打開首飾箱，找到九十萬法郎的公債券。

第一位公證人將公債券一一遞給他的同僚，總數與努瓦蒂埃所說的相符。

「一點沒錯，」公證人說：「顯然，他的智力十分正常、強健。」

然後又轉向癱瘓病人，說道：「所以，您擁有九十萬法郎的財產，根據存放的方式，每年大約有四萬利佛爾的收入。」

「是的。」努瓦蒂埃表示說。

「您想將這筆財產留給誰？」

「啊！」德．維勒福夫人說：「這是無庸置疑的，努瓦蒂埃先生只喜歡他的孫女瓦朗蒂娜．德．維勒福小姐。她照料了他六年，她不間斷的照料贏得了爺爺的愛，我幾乎要說他的感激之情。因此，她得到如此報償是公允的。」

努瓦蒂埃閃現一道亮光，彷彿他沒有被德．維勒福夫人的虛情假意所矇騙。

「您想將這九十萬法郎留給瓦朗蒂娜．德．維勒福小姐嗎？」公證人問，他心想可以記上這一筆了，但他堅持得到努瓦蒂埃的同意，並想讓所有參與這個古怪場景的見證人看到老人的認可。

瓦朗蒂娜退後一步，低下眼睛啜泣。老人帶著深厚的溫情望了她一會兒，然後轉向公證人，意味深長地眨了幾下眼睛。

「不？」公證人說：「所以您要立為遺產受益人的不是瓦朗蒂娜．德．維勒福小姐？」

努瓦蒂埃表示不是。

「您沒有搞錯吧？」公證人詫異地大聲說：「您說不是？」

「不是！」努瓦蒂埃重複，「不是！」

瓦朗蒂娜抬起頭來，她目瞪口呆，倒不是緣於喪失繼承權，而是引發爺爺做出如此舉動的情感因素。

然而，努瓦蒂埃帶著深深的溫情望著她，她不由得大聲說：「啊！爺爺，我看得出，您只是沒有讓我繼承您的財產，但您的心終究是留給的我吧？」

「是的，當然。」癱瘓病人的眼睛說，他閉上眼睛的意思瓦朗蒂娜不會搞錯。

「謝謝！謝謝！」女孩低聲說。

但這拒絕卻在德．維勒福夫人心中產生了意想不到的希望，她靠近老人。

「所以，您是要把財產留給您的孫子愛德華．德．維勒福嗎？親愛的努瓦蒂埃先生？」做母親的問。

老人的眼睛眨得厲害，他所表達的幾乎是仇恨。

「不是，」公證人說：「那麼是留給在場的兒子？」

「不是。」老人回答。

兩個公證人驚訝地相對而視。維勒福和他的妻子臉龐漲紅，一個出於羞愧，另一個出於憤恨。

「我們究竟怎麼得罪您了呢，爺爺？」瓦朗蒂娜說：「您不再愛我們了嗎？」

老人的眼光迅速掃過兒子、兒媳，帶著深情厚意停在瓦朗蒂娜身上。

「那麼，」她說：「如果您愛我，爺爺，就請以愛解釋您現在所做的事。您瞭解我，知道我從來不覬覦您的財產。況且，據說由於我的母親，我很富有，甚至過於富有。請您解釋一下。」

努瓦蒂埃以熱烈的目光盯著瓦朗蒂娜的手。

「我的手？」她說。

「是的。」努瓦蒂埃表示說。

「她的手！」所有在場的人重複說。

「諸位，你們看，一切都白費心思，我可憐的父親瘋了。」維勒福說。

「啊！」瓦朗蒂娜突然大聲說：「我明白了！我的婚事[13]，對嗎，爺爺？」

「是的，是的，是的。」癱瘓病人重複三次，每次眼皮抬起，便閃現一道亮光。

「您責怪我們辦婚事，對嗎？」

「是的。」

「這是荒唐的。」維勒福說。

「對不起，先生。」公證人說：「相反的，這一切非常符合邏輯，讓我因此對他的作為有了連貫的印象。」

「您不願意我嫁給弗朗茲．德．埃皮奈先生嗎？」

「不願意，我不願意。」老人的目光表示。

「於是您剝奪了您孫女的繼承權，」公證人大聲說：「因為她違反您的意願結婚？」

「是的。」努瓦蒂埃回答。

「所以，如果取消這門婚事，她就是您的繼承人？」

「是的。」

周圍一片寂靜無聲。

兩個公證人低聲商量。瓦朗蒂娜握著雙手，帶著感激的笑容望著祖父。維勒福緊咬薄嘴唇。德．維勒福夫人壓抑不住欣喜之情，不由自主地眉開眼笑。

「可是，」維勒福終於說，首先打破沉默：「我覺得我是這樁門當戶對婚姻的唯一評判者。唯有我能決定我女兒的婚事，我要她嫁給弗朗茲．德．埃皮奈先生，她一定要嫁給他。」

瓦朗蒂娜哭得像個淚人兒，倒在扶手椅裡。

「先生，」公證人對老人說：「一旦瓦朗蒂娜小姐嫁給弗朗茲先生，您打算怎麼處理您的財產？」

老人毫無反應。

「您會處理吧？」

「是的。」努瓦蒂埃表示說。

「留給您家裡的某個人？」

「不。」

「捐獻給窮人？」

「是的。」

「但是，」公證人說：「您知道法律不允許您完全剝奪您兒子的繼承權嗎？」

「知道。」

「您只能支配法律准許您使用的部分。」

努瓦蒂埃毫無反應。

「您還是想支配所有財產嗎？」

「是的。」

---

13 法語「想要某人的手」為「向某人求婚」之意，因此，「手」與婚事相關聯。

「但您去世之後，別人會對遺囑提出異議。」

「不會。」

「我的父親瞭解我，先生，」德．維勒福先生說：「他知道他的意願對我而言是神聖的。他也明白，以我身處的地位，我不會跟窮人打官司。」

努瓦蒂埃的目光表示取得勝利。

「您有什麼打算，先生？」公證人問維勒福。

「沒有，先生，我父親已做出決定，我知道我父親不會改變決心。我逆來順受。這九十萬法郎不再歸屬於我家，而將捐獻給濟貧院。但我不會對老人的任性讓步的，我會憑良心行事。」

於是維勒福與妻子一起告退，讓他的父親隨心所欲地訂立遺囑。

遺囑當天擬好，找來證人，得到老人認可，並當著證人的面封存，交給家庭公證人德尚先生保存。

60 快報

德・維勒福夫婦回房後得知，基度山伯爵先生前來拜訪，已被帶到客廳等候。德・維勒福夫人過於激動，無法立刻見客，她先回臥房。而檢察官較能控制自己，逕直朝客廳走去。

但無論他如何有自制力，善於保持平靜，德・維勒福先生還是無法擺脫額頭上的烏雲。伯爵笑容滿面，注意到了那若有所思的陰鬱神情。

「我的天！」基度山寒暄過以後說：「您怎麼了，德・維勒福先生？我來得不是時候，您正在草擬重要的公訴狀嗎？」

維勒福勉強露出微笑。

「不，伯爵先生，」他說：「這次的受害者是我。我敗訴了，是厄運、固執和愚蠢丟出了公訴狀。」

「您這話是什麼意思？」基度山佯裝關切地問道：「您真的遇到嚴重的不幸之事嗎？」

「啊！伯爵先生，」維勒福苦澀而又平靜地說：「這事不值一提，區區小事，不過損失了一筆錢。」

「確實，」基度山回答：「像您這樣家道殷實、豁達大度和富有教養，損失點錢不算什麼。」

「因此，」維勒福回答：「決不是金錢問題讓我牽掛，雖然九十萬法郎畢竟是值得遺憾，或者至少值得惱恨的數目。然而，我更受到命運、機遇與天意的傷害，我不知如何稱呼這股力量，它當頭棒喝，推翻了我致富的希望，或許也毀掉我女兒的未來，這都出於一個返老還童的老人的任性。」

「我的天！怎麼回事？」伯爵大聲說：「您是說九十萬法郎？真的像您所說的，這筆數目確實值得讓一個豁達大度的人心懷遺憾。是誰帶給您這個煩惱呢？」

「我的父親，我已經對您提起過他。」

「努瓦蒂埃先生？當真！我記得您說過，他完全癱瘓了，身體機能都已喪失？」

「是的，他的身體機能確實是，他無法動彈、不能說話，但即使如此，他可以思考，他擁有欲求，他還能發揮影響力，正如您所知的那樣。我剛離開他五分鐘，此刻他正忙於向兩個公證人口述一份遺囑。」

「所以他會說話了？」

「還更進一步，他能讓人理解他的意思。」

「怎麼回事？」

「靠眼睛。他的雙眼仍然靈活有生氣，您看，它們正在殺人。」

「我的朋友，」德．維勒福夫人剛走進來，說道：「您誇大其辭了吧？」

「夫人……」伯爵鞠躬說。

德．維勒福夫人帶著極其優雅的微笑還禮。

「德．維勒福先生說的究竟是怎麼一回事呀？」基度山問，「怎麼會有這種不可理解的倒楣事呢？」

「不可理解，一語中的。」檢察官聳聳肩說：「老人任性胡來。」

「沒有辦法讓他回心轉意嗎？」

「剛好相反，」德．維勒福夫人說：「要想讓這分遺囑不損及瓦朗蒂娜，而是有利於她，取決於我的丈夫。」

伯爵看到這對夫婦開始閃爍其辭地說話，便擺出漫不經心的神態，繼而全神貫注帶著明顯不過的贊同神情，看著愛德華將墨水倒在鳥兒的小水槽裡。

「親愛的，」維勒福回答妻子說：「您知道我不喜歡在家裡擺家長架子，我從來不相信天命取決於我的點頭。重要的是，我的決定必須在家裡受到尊重，一個老人的愚蠢和一個孩子的任性，不能推翻我決定多年的計劃。德・埃皮奈男爵是我的朋友，這您知道，和他的兒子聯姻是門當戶對的。」

「您認為，」德・維勒福夫人說：「瓦朗蒂娜同意跟他結婚嗎？……其實……她一直反對這門婚事，我們剛才看到和聽到的一切是在推行他們商量好的計劃，我對此並不詫異。」

「夫人，」維勒福說：「請相信我，不能這樣放棄一筆九十萬法郎的財產。」

「一年前她即想進修道院，先生，她可以遁世修行。」

「無論如何，」德・維勒福說：「我說了，這門婚事一定要談成，夫人！」

「不顧您父親的意願？」德・維勒福夫人說，從另一個方向進攻，「那是很嚴重的事了！」

基度山佯裝沒有在聽，卻沒有漏掉任何一個字。

「夫人，」維勒福回答：「我可以說，我一直尊敬我的父親，除了因為他智力超群外，更緣於父子之情。因為畢竟，一個父親從兩種名義上來說是神聖的，做為生育我們的人是神聖的，做為教養我們也是神聖的。但是今天，由於這個老人出於對其父親的仇恨回憶，遷怒於兒子身上，我只能不再承認他的智慧。以行動去遷就他的任性，在我來說是荒唐可笑的。我會繼續對努瓦蒂埃先生保持最大的尊敬，我毫無怨言地忍受他對我的金錢懲罰，但我的意志不可變動，世人將會知道哪一方有理。因此，我要把女兒嫁給弗朗茲・德・埃皮奈男爵，因為按我看來，這門婚姻門當戶對。總之，我想把女兒嫁給我喜歡的人。」

「什麼！」伯爵說，檢察官不斷地用目光懇求他的贊許，「什麼！您說努瓦蒂埃先生剝奪了瓦朗蒂娜小姐的繼承權，因為她要嫁給弗朗茲．德．埃皮奈男爵嗎？」

「天哪！是的，先生，就是這個理由。」維勒福聳聳肩說。

「至少表面上是這個理由。」德．維勒福夫人補充說。

「是真正的理由，夫人。請相信我，我瞭解我的父親。」

「能知道嗎？」少婦回答：「我問您，德．埃皮奈先生哪方面不如別人，不討努瓦蒂埃先生的歡心呢？」

「我確實認識弗朗茲．德．埃皮奈先生，」伯爵說：「他是凱內爾將軍的兒子，是嗎？是查理十世國王封德．埃皮奈男爵為將軍的？」

「正是。」維勒福回答。

「那麼，我覺得那是一個可愛的年輕人！」

「因此，我確信那只是一個藉口，」德．維勒福夫人說：「老人們總是放不下喜愛的東西，努瓦蒂埃先生不願他的孫女出嫁。」

「可是，」基度山說：「您不知道這種仇恨事出有因嗎？」

「哦！天哪！誰知道呢？」

「或許出於政治對立？」

「我父親和德．埃皮奈先生的父親確實經歷過動盪不安的時代，我只見識過那個時代的尾聲。」維勒福說。

「您的父親不是拿破崙黨人嗎？」基度山問：「我記得您對我提起過。」

「我的父親曾是一個道道地地的雅各賓黨人。」維勒福回答，他激動得超出了謹慎的範圍，「拿破崙披在他肩上的參議員長袍，只是讓老人裝扮了一下，並沒有真正改變他。我的父親參加密謀，倒不是為了支援皇帝，而是反對波旁王室。我父親可怕之處即在這裡，他從來不為不可能實現的烏托邦戰鬥，而是為可能實現的目標奮鬥，並且為了取得成功而實踐山嶽黨可怖的準則：不擇手段。」

「所以，」基度山說：「您看，正是如此，努瓦蒂埃先生和德．埃皮奈將軍儘管曾在拿破崙底下效力，內心深處對保王黨不是還保有感情嗎？他不就是某天晚上從拿破崙黨人俱樂部出來後，遭到暗殺的那個人嗎？俱樂部希望吸收他成為同黨。」

維勒福幾近恐懼地望著伯爵。

「我說錯了嗎？」基度山問。

「沒有，先生，」德．維勒福夫人說：「正是如此。恰好由於您剛才所說的原因，為了消解世仇，德．維勒福先生想到讓兩個孩子結合，雖然他們的長輩彼此仇視。」

「崇高的想法！」基度山說：「這是充滿仁愛的思維，世人都應為之喝采。確實，看到瓦朗蒂娜．德．維勒福小姐成為弗朗茲．德．埃皮奈夫人真是太妙了。」

維勒福不寒而慄，望著基度山，彷彿他想從這個人的內心看出這番話的意圖。但伯爵嘴角保持善意的微笑。檢察官即使目光犀利，這次他仍只看到表面。

「因此，」維勒福回答：「即使失去祖父的財產對瓦朗蒂娜是很大的不幸，我仍然不想因此讓這門婚姻告吹。我不相信德．埃皮奈先生會因為金錢損失而退卻，他或許會知道我比這筆財富更有價值，我為了信守承諾而不惜犧牲巨款。另外他會知曉，瓦朗蒂娜還擁有母親的大筆遺產，這筆遺產由她的外祖父母德．聖梅朗夫婦管理，他們非常疼愛她。」

「他們也值得別人熱愛和照顧，就像瓦朗蒂娜對待努瓦蒂埃先生那樣。」德．維勒福夫人說：「而且他們最多再一個月就要到巴黎，瓦朗蒂娜這次受了這樣的侮辱，就再也不需像至今那樣，將自己幽禁在努瓦蒂埃身邊了。」

伯爵得意地聽著因自尊心受到傷害、利益被葬送而發出的酸溜溜的聲音。

「我覺得，」基度山沉默了一會兒，然後說：「針對以下的發言，我要先請求您們原諒。我覺得，德．維勒福小姐由於想跟努瓦蒂埃先生所憎惡的人的兒子結婚而得罪了祖父，而即使努瓦蒂埃先生剝奪了她的繼承權，他卻沒有相同的理由去責備可愛的愛德華呀。」

「可不是，先生！」德．維勒福夫人用難以形容的聲量說：「這不就是不公平得很可惡嗎？可憐的愛德華，他與瓦朗蒂娜一樣，確實是努瓦蒂埃先生的孫子。如果瓦朗蒂娜不該嫁給弗朗茲先生，努瓦蒂埃先生就應將全部財產留給他。再說，愛德華承襲了家族的姓氏，可是，即使瓦朗蒂娜真的被她祖父剝奪了繼承權，她依然比愛德華富有三倍。」

眼看出擊奏效之後，伯爵閉口不言。

「咦，」維勒福又說：「咦，伯爵先生，我們別談這種家庭瑣事吧。是的，沒錯，我家的財產終究會濟助窮人，那些窮人已是真正的富人了。是的，我的父親會無故剝奪我的法定繼承權。但我呢，我會像一個通情達理、一個有良心的人那樣行事。我曾答應讓德．埃皮奈得到這筆款的利息收入，即使節衣縮食我也要做到。」

「可是，」德．維勒福夫人說，她又回到那個不斷縈繞在她內心的想法，「也許不如把這件不幸的事告訴德．埃皮奈先生，讓他自己取消婚約。」

「啊！那就太糟糕了！」維勒福高聲說。

「太糟糕了？」基度山重複說。

「無庸置疑，」維勒福回答，情緒緩和下來，「取消婚約，即使是出於金錢因素，也會對女孩產生不良影響；而且，已平息的往日謠言又會甚囂塵上。不，這樣做不行。如果德．埃皮奈先生是個正直的人，他會因為瓦朗蒂娜被剝奪遺產繼承而比先前更加堅守承諾，否則，他就只是貪財逐利。不，這是不可能的。」

「我的想法跟德．維勒福先生一樣。」基度山說，同時凝視著德．維勒福夫人，「如果我還算他的朋友，可以給他忠告。德．埃皮奈先生快要回來了，至少我是這麼聽說的。我會勸進他準備完婚，因此這門婚事不會解約。我會參與這個計劃，結局應該會為德．維勒福先生帶來光彩。」

維勒福明顯地喜形於色，站了起來，而他的妻子臉色有點蒼白。

「好。」他說：「這正是我想聽到的話，對於像您這樣一位顧問的意見，我很是感激。」他說著將手伸向基度山，「因此，但願大家將今天的事當作不曾發生過，我們的計劃絲毫沒有改變。」

「先生，」伯爵說：「即使世道多麼不公，將來仍會讚賞您的決心。我向您保證。您的朋友們也會為此感到驕傲。即使德．埃皮奈先生娶了沒有嫁妝的德．維勒福小姐——這是不可能的事，他也會很高興踏進這樣一個家庭。為了踐約和履行責任，他會不惜做出犧牲。」

說完這番話，伯爵起身準備告辭。

「您要離開了嗎，伯爵先生？」德．維勒福夫人問。

「我不得不告辭，夫人，我來拜訪僅僅是提醒您們星期六的約會。」

「您擔心我們忘記嗎？」

「您太賞臉了，夫人。但德．維勒福先生諸事繁忙，而且常有急事……」

「我的丈夫答應過了，先生。」德．維勒福夫人說：「您剛看到，即使他將失去一切，他也會遵守約定，何況他完全有利可圖呢。」

「聚會是在香榭麗舍大街的府上舉行嗎？」維勒福問。

「不是，」基度山回答：「因此你們的賞光就更難能可貴了，是在郊外。」

「郊外？」

「是的。」

「在哪裡？靠近巴黎嗎？」

「不遠，離城門半小時路程，在奧特伊。」

「在奧特伊！」維勒福大聲說：「沒錯，夫人對我說過，您在奧特伊有個府邸，因為她被抬到您家裡。在奧特伊的哪條街？」

「噴泉街！」

「噴泉街！」維勒福用壓抑的聲音說：「幾號？」

「二十八號。」

「有人把德．聖梅朗先生的房子賣給您了嗎？」維勒福大聲問。

「德．聖梅朗先生？」基度山問：「那幢房子屬於德．聖梅朗先生？」

「是的。」德．維勒福夫人回答：「您相信一件事嗎，伯爵先生？」

「什麼事？」

「您覺得那幢房子很漂亮是嗎？」

「非常漂亮。」

「咦，我的丈夫卻從來不想住在裡面。」

「哦！」基度山說：「說實話，先生，這是我不能理解的偏見。」

「我不喜歡奧特伊，先生。」檢察官回答，一面盡力控制自己。

「我希望我不致於很晦氣，」基度山不安地說：「讓反感剝奪了我接待您的榮幸吧？」

「不，伯爵先生……我熱切希望……請相信我會設法前去。」維勒福結結巴巴地說。

「哦！」基度山回答：「我不接受推辭。星期六，六點鐘，我等候您，如果您不來，我會相信——我會怎麼想呢？關於那幢二十多年沒有人居住的房子有一則血淋淋的陰暗傳說。」

「我會去的，伯爵先生，我會去的。」維勒福趕緊說。

「謝謝。」基度山說：「現在您得允許我告辭了。」

「您剛才說過，您不得不告辭了，伯爵先生。」德．維勒福夫人說，「我想，若不是岔開話題，您本來要告訴我們，您要辦什麼事的。」

「說實話，夫人，」基度山說：「我不知道我有沒有勇氣告訴您，我要去的地方。」

「說吧。」

「我確實是一個喜愛閒逛的人，有樣東西常常讓我沉思數小時，我要去看看。」

「什麼東西？」

「電報站。算了，話已說出了口。」

「電報站！」德．維勒福夫人複述。

「天哪，是的，電報站。我常常在路口的小丘上，看到陽光下聳立者宛如一隻巨大鞘翅目昆蟲腳爪的、能伸縮的黑色支杆。我向你們發誓，我總是內心激動，因為想到這些神奇訊號能準確地穿越長空，將坐在桌前的那個人的隱祕意願傳送到三百法里以外，另一個坐在桌前線路盡頭的人那裡。一切僅出於這強大無比的頭腦的意志力，浮現在烏雲或藍天上。我因此相信有精靈、氣精、地精，甚至巫術的魔法，後來我便啞然失笑。但是，我從來沒想過就近看看這些白肚皮、黑瘦爪子的大昆蟲，因為我深恐在牠們石頭翅膀下看到一本正經的、書呆子氣的、滿腦子科學、詭計和妖術的小精靈。但某天早上，我發現發電報的是每年一千二百法郎工資的可憐職員，他鎮日進行測量，不是像天文學家那樣觀測天空，不是像腦袋放空的人那樣觀望風景，不是像漁夫那樣關注水面，而是觀察這隻白肚黑爪的昆蟲，這部離他四、五法里遠的接收器。於是我感到強烈的好奇，想就近看看這隻活蛹，觀看牠如此從繭裡抽出絲，與另一隻蛹聯絡。」

「您到那裡去？」

「我到那裡去。」

「到哪個電報站？是內政部的電報站還是天文台的電報站？」

「哦！不，我在那裡會看到一些人，他們會硬要我瞭解我不想知道的事，為我解釋連他們也不明白的祕密。啊！我仍想對昆蟲保有幻想，我已經對人類失去幻想，這就夠了。因此我既不去內政部的電報站，也不去天文台的電報站。我要找的是曠野中的電報站，並且在那裡遇到一個老待在塔房裡的真正老實人。」

「您真是一個古怪的貴人。」維勒福說。

「您建議我研究哪條通訊線呢？」

「目前最繁忙的那條。」

「好！那就是西班牙那條線了？」

「沒錯。您要一封給大臣的信，讓他們為您解釋一番嗎？」

「不，」基度山回答：「相反的，我已對您說過，我什麼也不想瞭解。一旦我有所瞭解，便再也沒有電報，只有迪沙泰爾先生或德．蒙塔利韋先生的訊號，傳達給巴詠[14]市長，並轉成兩個希臘字：電報。我想保持對黑爪昆蟲和可怕字眼的純粹性和完整敬意。」

「那麼走吧，因為再兩小時內天就要黑了，您到時候什麼也看不到。」

「哎喲，您這麼一說讓我心慌意亂。哪一站最近？」

「去巴詠那條路嗎？」

「是的，去巴詠那條路。」

「沙蒂永電報站。」

「過了沙蒂永電報站呢？」

「我想是蒙萊里塔電報站吧。」

「謝謝，再會。星期六我會把我的觀察告訴你們。」

在門口，伯爵跟兩個公證人相遇，他們甫立好取消瓦朗蒂娜繼承權的遺囑，正要離去，他們很高興完成了一個會讓他們聲名大噪的文件。

14 法國西南端的港口，靠近西班牙。

61 園丁如何除掉偷吃桃子的睡鼠

不是像基度山伯爵所說的在當天晚上，而是在第二天上午，他從「地獄」城門出關，踏上往歐雷翁[15]的路，經過利納村，未在電報站停留——正當伯爵經過時，電報站正擺動瘦削的長臂。基度山來到蒙萊里塔，眾所周知，這座塔樓位於同名平原的最高處。

伯爵在山丘腳下下車，穿過一條十八寸寬的環形小徑，爬上山丘之頂；到達頂點時，他被一道籬笆擋住，籬笆上面，紅白兩色的花朵間結著綠色的果實。

基度山尋找小園的門，很快便找到了。這是一扇小小的木質柵門，鉸鏈是柳木做的，以一顆釘子和一條繩索拴住門。伯爵很快就摸到了機關，門打開了。

伯爵於是來到一個二十尺長，十二尺寬的小花園裡，這一邊以籬笆為界，裝著上文描述過的，作為門的巧妙機關，另一邊是古老的塔樓，上面爬滿長春藤，點綴著桂竹香和紫羅蘭。

看到塔樓滿佈皺紋、綴滿鮮花，儼然一個老祖母，她的兒孫剛向她拜過壽，如果像諺語所說的，隔牆有耳，她簡直會對著那耳朵講述可怕的慘劇。

沿著一條鋪著紅沙石的小徑，可以遊遍整座花園。一株樹齡頗老的黃楊樹的枝椏伸入花園，枝葉的色澤會讓德拉克洛瓦、我們這位當代的魯本斯[16]也感覺賞心悅目。這條小徑呈8字形，彎彎曲曲地在一個二十尺長的花園裡闢成一個六十尺長的散步場所。古代拉丁語國家的園丁崇奉的、笑容明媚的女神芙洛拉[17]，在這座小園裡也受到前所未有的、無微不至的真誠崇敬。

簇擁在花圃裡的二十株玫瑰，確實沒有哪片葉子遺下蒼蠅的足跡，沒有哪根花莖留有蹂躪和蠶食在濕土地上生長的植物的綠色芽蟲。決不是因為這座花園不潮濕，黑得宛如煤炭的土地、濃密不透光的樹葉足以說明這一點。況且，人工作業迅速補充天然水量的不足，這是由於花園一角凹陷之處，有個裝滿儲水的木桶，綠色水面上，有一隻青蛙和一隻癩蛤蟆，牠們由於脾性不合，總是背對背停在桶圈的相對兩點上。

而且，小徑沒有一莖雜草，花圃沒有一枝腐根，至今未曾露面的小園主人真是精心栽培，再細心的主婦也不會這樣為盆架上的天竺葵、仙人掌和杜鵑花清理與修剪。

基度山關上門，將繩子掛在釘子上，停下腳步，環視此處。

「看來，」他說：「電報員常年雇用園丁，或者他自己熱中園藝。」

突然，他撞到了一樣東西，那東西躲在一輛裝滿樹葉的獨輪車後面，那東西此時直起身，發出一聲驚叫，基度山面前站著一個五十幾歲的老頭，他剛才正把摘下的草莓放在葡萄葉上。有十二片葡萄葉和幾乎一樣多的草莓。

老頭起身時，差點兒讓草莓、葉子和盆子滑落。

「您在摘果子嗎，先生？」基度山笑迷迷地問。

「對不起，先生。」老頭將手舉到鴨舌帽上行了個禮，「我不在樓上，沒錯，但我剛剛下樓。」

---

15 離巴黎一百多公里，位於法國中部的城市。
16 魯本斯（一五七七—一六四〇），法蘭德斯地區畫家，作品有《瑪麗．梅迪奇的一生》、《掠奪里西普的女兒》等。
17 古義大利的百花和青春女神，是古代的農業女神之一。

「但願我沒有打擾您，我的朋友。」伯爵說：「如果還要採摘草莓，您就繼續吧。」

「我還要摘十顆，因為這裡有十一顆，但我共有二十一顆，比去年多五顆。這並不奇怪，今年春天很熱，草莓所需要的，您看，先生，就是炎熱。因此，不是去年的十六顆，今年我已經採摘了十一顆，您看，十二、十三、十四、十五、十六、十七、十八顆。啊！我的天！我少了兩顆，昨天還在，先生，我確定，昨天還在，我數過。一定是西蒙大媽的兒子偷摘了，今天早上我看到他在這裡遛達。啊！小淘氣，在園子裡偷東西，他不知道會學壞到什麼地步。」

「確實，」基度山說：「這很嚴重，但您要考慮到順手牽羊的人還很年輕，又貪吃。」

「當然，」園丁說：「不過仍然令人非常不快。再一次對不起，先生，我或許讓長官久等了吧？」

他用膽怯的目光觀察伯爵和他的藍色服裝。

「放心吧，我的朋友，」伯爵笑容可掬地說，他可以隨意把笑容變得非常可怕或非常和藹，這次則表現出和藹，「我不是長官前來視察您的情況，而是一個普通的遊客，被好奇心引導而來，看到即將浪費您的時間，甚至開始自責了。」

「哦！我的時間並不寶貴，」老頭苦笑著回答：「不過這是屬於政府的時間，我不該浪費掉。我已收到訊號，告訴我可以休息一小時（他看一眼日晷，在蒙萊里塔的小園裡什麼都有，甚至包括日晷），您看，我還有十分鐘，再說我的草莓已經成熟，再過一天……您相信嗎，先生，睡鼠就會統統吃掉？」

「說實在的，不會，我相信不會。」基度山慎重地回答：「睡鼠是個壞鄰居，先生，我們不像羅馬人那樣，把睡鼠做成蜜餞來吃。」

「啊！羅馬人吃睡鼠？」園丁問：「他們吃睡鼠嗎？」

「我在佩特羅納[18]的作品中看到的。」伯爵說。

「真的？儘管俗話說『像睡鼠一樣肥』，但不見得好吃吧。先生，這不奇怪，睡鼠很肥，因為牠們整日睡覺，整夜啃東西。咦，去年我有四顆杏子，被睡鼠咬壞了一顆。我只結了一顆油桃，這確實是很罕見的果子。睡鼠卻啃掉了面對牆壁的那半邊。那真是一顆漂亮的、上好的油桃，我從沒吃過比那更好的了。」

「您吃過油桃？」基度山問。

「您明白，就是剩下的半顆。真好吃，先生。啊！當然，那幾位先生不會挑難吃的果子。就像西蒙大媽的兒子那樣，他不會挑選最差的草莓。但今年，」園藝家繼續說：「您放心吧，果子快成熟時，即使要我徹夜看守，我也不會讓這種事發生。」

基度山見多識廣。每個人都有激情，在內心嚙咬著自身，正如每種果實都有一種毛蟲一樣。快報員的激情是園藝。伯爵開始採摘遮住葡萄陽光的葉子，因此獲得了園丁的歡心。

「先生是來看電報的嗎？」園丁問。

「是的，先生，如果不違禁的話。」

「哦！絕對不違禁，」園丁說：「因為沒有人知道，也不可能知道我們所說的話，這是毫無危險的。」

「據說，」伯爵說：「您並不懂得訊號，只是重複操作而已。」

「當然，先生，我寧願這樣。」電報員笑著說。

18 佩特羅納（約卒於西元六五），拉丁文作家，伊比鳩魯派。

「為什麼您寧願這樣？」

「因為這樣我就沒有責任。我是一部機器，不是別的東西，只要我完成工作，別人對我便沒有過多要求。」

「見鬼！」基度山心裡想：「難道我湊巧碰到一個沒有野心的人？見鬼！有倒楣的可能。」

「先生，」園丁看了一眼日晷，「十分鐘快過去了，我要返回崗位。您想跟我一起上樓嗎？」

「我跟您走。」基度山踏進這座塔樓，塔分為三層，底下一層放農具，比如鐵鏟、耙子、噴水壺，都靠牆放著，這是所有擺設了。

第二層是起居室，或者不如說是這個公務員晚上睡覺的地方。有幾件寒酸的器皿、一張床、一張桌子、兩把椅子、一個陶罐，還有一些曬乾的草本植物從天花板垂掛而下，伯爵認出是香豌豆和西班牙四季豆，老頭將果實保留在豆莢裡，他以不遜於植物園裡的植物學家的細心，一一貼上標籤。

「學會發電報需要花很多時間嗎，先生？」基度山問。

「不用很長時間，這是臨時雇員要學會的事。」

「薪水多少？」

「一千法郎，先生。」

「才這麼一點。」

「不，您看到，有住的地方。」

基度山看看臥室。

「但願他不要留戀這個住處。」他低聲說。

兩個人來到第三層，這是電報房。基度山輪流察看兩支鐵柄，那是公務員用來啟動機器的。

「很有意思，」他說：「但久而久之，這種生活大概讓您感到平淡乏味吧？」

「是的，剛開始為了觀測，脖子都痠了，但一兩年後便能適應，而且我們有休息時間和放假日。」

「放假日？」

「是的。」

「什麼日子？」

「起霧的時候。」

「啊！沒錯。」

「那是我的放假日，我下樓到花園，種植，整枝，修剪，除蟲。總之，消磨時間。」

「您在這裡多久了？」

「十年，外加五年的臨時雇員，共十五年。」

「您多大年紀？」

「五十五歲。」

「您需要做多久才能領退休金？」

「哦！先生，二十五年。」

「退休金是多少？」

「一百埃居。」

「人真可憐！」基度山喃喃地說。

「您說什麼，先生？」那個公務員問。

「我說這很有意思。」

「什麼有意思?」

「您給我看的一切。您完全不懂訊號嗎?」

「完全不懂。」

「您根本不想弄懂嗎?」

「根本不想,何必弄懂呢?」

「有的訊號是直接打給您的。」

「毫無疑問。」

「那些訊號您也不懂?」

「總是那些訊號。」

「什麼意思?」

「『無消息』、『休息一小時』、『明天見』。」

「真是無足輕重的訊號。」伯爵說:「您看,跟您聯絡的人不是正在發訊號嗎?」

「啊!沒錯,謝謝,先生。」

「他對您說什麼?您明白嗎?」

「是的,他問我準備好了沒。」

「您回答他嗎?」

「我發了訊號。告訴我右邊的聯絡人,我準備好了,同時又請我左邊的聯絡人也做好準備。」

「這很巧妙。」伯爵說。

「您等著看，」老頭驕傲地說：「不到五分鐘他就會發電報了。」

「所以我有五分鐘，」基度山說：「超過我需要的時間。親愛的先生，請允許我向您提問。」

「說吧。」

「您喜歡園藝嗎？」

「喜歡極了。」

「如果您不只有二十尺見方的地，而是有兩阿爾邦單位的一座花園，您會很高興吧？」

「先生，我會把它變成一座人間樂園。」

「靠一千法郎您生活艱難吧？」

「相當艱難，但我畢竟維持下來了。」

「是的，您只有一個可憐兮兮的花園。」

「沒錯，花園不大。」

「不只如此，還有什麼都要啃的睡鼠。」

「那真是我的禍害。」

「請告訴我，當右邊那個聯絡人發訊號時，您剛好轉過頭，會怎麼樣？」

「我就看不到他的訊號。」

「那會發生什麼事？」

「我無法重複他的訊號。」

「然後呢？」

「由於我的疏忽，沒有重複那些訊號，我會被罰款。」

「罰多少？」

「罰一百法郎。」

「您收入的十分之一，真夠受的！」

「唉！」公務員說。

「您發生過這種情況嗎？」基度山問。

「發生過一次，先生，那時我正在幫玫瑰和榛子進行嫁接。」

「好，那如果您擅自改變訊號，或者轉換成另一個訊號呢？」

「那就是另一回事了，我會被辭退，並且失去退休金。」

「三百法郎？」

「一百埃居，是的，先生。因此，您知道，我絕不會這麼做。」

「即使給您十五年的薪水也不做？這值得考慮，嗯？」

「給我一萬五千法郎？」

「是的。」

「先生，您讓我心慌意亂。」

「當然囉！」

「先生，您想引誘我嗎？」

「沒錯。一萬五千法郎，您明白嗎？」

「先生，讓我看看右邊的聯絡人在說什麼！」

「相反地，您別看他，看這個。」

「這是什麼？」

「怎麼？您不認得這些紙片嗎？」

「鈔票！」

「每張一樣，共十五張。」

「誰的錢？」

「只要您願意，就是您的。」

「是我的！」公務員大聲說，喘不過氣來了。

「我的天！是的！全部屬於您。」

「先生，右邊的聯絡人正在對我發訊號。」

「讓他發吧。」

「先生，您讓我分心了，我會被罰款。」

「這使您失去一百法郎。但您知道，卻可以得到我的一萬五千法郎作為補償。」

「先生，右邊的聯絡人不耐煩了，他在重複訊號。」

「別理他，拿著。」

伯爵將那疊鈔票塞到公務員手裡。

「現在，」他說：「這還不夠，您不能只靠這一萬五千法郎生活。」

「我仍舊可以保留我的職位。」

「不，您會失去的，因為您要變更別的聯絡人發來的訊號。」

「哦！先生，您要我做什麼？」

「搞一下鬼。」

「先生，除非你強迫我……」

「我確實打算強迫您。」

接著基度山從口袋裡掏出另一疊鈔票：「這是另外十張一千法郎的鈔票。」他說：「加上您口袋裡的十五張，一共是兩萬五千法郎。您用五千法郎可以買下一幢漂亮的小屋和兩阿爾邦的土地。其餘兩萬法郎可以讓您每年拿到一千法郎的利息。」

「一個兩阿爾邦大小的花園？」

「外加每年一千法郎利息。」

「天啊！天啊！」

基度山硬將一萬法郎塞到公務員手裡。

「我該怎麼辦？」

「毫不困難。」

「究竟要我換發什麼訊號呢？」

「重複我給您的訊號。」

基度山從口袋裡掏出一張紙，上面寫好三組訊號，還有表明發送順序的數字。

「您看，花的時間不多。」

「是的，但……」

「您因此可以有油桃和其他東西了。」

這下正中要害。老頭滿臉通紅，冒出斗大汗珠，依次發出伯爵給他的三組訊號，而不顧右邊的聯絡人嚇壞了，他不明白發生了什麼事，還以為種油桃的老頭發瘋了。

至於左邊的聯絡人，他認真地重複這些訊號，最終傳給了內政部。

「現在，您發財了。」基度山說。

「是的。」公務員回答：「但花了多大代價啊！」

「聽著，我的朋友，」基度山說：「我不希望您感到內疚。請相信我，我對您發誓，您沒有傷害任何人，而且您為上帝效力了。」

公務員望著鈔票，撫摸著，數了一遍。他臉色一陣白一陣紅。末了，他衝向房間，想喝一杯水，但還來不及跑到盛水陶罐那裡，便在乾草堆中間昏倒了。

五分鐘後，電報消息傳到內政部，德布雷叫人把他的雙座四輪轎式馬車套上馬，馳向唐格拉爾家裡。

「您丈夫有西班牙公債嗎？」他問男爵夫人。

「我想有。他有六百萬。」

「不論什麼價錢，叫他趕快賣掉。」

「為什麼？」

「因為唐卡洛斯從布爾日逃走了，已回到西班牙。」

「您怎麼知道的？」

「當然囉！」德布雷聳聳肩說：「我消息靈通。」

男爵夫人沒等對方再說一次，她趕到丈夫房裡，他因此也趕到證券經理人那裡，吩咐無論什麼價錢都將公債拋出。

人們看到唐格拉爾先生賣掉公債，西班牙公債立刻下跌。唐格拉爾損失了五十萬法郎，但他全部的公債都脫手了。

晚上，人們在《信使報》上讀到：

快報消息：唐卡洛斯國王已擺脫布爾日人的監視，越過卡塔倫納邊境返回西班牙。巴賽隆納人民群起擁戴他。

整晚關於唐格拉爾的先見之明，傳說紛紛，因為他賣掉了公債，還談論這個投資者的運氣，這一次他只虧損五十萬。

那些保留公債或買下唐格拉爾公債的人，都自認為破產了，整夜不得安寧。

第二天，人們在《箴言報》上讀到：

《信使報》昨天披露唐卡洛斯潛逃，以及巴賽隆納人民舉叛，純屬無稽之談。

唐卡洛斯國王沒有離開布爾日，半島安然無恙。

由於大霧，電報訊號誤傳，導致出錯。

西班牙公債的漲幅，是下跌的一倍。

虧損的和錯失應賺的，一上一下使唐格拉爾損失了一百萬。

「好！」基度山對摩雷爾說，當報紙宣布交易所奇怪的行情轉向，唐格拉爾成了受害者時，摩雷爾就在伯爵家裡，「我以兩萬五千法郎得到了一個發現，而本來我要為此付出十萬。」

「您究竟發現了什麼？」馬克西米利安問。

「我發現了如何讓園丁除掉偷吃桃子的睡鼠。」

62 鬼怪

乍看外觀，奧特伊別墅毫無耀眼之處，想不到出手闊綽的基度山伯爵會住在這樣的房子裡。但這種樸實無華出於主人的意願，他確實吩咐過，外觀不要做任何改變，而只需要看看內部，便能瞭解他的用心了。大門一打開，景象的確令人耳目一新。

在擺設的品味和執行力方面，貝爾圖喬先生做得比以往都好，就像當年德·昂坦公爵[19]叫人一夜之間砍光小徑上妨礙路易十四視線的樹木那樣，貝爾圖喬在三天之內叫人在光禿禿的院子裡種上漂亮的楊樹和埃及無花果。這些樹木運來時都帶著碩大的根部，枝椏濃蔭如今掩映著別墅的正面。別墅前方，不再是雜草叢生的石子路，而是延展著一片如茵草坪，那草坪是今天早上才鋪好的，形成了一塊大地毯，剛灑過水，上面還滾動著晶亮的水珠。

這都是按照伯爵的吩咐安排的。他事先交給貝爾圖喬一張平面圖，上面指示樹木的數量和應該種在什麼地方，以及要取代石子路的草坪的形狀大小。

經過整修，這座府邸已改頭換面，連貝爾圖喬也聲稱，房子掩映在翠綠樹叢間，連他都認不出來了。管家有意叫人一併整修花園，他對此並不感到惋惜，可是伯爵明令不許染指花園。貝爾圖喬只能把接見室、樓梯和壁爐台都擺滿鮮花作為點綴。

最能顯示管家的靈活，以及主人的淵博學識，一個服務到家，另一個指揮得當的地方，就在於這幢二十多年來空寂無人的屋子，昨天還那樣冷清清、陰沉沉，充滿了可以稱之為日積月累的黯淡陳腐的氣息，但一夕之間，隨著生氣盎然的新面貌，也散發出主人所喜愛的香味，以及他屬意的光線亮度。還有，伯爵到來時，書籍和武器放在他伸手可及的地方；他舉目能看到心愛的油畫；接見室有他喜歡的搖尾取悅的狗，有他鍾意的鳴囀的鳥兒。這整幢府邸像睡美人的宮殿，從沉睡中甦醒過來，生氣蓬勃，歌聲繚繞，鮮花盛開。如同我們喜愛多年的房子，一旦我們不幸地離開，會不由自主地遺留下一部分的心緒。

僕人們在這座美麗院子裡開心地來來去去。有些是幫廚的，彷彿他們一直住在這幢房子裡，滑行在昨天修復好的樓梯上；有些是住在車庫裡的，車庫裡馬車都編好號，依序停放，彷彿已經擺放了五十年了；馬廄裡，槽邊的馬兒以嘶鳴回應車伕，他們對馬兒說話的口氣，遠遠勝過許多僕人對主人說話時的態度。

書櫃靠牆擺在兩側，大約有兩千冊藏書。其中一整格用來放現代小說，前一天新出版的小說已擺在書架上，燙金的紅色精裝封面，非常氣派。

在房子的另一邊，與圖書室對稱的是溫室，裡面擺滿奇花異卉，養植在日式大瓷缸裡爭妍鬥豔。在琳琅滿目、香氣撲鼻的溫室中間，有一張桌球台，球還停留在絨布上，就像是一小時前剛有人打過球。

全屋只有一個房間，能幹的貝爾圖喬讓它保持原貌。這個房間位於二樓的左角，可以從主要樓梯上去，也可以從暗梯下樓。僕人從房門前經過時總是滿懷好奇心，貝爾圖喬則是抱著恐懼。

五點整，伯爵來到奧特伊別墅，阿里緊隨在後，貝爾圖喬既不安又焦急地等待他的到來，他希望得到誇獎，又擔心伯爵皺眉頭。

---

19 昂坦公爵（一六六五—一七三六），王室房屋總監，被視為完美廷臣的典範。

基度山從庭院下車，在屋裡和花園裡走了一圈，默默無言，既不表示贊許，也未表達不滿。不過，他走進位於緊閉房間對面的臥室時，伸手指向香木小桌的抽屜，他第一次巡視房子時就很看重這張桌子。

「這只能用來放手套。」他說。

「的確如此，大人。」貝爾圖喬高興地說：「打開吧，您會在裡面發現手套。」

在其他家具裡，伯爵還找到他想找到的東西：嗅瓶、雪茄與首飾等小玩意兒。

「好！」他說。

於是貝爾圖喬先生滿心喜悅地退下，這個主人對他周遭具有多麼巨大、有力和顯著的影響力啊。

六點整，大門前傳來一匹馬的踏地聲。是北非騎兵上尉騎著他的馬匹梅戴亞到了。

基度山嘴角掛著笑容，在石階上迎接他。

「我有把握會最先到來！」摩雷爾喊著說：「我特意先到，趕在別人之前與您單獨相處。朱麗和愛馬紐埃爾有好多事要告訴您。啊！您這裡真是秀麗如畫！告訴我，伯爵，您的僕人會好好照料我的馬嗎？」

「放心吧，親愛的馬克西米利安，他們很擅長。」

「牠需要用草把擦身。您可知道牠跑得多快，簡直像龍捲風！」

「喲，我完全相信，那是一匹價值五千法郎的馬啊！」基度山用父親對兒子說話的語調說。

「您後悔花這麼多錢嗎？」摩雷爾坦率地笑著說。

「我嗎？上帝保佑！」伯爵回答：「不。我只後悔馬還不夠好。」

「馬非常好，親愛的伯爵，德．沙托．勒諾是法國對馬最內行的人，還有德布雷先生，騎的是內政部的阿拉伯馬，他們都跑在我後面，您看，還相差一段距離呢。此外，他們被唐格拉爾男爵夫人的兩匹馬緊追不捨，那兩匹馬一小時足足跑了六法里路。」

「所以，他們都跟在您後面嗎？」基度山問。

「看，他們來了。」

這時，兩匹氣喘吁吁的坐騎和一輛駕馬直冒熱氣的雙座四輪轎式馬車來到鐵柵前，鐵柵隨即打開。馬車繞了半圈，停在石階前，後面跟著兩位騎士。

眨眼間，德布雷已跳下來，走到車門前。他向男爵夫人伸出手，她下車時對他做了一個除了基度山之外，沒有任何人察覺的手勢。

伯爵什麼都沒有遺漏，在那個動作裡，他看到同樣難以察覺的一張白色小紙片晃了一下，紙片從唐格拉爾夫人手中轉到內政部祕書手中，那種嫻熟顯示這種小動作是家常便飯了。

銀行家在妻子之後下車，他臉色蒼白，彷彿他不是從馬車，而是從墳墓出來。

唐格拉爾夫人以試探性的眼光迅速地環顧四周，只有基度山才能明白這眼光的含義。在那一瞥中，庭院、廊柱、房子正面都盡收眼底；然後，她壓抑住心裡的輕微激動，如果臉色變得蒼白，她內心的震動就會被察覺。她一邊踏上台階，一邊對摩雷爾說：「先生，如果您是我的朋友，我就會請問，您的馬是否願意賣？」

摩雷爾笑了笑，宛如扮鬼臉一般。他轉向基度山，彷彿請他解圍。

伯爵明白他的意思。

「啊！夫人，」他回答：「為什麼不對我提出這個要求呢？」

「對您，先生，」男爵夫人說：「人們無權提出要求，因為太有把握如願以償。因此我向摩雷爾先生提出了。」

「不巧，」伯爵說：「我能做證，摩雷爾先生曾經以名譽擔保，要留住這匹馬，因此他不能出讓。」

「怎麼回事？」

「他打賭在半年內馴服梅戴亞。男爵夫人，現在您明白了，如果他在限定時間內將馬脫手，他不僅輸了賭注，而且別人會說他沒有膽量。一個北非騎兵上尉，即使為了滿足一個漂亮女人的任性，也無法阻止閒言碎語不脛而走。儘管在我看來，這麼做是世間最神聖的行為之一。」

「您看，夫人……」摩雷爾說，一邊對基度山露出感謝的笑容。

「我覺得，」唐格拉爾說，他笨拙的微笑掩飾不了粗魯的語氣，「這樣的馬您也夠多的了。」

略過這樣的攻擊而不還手，決不是唐格拉爾夫人的作風，但令兩位年輕人大為訝異的是，她假裝沒有聽見，一聲不吭。

基度山看到她保持沉默，表現出反常的忍氣吞聲，便微笑了一下，指著兩個巨大的中國瓷缸給男爵夫人看，瓷缸上攀爬著粗壯的海洋植物，只有大自然才能如此繁茂旺盛、充滿活力。男爵夫人讚嘆不已。

「啊！真可以把杜樂麗宮的栗子樹種在裡面！」她說：「如何燒製出這麼大的瓷缸呢？」

「啊！夫人，」基度山說：「您不該問我們這些製造小雕像和磨砂花紋玻璃的人。那是別的時代的產品，是大地和海洋精靈的傑作。」

「怎麼造出來的，是什麼時代的產品？」

「我不知道。不過，我聽說，有個中國皇帝叫人特別建造了一座窯。在那個窯裡，先後燒製出跟這兩個一模一樣的十二個瓷缸。其中兩個耐不住火力而破裂了；人們把其他十個沉入三百尋的海底。海洋知道人們對她的需求，便讓藤枝攀到瓷缸上，以珊瑚纏繞，用貝殼鑲嵌，這些都在無人知曉的深處，花了兩百年才完成。一場革命，把這個想做這番試驗的皇帝席捲而去，只留下證實燒製瓷缸和沉入深海的紀錄。過了兩百年，人們找到這份紀錄，才想到收回瓷缸。潛水員靠著特製的機器，在沉入瓷缸的海底搜尋，但只找回其中三個，其餘的都被海浪沖走或擊碎了。我喜歡這些瓷缸，我有時想像缸底會有奇形怪狀、可怖神祕的妖怪，就像潛水員才能看到的妖怪那樣，牠們驚訝地睜著冷漠無光的眼睛；缸底還會沉睡著不計其數的魚兒，躲在那裡以逃避敵人的追逐。」

這時，對古玩不感興趣的唐格拉爾機械式地一瓣瓣剝落一株綠葉扶疏的橘子樹的花朵。摘光橘花後，他轉而對付一棵仙人掌，但仙人掌不像橘子樹那樣軟弱可欺，狠狠地刺了他一下。他因此哆嗦起來，擦拭眼睛，似乎剛從夢中醒來。

「先生，」基度山笑容可掬地對他說：「您是油畫的愛好者，藏有名畫，我不敢向您獻醜。這是兩幅霍貝馬[20]的畫，一幅保羅．波泰爾[21]的畫，一幅朱里斯的畫，兩幅熱拉爾．道的畫，一幅拉斐爾的畫，一幅范戴克[22]的畫，一幅蘇爾巴蘭[23]的畫和兩三幅穆里洛[24]的畫，都值得看一下。」

「看！」德布雷說：「我認得這幅霍貝馬的畫。」

「啊！真的！」

20 霍貝馬（一六三八—一七〇九），荷蘭畫家，作品有《林蔭道》等。
21 保羅．波泰爾（一六二五—一六五四），荷蘭畫家，作品有《暴風雨中的畜群》、《看水中倒影的母牛》等。
22 范戴克（一五九九—一六四一），法蘭德斯地區畫家，作品有《母與女》、《查理一世騎馬肖像》等。
23 蘇爾巴蘭（一五九八—一六六四），西班牙畫家，作品有《保衛卡地斯》等。
24 穆里洛（一六一八—一六八二），西班牙畫家，作品有《聖母的教育》、《小乞丐》等。

「是的，有人曾拿到博物館販售。」

「我想，博物館沒有這一幅吧？」基度山大膽地說。

「沒有，博物館拒絕購買。」

「為什麼？」沙托．勒諾問。

「真是的，因為政府沒有那麼多錢呀。」

「對不起！」沙托．勒諾說：「八年來我每天聽到這類的事，還不能習慣。」

「會習以為常的。」德布雷說。

「我不相信。」沙托．勒諾回答。

「巴爾托洛梅奧．卡瓦爾坎蒂少校先生到！安德烈亞．卡瓦爾坎蒂子爵先生到！」巴蒂斯坦通報說。

一件裁縫剛完工的緞質衣領，梳理過的鬍子，灰白的髭鬚，自信的目光，少校軍服，佩戴著三枚勳章和五枚十字獎章；總之，無懈可擊的全套老軍人服裝，巴爾托洛梅奧．卡瓦爾坎蒂少校，讀者認識的這位溫柔的父親就是這樣出現的。

在他身旁，安德烈亞．卡瓦爾坎蒂子爵，讀者認識的這個恭順的兒子，嘴邊含笑，穿了一身嶄新的衣服，走上前來。三個年輕人正在一起談話，他們的眼光從那個父親落到兒子身上，而且自然而然停留在後者的時間更長，他們仔細打量他。

「卡瓦爾坎蒂。」德布雷說。

「一個響亮的名字。」摩雷爾說。

「是的，」沙托．勒諾說：「這些義大利人名字取得好聽，穿著卻很糟糕。」

「您真挑剔，沙托．勒諾。」德布雷接著說：「那些服飾出自高級裁縫之手，而且是全新的。」

「這正是我要指責的地方。這位先生今天似乎是第一次穿這種衣服。」

「這兩位是什麼人？」唐格拉爾問基度山伯爵。

「您聽說了，卡瓦爾坎蒂父子。」

「這只讓我知道，他們姓什麼而已。」

「啊！沒錯，您不瞭解我們義大利貴族，誰姓卡瓦爾坎蒂，誰就出身王族。」

「很富有嗎？」銀行家問。

「富有得令人驚異。」

「他們現在做什麼？」

「他們想把錢花光，卻辦不到。而且根據他們前天來看我時說的話，他們在您的銀行裡開了戶頭。我是為了您才邀請他們來的。我來把他們介紹給您。」

「但我覺得他們說一口道地的法語。」唐格拉爾說。

「那個兒子我想是在法國南方，馬賽或者附近的一所中學受過教育。您會發現他很熱情。」

「對什麼熱情？」男爵夫人問。

「對法國女人熱情，夫人。他渴望娶一位巴黎女人。」

「他的想法很好。」唐格拉爾聳聳肩說。

唐格拉爾夫人望著丈夫，換成其他時候，那種神情預示著一場風暴，但她再度保持沉默。

「男爵今天看來神色陰沉。」基度山對唐格拉爾夫人說：「難道是有人推舉他當大臣嗎？」

「不，據我所知，還沒有。我認為他多半是因為在交易所投資失利，正不知找誰出氣呢。」

「德．維勒福夫婦到！」巴蒂斯坦通報說。

被通報的夫婦走了進來。德．維勒福先生儘管自制力很強，仍然顯得很激動。基度山碰到他的手時，感覺他在發抖。

「確實只有女人才會掩飾。」基度山思忖，一邊望著唐格拉爾夫人，她對檢察官微笑，並擁抱他的夫人。

寒暄之後，伯爵看到原本一直在配膳室照看著的貝爾圖喬，卻溜到跟賓客所在的大客廳相毗鄰的小客廳。

他朝貝爾圖喬走去。「有什麼事，貝爾圖喬先生？」他問。

「大人沒有告訴我有多少客人。」

「啊，沒錯。」

「有多少客人？」

「您自己數吧。」

「都到齊了嗎，大人？」

「是的。」

貝爾圖喬透過半掩的門看了一下。基度山注視著他。

「啊！我的天！」他大聲說。

「怎麼了？」伯爵問。

「那個女人……那個女人……」

「哪一個？」

「穿白色長裙、珠光寶氣、金黃頭髮那一個！」

「唐格拉爾夫人？」

「我不知道她叫什麼名字。但是她，閣下，是她！」

「她是誰？」

「花園裡那個女人！那個孕婦！那個一邊散步、一邊等候的女人！」

貝爾圖喬張大了嘴，臉色蒼白，頭髮倒豎。

「等誰？」

貝爾圖喬沒有回答，用手指著維勒福，恰如馬克白指著班珂[25]的那種手勢。

「噢！噢！」他終於囁嚅著說：「您看見了嗎？」

「看見什麼？看見誰？」

「他。」

「他？檢察官德．維勒福先生？毫無疑問，我看到了。」

「我沒有把他殺死嗎？」

「啊！我想您瘋了，正直的貝爾圖喬。」伯爵說。

「所以他沒有死嗎？」

25 莎士比亞劇本《馬克白夫人》中的蘇格蘭大將。

「沒有，您看到了，他沒有死。您沒有像您的同鄉常做的那樣，一刀刺進左邊第六和第七根肋骨之間，而是刺進稍高或稍低的地方。這些搞司法的人，生命力很強。要不然，就是您告訴我的話不是真的，是您想像中的一場夢境，您腦中的一個幻覺。您入睡時強忍著復仇的欲望，它壓抑著您的胃，您做了個惡夢，如此而已。啊，平靜下來吧，數一數：德．維勒福夫婦，兩位；唐格拉爾夫婦，四位；德．沙托．勒諾先生、德布雷先生、摩雷爾先生，七位；巴爾托洛梅奧．卡瓦爾坎蒂少校先生，八位。」

「八位。」貝爾圖喬重複說。

「等等！等等！您急著走開，見鬼！您忘了我的一個客人。往左邊移動……看……安德烈亞．卡瓦爾坎蒂先生，那個穿黑色服裝的年輕人，他望著穆里洛的《聖母像》，轉過身了。」

這次貝爾圖喬差點叫出聲，但基度山的眼光讓叫聲停止在嘴唇上。

「貝內德托！」他低聲喃喃地說：「天意啊！」

「六點半敲響了，貝爾圖喬先生，」伯爵嚴厲地說：「這是我吩咐開席的時間，您知道我不喜歡等待。」

基度山回到客廳，他的客人們在等待他，而貝爾圖喬扶著牆壁走回餐室。

五分鐘後，餐室的兩扇門打開了。貝爾圖喬出現，他像瓦泰爾[26]在香提伊那樣，鼓起最後的勇氣說：「伯爵先生，宴席準備好了。」

基度山將胳臂伸向德．維勒福夫人。

「德．維勒福先生，」他說：「請您陪伴唐格拉爾男爵夫人。」

維勒福照辦，大家移步到餐室。

63 晚宴

客人們一走進餐廳，他們顯然有著同樣的感覺。大家都在思索，是什麼奇怪的力量把他們帶到這幢房子裡。但是，不管多麼驚訝，甚至不安，他們還是不願意離開。

然而，甫結識，伯爵古怪而離群的行事作風，他那無人知曉、幾乎不可計數的財富，本該讓男人們謹慎小心，讓女人們對這幢沒有女主人接待的房子有所顧忌，可是，男男女女都顧不得謹慎和禮儀，好奇心難以抗拒的刺激著他們，戰勝了一切。

卡瓦爾坎蒂父子，儘管一個古板，另一個放肆，但連他們也掩飾不了對受邀到此人府邸聚會的關切，他們不瞭解主人的目的，而且還是與其他人第一次見面。

唐格拉爾夫人看到德·維勒福先生在基度山的邀請下朝她走來，將手臂伸給她，她顫動了一下，而德·維勒福先生感覺男爵夫人挽住他的手臂時，自己的目光在金絲眼鏡後面慌亂起來。

這兩個動作都沒有逃過伯爵的眼睛，他們的接觸，引發了這個觀察者的濃厚興味。

德·維勒福先生的右邊是唐格拉爾夫人，左邊是摩雷爾。

伯爵坐在德·維勒福夫人和唐格拉爾中間。

26 瓦泰爾（一六七一死於香提伊），孔岱親王的管家，在主人宴請時因海鮮晚到而自殺。

德布雷坐在卡瓦爾坎蒂父子之間，而沙托・勒諾坐在德・維勒福夫人和摩雷爾中間。

菜肴豐盛，基度山決心完全打亂巴黎人的既有心態，他更想要滿足客人們對食物的好奇心，而不是滿足他們的胃口。他為他們準備了一桌東方宴席，而這樣的東方色彩只會出現在阿拉伯童話中的宴席。源於世界各地、依舊保持鮮美豐盛的各種水果，在中國瓷缸和日本盆子裡堆成了小山。帶著閃亮羽毛的珍禽，銀盆裡的罕見魚種，愛琴海、小亞細亞和好望角出產的各類美酒，裝在形狀奇特、彷彿能增添香醇的酒瓶裡，這一切就像阿皮修斯[27]宴請賓客那樣，羅列在這些巴黎人面前，他們知道，花掉一千路易來宴請十個人是可能的，但必須像克麗奧帕特拉那樣吃珍珠粉，或者像洛倫佐・德・梅迪奇[28]那樣喝下黃金溶液。

基度山看到大家的驚愕，笑了起來，大聲地嘲弄說：「各位，您們也承認這點吧，就是財產達到一定程度，追求奢侈是不可少的。正如夫人們所承認的，讚美的話達到一定程度，理想才有實際價值，是嗎？然而，依此推論，什麼東西才稱得上神奇呢？就是我們無法瞭解的東西。什麼東西才是我們真正渴望的呢？就是我們得不到的東西。可是，親眼看到我不能理解的事物，親手拿到無法獲得的東西，是我一生的追求。我用兩種方法達到：金錢和意志力。比如，我以跟你們一樣的堅持去追求一個念頭。唐格拉爾先生，您一心建造一條鐵路；您，德・維勒福先生，一心判決某個人死刑；您，德布雷先生，一心平定某個王國；您，德・沙托・勒諾先生，一心取悅某個女人；您呢，摩雷爾先生，一心馴服沒有人能夠掌控的馬。比如，再看看這兩條魚，一條生長在距離聖彼得堡五十法里的地方，另一條生長在距離拿波里五法里的地方，把它們放在同一張桌子上，不是很有意思嗎？」

「這兩條是什麼魚？」唐格拉爾問。

「德・沙托・勒諾先生在俄國住過，他會告訴您其中一條的名字。」基度山回答：「卡瓦爾坎蒂少校先生是義大利人，會告訴您另一條的名字。」

「這一條，」沙托・勒諾說：「我想是小體鱘。」

「好極了。」

「那一條，」卡瓦爾坎蒂說：「如果我沒搞錯，是七鰓鰻。」

「正是。現在，唐格拉爾先生，請您問問這兩位，這兩條魚是在哪裡捕到的？」

「小體鱘只能在伏爾加河捕到。」沙托・勒諾說。

「我只知道富紮羅湖出產這麼大的七鰓鰻。」

「一點都沒錯，一條來自伏爾加河，另一條來自富紮羅湖。」

「不可能！」賓客一起喊道。

「我的樂趣正在這裡。」基度山說：「我像尼祿一樣，就是想做不可能的事。possibilium[29]。您們也一樣，此刻您們的樂趣也在這裡。這種魚肉或許實際上不如鱸魚和鮭魚，但您們待會兒會覺得很鮮美，因為在您們的腦海裡，以為不可能得到這種魚，而今卻擺在面前。」

「如何才能把這兩條魚運到巴黎？」

「哦！天啊！再簡單不過。這兩條魚分別裝在放有飼料的大木桶裡，一個木桶放進蘆葦和河中水草，另一

27 古羅馬奧古斯都時代的美食家。
28 洛倫佐・德・梅迪奇（一四四九—一四九二），義大利政治家，與兄弟一起執政，後被暗殺。
29 拉丁文：渴望完成不可能的事的人。

個放進燈芯草和湖中植物。兩個木桶裝上特製的貨車，魚就這樣生活著，小體鱘能活十二天，七鰓鰻能活八天。當我的廚子抓住這兩條魚的時候，牠們還活著，廚子把一條按在牛奶裡悶死，把另一條按在酒裡悶死。您不相信嗎，唐格拉爾先生？」

「我至少懷疑。」唐格拉爾回答，露出古板的笑容。

「巴蒂斯坦！」基度山說：「將另一條小體鱘和另一條七鰓鰻搬過來。您知道，就是裝在別的木桶裡運來，至今還活著的那兩條。」

唐格拉爾睜大驚惶的眼睛，來賓都拍起手來。

四個僕人搬來兩個放有水生植物的大木桶，每個桶裡都有一條像料理好上桌那樣的魚在游著。

「為什麼每一種有兩條？」唐格拉爾問。

「因為其中一條可能死掉。」基度山簡單回答。

「您真是一個奇人。」唐格拉爾說：「不管哲人怎麼說，金錢萬能。」

「有思想尤其好。」唐格拉爾夫人說。

「別這樣誇讚我，夫人。這種事在古羅馬時代是非常流行的。普林尼[30]敘述過，奴隸頭上頂著活魚接力賽跑，從奧斯蒂亞跑到羅馬，普林尼稱這種魚為『穆路斯』，根據他畫的圖來看，可能是鯛。吃活的鯛是一種奢侈，而看著鯛死去是非常有趣的畫面，因為鯛臨死時會變三、四次顏色，如同突然消失的彩虹，變幻出棱鏡下的各種色彩，然後被送進廚房。瀕死狀態成為牠價值所在。如果未曾見過活著的鯛，便會輕視死去的鯛。」

「是的，」德布雷說：「但從奧斯蒂亞到羅馬，只有七、八法里路。」

「啊！沒錯。」基度山說：「如果我們不能贏過呂庫呂斯，一八〇〇年後的我們還有面子嗎？」

卡瓦爾坎蒂父子睜大眼睛，但他們很理智，一言不發。

「這一切非常有意思。」沙托．勒諾說：「我承認，我最欣賞的是，您吩咐手下辦事的迅速令人讚嘆。伯爵先生，這幢房子不是五、六天前才買下的嗎？」

「是的，頂多這幾天。」基度山說。

「我相信，房子在一週內徹底整修過。如果我沒有搞錯，它原本還有另一個入口，庭院鋪上石子，空蕩蕩的，而今天，庭院已鋪上綠茸茸的草坪，周圍種了樹，樹齡看來上百歲。」

「有什麼辦法呢？我喜歡綠樹和草坪。」基度山說。

「確實，」德．維勒福夫人說：「從前是從臨馬路的那道門進來的，我奇蹟般得救那一天，我記得，您是從馬路把我接進屋裡的。」

「是的，夫人。」基度山說：「但後來我更喜歡從入口就能透過鐵柵看到布洛涅園林。」

「四天之內，」摩雷爾說：「真是奇蹟！」

「確實。」沙托．勒諾說：「把一幢老房子裝修得煥然一新，這是神奇的事。因為這幢房子非常老舊，甚至陰森。我記得德．聖梅朗先生兩三年前要賣掉它時，我母親曾讓我來看過。」

「德．聖梅朗先生？」德．維勒福夫人問：「在您買下之前，這幢房子是屬於德．聖梅朗先生的嗎？」

---

30 普林尼（約二三—七九），古羅馬作家，著有《博物誌》等。

「好像是的。」基度山回答。

「怎麼，好像？您不知道向誰買下這幢房子嗎？」

「真的不知道，是我的管家在處理這種瑣事。」

「這幢房子確實至少有十年沒有人住。」沙托．勒諾說：「看到百葉窗拉上，門扉緊閉，庭院裡雜草叢生，實在淒慘。說實話，如果房子不是屬於檢察官的岳父，真會以為它是那種發生過重大案件的凶宅。」

維勒福至今還沒有碰過擺在面前的三、四杯美酒，這時隨意拿起一杯，一飲而盡。

沙托．勒諾說完話後，基度山讓沉默延續了一會兒：「很奇怪，」他說：「男爵先生，我第一次進來時，腦子裡也有過同樣的念頭。我覺得這幢房子陰森慘澹，如果不是我的管家代為辦妥了這件事，我決不會買下它，或許那傢伙收受了公證人的好處。」

「有可能。」維勒福期期艾艾地說，努力露出微笑，「但請相信，這次賄賂我不知情。德．聖梅朗先生想把這幢屬於他外孫女嫁妝的房子賣掉，因為再三、四年沒人居住，房子就要坍塌了。」

換摩雷爾臉色蒼白。

「尤其有一個房間，」基度山繼續說：「啊！天啊！看起來很普通，像別的房間一樣，蒙上紅色錦緞壁衣和帷幔，但說不出來地，總覺得像發生過慘劇。」

「怎麼回事？」德布雷問：「為什麼會發生過慘劇？」

「直覺能說得清楚嗎？」基度山說：「不是有些地方會讓人不由自主地呼吸到憂傷的氣息嗎？為什麼？人們卻一無所知。也許只是出於一連串的回憶，或一時的想法，而這種想法把我們帶到別的時代、別的地方，也許跟我們所處的時代和地方毫無關係。總之，這個房間讓我聯想到德．岡日侯爵夫人[31]和苔絲德蒙娜[32]

的房間。唉！真的，既然吃完飯，我邀請您們看看那個房間。之後我們到花園裡喝咖啡，飯後是休閒時間。」

基度山以手勢詢問他的客人們。德．維勒福夫人站了起來，基度山也起身，其他人也跟著站起。維勒福和唐格拉爾夫人像被釘在座位上一樣，沒有動作，他們以冷漠無聲的目光互相探問。

「您聽到了嗎？」唐格拉爾夫人說。

「必須去那裡。」維勒福站起來回答，把手臂伸向她。

在好奇心的驅使下，大家分散各處，因為認為參觀不限於那個房間，可以同時看看這幢已被基度山修葺得宛如宮殿的破舊房子的其他地方。於是眾人都穿過了開啟的幾扇門。基度山等待著那兩位稍停留下來的客人，當他們也走出來時，他含笑殿後，如果客人們能理解他的微笑，一定不亞於即將參觀的那個房間所帶來的驚嚇。

客人們開始參觀一個個房間，陳設都是東方式的，轉角沙發和墊子代替了床，菸斗和陳列的武器就是家具。客廳掛滿古典大師們最美的畫作。小客廳蒙上中國的刺繡，色彩詭奇，畫面怪誕，上選質地。最後大家來到那個受人矚目的房間。

那個房間絲毫沒有特殊之處，只是，雖然天色黯淡，房內卻沒有開燈，儘管其他房間重新裝修，這裡卻還是破破爛爛。這兩個原因確實足以讓它平添森冷氛圍。

31 德．岡日侯爵夫人（一六三五—一六六七），法國貴族，被毒死。
32 莎士比亞悲劇《奧賽羅》中的女主人公。

「呵！」德・維勒福夫人大聲說：「的確很可怕。」

唐格拉爾夫人勉強咕噥幾句，沒有人聽清楚。

大家幾種想法相互交鋒，得出的結論是，這個蒙上紅色錦緞和帷幔的房間看來委實不祥。

「可不是？」基度山說：「你們看，這張床多麼古怪，血紅色帷幔多麼陰沉，這兩幅彩色粉筆肖像受潮褪色，他們蒼白的嘴唇和驚慌不安的眼睛似乎在說：『我看到了！』」

維勒福臉色刷白，唐格拉爾夫人跌坐在壁爐旁的長椅上。

「哦！」德・維勒福夫人含笑說：「這張椅子上或許發生過凶案，您竟敢坐在上面！」

唐格拉爾夫人趕緊站起來。

「事情還不止於此。」基度山說。

「還有什麼？」德布雷問，他沒有忽略唐格拉爾夫人的激動。

「啊！是的，還有什麼？」唐格拉爾問：「因為老實說，至今我還沒有看到什麼了不起的東西。您呢，卡瓦爾坎蒂先生？」

「啊！」這一位說：「我們在比薩有烏戈林[33]塔，在斐拉拉有關塔索[34]的監獄，在里米尼[35]有弗蘭謝絲卡和保羅[36]喪命的房間。」

「是的，但你們沒有這種小樓梯。」基度山說，一邊打開一扇隱沒在帷幔後的門。「先看看，再說出您的想法。」

「彎彎曲曲的樓梯陰森森的。」沙托・勒諾笑著說。

「說實在的，」德布雷說：「我不知道是不是希奧酒讓人愁苦，但無疑地我看到這幢房子很陰森。」

至於摩雷爾，自從提到瓦朗蒂娜的嫁妝後，他一直愁容滿面，悶不吭聲。

「請您們設想一下，」基度山說：「奧賽羅或德．岡日神父[37]那樣的人，在一個風雨交加的黑夜，一步步走下這道樓梯，還抱著一個可怕的東西，他急於避人耳目，藏匿起來，即使瞞不過上帝的目光。」

唐格拉爾夫人半暈倒在維勒福的懷裡，他也不得不靠在牆上。

「啊！天哪！夫人。」德布雷大聲說：「您怎麼了？面如土色！」

「她怎麼了？」德．維勒福夫人說：「很簡單，基度山先生講恐怖故事，大概想嚇死我們，她受不了了。」

「是的。」維勒福說：「確實，伯爵，您把這些太太嚇壞了。」

「您怎麼了？」德布雷又小聲問唐格拉爾夫人。

「沒什麼，沒什麼。」她強自振作地說：「我需要空氣，如此而已。」

「您想到花園去嗎？」德布雷問，將手臂伸向唐格拉爾夫人，一面朝暗梯走去。

「不。」她說：「不。我更喜歡留在這裡。」

「說實在的，夫人，」基度山說：「您嚇壞了嗎？」

「不，先生。」唐格拉爾夫人說：「您有本事虛構，讓幻覺變成像真的一樣。」

33 烏戈林（一二八八年死於比薩），在黨爭中失敗被囚禁，與兒子、侄子一起餓死塔中。

34 塔索（一五四四—一五九五），義大利詩人，作品有《被解放的耶路撒冷》等，一五六五至一五七一年在斐拉拉的宮廷效力。

35 義大利中部城市，面臨亞得里亞海。

36 弗蘭謝絲卡是十三世紀義大利的美女，她與情人保羅為她的丈夫所殺。

37 即謀害德．岡日侯爵夫人的兇手，她丈夫的兄弟。

「天啊，是的。」基度山笑迷迷地說：「這一切都是想像出來的。因此，為什麼不把這個房間設想成一個剛成為母親的聖潔的房間呢？這張床和大紅帷幔就像女神盧咯娜[38]光臨過的床，這道暗梯是醫生、奶媽或做父親的抱走睡著的孩子，以免打擾產婦睡眠所走過的通道？」

這次，唐格拉爾夫人聽到這充滿溫情的描繪，不但沒有安心下來，反而發出呻吟，完全昏厥過去。

「唐格拉爾夫人昏倒了。」維勒福小聲說：「或許需要把她移送到馬車上。」

「哦！天啊！」基度山說：「我忘了帶嗅瓶。」

「我有。」德·維勒福夫人說。

她遞給基度山一隻瓶子，裡面裝滿一種紅色液體，就像伯爵以前讓愛德華恢復知覺的那種藥水。

「啊！」基度山說，從德·維勒福夫人手裡接過瓶子。

「是的。」她喃喃地說：「我照您的吩咐試過了。」

「您成功了嗎？」

「我想是的。」

唐格拉爾夫人被抬到隔壁房間。基度山倒了一滴紅色液體在她的嘴唇上，她恢復了知覺。

「啊！」她說：「真是一場惡夢！」

維勒福使勁捏她的手腕，讓她知道，她不是在做夢。

大家正尋找唐格拉爾先生。他對於想入非非的事情沒有興趣，已經下樓到花園裡，與卡瓦爾坎蒂少校談論從里沃那到佛羅倫斯建造鐵路的計劃。

基度山似乎很失望。他挽起唐格拉爾夫人的手臂，陪她來到花園，大家看到唐格拉爾先生坐在卡瓦爾坎蒂父子之間喝咖啡。

「說實在的，夫人，」他對她說：「我嚇壞您了嗎？」

「不，先生，但您知道，事物對人的影響，要看當時的心緒狀態而定。」

維勒福強裝笑臉。

「您明白，」他說：「只要一種假設，一個想像……」

「那麼，」基度山說：「信不信由您們，我確信這幢房子裡發生過一件罪行。」

「小心，」德．維勒福夫人說：「檢察官在這裡。」

「真的。」基度山回答：「既然有這樣的事，我要報案。」

「報案？」維勒福說。

「是的，而且有證據。」

「這真有趣，」德布雷說：「如果真有罪行，我們可以好好消化一番了。」

「確有罪行，」基度山說：「從這裡走，諸位。您來，德．維勒福先生，為了讓報案生效，就必須提交給有實權的當局。」

基度山拉住維勒福的手臂，同時夾緊唐格拉爾夫人的手臂，把檢察官拖到梧桐樹下，那是最黝黑之處。其他賓客跟隨而來。

---

38 羅馬神話中朱諾作為婚姻保護神的別名之一，有時被視為產婦的保護神。

「看，」基度山說：「在這裡，在這底下（他用腳踩了幾下地面），為了讓這些老樹煥發生機，我叫人挖掘，加進富腐殖質的鬆軟泥土。兩人在挖掘時，觸到了一只箱子，確切的說是箱子上的金屬配件，裡頭有一副新生嬰兒的骨骸。我想，這不是幻覺吧？」

基度山感覺唐格拉爾夫人的手臂僵硬，維勒福的手腕在顫抖。

「一個新生嬰兒？」德布雷重複說：「見鬼！我覺得問題變嚴重了。」

「我剛才認為，」沙托．勒諾說：「房屋也像人一樣有靈魂、有臉孔，外貌顯現內在。我並沒有搞錯。這幢房子陰森，是因為心懷愧疚，抱持愧疚是因為它掩蓋了一樁罪行。」

「哦！誰說這是罪行？」維勒福反問，想做最後的努力。

「什麼！把孩子活埋在花園裡，難道不是罪行嗎？」基度山大聲說：「您把這種行為稱做什麼呢，檢察官先生？」

「誰說孩子被活埋？」

「如果他死了，為什麼埋在這裡？這個花園不是墓園。」

「在法國殺害嬰兒會判什麼罪？」卡瓦爾坎蒂坦率地問。

「哦！天啊！乾脆砍頭。」唐格拉爾回答。

「啊！砍頭！」卡瓦爾坎蒂說。

「我想是的。對嗎，德．維勒福先生？」基度山問。

「是的，伯爵先生。」維勒福回答，語調簡直不像人聲。

基度山看到他為這兩個人準備的場面，已達到他們能夠忍受的極限，他不想做得太過分，便說：「喝咖啡吧，諸位，我看我們把喝咖啡一事忘得一乾二淨了。」

接著他把客人帶往擺在草坪中央的桌子旁邊。

「說實話，伯爵先生，」唐格拉爾夫人說：「我羞於承認神經脆弱，但這類恐怖故事讓我心驚肉跳，請您讓我坐下。」

她跌坐在椅子上。

基度山向她鞠躬，走近德．維勒福夫人。「我想唐格拉爾夫人還需要您的藥瓶。」他說。

德．維勒福夫人還沒有走近她的女友，檢察官已經在唐格拉爾夫人的耳畔說：「我要跟您談談。」

「什麼時候？」

「明天。」

「哪裡？」

「如果方便就在法院我的辦公室，那是最安全可靠的地方。」

「我會過去。」

這時，德．維勒福夫人走了過來。

「謝謝，親愛的朋友。」唐格拉爾夫人說，一面竭力微笑：「不礙事了，我感覺好多了。」

64 乞丐

夜越來越深。德．維勒福夫人表示要返回巴黎市區，這正是唐格拉爾夫人不敢啟齒的事，儘管她明顯不適。

聽到妻子的要求，德．維勒福先生首先表示告辭。他請唐格拉爾夫人坐上他的四輪雙篷馬車，讓他的妻子能夠照顧她。至於唐格拉爾先生，他沉浸在與卡瓦爾坎蒂先生談論興辦工業的興味中，絲毫未注意到周圍發生的事。

基度山向德．維勒福夫人要藥瓶時，已注意到德．維勒福先生挨近唐格拉爾夫人。雖然維勒福說話聲音很低，只讓唐格拉爾夫人聽到，但伯爵審時度勢，猜出了內容。

他不反對客人的安排，讓摩雷爾、德布雷和沙托．勒諾騎馬離開，讓兩位太太搭乘德．維勒福先生的四輪雙篷馬車。唐格拉爾越來越迷戀於卡瓦爾坎蒂少校，邀請他搭乘自己的四輪雙座轎式馬車。

至於安德烈亞．卡瓦爾坎蒂，他回到在門口等候的輕便雙輪馬車裡，年輕的車伕渾身佩戴英國流行的飾品，正踮起腳尖，牽住一頭鐵灰色的駿馬。

安德烈亞在宴會上話不多，顯示他是一個機靈的小伙子，在那些有錢有勢的賓客間，他自然而然擔心說蠢話，他圓睜的眼睛不無恐懼地望著檢察官。

後來，他被唐格拉爾先生纏住了。銀行家迅速打量腰桿挺直的老少校和還有點膽怯的兒子，又看到基度山的盛情招待，心想是遇到了一位來到巴黎的富豪，而這個富豪要讓他的獨生子熟稔上流社會的社交生活。於是他帶著難以形容的殷勤態度欣賞戴在少校小指上閃閃發亮的大鑽石。因為少校是個小心謹慎、閱歷豐富的人，他生怕自己的鈔票會遇到什麼意外，便立刻換成值錢的東西。

飯後，唐格拉爾藉著談論創業和旅行，詢問父子兩人的生活狀況。父子倆事先知道，他們其中一人的四萬八千法郎，以及另一個人的五萬利佛爾收入，都要倚靠唐格拉爾的銀行支付。於是對銀行家態度十分和藹可親。如果不是自我約束，恐怕還會和他的僕人握手，因為他們多麼需要表達感激之情。

有一件事尤其讓唐格拉爾對卡瓦爾坎蒂格外尊重，甚至可以說肅然起敬。

卡瓦爾坎蒂忠於賀拉斯的原則：nil admirari[39]，正如上述，他是略微表現出自己的學識，說出最好的七鰓鰻產於哪個湖，之後他即一言不發地吃著自己那份魚。唐格拉爾得到結論，吃這種奢華的食物對於著名的卡瓦爾坎蒂家的後代是家常便飯，少校在盧卡可能常吃從瑞士運來的鱒魚，從布列塔尼運來的龍蝦，用的辦法跟伯爵從富紮羅湖運來七鰓鰻，從伏爾加河運來小體鱘的方式一模一樣。因此，他以明顯的親切態度聽取卡瓦爾坎蒂的這句話：「先生，明天我將榮幸地拜訪您以談些事務。」

「先生，」唐格拉爾回答：「我很高興能接待您。」

對此，他向卡瓦爾坎蒂提議，如果他跟兒子分開沒有什麼不方便的話，可以送他回王公飯店。

卡瓦爾坎蒂回答，他兒子早就習慣過年輕人的獨立生活，他有自己的馬和車，而且他們不是一起來的，他們分開走不會不便。

---

39 語出賀拉斯的《書簡詩》第一卷，意為：絲毫不要激動或絲毫不要驚奇。

於是少校搭上唐格拉爾的馬車，銀行家坐在他旁邊。越來越欣賞這個人的有條不紊和經濟頭腦，他每年給兒子五萬法郎，這等於擁有五、六十萬利佛爾的財產。

至於安德烈亞，為了擺派頭，開始責備他的年輕車伕沒有將輕便雙輪馬車駛到石階前接他，而是停在大門口，使得他不得不走三十步去找馬車。

年輕車伕卑躬屈膝地接受責備，為了拉住那匹等得不耐煩、腳踏著地面的駕馬，他左手抓住轡頭，右手將韁繩遞給安德烈亞，後者接過來，將漆皮靴輕輕踩上踏腳板。

這時，有隻手按住他的肩膀。年輕人轉過身來，以為唐格拉爾或基度山忘了什麼事告訴他，在他動身時又來找他。但並不是這兩個人。他只見到一張古怪的臉，被太陽曬得黧黑，一臉大鬍子，眼睛像紅色寶石那樣炯炯發光，嘴角漾出譏諷的微笑，三十二顆宛如豺狼的尖利潔白牙齒，整整齊齊，一顆不缺。一塊紅色方格的頭巾纏在頭髮灰白的腦袋上，一件破爛不堪的短工作服遮住那高大瘦削、瘦骨嶙峋的身軀，他好似只有骨架支撐著，一走路就吱嘎作響。安德烈亞先是看見按在肩上的那隻手，他覺得大極了。年輕人是否藉著車燈的亮光認出了這張臉，還是他被對方可怕的外貌嚇了一跳？我們不得而知。但事實是他震動了一下，急忙後退。

「您找我做什麼？」他說。

「對不起，老闆。」那個人回答，將手擱在他的紅色方格頭巾上，「也許我打擾了您，但我有話對您說。」

「沒有在晚上乞討的。」年輕車伕說，做了一個動作，要讓他的主人擺脫這個討厭鬼。

「我不乞討，漂亮的小伙子。」陌生人帶著譏諷的微笑對車伕說，他笑得這樣可怕，車伕躲開了，「我只想對我們的老闆說兩句話，大約半個月前，他委託我辦一件事。」

「好了。」輪到安德烈亞故做鎮定地說，為了不讓車伕發覺他的慌亂，「您找我做什麼？快說，我的朋友。」

「我想……我想……」纏著紅色方格頭巾的人低聲說：「您最好讓我省點力氣，我不想步行返回巴黎。我十分疲倦，又不像你那樣已飽餐一頓，我只能勉強撐住。」

聽到這樣古怪的親密語氣，年輕人不寒而慄。

「老實說，」他說：「好了，您要做什麼？」

「我希望你讓我搭乘你漂亮的馬車，送我回去。」

安德烈亞臉色蒼白，但一聲不吭。

「天啊！是的。」纏紅方格頭巾的人說，將雙手插進口袋裡，用挑釁的眼光望著年輕人，「我有這樣的念頭，你明白嗎，我的小貝內德托？」

聽到這個名字，年輕人無疑思索起來，因而走近年輕車伕，說道：「我確實委託這個人辦一件事，他要向我報告情況。你步行到城門吧，雇一輛帶篷雙輪輕便馬車，以免太晚回去。」

車伕訝異地離開了。

「至少讓我待在隱密的暗處。」安德烈亞說。

「哦！這個嘛，我會帶你到一個好地方，你等著。」纏紅色方格頭巾的人說。

他抓住馬的轡頭，將輕便雙輪馬車帶到一個確實沒有任何人能看到安德烈亞的地方，以表示對他的敬重。

「我嘛，」他說：「本來沒有榮幸坐上這輛漂亮的馬車，僅僅只是因為我太疲倦了，而且有點小事要跟你談。」

「好了，上車吧。」年輕人說。

可惜不是白天，因為看到這個乞丐大咧咧地坐在刺繡墊子上，挨近年輕文雅的馬車主人，真是奇異的畫面。

安德烈亞駕著馬車經過村裡最後一幢房舍，一路上沒有對他的同伴說一句話，而他的同伴微笑著，彷彿很高興搭乘這樣一輛漂亮馬車遛達。

一走出奧特伊，安德烈亞便環顧四周，無疑想確認既沒有人看到，也沒有人聽到他們說話。接著他停下馬，在纏紅色方格頭巾的人面前交叉抱著手臂，說道：「啊！為什麼您要來擾亂我的安寧？」

「你自己呢，我的小伙子，為什麼你要提防我呢？」

「我提防您什麼？」

「提防什麼？你問這個？我們在瓦爾橋道別，你告訴我要去皮埃蒙和托斯卡尼旅行，根本不是，你來到巴黎。」

「這妨礙您什麼？」

「沒妨礙什麼，我甚至希望這能幫助我。」

「啊！」安德烈亞說：「也就是說，您在打我的主意。」

「啊！口不擇言了。」

「您說錯了，卡德魯斯老闆，我言明在先。」

「天啊！你別生氣，小傢伙。你應該知道倒楣是什麼，倒楣讓人嫉妒。我相信你去過皮埃蒙和托斯卡尼，不得不當苦力或導遊，我打從心裡為你抱屈，就像為我的孩子喊冤一樣。你知道我一直稱你為『我的孩子』。」

「所以呢？所以呢？」

「耐心點，火爆性子！」

「我有耐心，說完吧。」

「突然我看到你從『好人』城門經過，一個年輕車伕駕著一輛雙輪輕便馬車，而你一身嶄新的衣服。你發現了一座礦，或者占上了經理人職位嗎？」

「所以，正像您承認的那樣，您嫉妒了？」

「不，我很高興，非常高興，我想向你祝賀，小傢伙。由於我一身破破爛爛，所以小心翼翼，不想連累你。」

「好一個小心翼翼。」安德烈亞說：「您當著車伕的面來跟我說話。」

「有什麼辦法呢，我的孩子。我只能逮住你，才能跟你說話。你有一匹烈性駿馬，一輛輕便馬車，你自然像鰻魚一樣滑溜，如果今晚錯過了，我有可能再也碰不到你。」

「您看，我沒有躲躲藏藏。」

「你很幸運，我希望我也能說同樣的話。我呢，我躲躲藏藏。而且還擔心你不認我，但你認了。」卡德魯斯帶著惡意的微笑補充說：「啊，你很不錯。」

「好了。」安德烈亞說：「你需要什麼？」

「你對我說話不太客氣，貝內德托，作為老朋友，這樣不好，小心，被逼急了，我會惹麻煩的。」

這個威脅讓年輕人降下火氣，他盡量控制住自己。他讓馬兒跑起來。

「你這樣對待一個老朋友，就像你剛才那樣說話，」他說：「卡德魯斯，也很不好。你是馬賽人，我是……」

「你知道如今你是什麼樣的人嗎？」

「不，我在科西嘉長大。你又老又固執，我則年輕而固執。像我們這種人之間，威脅是要不得的，凡事都要客客氣氣。你的運氣一直不好，相反的，我的運氣很好，難道是我的過錯嗎？」

「所以，你的運氣好囉？車伕不是租來的嗎？雙輪輕便馬車不是租來的嗎？衣服不是租來的嗎？好，好極了！」卡德魯斯說，眼睛裡閃著妒羨的光。

「既然你找到我說話，也一清二楚的看在眼裡。」安德烈亞說，越來越激動，「如果我頭上纏著像你這樣的一塊頭巾，身上穿著一件骯髒的短工作服，腳上穿著破鞋，你就不會來與我相認了。」

「你看，你瞧不起我，小傢伙，你錯了。既然我找到你，什麼也阻止不了我像別人那樣穿上埃爾伯夫產的花布呢，因為我知道你心地善良，如果你有兩件衣服，便會給我一件；我呢，你餓腸轆轆的時候，我常把我那份湯和四季豆讓給你。」

「沒錯。」安德烈亞說。

「你胃口向來都很大，現在仍有好胃口嗎？」

「是的。」安德烈亞笑著回答。

「你從那位親王家裡出來，大概飽餐一頓了吧。」

「那不是親王，只是一個伯爵。」

「一個伯爵？一個富豪？嗯？」

「是的，但你小心點，那位先生不太隨和。」

「天啊！放心吧！我沒有對你的伯爵打什麼主意，獨自守著他好了。但是，」卡德魯斯補充說，嘴角又露出剛才那種惡毒的微笑，「必須為此破費一點，你明白的。」

「好了，你需要什麼？」

「我想每個月有一百法郎……」

「怎麼樣？」

「我就會生活得……」

「一百法郎？」

「很清苦，你明白。但是，如果有……」

「有多少？」

「一百五十法郎，我就很快樂了。」

「這是二百法郎。」安德烈亞說。

他把十個金路易放在卡德魯斯手裡。

「好。」卡德魯斯說。

「每月一日你到我門房那裡，會拿到同樣數目的錢。」

40 法國北部的一個村鎮，盛產呢絨，紡織業十分發達。

「啊！你又瞧不起我了。」

「怎麼說呢？」

「你讓我跟僕人打交道。不，你看，我只願跟你打交道。」

「那好吧，你來見我，每月一日，只要我拿到我那份錢，你就會領到你的。」

「好！我看我沒有搞錯，你是一個正派的小伙子，像你這樣的人遇上好運，真是件好事。來，把你的好運說給我聽。」

「你何必知道呢？」卡瓦爾坎蒂問。

「好，還是不信任！」

「不。我找到了父親。」

「真的父親？」

「當然，只要他付錢……」

「你就信以為真並尊敬他，這沒錯。你的父親叫什麼名字？」

「卡瓦爾坎蒂少校。」

「他喜歡你嗎？」

「至今看來我合他的意。」

「誰幫你找到這個父親？」

「基度山伯爵。」

「就是你從他家裡出來那一位？」

「是的。」

「既然他管這種事，你去說說，想辦法把我當成祖父安插在他那裡。」

「好的，我會對他談起你。但你這期間怎麼辦呢？」

「我嗎？」

「是的，你怎麼辦？」

「你這樣擔心，真是太好了。」卡德魯斯說。

「既然你關心我，我覺得，」安德烈亞說：「我也應該瞭解你的情況。」

「沒錯……我要在一幢適合的房子裡租個房間，穿上一套體面的服裝，天天刮鬍子，到咖啡館看報。晚上，我會戴著折疊式高頂大禮帽去戲院看戲，讓我的模樣像個退休的麵包商，這是我夢寐以求的。」

「啊，很好！如果你想執行這個計劃，得學會乖巧一點，這樣一切都會盡善盡美。」

「好一個博絮埃先生[41]！你呢，你會成為什麼樣的人？法國貴族院議員？」

「嘿！」安德烈亞說：「誰知道呢？」

「卡瓦爾坎蒂少校先生或許已是貴族院議員了，可惜世襲制已被取消了。」

「別談政治了，卡德魯斯。然你如願以償，而且到城裡了，你跳下馬車離開吧。」

「不，親愛的朋友！」

---

41 這裡可能指博絮埃主教（一六二七—一七〇四），兒童教育家。

「為什麼不？」

「你想想，小傢伙，頭上纏著紅色方格頭巾，幾乎連鞋都沒穿，沒有身分證件，口袋裡揣著十個拿破崙金幣，再加上原有的錢，正好二百法郎，在城門一定會被抓起來，為了辯解，我會不得已說，是你給我這十個拿破崙金幣的。接著要訊問、調查，警方將知道我不告而別地離開土倫，就會沿途換班把我一路押回地中海岸邊。我將再度變成一百零六號，想生活得像一個退休麵包商的美夢就破滅了。不，我的兒子，我情願體面地待在首都。」

安德烈亞眉頭深鎖。正如他自我炫耀那樣，卡瓦爾坎蒂少校先生被推定的兒子是一個頭腦刁鑽的人。他沉吟了一會兒，迅速環顧四周，目光探索完了之後，他的手不知不覺插進小口袋，撫摸著一把小手槍的扳機。但這時，卡德魯斯的目光沒有離開同伴，他雙手放在背後，悄悄抽出一把西班牙長匕首，他隨帶攜帶以防不測。

很明顯，這兩個朋友真是知己知彼。安德烈亞的手從口袋抽出來，伸向褐色的髭鬚上撫弄了一會兒。

「好卡德魯斯，」他說：「你這樣會很快樂嗎？」

「我會盡力而為。」噶赫水道橋的旅店老闆回答，把刀插回刀鞘。

「哦，那我們進入巴黎吧。但您要如何才能通過城門而不致引起懷疑呢？我覺得，你穿著這樣的衣服坐在車上，比步行更危險。」

「等等，」卡德魯斯說：「看我的。」

他拿起安德烈亞的帽子，把車伕留在位子上的大翻領寬袖長外套披在背上，然後，擺出因僕人惱怒賭氣而讓主人親自駕車的姿態。

「我呢，」安德烈亞說：「所以我光著腦袋？」

「嗨！」卡德魯斯說：「今天颳風，北風可能吹掉你的帽子。」

「那走吧。」安德烈亞說：「我們走完這段路。」

「誰讓你停下？」卡德魯斯說：「希望不是我吧？」

「噓！」卡瓦爾坎蒂說。

他們毫無意外地越過了城門。

在第一個路口，安德烈亞停住馬，卡德魯斯跳下車。

「喂，」安德烈亞說：「我僕人的外套和我的帽子呢？」

「啊！」卡德魯斯回答：「你不希望我感冒吧。」

「但我呢？」

「你嘛，你年輕，而我開始老了。再見，貝內德托！」

他進入小巷，頓時不見蹤影。

「唉！」安德烈亞嘆口氣說：「在這個世界上，幸福總是不能十全十美。」

65 夫妻齟齬

三個年輕人在路易十五廣場分開，摩雷爾走向林蔭大道，沙托．勒諾踏上大革命橋，德布雷沿著河濱大道走。

摩雷爾和沙托．勒諾多半是回家敘天倫之樂，就像在議會講壇上滔滔雄辯所言，以及黎希留劇院優秀劇本裡的用詞。德布雷則不同。他走到羅浮宮的拱頂狹廊，向左轉，策馬疾馳過騎兵競技場，穿過聖羅克街，又走出拉米肖迪埃爾街，來到唐格拉爾先生家門口。這時，德．維勒福先生的四輪雙篷馬車把那對夫婦送到聖奧諾雷區之後，也剛好把男爵夫人送回來。

德布雷是這家的常客，他先走進庭院，把韁繩扔給一個跟班，然後走回車門，迎接唐格拉爾夫人，他把手臂伸向她並進入府內。

大門一掩上，只剩下男爵夫人和德布雷在庭院裡：「您怎麼了，埃爾米娜？」德布雷問：「為什麼您聽到伯爵所說的故事，或者不如說無稽之談，竟然會昏倒？」

「因為我今晚很不舒服，我的朋友。」男爵夫人回答。

「不，埃爾米娜，」德布雷說：「您無法讓我信服。相反的，您到伯爵家時，精神非常好。沒錯，唐格拉爾先生多少讓人不快，但我知道您不大理會他的壞脾氣。若有人冒犯您，請告訴我，您知道我決不允許別人對您無禮。」

「您錯了，呂西安，我向您保證，」唐格拉爾夫人回答：「我告訴您的是實情，另外，您也察覺到他情緒很壞，我認為那不值得一提。」

顯然唐格拉爾夫人受到了刺激，女人往往無法明白這種刺激，或者正如德布雷揣測的，她受到某種祕而不宣的刺激。他知道頭暈是女人的生活內容之一，因此他不再堅持，只有等待適當時機，要嘛再問一次，要嘛她主動吐露。

在房門口，男爵夫人遇到柯爾內莉小姐。

柯爾內莉小姐是男爵夫人的貼身侍女。

「我的女兒在做什麼？」唐格拉爾夫人問。

「她整晚都在練習。」柯爾內莉小姐回答：「後來就睡覺了。」

「但我還聽到鋼琴聲。」

「那是路易絲．德．阿米莉小姐，小姐上床以後她還在練琴。」

「好。」唐格拉爾夫人說：「你來幫我更衣。」

大家走進臥室。德布雷躺在長沙發上，唐格拉爾夫人與柯爾內莉走進化妝室。

「親愛的呂西安先生，」唐格拉爾夫人透過門簾說：「您總是埋怨歐仁妮不肯正眼跟您說話？」

「夫人，」呂西安說，一邊跟男爵夫人的小狗玩耍，小狗認得他是家裡的朋友，習慣對他百般溫存，「說這話的可不止我，我那天聽到莫爾賽夫向您抱怨，說他無法讓未婚妻說出一句話來。」

「沒錯，」唐格拉爾夫人說：「但我相信，有朝一日會徹底改變，您會看到歐仁妮走進您的辦公室。」

「走進我的辦公室？」

「就是部裡的辦公室。」

「為什麼？」

「為了請求您弄到一份歌劇院的聘書。說實話，我不曾見過誰對音樂這樣著迷。對一個上流社會的小姐來說，真是荒唐可笑。」

德布雷微微一笑。

「倘若她得到男爵和您的同意來找我，」他說：「我們會為她弄到這份聘書，儘管我們很窮，付不起像她那樣的天才的薪酬，但我們還是會盡力。」

「去吧，柯爾內莉，」唐格拉爾夫人說：「這兒沒你的事了。」

柯爾內莉走了出去，過了片刻，唐格拉爾夫人穿了一襲漂亮便服走出來，坐在呂西安旁邊。

她若有所思地撫摸起她的西班牙種小獵犬。

呂西安默默地端詳她。

「喂，埃爾米娜，」過了一會兒他說：「坦率地回答我，有什麼事傷害了您，是嗎？」

「沒有。」男爵夫人回答。

由於感到透不過氣，她起身，竭力呼吸，並走去照鏡子。

德布雷微笑著站起來，想去安慰男爵夫人，突然門打開了。

唐格拉爾先生出現了，德布雷又坐了下來。

聽到開門聲，唐格拉爾夫人轉過身，驚訝地看到她的丈夫，她甚至不想掩飾這種訝異。

「晚安，夫人。」銀行家說：「晚安，德布雷先生。」

男爵夫人認為這出其不意的到來意味深長，男爵想來彌補白天脫口而出的幾句刻薄言詞。

她裝出一臉凜然之氣，朝呂西安轉過身，不回答她的丈夫：「為我念點什麼，德布雷先生。」她說。男爵的到來原本讓德布雷有點不安，看到男爵夫人如此鎮靜，他恢復平穩，伸手拿了一本書，書中夾有鑲金螺鈿把手的裁紙刀。

「對不起，」銀行家說：「不過您熬夜到這麼晚會很疲憊的，男爵夫人。現在十一點鐘了，德布雷先生住得很遠。」

德布雷驚得瞠目結舌，但不是由於唐格拉爾的口氣平靜如常、彬彬有禮；而是透過這種平靜和有禮，他捉摸出某種不同尋常的欲望，男爵今晚就是要違背妻子的心意行事。

男爵夫人也很訝異，並看了一眼，表示出她的吃驚。她的這一眼無疑會讓她的丈夫有所思量，如果他的眼光不是盯著一張報紙，尋找公債收盤價的話。因此，她那倨傲的眼光落空了，完全失去效果。

「呂西安先生，」男爵夫人說：「我告訴您，我完全沒有睡意，今晚我有許多事要告訴您，您要徹夜聆聽，哪怕累得想睡。」

「聽您的吩咐，夫人。」呂西安淡然地說。

「親愛的德布雷先生，」換銀行家開口：「請您今夜不要自討苦吃，去聽唐格拉爾夫人的傻話，因為您明天再聽也可以。今晚是屬於我的，我要留給自己，如果您允許，我要用來跟我的妻子談談要事。」

這次，打擊來得直接而迅速，讓呂西安和男爵夫人暈眩，他們倆以眼光相互探問，彷彿要彼此尋求奧援，抵擋攻擊。但一家之主無可抗拒的權威占了上風，丈夫更有力量。

「千萬別以為我在趕您，親愛的德布雷，」唐格拉爾繼續說：「不，決非如此。突如其來的狀況迫使我今晚要跟男爵夫人談談，這種情況非常少見，所以不要埋怨我。」

德布雷咕噥了幾個字，鞠了一躬，出去時竟撞上牆角，就像《阿達莉》中的納唐[42]。

「真是讓人難以相信。」門關上後，他對自己說：「我們覺得這些丈夫滑稽可笑，但他們要占上風是多麼容易啊。」

呂西安走後，唐格拉爾坐他原來的沙發位子上，闔上那本書，擺出自命不凡的姿態，繼續逗弄小狗。但由於小狗對他不像對德布雷那樣有好感，想咬他，他便拎起狗脖子上的皮，把牠扔向房間另一邊的長椅。

小狗飛過空中時發出驚叫，落下後，牠蜷伏在靠墊後面，顯然被這前所未有的遭遇嚇呆了，默不作聲，一動不動。

「先生，您知道嗎，」男爵夫人說，連眉頭也不皺，「您大有進步，平時您只是粗野，今晚您非常粗暴。」

「這是因為今晚我的情緒比平時更壞。」唐格拉爾回答。

埃爾米娜鄙夷地望著銀行家。通常，這種眼光會激怒自負的唐格拉爾，但今晚他幾乎沒有注意到似的。

「您情緒不好關我什麼事？」男爵夫人回答，被她丈夫的不動聲色激怒了，「這些事跟我有什麼關係？把您的壞情緒關在自己房裡吧，或者關在您的辦公室裡。既然您花錢雇請職員，就向他們發洩吧。」

「不，」唐格拉爾回答：「您的建議錯了，夫人，因此我不會照辦。我的辦公室是我的帕克托洛斯河[43]，我想，就像德穆蒂埃先生所說的，我不願意阻擋河水，擾亂它平緩的流動。我的職員都很正派，為我賺得家產，如果依他們賺到的去估計，我支付給他們的錢遠低於他們應得的。因此我不會遷怒於他們。我要洩憤的是那些吃我的飯，騎我的馬，毀掉我金庫的人。」

「什麼人毀掉您的金庫？請您解釋清楚，先生。」

「放心吧，即使我說得模棱兩可，我也不打算讓您長時間猜測。」唐格拉爾回答：「毀掉我金庫的，就是在一小時內從中拿走五十萬法郎的傢伙。」

「我不明白您的話，先生。」男爵夫人說，她竭力掩飾聲音的激動和臉頰的紅暈。

「剛好相反，您非常明白。」唐格拉爾說：「如果您還堅持己意，我告訴您，我剛在西班牙公債上損失了七十萬法郎。」

「啊！」男爵夫人語帶譏諷地說：「您要我為這筆損失負責嗎？」

「為什麼不？」

「您損失七十萬法郎，是我的過錯嗎？」

「無論如何這不是我的過錯。」

「最後一次，先生，」男爵夫人尖酸地說：「您別再跟我談起金庫，這種話我在父母和前夫家都沒有聽過。」

「我相信的確如此，」唐格拉爾說：「他們兩家都一文不名。」

「而且我不懂銀行的術語，這些行話從早到晚吵得我不得安寧，我厭惡反覆數埃居的聲音，而且您的聲音更令人討厭。」

「說實話，」唐格拉爾說：「奇怪了，我還以為您最關心我的業務呢。」

「我啊！誰讓您以為我如此愚蠢？」

---

42 法國古典主義劇作家拉辛的後期悲劇，納唐是個教士。

43 小亞細亞的一條古代河流，相傳是財富的源泉。

「就是您。」

「啊！」

「毫無疑問。」

「希望您告訴我是在什麼狀況下？」

「天啊，那很容易！今年二月，您第一次對我談起海地公債，您夢見有艘帆船開進勒阿弗爾港，那艘船捎來消息，人們以為無限期延期支付的公債即將兌現。我知道您的夢很靈驗，於是我暗地裡叫人竭盡所能買下海地公債，賺了四十萬法郎，其中十萬法郎給了您。您如何花那筆錢，不關我的事。

「三月，關於一樁鐵路修築案的特許權問題。三家公司同時提出申請，並做出同樣的保證。您說按照您的直覺——儘管您自稱對投資一竅不通，但我相信您在某些方面的直覺十分敏銳——您告訴我，您相信南方那家公司會取得優先權。

「我馬上買下那家公司三分之二的股票。優先權確實給了那家公司，正如您所預見的，股票增值三倍，我賺進一百萬，其中二十五萬法郎給了您。這二十五萬法郎您是如何花掉的？」

「您究竟想做什麼，先生？」男爵夫人高聲說，她氣惱且不耐煩得顫抖著。

「有點耐心，夫人，我進入正題了。」

「幸好如此。」

「四月，您到大臣家赴宴。大家談到西班牙，您聽到一場祕密談話，關係到唐卡洛斯被放逐。我因此買下西班牙公債。國王果然被驅逐了，在查理五世重新越過維達索亞河[44]那天，我賺了六十萬法郎。您得到其中五萬埃居。這筆錢是屬於您的，任您支配，我也不過問。但今年您收入五十萬利佛爾，倒是實實在在的。」

「然後呢，先生？」

「是的，然後！在這以後，事情就糟了。」

「說實在的……您真會說話……」

「我表達了我的想法，我必須這麼說。三天前，就是『然後』。三天前，您與德布雷先生談起政局，您以為從他的話裡得知唐卡洛斯返回西班牙了。於是我賣掉公債，消息一傳出，引起一陣恐慌，我簡直不是賣出，而是奉送。第二天，證實消息是假的，而由於這個假消息，我損失了七十萬法郎。」

「那又怎麼樣呢？」

「怎麼樣，既然我賺了錢就分給您四分之一，那麼，我有所損失時您也要賠我四分之一。七十萬法郎的四分之一，就是十七萬五千法郎。」

「您的話真離譜。老實說，我不知道您為何把德布雷先生的名字攪和進這件事裡。」

「因為您要是剛好拿不出我所要的十七萬五千法郎，您就得向朋友借了，而德布雷先生是您的朋友。」

「呸！」男爵夫人喊道。

「別說三道四，別大吼大叫，也別演戲，夫人，否則，您要逼我對您說，我看到德布雷先生對著您今年給他的五十萬利佛爾冷嘲熱諷，心想他終於找到了即使是最精明的賭徒也找不到的方法，也是贏的時候不需下

---

44 發源於西班牙，流入比斯開灣之前，有數公里河道成為法國與西班牙的邊界。

賭注，輸了又分文不出。」

男爵夫人想發作。

「混蛋！」她說：「您敢說您不知道今天竟然在責罵我嗎？」

「我不說我知道，也不說我不知道。我告訴您，四年來，您不再是我的妻子，我也不再是您的丈夫，請看看我的品行，您會看到它始終如一。就在我們決裂之前，您曾想跟那個在義大利劇院初次登台就爆紅的著名男中音鑽研音樂；我呢，我曾想跟那個在倫敦享有盛名的女舞者談論舞蹈。為了您我，我付出了大約十萬法郎。我並無怨言，因為夫婦之間應該和睦。十萬法郎讓一男一女徹底瞭解舞蹈和音樂，並不算太昂貴。不久，您厭倦唱歌，又想到要跟一位內政部大臣的祕書研究外交；我讓您去。您明白，既然您從自己的首飾盒裡掏錢去付學費，那與我有什麼相干呢？但今天，我發覺您從我的首飾盒裡掏錢，您要我每月支付七十萬法郎的學費。到此為止吧，夫人，不能再如此下去。要嘛外交官免費……授課，那我還能容忍，要嘛他別再踏進我的家。您聽明白嗎，夫人？」

「太過分了，先生！」埃爾米娜大聲說，她喘不過氣來，「您實在太無恥了。」

「可是，」唐格拉爾說：「我高興地看到您不遑多讓，而且您不自覺服從這句格言：『夫唱婦隨』。」

「您侮辱人！」

「您說得對。那讓我們來裁決我們的行為，冷靜地分析一下。我插手您的事是為了您的利益；請您也這麼做。我的財富與您無關，是嗎？是的，您用自己的錢去做買賣吧，但不要填補或掏空我的金庫。再說，誰知道這一切是不是政治上的雅納克的一擊[45]呢？是不是大臣很氣惱我站在反對派這邊，而且嫉妒我獲得民眾的支持，跟德布雷串通來陷害我呢？」

「怎麼可能！」

「無疑是這樣。誰聽過這種事，假的電報消息，近乎是不可能的事。兩份電報傳送的訊息截然不同！老實說，這是故意針對我的。」

「先生，」男爵夫人低聲下氣地說：「我看您不是不知道，那個雇員已經被辭退了，甚至還說要起訴他，已經發出逮捕令，如果他不是先一步潛逃，躲過追查，命令早就執行了，逃跑證明他做了蠢事，且自知犯罪……那是他出錯了。」

「是的，那個錯誤讓傻瓜看笑話，讓大臣輾轉難眠，讓國務祕書們塗改文件，卻讓我損失七十萬法郎。」

「不過，先生，」埃爾米娜突然說：「既然您以為一切都是德布雷先生造成的，為什麼您不直接對德布雷先生說，卻來朝我囉嗦呢？為什麼您指控一個男人，卻找一個女人算帳呢？」

「我熟識德布雷先生嗎？」唐格拉爾說：「我想跟他廝混嗎？我想知道他會怎麼建議嗎？我想聽從這些意見嗎？我要投資嗎？不，做這些事的是您，而不是我吧？」

「我覺得，既然您也聽從過那些主意……」

唐格拉爾聳聳肩。

「說實話，玩弄過一次或幾次陰謀，而沒有在巴黎傳揚開來，就因此自詡為天才的女人，都是笨蛋！要知道，不管你們如何對丈夫隱瞞自己的犯規行為，那都只是初階的本事，因為做丈夫的幾乎都是假裝沒看見，

45 雅納克（一五〇五—一五七二）為法國貴族，他在亨利二世和宮廷面前進行決鬥，眼看敗北，卻一劍刺中對方膝蓋，「雅納克的一擊」有突然襲擊、暗算之意。

你們只是拙劣地模仿大部分上流社會女人所做的事。但我不是這樣，我在觀察，而且一直看在眼裡，近十六年來，或許您有些想法曾瞞過我，但沒有一個步驟、一個行動、一個過失瞞得過我。而您呢，您還慶幸自己手段巧妙，確信騙過我了，結果如何？由於我假裝一無所知，從德・維勒福先生到德布雷先生，您的男友沒有不在我面前顫抖的。沒有不把我看成一家之主的，這是我在您身邊唯一的心願。最後，他們沒有誰敢如現在我對您提及他們一般地，對您談論到我。我允許您讓人覺得我可恨，但我不允許您讓人覺得我可笑。更重要的是，我禁止您讓我破財。」

在此之前，維勒福的名字沒有被提出，男爵夫人還能保持鎮定；但一聽到這個名字，她便臉色刷白，就像按了彈簧一樣跳了起來。她伸出雙臂，似乎要驅逐幽靈似的，朝丈夫走近三步，彷彿要從他那裡揭開祕密。那些他一直不知道的祕密，或者就像唐格拉爾一貫的可惡算計那樣，他不願意全部吐露。

「德・維勒福先生！這是什麼意思！您想說什麼？」

「夫人，意思是說，您的前夫德・納爾戈納先生，既不是哲學家，也不是銀行家，也或者兩者都是，他發現從一個檢察官那裡撈不到好處，又在您離家九個月之後發現您懷有六個月身孕，因此憂憤而死。我很粗魯，我不僅知道，而且我引以為豪，這是我做生意的祕訣之一。為什麼他不殺人，而讓自己死去呢？因為他沒有什麼金錢需要挽救。但我呢，我對我的財富負有責任。我的合夥人德布雷先生讓我損失了七十萬法郎，他要是肯承擔他那部分損失，我們可以繼續做生意；否則，就讓他因欠我十七萬五千法郎而破產，並且就像其他破產者那樣，從我眼前消失。我的天！那是一個可愛的小伙子，我知道，只要他的消息是正確的；但當他的消息不準確時，世上比他好的人至少有五十個。」

唐格拉爾夫人嚇壞了，但她竭盡所能來應付這最後的攻擊。她跌坐在扶手椅裡，想到維勒福，想到宴會的場景，想到這一連串的詭異不幸，幾天來，這些倒楣事陸續降臨她家，令人惱怒的爭吵，擾亂了家中的舒適安寧。儘管她想方設法，想讓自己昏厥過去，唐格拉爾卻看也不看她一眼。他打開臥室的門，什麼話也不多說，回到自己房裡。因此，當唐格拉爾夫人從瀕臨昏厥狀態中恢復過來時，以為自己做了一場惡夢。

66 結婚計劃

上演爭吵場面後的第二天，到了平時德布雷上班時會繞過來拜訪唐格拉爾夫人的那個時間，他的四輪雙座轎式馬車沒有出現在庭院裡。

這時大約中午十二點半，唐格拉爾夫人吩咐準備馬車出門。

唐格拉爾站在窗簾後面，窺伺他等待著的出門。他吩咐僕人，夫人一回家就通知他，但直到兩點她還沒有回來。他吩咐備車到議院，登記發言以反對預算。

從中午到下午兩點，唐格拉爾待在書房裡，拆閱郵件，心情越來越愁雲密佈，他計算著數字，接見一些客人，其中包括卡瓦爾坎蒂少校的來訪。少校總是一身藍色，腰桿挺直，非常準時，他在前一日約定的時間抵達，為了跟銀行家了結事務。

唐格拉爾在議會上情緒非常激動，尤其空前犀利地攻擊內閣。他從議院出來後即坐上馬車，吩咐車伕駛到香榭麗舍大街三十號。

基度山在家，不過他有客人，他請唐格拉爾在客廳裡稍等。

銀行家正等候時，門打開了，他看到一個神父打扮的人走進來，這個人不像他那樣等待，無疑是家中常客，向他鞠躬，隨即走進房間，消失不見了。

過了片刻，教士進來的那扇門又打開，基度山出現了。

「對不起，」他說：「親愛的男爵，我的一個好友布佐尼神父，就是剛才走過的那一位，剛來到巴黎。我們很久沒見了，我不忍心馬上離開他。希望您能體恤，原諒我讓您久等。」

「怎麼會呢。」唐格拉爾說：「是我來得不是時候，我這就告退。」

「不要走。相反地，請坐下。天啊！您怎麼了？您的樣子憂心忡忡。說實話，您讓我害怕。憂愁的資本家就像彗星出現一樣，總是預示著世上將發生災難。」

「親愛的先生，」唐格拉爾說：「這幾天來我霉運纏身，只聽到壞消息。」

「啊！天啊！」基度山說：「您又在交易所栽了跟頭嗎？」

「不，我只要幾天就能恢復。只是這次牽連到我的是特列埃斯特一家銀行倒閉了。」

「真的？不會剛好就是雅科波．曼弗雷迪那家吧？」

「正是！您想想，這位先生不知有多長時間，每年都跟我有八、九十萬法郎的生意。從來不曾出差錯，也沒有延誤過，他總是像親王一樣爽快付款。這次，我預先支付他一百萬，而今雅科波．曼弗雷迪這傢伙卻中止付款！」

「真的？」

「這是前所未聞的運勢。我向他支取六十萬利佛爾，但是沒有順利兌現，我手裡還有他簽署的、這月底由他在巴黎的客戶支付的四十萬法郎匯票。今天是三十日，我派人去取錢，啊，是的，這個客戶竟然失蹤了。再加上西班牙那件事，我這個月底真夠受的。」

「西班牙那件事真的讓您損失了一大筆錢嗎？」

「當然，僅僅那件事，我就損失了七十萬法郎。」

「像您這樣的老手，怎麼也會出這種錯呢？」

「唉！這是我妻子的過失。她夢見唐卡洛斯回到西班牙——她相信夢境。她說，這是磁性感應，她只要夢見一件事，便堅信勢必會發生。出於她的信心，我答應她進行證券交易。她有自己的首飾盒和經理人，投資後蒙受損失。沒錯，那不是我的錢，她是拿自己的錢投資。但無論如何，您明白，當妻子損失了七十萬法郎，丈夫總是有所察覺的。怎麼？您不知道這件事？已經鬧得滿城風雨了。」

「知道，我聽人提起過，但我不知道詳情。而且，我對交易所的事一竅不通。」

「所以您不做證券交易嗎？」

「我？我怎麼會做呢？我管理自己的收入都已經忙得不可開交，除了管家，我不得不再請一名雇員和一個出納。至於西班牙那件事，我看男爵夫人並非完全夢見唐卡洛斯回國一事。報紙不也談論過嗎？」

「所以您相信報紙所言？」

「我呢，絕對不信，但正派的《信使報》例外，這份報紙報導的消息都是確實的，都是來自電報。」

「這正是難以解釋的地方。」唐格拉爾說：「唐卡洛斯回國的確是電報消息。」

「因此，」基度山說：「這個月您損失了將近一百七十萬法郎？」

「不是將近，正是這個數字。」

「見鬼！對於一個三等富翁，」基度山同情地說：「這是個嚴重的打擊。」

「三等！」唐格拉爾說，有點受辱，「您這麼說是什麼意思？」

「是這樣，」基度山又說：「我將富翁分成三等：一等、二等和三等。凡是手上擁有寶藏，在法國、奧地利和英國這樣的國家裡有地產、礦藏和各種收入，只要總資產和收入達到一億左右，我稱為一等富翁。凡是擁有大工廠、聯合企業、擔任總督、管轄公國，年收入不超過一百五十萬法郎，總資產在五千萬左右的，我稱為二等富翁。最後，凡是資產取決於綜合利潤，仰仗他人意志或偶然機會賺錢，若別人倒閉即會受到影響，電報消息傳出便動搖根基。盡可能投資，往往受到大魚吃小魚的命運主宰，加總虛實資產在一千五百萬左右的，我稱為三等富翁。您的狀況大致如此，是嗎？」

「確實是的。」唐格拉爾回答。

「因此，像這樣再過六個月，」基度山冷靜地又說：「三等富翁就要垂死掙扎了。」

「啊！」唐格拉爾含笑說，但臉色非常蒼白，「您說得太超過了！」

「我們就算七個月吧。」基度山用同樣冷靜的語調說：「告訴我，您是否想過這一點：七乘一百七十萬法郎等於一千二百萬法郎左右？沒有？很好，因為一這樣想，就不敢投資了，資金之於金融家如同皮膚之於文明人。我們穿著華麗的衣服，這就是我們的信用；但人死時只剩下一張皮。同樣地，扣掉做生意時別人投入的本錢，您真正的財產至多只有五、六百萬。因為三等富翁只有表面的三分之一或四分之一財產，就像行駛中的火車頭，籠罩著的龐大蒸氣，讓它看起來就是一部巨大的機器。在您真正資產的五百萬中，您剛剛損失了近二百萬，您的資產總額和信用也因此減少。親愛的唐格拉爾先生，您已經皮綻血流，再重複四次，就會帶來死亡。唉！請當心，親愛的唐格拉爾先生。您需要錢嗎？您需要我借錢給您嗎？」

「您真是個蹩腳的計算家！」唐格拉爾大聲說，想求助哲理，以掩蓋沮喪，「目前，由於別的投資成功，金錢又進了我的錢庫。流掉的血由於得到營養又補回來了。我在西班牙吃了敗仗，在特列埃斯特被擊敗，但我的印度海軍截獲了幾艘大商船，我的墨西哥先遣部隊發現了礦藏。」

「好極了！但傷疤還在，一蒙受損失會重新裂開。」

「不，因為我只做有十足把握的生意，」唐格拉爾像江湖醫生自吹自擂那樣信口開河，「必須有三個政府垮台才能打倒我。」

「當然，這種事發生過。」

「除非鬧饑荒。」

「請記得七個豐年和七個荒年的故事。」

「或者，像法老時代那樣大海乾枯，但現在還有幾個海洋，而且帆船損失了還可以改成沙漠商隊。」

「好極了，親愛的唐格拉爾先生。」基度山說：「我發現我弄錯了，您應列為二等富翁。」

「我想應該有這個榮幸。」唐格拉爾說，露出一個刻板的微笑，讓基度山想到蹩腳畫家塗抹在廢墟上的模糊月亮。「但是，既然我們談到做生意，」他補充說，很高興找到了別的話題，「請告訴我，我能為卡瓦爾坎蒂先生做什麼。」

「如果他在您的銀行裡開了戶頭，而您覺得那戶頭可靠，就支付金錢給他。」

「很可靠。今天上午他帶了一張四萬法郎的支票，由布佐尼簽署，有您的背書，並轉給我，是即期兌現的。您知道，我立刻支付他四萬法郎鈔票。」

基度山點頭，表示完全認可。

「不僅如此，」唐格拉爾又說：「他還為兒子在我的銀行裡開了戶頭。」

「他限定給兒子多少錢？」

「每月五千法郎。」

「一年六萬法郎。我早料到了，」基度山聳聳肩說：「卡瓦爾坎蒂家的人都很吝嗇。一個年輕人每月五千法郎能做什麼呢？」

「您知道，如果年輕人需要多幾千法郎……」

「別透支給他，他父親的不會認帳的。您不瞭解阿爾卑斯山南邊的那些百萬富翁，他們都是真正的阿巴貢[46]。那付款戶頭是由誰為他開設的？」

「哦！是佛羅倫斯資本最雄厚的戶濟銀行。」

「我不想說您會被倒帳，遠非如此。不過您要依協議條款行事。」

「所以您不信任卡瓦爾坎蒂嗎？」

「我呢，只要他簽字，我會給他一千萬。他可以列入我剛才所說的二等富翁，親愛的唐格拉爾先生。」

「他那樣有錢，卻如此樸素。我一直只視他為一個少校。」

「您實在恭維他了。您說得對，他不注重儀表。我第一次見到他時，他給我的印象是一個總是戴著無流蘇的、即將發黴的肩章的老中尉。但義大利人莫不如此，當他們不像東方三博士朝拜耶穌誕生時那樣閃耀時，就宛如老去的猶太人。」

「那位年輕人好一點。」唐格拉爾說。

「是的，也許有點膽怯。總之，我覺得他衣著體面。但我倒為他擔心。」

「為什麼？」

「因為您在我家見到他時，據說他才剛進入上流社會。他跟著一位非常嚴厲的家庭教師周遊各地，從來沒

46 莫里哀喜劇《吝嗇鬼》中的主人公，「阿巴貢」已成為吝嗇鬼的代名詞。

有到過巴黎。」

「這些義大利貴族都習慣同階層通婚，是嗎？」唐格拉爾不經意地問：「他們喜歡締結門當戶對的親家。」

「沒錯，他們往往這麼做，但卡瓦爾坎蒂是個怪人，他行事作風與眾不同。無法排除我這個想法，我認為他送兒子到法國來，是為了結婚。」

「您這麼認為？」

「我這麼認為。」

「您聽說過他的財產嗎？」

「不少人談論，不過，有人說他有幾百萬，有人認為他一文不名。」

「您的看法呢？」

「您不應該受我影響，這完全是我個人看法。」

「但畢竟……」

「我的看法是，這些昔日的城市高級行政官員與軍事將領——像卡瓦爾坎蒂統率過軍隊，並治理省分，我是說，他們把幾百萬財產藏在只有長子知道的祕密之地，並一代代傳給他們的長子。證據是他們都面黃肌瘦，就像共和國時代[47]的金幣，由於看多了金幣，他們變成了那副模樣。」

「太好了！」唐格拉爾說：「尤其因為人們不知道他們有一寸土地，那就更加驗證。」

「即使擁有土地，那也是很少的。我只知道卡瓦爾坎蒂在盧卡有一處大宅。」

「他有一個大宅。」唐格拉爾笑著說：「這已經算是財產了。」

「是的，他還把大宅租給財政大臣，而自己住在一間小房子裡。哦！我告訴過您，我想這是個吝嗇的老傢伙。」

「好了好了！您不要吹捧他了。」

「聽著，我不太認識他，平生只見過他三次。我所知道的，都是布佐尼神父和他本人告訴我的。今天上午他對我談起關於他兒子的計劃，並向我透露，由於不願看到巨額資金在義大利沉睡——義大利是個死氣沉沉的地方，他想找個辦法，或者在法國，或者在英國，讓他的幾百萬生息。但請注意，儘管我個人非常相信布佐尼神父，可是我無法擔保。」

「不管怎樣，還是謝謝您推薦客戶。這個名字讓我的客戶名冊增光不少。我向出納解釋卡瓦爾坎蒂家的背景，他聽了與有榮焉。對了，這只是他的尋常細節，當這種人幫兒子娶親時，會給兒子一筆財產嗎？」

「唉，天啊！這要看情況。我認識一位義大利親王，富有得像座金礦，是托斯卡尼最顯赫的家族之一，他的幾個兒子依他的心意結婚時，他給了幾百萬，而一旦他們不合他的意，他便僅僅給他們一個月三十埃居。假如安德烈亞按照父親的意見娶親，他父親便會給他一百萬，二百萬，或三百萬。比如是跟銀行家的女兒結婚，或許他父親可以從親家的銀行獲得好處；而如果他不喜歡兒媳婦，那就再見了。卡瓦爾坎蒂老爹將把按在保險箱的鑰匙上，在鎖孔裡轉兩圈，那麼安德烈亞先生便只能像巴黎家庭的浪蕩子。靠玩紙牌和擲骰子時要老千來過活。」

「那個小伙子會找到一個巴伐利亞公主或祕魯公主，他要的是冠冕，以及橫越波托西[48]而過的埃爾多拉

47 拿破崙於一七九七年在義大利扶植了幾個共和國，但佛羅倫斯在十五世紀曾以共和國形式存在，共和國甚至可追溯到羅馬帝國時期，這裡大約是指佛羅倫斯金幣。

多[49]。」

「不，阿爾卑斯山那邊的世家貴族往往和平民女子聯姻，他們像朱庇特一樣，喜歡跨越門第。啊！難道您想跟安德烈亞結親嗎，親愛的唐格拉爾先生，所以您提了那麼多問題？」

「真的，」唐格拉爾說：「我想這筆投資生意倒不壞，我確是一個投資者。」

「我猜想不是拿唐格拉爾小姐來投資吧？您不會讓阿爾貝去掐死可憐的安德烈亞吧？」

「阿爾貝？」唐格拉爾聳聳肩說：「啊，是的，他不在乎的。」

「我聽說他跟您女兒訂婚了？」

「德·莫爾賽夫先生和我，我們有時會談起這門婚姻。但德·莫爾賽夫夫人和阿爾貝……」

「您不是指他們不匹配吧？」

「嘿！我覺得唐格拉爾小姐絲毫不遜於德·莫爾賽夫先生。」

「唐格拉爾小姐的嫁妝確實可觀，這我不懷疑，如果電報不再瘋傳錯誤訊息的話。」

「不要只談嫁妝。對了，能告訴我嗎？」

「什麼？」

「為什麼您沒有邀請莫爾賽夫一家赴宴？」

「我也邀請了，但他推說要陪德·莫爾賽夫夫人到迪埃普去，醫生建議她到海邊呼吸新鮮空氣。」

「是的。」唐格拉爾笑著說：「海邊空氣對她有好處。」

「為什麼？」

「因為她年輕時代就呼吸這種空氣。」

基度山假裝沒有聽見這句嘲諷的話。

「總之，」伯爵說：「即使阿爾貝不如唐格拉爾小姐富有，您也不能否認他身世顯赫。」

「是的，但我同樣喜歡我的出身。」唐格拉爾說。

「當然，您的大名深孚眾望，而且加上貴族頭銜，更增添光彩。但您是一個非常聰明的人，不會不知道，按照某些根深蒂固、難以消除的偏見，五世紀的貴族遠勝過只有二十年資歷的貴族。」

「正是如此，」唐格拉爾說，竭力露出譏諷的微笑，「因此，我更喜歡安德烈亞・卡瓦爾坎蒂先生，而不是阿爾貝・德・莫爾賽夫先生。」

「可是，」基度山說：「我猜想，莫爾賽夫家不會向卡瓦爾坎蒂家讓步吧？」

「莫爾賽夫家，等等，親愛的伯爵，」唐格拉爾回答：「您是一個優雅高尚的人是吧？」

「我想是的。」

「而且熟悉紋章學？」

「懂一點。」

「那麼，請看看我這紋章的色彩，比起莫爾賽夫的紋章更為牢靠吧。」

「為什麼？」

「這是因為，即使我不是世襲的男爵，但我至少叫唐格拉爾。」

---

48 在玻利維亞西南部，古代盛產白銀。

49 傳說中南美產金之地，這個西班牙字意即「產金之地」。

「那又怎麼樣？」

「而他不叫莫爾賽夫。」

「什麼，他不姓莫爾賽夫？」

「完全無關。」

「怎麼可能！」

「我的男爵身分是被冊封的，所以我是男爵；他則是自封為伯爵，所以他不是真正的伯爵。」

「怎麼可能。」

「聽著，親愛的伯爵，」唐格拉爾繼續說：「德・莫爾賽夫先生是我的朋友，說準確些是三十年的老相識。我呢，您知道，由於我從不忘記自己的出身，所以我並不重視我的紋章。」

「這證明您自慚形穢，或者狂妄自大。」基度山說。

「當我還是個小雇員時，莫爾賽夫是名普通的漁夫。」

「那時他叫什麼名字？」

「費爾南。」

「全名呢？」

「費爾南・蒙德戈。」

「您確定？」

「當然！他賣給我不少魚，我認得他。」

「那為什麼您還把女兒嫁到他家呢？」

「因為費爾南和唐格拉爾都是暴發戶，都成了貴族，都發財致富，其實旗鼓相當，除了某些方面，有人會提到他，但不曾提到我。」

「什麼事？」

「沒什麼。」

「是的，我明白了。您說的話讓我想起費爾南．蒙德戈這個名字，我在希臘聽人提起過。」

「關於阿里帕夏的事？」

「沒錯。」

「那是個謎。」唐格拉爾說：「不瞞您說，我願意出高價得知真相。」

「如果您渴望知道，並不困難。」

「怎麼說呢？」

「您在希臘應該有往來的銀行吧？」

「當然！」

「在雅尼納呢？」

「各地都有。」

「那麼，寫信給您在雅尼納的往來銀行，詢問在阿里泰貝林蒙難事件中，一個名叫費爾南的法國人扮演了什麼角色。」

「您說得對！」唐格拉爾大聲說，猛地站起來，「我今天就寫信！」

「寫吧。」

「我馬上寫。」

「如果您得到什麼轟動的消息……」

「我會告訴您。」

「太感謝了。」

唐格拉爾衝出房間，一下子跳進他的馬車。

67 檢察官的辦公室

我們暫且讓銀行家疾馳回家，而先來追蹤唐格拉爾夫人的早晨漫遊。

上文說過，十二點半，唐格拉爾夫人吩咐備車，離家出門。她驅車朝聖日耳曼區而去，駛入馬紮林街，讓馬車停在新橋巷。她下車，穿過巷子。她穿著簡單，就像一名早上出門的風雅女子。到了蓋內戈街，她搭上出租馬車，吩咐目的地是阿爾萊街。

她一坐上馬車，便從口袋裡掏出厚實的黑面紗，掛在草帽邊上。然後她戴上草帽，從一面小鏡子裡，高興地看到別人將只能看到她白皙的皮膚和閃閃發光的眼睛。

出租馬車穿越新橋，經過太子妃廣場，開進阿爾萊街的法院院庭。她付錢，車門打開了，唐格拉爾夫人衝向階梯，迅捷地穿越，隨即來到法院的休息室。

上午，法院事務繁雜，忙碌的人更多了，而他們不注意女人。因此唐格拉爾夫人穿過休息室，沒有比正等候律師的其他十多個女人更受矚目。

德·維勒福先生的接見室裡擠滿了人，但唐格拉爾夫人甚至不需通報姓名，她一出現，一個傳達員便起身，朝她走來，問她是不是檢察官約見的，得到肯定回答後，他帶她穿過一條專用通道，來到德·維勒福先生的辦公室。

檢察官坐在扶手椅裡，背對著門寫東西。他聽到房門打開，傳達員通報說：「請進，夫人！」然後房門關上，他卻紋絲不動。但等到傳達員的腳步聲遠去，終至消失，便立刻轉身，走去鎖上門，拉好窗簾，審視辦公室的每個角落。

等他確認不會被人看見和聽見，才平靜下來：「謝謝，夫人，」他說：「謝謝您準時前來。」

他拉過一把椅子給唐格拉爾夫人，她隨即坐下來，因為她的心臟撲撲亂跳，感覺幾乎要窒息了。

「夫人，」檢察官說，也坐了下來，讓扶手椅轉了半圈，以面對唐格拉爾夫人，「夫人，我很久沒有榮幸跟您單獨談話了，很遺憾，我們這次相聚卻要進行一次非常艱難的談話。」

「先生，您看，儘管這次談話對我而言肯定比對您更加艱難，但您一招呼，我還是來了。」

維勒福苦笑著。

「確實，」他說，與其說他在回答唐格拉爾夫人的話，還不如說在回答自己的想法，「確實，我們過往的所有行動都留下痕跡，有的黯淡，有的清晰。確實，我們在一生中留下的腳印，宛如一條蛇爬行過沙土的軌跡，形成一道溝渠。唉，對許多人來說，這道溝渠是眼淚流成的。」

「先生，」唐格拉爾夫人說：「您明白我的激動，是嗎？請您寬恕我。多少罪犯經過這個房間時都瑟縮顫抖，羞愧難當，而我坐在這把椅子裡也羞愧難當，渾身打顫。啊，我需要喚起全部的理智，才能不把自己看作一個罪孽深重的女人，不把您看作一個咄咄逼人的檢察官。」

維勒福搖搖頭，嘆了一口氣。

「我呢，」他說：「我尋思，此刻我不坐在審判席上，而是在被告的受審位置上。」

「您？」唐格拉爾夫人驚訝地說。

「是的，我。」

「我想，先生，您律己太嚴，誇大其實了。」唐格拉爾夫人說，她的美目透出轉瞬即逝的光芒，「您剛才所說的溝渠，都是狂熱的少男少女留下的。在縱情歡樂之後，總會有一點悔恨。正因如此，讓不幸者得到慰藉的福音書，描述那些充滿罪孽和不貞女人的故事，作為我們這些可憐女人的支援。因此，不瞞您說，有時追憶起年少輕狂，我便想，上帝會寬恕我的，因為我所受的折磨即使不足以赦免罪孽，至少也可以相抵了。但您呢，大家都會原諒男人，風流韻事反而會抬高你們的身價，所以您有什麼需要擔憂的呢？」

「夫人，」維勒福回答：「您了解我，我不是一個偽君子，或者至少我不會裝作善良。如果我面容嚴峻，那是因為遭遇的不幸讓它變得陰沉；如果我鐵石心腸，那是為了能夠承受所受到的打擊。我年輕時不是這樣的，訂婚那晚，當我們圍坐在馬賽行市街的一張桌子旁邊時，我不是這樣的。但後來，我身上和周圍的一切都變了。由於從事艱難的事業，並在困難中摧毀那些自覺不自覺、有意或無意擋住我的路、為我製造麻煩的人，於是我的生命衰竭了。由於渴望的東西必須從別人那裡得到，甚至搶奪過來，所以往往也受到他們強烈的阻撓。因此，許多惡行劣跡都偽裝成「不得不如此」這種似是而非的外表。而且，會發現在衝動、恐懼和狂熱時鑄下的大錯，本來是可以避免的。當時太過盲目，看不到可以運用的好方法，如今發現原來那方法是如此容易、這麼簡單。您心想：我怎麼會這樣做而不是那樣做呢？女人卻剛好相反。你們很少被悔恨所折磨，因為很少由你們自己做決定，你們的不幸幾乎都是強加給你們的，你們的過失幾乎都是別人造成的。」

「無論如何，先生，您要承認，」唐格拉爾夫人回答：「如果我犯了錯，儘管這個過錯是我個人的事，但我昨天已受到嚴厲的懲罰。」

「可憐的女人。」維勒福說，握緊她的手，「這懲罰太嚴厲了，您承受不了的，您有兩次差點被擊倒，但是……」

「怎麼樣？」

「我應該告訴您……鼓起您全部的勇氣，夫人，因為事情還沒有走到盡頭。」

「我的天！」唐格拉爾夫人驚惶地喊道：「還有什麼事？」

「您只看到過去，夫人，當然，過去是陰森的。接著，請想像更加可怕的未來，真正恐怖的未來……或許是血淋淋的未來……」

男爵夫人瞭解維勒福向來鎮定自若，因此看到他情緒激動，非常害怕，張開嘴想叫喊，聲音卻鯁在喉嚨裡。

「那可怕的過往為什麼會重現呢？」維勒福大聲說：「它怎麼會從墳墓深處和我們沉睡的內心，像幽靈一樣鑽出來。讓我們雙頰變得蒼白，接著又漲紅了呢？」

「唉，」埃爾米娜說：「無疑是巧合。」

「巧合！」維勒福說：「不，不，夫人，決不是巧合！」

「是巧合，造成這一切的難道不是巧合嗎？沒錯，這是天意。基度山伯爵難道不是剛好買下那幢房子嗎？他難道不是剛好叫人挖地嗎？最後，那個不幸的孩子難道不是剛好埋在樹下嗎？我生下的那個可憐無辜的小生命，我無法給他一吻，我為他流了那麼多眼淚。啊！當伯爵談到在花叢裡找到寶貝的遺骸時，我整顆心都朝他飛去了。」

「不，夫人，我要告訴您的可怕情況就是這個。」維勒福用低沉的聲音回答：「不，沒有在花叢下發現遺骸；不，孩子沒有掩埋；不，不必哭泣；不，不必哀傷，應該發抖！」

「什麼意思？」唐格拉爾夫人大聲說，渾身顫抖。

「我的意思是，基度山先生在樹下挖掘時，既沒有找到孩子的遺骨，也沒有找到箱子的金屬配件，因為樹下沒有這些東西。」

「沒有這些東西。」唐格拉爾夫人重複說，盯著檢察官，她的眼眸睜得圓大，顯示出恐懼，「沒有這些東西。」她又重複一遍，就像要努力藉由聲音和話語來確定隨時可能消逸的想法那樣。

「不！」維勒福說，以手蒙著臉，「一百個不！」

「難道您不是將可憐的孩子埋在那裡嗎，先生？為什麼欺騙我？為什麼？說呀！」

「就放在那裡，但您聽我說，聽我說，夫人，您會因此可憐我，因為二十年來我背負著痛苦，沒有讓您分擔一點點，如今我要告訴您了。」

「天哪！您嚇得我心驚膽顫，但不管怎樣，您說吧，我聽著。」

「那痛苦的夜裡，您躺在床上奄奄一息，在那掛著紅色錦緞帷幔的房間裡，而我幾乎像您一樣呼吸急促，等待著您分娩。您知道那一夜多麼難熬。孩子誕生了，交到我手裡時一動不動，沒有呼吸，沒有哭聲。我們以為他死了。」

唐格拉爾夫人迅速動了一下，彷彿想離開椅子。

但維勒福合起雙手止住她，像是懇求她繼續聽下去。

「我們以為他死了。」他重複說：「我把他放在一個箱子裡，這個箱子取代了棺材。我下樓到花園裡，挖了一個墓穴，匆匆把孩子放進去。我剛掩上土，那個科西嘉人的手臂便伸向了我。我似乎看到一條黑影站起來，一道亮光閃過。我感到一陣疼痛，想叫喊，但一陣寒顫傳遍我全身，我的喉嚨被扼住了。我昏死在地上，以為自己被殺死了。恢復知覺後，我半死不活地爬到樓梯底下，而您雖然極度虛弱，還是迎著我走來，我永遠忘不了您崇高的勇氣。必須對這樁可怕的災禍保持緘默。您在奶媽的攙扶下，撐持著回到家裡，我則

維勒福下樓來到花園，挖了一個墓穴。

藉口決鬥時受了傷。完全出乎意料，我們倆保守了這個祕密。我被轉到凡爾賽，我與死神搏鬥了三個月，終於死裡逃生。醫生吩咐我到南方曬太陽和呼吸新鮮空氣。四個人把我從巴黎抬到夏隆，每天只走六法里。德·維勒福夫人則搭馬車跟隨著擔架。在夏隆，他們把我抬到索納河[50]的船上，然後我來到隆河，順流而下，直到阿爾勒，接著從阿爾勒又抬上擔架，一直走到馬賽。我養了六個月的傷，再也不曾聽到別人談起您，我也不敢打聽您的情況。等我回到巴黎，得知您以德·納爾戈納先生孀婦身分，嫁給了唐格拉爾先生。

「我恢復知覺之後，心裡想的，始終只有一件事，那就是孩子的屍體。每天夜裡，在我的夢中，那屍體從地底飛出來，在墳上飛舞，同時以眼光和手勢威脅我。因此，我一回到巴黎，就去瞭解情況。自從我們離開，那幢房子就沒有人住，但剛剛租出去了，為期九年。我找到房客，假裝很不願意看到這幢屬於我岳父母的房子落在外人手裡，我提出補償，想讓房客解約。房客向我索取六千法郎，即使是一萬、兩萬，我也會給的。我身上帶著錢，當場讓他簽署解約書。我拿到翹首盼望的解約書後，便疾馳到奧特伊。自從我離開那幢房子後，再也沒有人進去過。下午五點半，我上樓到那個掛著紅色錦緞帷幔的房間，等待天黑。

「在房間裡，一年來在我持續與死亡搏鬥的過程中，始終縈繞在心的一切都浮現出來，且比以往更咄咄逼人。

「那個科西嘉人曾宣稱要對我進行家族復仇，他從尼姆跟蹤我到巴黎。科西嘉人躲在花園裡朝我襲擊，他看到我挖掘墓穴，埋好孩子。他可能打聽您的情況，甚至認得您了……有朝一日他難道不會拿這件可怕的祕密去敲詐您嗎？……當他知道我沒有被他殺死時，難道這對他來說不是一種溫和的報復方法嗎？當務之急是以防萬一，我要抹去往事的痕跡，把所有蛛絲馬跡都毀掉。在我的記憶裡，一切都歷歷在目。

「因此我取消了租約，因此，我來到那幢房子，因此，我在等待。黑夜降臨，我等到天色暗下。我待在房間裡，沒有點燈，風吹得門簾震動，我似乎看到密探埋伏在門簾後面。我不時顫抖，覺得在背後那張床上傳來您的呻吟，我不敢轉身。我的心臟在寂靜中怦怦地跳，我感到它劇烈跳動，我以為我的傷口即將裂開。最後，我聽到鄉野的嘈雜聲逐一沉寂。我知道，再沒有什麼可怕的了，我不會被人看見和聽見，我決定下樓。

「聽著，埃爾米娜，我自信跟別人一樣勇敢，但當我從懷裡掏出那把通往樓梯的小鑰匙——我們倆多麼珍惜這把鑰匙，您曾想把它套在一隻金環上。當我打開門，透過窗戶，看到蒼白的月亮將一道幽靈般的、長長的光影投射在螺旋形樓梯上的時候，我靠在牆上，幾乎喊叫起來，我覺得自己快要瘋了。

「最後，我終於控制住自己。我一級級走下樓梯，我無法克服的一件事，就是膝蓋奇怪的不斷顫抖。我握緊欄杆，如果稍微放鬆，便會摔下去。

「我走到樓下的門口。那道門外，有一把鐵鏟靠在牆上。我拿著一盞昏黃的提燈，停在草坪中央照亮周

50 法國東部河流，隆河最大的支流。

圍，然後繼續往前走。十一月已到尾聲，花園裡的綠葉都消失了，只剩下樹幹枝椏伸出削瘦的長臂，枯葉在我的腳下磨擦著沙土，窸窣作響。

「恐怖揪緊我的心，走近樹叢時，我從口袋裡掏出一把手槍，上好子彈。我總覺得透過枝椏看到科西嘉人的臉孔。

「我用昏黃的提燈照亮樹叢，樹叢空蕩蕩的。我環顧四周，只有我孤伶伶一個人。沒有任何聲響擾亂黑夜的寧靜，除了一隻貓頭鷹發出尖厲淒涼的叫聲，彷彿在呼喚黑夜的幽靈。我將提燈掛在一根枝椏上，一年前，就在我駐足挖掘墓穴的地方，我已經注意到這根樹枝。

「夏天時，這裡的野草長得很繁茂，秋天來臨，卻沒有人割草。但有片比較稀疏的地方引起我的注意，很明顯，那正是我挖過的地方。我馬上動手。

「我期待了一年多的時刻終於來臨。因此我滿懷期望。我努力挖土，探索每一叢草，以為鐵鏟會碰到什麼，但什麼也沒有。我挖出一個坑，比以前那個大兩倍。我以為挖錯地方了，我辨認位置，觀察樹叢，盡力回想印象中的地方。一股寒冷刺骨的北風在光禿禿的樹枝之間呼嘯，然而冷汗從我的額頭流下來。我想起來，正當我踩實泥土，填好墓穴時，我挨了一刀。我一邊踩土，一邊扶住一株金雀花，我身後是一塊人造山石，是讓散步者當作座椅的。當時我的手離開金雀花，落下時感覺到這塊石頭的冰涼。金雀花在我右邊，人造山石在我背後。我站在原來的位置倒下，再站起來，開始挖土，擴大那個坑洞。但沒有！還是什麼也沒有！箱子不見了。」

「箱子不見了？」唐格拉爾夫人喃喃地說，嚇得喘不過氣。

「不要以為我只嘗試過這次。」維勒福繼續說：「不，我搜尋了整個樹叢，我想兇手挖出箱子，以為是一箱珍寶，想占為己有，把它拖走了。後來發現弄錯了，又挖了一個坑，把箱子放進去。但我找來找去，什麼也沒有。然後我腦子裡閃過一個想法，他決不會這樣小心翼翼，而是乾脆把箱子扔在某個角落。對於最後這個假設，我必須等待天明才能尋找，於是上樓回到房間等待。」

「哦！我的天！」

「天亮了，我又下樓。我先去看樹叢，我希望找到黑暗中沒看到的痕跡。我在二十多平方尺的範圍挖土，挖了兩尺多深。我在一小時之內所幹的活，工人足足要工作一整天。但什麼也沒有，什麼也看不到。於是，我根據箱子扔在某個角落的假設，開始尋找箱子。應該會在通往出口小門的路上。但新的探索跟第一次一樣毫無所獲，我心頭揪緊，又回到樹叢，雖然樹叢已不再給予我任何希望。」

「啊！」唐格拉爾夫人大聲說：「那真把您逼瘋了。」

「我也曾如此期望，」維勒福說：「但我沒有這份福氣。等我恢復體力，又思索著：『為什麼這個人要帶走屍體呢？』」

「您剛才說過，」唐格拉爾夫人回答：「是要得到一個證據。」

「不，夫人，不可能這樣。屍體無法保存一年，他必須呈交給法官，才算取得證據。然而，這一切都沒有發生。」

「那麼是如何？」埃爾米娜瑟縮發抖地問。

「那麼，對我們來說，事情更可怕、更要命、更讓人恐懼：孩子或許還活著，而且兇手救活了他。」

唐格拉爾夫人發出可怕的喊聲，抓住維勒福的雙手：「我的孩子還活著！」她說：「您活埋了我的孩子，先生！您沒有確定我的孩子真的死了，就掩埋他！」

唐格拉爾夫人挺直身體，站在檢察官面前，她用纖細的雙手握住他的手腕，近乎恫嚇。

「我怎麼知道呢？我這樣認為，也可能假設別的情況。」維勒福回答，凝視的目光顯示這個堅強的人物也瀕臨絕望和瘋狂的邊緣。

「啊，我的孩子，我可憐的孩子！」男爵夫人大聲說，又跌坐在椅子上，用手帕摀住嗚咽。

維勒福恢復理智，知道要驅散這場籠罩在他頭上的母性風暴，就必須讓他所感覺到的恐懼轉移到唐格拉爾夫人身上。

「所以您知道，如果事情真是這樣，」他也站起來說，而且走近男爵夫人，用更低的聲音對她說話：「我們就完了。那個孩子還活著，而且有人知道他還活著，有人知道我們的祕密。既然基度山對我們提及被掩埋的孩子，而其實並沒有掩埋，那他就掌握著這個祕密。」

「上帝，公平的上帝！施行報應的上帝！」唐格拉爾夫人埋怨說。

維勒福只報以一種厲聲喊叫。

「那個孩子呢，那個孩子呢，先生？」執著的母親又問。

「我到處尋找他！」維勒福回答，擰著雙臂，「有多少次我在漫長的失眠之夜呼喊他，有多少次我渴望富比王侯，能向一百萬人買下一百萬個祕密，並在那些祕密中找到我的祕密。直到有一天，我第一百次拿起鐵鏟，第一百次尋思科西嘉人會怎麼處理孩子，一個孩子會妨礙一個逃亡者，看到孩子還活著，他或許會把孩子扔到河裡。」

「哦！不可能！」唐格拉爾夫人大聲說：「可以為了復仇謀殺一個人，但不會從容不迫地淹死一個嬰兒！」

「或許，」維勒福繼續說：「他把孩子交給了收容所。」

「是的！是的！」男爵夫人大聲說：「我的孩子在那裡，先生！」

「我趕到收容所，得知那天夜裡，也就是九月二十日夜裡，有個嬰兒放在門口的圓櫃中。他裹在故意撕開的半條襁褓裡。那半條襁褓上有半個男爵的冠冕和字母H[51]。」

「正是！正是！」唐格拉爾夫人大聲說：「我的衣物都有這個記號。德·納爾戈納先生是男爵，而我叫埃爾米娜。感謝上帝！我的孩子沒有死！」

「沒錯，他沒有死。」

「您把這個情況告訴我，您不怕我開心死了，先生。他在哪裡？我的孩子在哪裡？」

維勒福聳聳肩。

「我怎麼知道？」他說：「您想，如果我知道，我會一層層推論，就像劇作家或小說家那樣嗎？不，我不知道。大約六個月後，有個女人帶著另外半條餐巾來把孩子帶走了。那個女人提供了法律的所有要求，孩子便讓她領走了。」

「您應該打聽那個女人的下落，必須找到她。」

「您知道我是怎麼查問的嗎，夫人？我以要進行刑事訴訟為由，讓警方派出機警的密探和靈活的警員去搜尋她，一直追到夏隆，就失去她的蹤跡了。」

「失去了？」

51 埃爾米娜名字的第一個字母為H。

「是的，失去了。永遠失去了。」

唐格拉爾夫人聽著這段敘述，時而嘆息，時而流淚，時而喊叫。

「就這樣？」她問：「您只做到這一步？」

「不！」維勒福說：「我不斷尋找、打聽、追查。但這兩三年來，我懈怠了一點。現在，我要比先前更加堅持不懈和頑強地重新搜查。您看著吧，我會成功的，因為推動著我的不再是良心，而是恐懼。」

「可是，」唐格拉爾夫人說：「基度山伯爵一無所知，否則，他決不會像他所表現的那樣，與我們往來。」

「人心叵測。」維勒福說：「因為人的惡超過了上帝的善，當他對我們說話時，您注意到他的目光嗎？」

「沒有。」

「但您有深入觀察過他吧？」

「毫無疑問。他很古怪，如此而已。不過有一件事讓我印象深刻，就是他宴請我們的佳肴美味，他連動都沒動，他只吃自己那份，不碰其他菜。」

「是的！」維勒福說：「我也注意到這點。如果我當時知道了這件事，我會什麼都不碰。我甚至以為他想毒死我們。」

「您看您是錯的。」

「當然是的。但請相信我，這個人有別的計劃。因此我跟您見面，跟您說話，因此我要請您提防每一個人，尤其是他。請告訴我，」維勒福繼續說，比先前更專注地盯著男爵夫人，「您沒有對任何人提起過我們的關係吧？」

「沒有對任何人說過。」

「您明白我的意思。」維勒福誠摯地說：「我說的是任何人，請原諒我強調一下，是世界上任何人，懂嗎？」

「懂，懂，我非常明白，」男爵夫人紅著臉說：「決不！我對您發誓。」

「您沒有在夜晚記下白天發生的事情的習慣吧？您不寫日記吧？」

「不！我的生活充滿瑣事，過後就忘。」

「您不說夢話吧？」

「我睡得像孩子一樣，您不記得嗎？」

紅暈升上男爵夫人的臉頰，而慘白卻透入維勒福的面孔。

「沒錯。」他低聲說，聲音輕得只能剛好聽見。

「怎樣呢？」男爵夫人問。

「這樣我知道我接下來要做什麼。」維勒福回答：「八天之內我便會知道基度山先生是何許人，他的來龍去脈，為什麼他在我們面前大談有人在他的花園裡挖到孩子。」

維勒福說這些話時的語調，如果伯爵聽到了，是會渾身哆嗦的。

然後他握住男爵夫人不願伸給他的手，尊敬地把她送到門口。

唐格拉爾夫人坐上另一輛出租馬車回到橋上，她在橋的另一頭找到自己的馬車和車伕，車伕等候她時，在座位上安然入睡了。

68 夏季舞會

同一天，約莫在唐格拉爾夫人前往檢察官辦公室會晤的時刻，一輛旅行用的四輪敞篷馬車駛進赫爾德街，越過二十七號的大門，停在院子裡。

過了一會兒，車門打開了，德・莫爾賽夫夫人扶著兒子的手臂走下馬車。

阿爾貝剛將母親送回房裡，他便吩咐洗澡和備馬，由貼身男僕幫他穿戴齊全，駕車前往香榭麗舍大街基度山伯爵府邸。

伯爵帶著平常那種微笑迎接他。奇怪的是，看來誰也不能在這個人的心裡和腦中，讓關係更進一步。或者可以說，凡是想穿越親密關係這條通道的人，都會碰到一堵牆。

莫爾賽夫張開雙臂跑過去，儘管伯爵帶著友好的微笑，看到他那副模樣，莫爾賽夫還是垂下雙臂，至多只敢向他伸出手。

基度山就像一向那樣，只碰了碰莫爾賽夫的手，並沒有握住。

「我來了，」莫爾賽夫說：「親愛的伯爵。」

「歡迎。」

「我已回來一小時。」

「從迪埃普回來？」

「從勒特雷波爾回來。」

「啊！是嗎？」

「我先來拜訪您。」

「您真是太好了。」基度山說，宛如在談別的事。

「啊，有什麼消息？」

「消息？您來問我這個外國人？」

「我所謂的消息，是指您為我做了什麼事？」

「您曾委託我辦事嗎？」基度山問，裝作不安。

「好了，好了，」阿爾貝說：「別裝作漠不關心了。據說感應能穿越距離，在勒特雷波爾，我收到電流似的一擊，您即使沒有為我辦事，至少想到了我。」

「那是可能的，」基度山說：「我的確想到了您。但我發出的磁性感應電流，不瞞您說，是獨立於我的意志之外的。」

「真的！請說給我聽聽。」

「沒問題，唐格拉爾先生到我家赴宴了。」

「我知道，因為我母親和我是為了躲開他才離開巴黎的。」

「他跟安德烈亞·卡瓦爾坎蒂先生一起赴宴。」

「您那個義大利親王？」

「別誇大其辭，安德烈亞先生自稱子爵。」

「您說自稱？」

「我說自稱。」

「所以他不是子爵？」

「唉！我怎麼知道？他自稱子爵，我就稱他子爵，別人也稱他子爵，他不是就像子爵嗎？」

「您真是怪人！所以如何？」

「什麼如何？」

「唐格拉爾先生到這裡赴宴？」

「是的。」

「和安德烈亞．卡瓦爾坎蒂子爵一起？」

「一起來的有安德烈亞．卡瓦爾坎蒂子爵、他的父親侯爵、唐格拉爾夫人、德．維勒福夫婦，以及幾個可愛的年輕人：德布雷先生、馬克西米利安．摩雷爾、還有誰？等等，啊，德．沙托．勒諾先生。」

「談到了我嗎？」

「完全沒有談到。」

「真是糟糕。」

「為什麼？我覺得，如果大家把您置諸腦後，不正合乎您的心意嗎？」

「親愛的伯爵，如果大家根本沒有談到我，卻老惦記著我，那我就大失所望了。」

「既然唐格拉爾小姐根本不在惦記您的人之列，那對您有什麼影響？啊，也許她在家裡惦記著您。」

「哦！我確信不會。如果她想到我，那麼一定跟我想到她的情況一樣。」

「多可憐的感應呀！」伯爵說：「所以你們互相憎恨囉？」

「聽著，」莫爾賽夫說：「如果唐格拉爾小姐心生憐憫，不讓我為她犧牲，並且為此獎勵我，不履行我們兩家決定的婚姻禮儀，這對我就再合適不過了。總之，我認為唐格拉爾小姐是個可愛的情婦，但作為妻子，那就不妙了……」

「您就是這樣考慮您的未來嗎？」基度山笑著說。

「我的天！是的，沒錯，是有點不謹慎，但至少很準確。只是無法實現這個夢，為了達到某種目的，必須讓唐格拉爾小姐成為我的妻子，讓她跟我一起生活，在我身邊思索，在我身邊唱歌，在距離我十步之內吟詩奏樂，而且這將延續我整個一生，想起來我就惶惶然。親愛的伯爵，一個情婦，還可以分手；但一個妻子，哎喲，就是另一回事，要永遠守在一起，或近或遠。永遠守住唐格拉爾小姐，哪怕遠遠守著，都是很可怕的。」

「您很挑剔，子爵。」

「是的，因為我常常想做辦不到的事。」

「什麼事？」

「為自己找到一個妻子，就像我父親為自己找到那樣一個妻子。」

基度山臉色變得蒼白，望著阿爾貝，一面把玩著幾支精緻的手槍，把彈簧弄得咯吱作響。

「因此，您的父親非常幸福。」他說。

「您知道我對我母親的看法，伯爵先生，一個天使。您看到她美麗依舊，總是風趣，心地善良。我剛從勒特雷波爾回來——換作別的兒子，天啊！陪伴母親若非是為了討好取悅，無寧是一種受罪，但我呢，我單獨陪伴她過了四天，我要對您說，比陪伴馬布仙后[52]或蒂塔妮亞[53]更讓人心滿意足、安祥自在、饒富詩意。」

「真是盡善盡美，您讓所有聽到您介紹的人都一心做單身漢了。」

「正因為我知道世界上存在一個十全十美的女人，」莫爾賽夫說，「所以我不想娶唐格拉爾小姐。您是否注意過，我們會出於私心，把屬於我們的東西賦予燦爛色彩嗎？在馬爾萊或福散珠寶店櫥窗裡閃閃發亮的鑽石，一旦為我們所擁有，便顯得分外美麗。而您亦不得不承認，若還有色澤更純粹的鑽石，您卻永遠只能戴一顆較遜色的鑽石，那將會多麼難受呢？」

「就愛攀比。」伯爵低聲說。

「因此，只要歐仁妮小姐發現我只是無足輕重的小子，她有幾百萬法郎，而我只有十萬，那時我就高興得謝天謝地了。」

基度山微笑著。

「我想像過別的情況，」阿爾貝說：「弗朗茲喜歡稀奇古怪的東西，我想讓他不由自主愛上唐格拉爾小姐。但對於我用款款動聽的文筆寫給他的四封信，弗朗茲一成不變地回答我：『我很古怪，沒錯，但我的古怪還不至於食言。』」

「這就是我所謂的忠於友誼：將自己只願當作情婦的女人推給朋友。」

阿爾貝露出微笑。

「對了，」他又說：「親愛的弗朗茲回來了，但這跟您沒有什麼關係，我想，您不喜歡他吧？」

「我？」基度山說：「嗨，親愛的子爵，您從哪裡看出我不喜歡弗朗茲先生呢？我喜歡每一個人。」

「而我包括在每一個人裡？……謝謝。」

「哦！不要誤會。」基度山說：「我是按上帝要我們像基督那樣愛我們的鄰居的方式去愛人，我只痛恨某些人。回到弗朗茲．德．埃皮奈先生吧，您說他回來了。」

「是的，德．維勒福先生催他回來的。看來，德．維勒福先生急著讓瓦朗蒂娜小姐出嫁，就像唐格拉爾先生急於讓歐仁妮小姐結婚一樣。女兒長大了，做父親的處境總是非常棘手，我覺得這讓他們心急火燎，脈搏每分鐘跳九十下，直到擺脫她們。」

「但德．埃皮奈先生不像您，他逆來順受。」

「不僅如此，他還謹慎以對。他戴著白色綬帶，已經開始提到之後的家庭如何如何了。此外，他對維勒福一家十分尊敬。」

「值得尊敬，是嗎？」

「我相信是的。德．維勒福先生向來被認為是一個嚴厲且執法如山的人。」

「好極了。」基度山說：「至少這個人不會像可憐的唐格拉爾先生，受到您那樣的對待了。」

「或許這是因為我不需被迫娶他的女兒吧。」阿爾貝笑著回答。

「說實話，親愛的先生，」基度山說：「您自負得令人反感。」

「我自負？」

「是的，您自負。抽支雪茄吧。」

---

52 民間傳說中的仙女，可參閱莎士比亞的《羅密歐與朱麗葉》。

53 可參閱莎士比亞的《仲夏夜之夢》。

「好的。為什麼說我自負？」

「因為您在這裡自我辯護，抗拒與唐格拉爾小姐結婚。唉，我的天！順其自然吧，或許不會是由您首先收回成命。」

「啊！」阿爾貝睜大眼睛說。

「毫無疑問，子爵先生，他們不會硬掐著您的脖子，逼您就範的，真是見鬼！喂，說真的，」基度山改變口氣問：「您真的想毀約嗎？」

「我願為此付出十萬法郎。」

「那麼，您應該感到高興了。唐格拉爾先生準備花兩倍的錢達到同樣目的。」

「真的喜從天降嗎？」阿爾貝說，他這麼說時額頭上閃過一道難以察覺的陰翳，「親愛的伯爵，唐格拉爾先生有什麼理由嗎？」

「啊！您看，您的本性既自負且自私。太好了，我又發現一個人，他用斧頭去劈砍別人的自尊心，但當別人用一根針去戳破他的自尊心時，他卻大吼大叫。」

「不！是因為我覺得唐格拉爾先生……」

「應該很喜歡您，是嗎？沒錯，唐格拉爾先生品味低劣，而且更喜歡另一個人……」

「究竟喜歡誰？」

「我不知道。研究、觀察、攫取任何暗示，這對您會有好處的。」

「好，我明白了。聽我說，我母親……不！不是我母親，我說錯了，我父親想舉辦舞會。」

「在這個時候辦舞會？」

「夏季舞會很時髦。」

「即使不時髦，只要伯爵夫人願意籌辦，就會流行起來的。」

「沒錯。您知道，參加舞會的都是身分純正的人。凡是七月還留在巴黎的都是真正的巴黎人。您願意負責邀請兩位卡瓦爾坎蒂先生嗎？」

「您的舞會在哪一天舉行？」

「星期六。」

「老卡瓦爾坎蒂先生那時已經離開了。」

「但小卡瓦爾坎蒂還在。您願意負責帶小卡瓦爾坎蒂先生過來嗎？」

「聽著，子爵，我不瞭解他。」

「您不瞭解他？」

「不瞭解。三、四天前我第一次見到他，我不能為他做任何擔保。」

「但您盛情接待他。」

「我嗎，那是另一回事。一位正直的神父將他推薦給我，神父自己也可能上當。您最好直接邀請他，別說是我把他介紹給您的。如果他之後迎娶唐格拉爾小姐，您會指責我耍手段，要跟我決鬥。況且我不知道是否會參加。」

「參加什麼？」

「參加您家的舞會。」

「為什麼您不去？」

「首先因為您還沒有邀請我。」

「我是專程來邀請您的。」

「哦！這太可愛了，但我可能有事去不了。」

「只要我告訴您一件事，您會排除一切事務賞光的。」

「說吧。」

「我母親邀請您。」

「德·莫爾賽夫伯爵夫人？」基度山哆嗦著問。

「啊！伯爵，」阿爾貝說：「我要告訴您，德·莫爾賽夫夫人直率地和我談過話，如果您沒有感覺到我剛才說的感應神經在身上顫動，那是因為您缺乏這些神經，在這四天中我們一直談論著您。」

「談論我？老實說你們太看得起我了。」

「聽著，您是一個活生生的問題，您的地位獲得了這個優先權。」

「啊！所以我對您母親而言也是個問題囉？說實在的，我還以為她非常理智，不會這樣想入非非。」

「親愛的伯爵，對所有人——包括對我母親和其他人來說，您都是個問題，您始終是個謎，讓人猜不透。您放心吧，我母親總是問，您怎麼會這樣年輕。我想，G伯爵夫人把您當作是魯思溫爵士，而我母親把您看成卡格遼斯特羅或德·聖日爾曼伯爵[54]。有機會見到德·莫爾賽夫夫人時，您可以證實這個看法。這對您不難，您有前者的哲思和後者的智慧。」

「感謝您的提醒，」伯爵微笑說：「我會盡力滿足各種揣度。」

「所以星期六您來嗎？」

「既然德·莫爾賽夫夫人邀請我。」

「您真捧場。」

「唐格拉爾先生呢？」

「哦！他已經收到三重邀請，我父親親自出馬。我們也盡力邀請到那位高貴的德·阿蓋索[55]——德·維勒福先生，但我們不抱持希望的。」

「諺語說，『永遠不要絕望。』」

「您跳舞嗎，親愛的伯爵？」

「我？」

「是的，您。跳舞有什麼值得大驚小怪的？」

「的確，只要不超過四十歲……不，我不跳舞，但我喜歡看跳舞。德·莫爾賽夫夫人跳舞嗎？」

「也從來不跳，您可以聊天，她渴望與您聊天。」

「真的？」

「我以名譽擔保。我告訴您吧，您是我母親表現好奇心的第一個男人。」

阿爾貝拿起帽子，站起來。伯爵送他到門口。

「我要責備自己。」他在石階上面止住阿爾貝說。

54 十八世紀的法國冒險家，聞名於一七五〇至一七六〇年間，記憶力驚人，善講故事，會招魂術，技驚沙龍和宮廷。他自稱從基督時代生活至當時。

55 德·阿蓋索（一六六八—一七五一），法國政治家、法官，一六九一年任巴黎法院總律師，一七〇〇年任總檢察長，一七一七年任司法大臣。

「什麼事？」

「我太冒失，不該對您提起唐格拉爾先生。」

「相反的，請您再對我提及他，常常提到他，總是提到他，而且用同樣方式。」

「好！您讓我放心了。對了，德．埃皮奈先生什麼時候回來？」

「最多五、六天後。」

「他什麼時候結婚？」

「等德．聖梅朗夫婦一到便結婚。」

「他回到巴黎後，請把他帶來。雖然您以為我不喜歡他，我還是要告訴您，看到他，我很高興。」

「好，您的吩咐會獲得執行的，大人。」

「再見！」

「星期六見，一言為定是嗎？」

「當然，一言為定。」

伯爵目送阿爾貝，一邊向他揮手告別。阿爾貝登上他的四輪敞篷馬車後，伯爵轉過身，看到貝爾圖喬在自己身後：「怎麼了？」他問。

「她上法院了。」管家回答。

「她在法院待了很久？」

「一個半小時。」

「她已回到家裡？」

「直接回家。」

「那麼，親愛的貝爾圖喬先生，」伯爵說：「我為您出個主意，就是到諾曼第看看，是否找得到我說過的那一小塊土地。」

貝爾圖喬鞠了一躬，由於他的願望完全符合接到的命令，他當晚便動身了。

69 調查

德・維勒福先生信守對唐格拉爾夫人的承諾，尤其為了自己，他想盡辦法調查德・基度山伯爵先生是如何得知奧特伊別墅那段往事的。

當天，他寫信給一個名叫德・博維勒先生的人，這個人以前擔任過監獄督察，並跟高階的保安局有所聯繫。那位先生要求兩天的時間，以便獲得準確情形。

兩天後，德・維勒福先生收到如下通知：

所謂德・基度山伯爵先生這個人跟外國富豪威爾莫爵士尤其過從甚密，有時能在巴黎見到這位爵士，目前爵士正在巴黎。這位伯爵同樣跟布佐尼神父來往密切，這位西西里教士在東方享有盛譽，做過許多善事。

德・維勒福先生回信吩咐，關於這兩個外國人要立即打聽到最準確的消息。第二天晚上，他的吩咐已獲得執行，以下是他收到的情況：

神父抵達巴黎甫一個月，住在聖蘇爾皮斯教堂後面一幢小房子裡，那是兩層樓的樓房，共四個房間，樓上兩個，樓下兩個，只有他一位房客。

樓下兩個房間，一是餐室，有一張桌子，兩把椅子，一個胡桃木碗櫥；另一是客廳，護壁板漆成白色，沒有裝飾、地毯和掛鐘。可以看出，神父嚴格限制自己的必需品。神父確實喜歡待在二樓的客廳。那個客廳陳設著神學典籍和羊皮書，據他的貼身男僕說，他這個月埋首在書堆，還不如說那個客廳其實是個書齋。

男僕從門上的小窗觀察訪客，只要訪客的臉孔是他不認識或者不喜歡的，他就回答神父不在巴黎。許多人知道神父常常出遊，有時長期在外，會相信如此答覆。

此外，不管神父在不在家，在巴黎還是在開羅，他總是施捨，即以小窗為窗口，僕人以主人的名義不斷佈施。

另一個房間位於書齋旁邊，用作臥室。一張床，不掛床幔，四把扶手椅，一張烏特勒支[56]黃色絲絨長沙發，還有一張祈禱跪凳。

至於威爾莫爵士，他住在聖喬治噴泉街，是一個喜歡周遊世界的英國人，這些英國人會在旅行中揮霍掉家產。他租下一間附帶家具的公寓，但難得睡在裡面，每天只待兩三小時。他的怪癖是絕對不說法語，據說，他的書寫文字卻是極為道地純正的法文。

在這些珍貴情報送達檢察官先生的第二天，有個人在費魯街的轉角下車，走去敲一扇漆成橄欖綠的門，要求見布佐尼神父。

56 荷蘭城市，盛產呢絨。

「神父先生一早就出門了。」僕人回答。

「我對這個答覆是不會滿足的。」來客說：「因為我是奉命前來，對於派我來的那個人而言，沒有人會說自己不在家的。請通知布佐尼神父……」

「我已經告訴過您，他不在家。」僕人說。

「那等他回來，請將這張名片和蓋過封印的信轉交給他。今晚八點鐘，神父先生在家嗎？」

「哦！毫無疑問，先生。除非神父先生在工作，那也就跟出門沒兩樣。」

「那我今晚那個時間再來。」來客說完便告辭了。

果然，在指定時間，同一個人搭著同一輛馬車來到。這次，他不是停在費魯街轉角，而是停在綠門前。他敲門，僕人為他開門，他走進去。

看到僕人對他畢恭畢敬，他明白他的信收到預期效果。

「神父先生在家嗎？」他問。

「是的，他在藏書室工作，同時恭候先生。」僕人回答。

陌生人踏上相當陡的樓梯。一個大燈罩將燈光集中在桌面，房間其他地方則處在黑暗中。他在桌前看見神父，神父身著教士服裝，頭上戴著中古時代的學者扣住腦袋的那種兜帽。

「我有幸對布佐尼先生說話嗎？」訪客問。

「是的，先生。」神父回答：「您就是前監獄督察德．博維勒先生以警察局長名義派來的那個人嗎？」

「正是，先生。」

「任職巴黎保安局的密探？」

「是的，先生。」訪客有點遲疑地回答，甚至有點臉紅。

神父扶了扶那副大眼鏡，眼鏡不僅遮住他的眼睛，而且遮住了雙鬢。他坐下來，示意訪客也坐下。

「我洗耳恭聽，先生。」神父帶著明顯的義大利口音說。

「我肩負的使命，先生，」訪客說，他斟酌每一個字，彷彿難以啟齒，「對執行的人和牽涉到的人都是極為機密的。」

神父欠了欠身。

「是的。」訪客又說：「神父先生，您的正直已為警察局長先生所知，他做為行政官員，想從您這裡瞭解一件有關公共安全的事，而我正是以此名義奉派到您這裡來的。神父先生，我們希望，不管出於友誼還是敬重，您對司法機關都不致隱瞞真相。」

「先生，只要您迫切想知道的事不致引起我良心的不安。我是教士，先生，就像告解時說出的祕密應該留在我和上帝的裁決之間，而不是我與人間的司法機關之間。」

「哦！放心吧，神父先生，」訪客說：「我們會讓您問心無愧。」

聽到這句話，神父壓低他那邊的燈罩，另一邊的燈罩因此翹起，完全照亮訪客的臉孔，而他的面容始終停留在暗處。

「對不起，神父先生，」警察局長的使者說：「燈光太刺眼了。」

神父把綠色紙板燈罩壓低。

「現在，先生，我洗耳恭聽，說吧。」

「我開門見山。您認識德．基度山伯爵嗎？」

「我猜您想說扎科內先生吧？」

「扎科內！他不叫基度山啊？」

「基度山是地名，或者不如說是島名，而不是姓。」

「那麼，好的，我們不必咬文嚼字，既然德·基度山先生跟扎科內先生是同一個人……」

「絕對是同一個人。」

「我們就談談扎科內先生吧。」

「好的。」

「我剛才問您是不是認識他？」

「非常熟悉。」

「他是什麼人？」

「他是馬耳他一個富有船主的兒子。」

「是的，我知道，大家都這麼說。但您明白，警方不會滿足於『大家說』。」

「可是，」神父笑迷迷地說：「當這『大家說』符合實情時，大家只好相信，而警方也只能像大家那樣相信。」

「您對自己所說的話確認無疑嗎？」

「我是否確認？」

「先生，請注意，我毫不懷疑您的誠信。我只是請問：您確認無疑嗎？」

「聽著，我認識扎科內先生的父親。」

「啊！」

「是的，我在孩提時代常跟他的兒子在造船廠裡玩耍。」

「那伯爵的頭銜呢？」

「您知道，這是可以買的。」

「在義大利？」

「到處都可以。」

「他的財富據說不可斗量……」

「哦！至於這個，」神父回答：「不可斗量形容得恰到好處。」

「您是他的好友，您認為他有多少財產？」

「哦！他每年收入十五萬至二十萬利佛爾。」

「啊！這在合理範圍內。」來客說：「曾聽說有三、四百萬！」

「每年二十萬利佛爾利息，本金正好是四百萬。」

「我聽到的是每年利息三、四百萬！」

「哦！那是不可相信的。」

「您知道他的基度山島嗎？」

「當然，凡是從巴勒莫、拿波里或羅馬經海路前往巴黎的人，都知道那個島，因為只要從島旁經過，便能親眼看到。」

「據說那個地方很迷人。」

「那是一座岩礁。」

「為什麼伯爵會買下一座岩礁？」

「正是為了成為伯爵。在義大利，要成為伯爵，必須擁有伯爵領地。」

「您應該聽說過扎科內先生年輕時的冒險經歷吧？」

「老扎科內先生？」

「不，兒子。」

「啊！那時的情況我就不大清楚了，因為當時沒有再見過我年輕的朋友。」

「他打過仗嗎？」

「我想他當過軍人。」

「在什麼部隊。」

「海軍。」

「哦，您不是聽他告解的神父嗎？」

「不，先生，我猜想他是路德教教徒。」

「路德教教徒？」

「我是說猜想，但不確定。況且，我一直認為在法國人人享有信仰自由。」

「毫無疑問，因此，我們現在關注的不是他的信仰，而是他的行動。我以警察局長的名義，要求您說出您所知道的事。」

「他被視為一個樂善好施的人。由於他對東方的基督徒功勞卓著，我們的教皇封他為基督騎士，這種恩惠往往只賜給親王。他還因為對親王與各國的功勳而獲得五、六種高級勳章。」

「他佩戴這些勳章嗎？」

「不，但他引以為榮。他說他更喜歡給予人類造福者的褒獎，而不是給予毀滅者的獎賞。」

「這個人是公誼會的教徒嗎？」

「正是，他是公誼會教徒，只是不戴大帽子，不穿栗色衣服。」

「他有朋友嗎？」

「有，因為凡是認識他的人都是他的朋友。」

「他有仇敵嗎？」

「只有一個。」

「叫什麼名字？」

「威爾莫爵士。」

「他在哪裡？」

「目前在巴黎。」

「他能提供給我一些細節嗎？」

「珍貴的情況。他曾同時跟扎科內待在印度。」

「您知道他住在哪裡？」

「昂坦堤道那一帶，但我不知道街名和門牌號碼。」

「您跟那個英國人不和嗎？」

「我喜歡扎科內，而他憎恨扎科內，我們因此關係冷淡。」

「神父先生，您認為德．基度山伯爵這次到巴黎之前，從未來過法國嗎？」

「啊！關於這個，我可以確切地回答您，沒有，先生，他從未來過，因為六個月前他寫信給我，以瞭解情況。至於我，由於我不知道什麼時候會回到巴黎，我讓卡瓦爾坎蒂先生去找他。」

「安德烈亞？」

「不，他的父親巴爾托洛梅奧。」

「很好，先生，我只剩一件事請問您，我以榮譽、人道和宗教的名義要求您直截了當地回答我。」

「說吧，先生。」

「您知道德．基度山伯爵先生出於什麼目的在奧特伊買下一幢別墅嗎？」

「當然知道，因為他對我說過。」

「什麼目的，先生？」

「為了建立一所精神療養院，像皮扎尼男爵在巴勒莫建立的那一種。您知道那所療養院嗎？」

「聞名遐邇，先生。」

「那是一個出色的機構。」

至此，神父向訪客欠了欠身，讓對方明白，他想恢復被中斷的工作。

來客或者明白神父的意思，或者沒有別的問題了，站起身來。

神父送他到門口。

「您慷慨佈施，」訪客說：「儘管別人說您很富有，我想冒昧送您某些東西，由您轉送給窮人，您願意接受我的捐獻嗎？」

「謝謝，先生，在世界上我只重視一事，就是我所做的善事由我出資。」

「但是……」

「這個決心不會改變。先生，您盡力尋找，總會找到的。在每條富人經過的路上，總會遇見許多不幸。」

神父開門時又鞠了一躬。訪客還禮，走了出去。

馬車直接把他送到德．維勒福先生家裡。

一小時後，馬車重新上路，這次駛向聖喬治噴泉街。馬車在五號門前停下來。威爾莫爵士住在這裡。

訪客曾寫信給威爾莫爵士，約定見面，爵士訂在十點鐘。因此，警察局長的使者在十分鐘前抵達。僕人回覆，威爾莫爵士是嚴格守時且一絲不苟，他還沒有回家，但他一定會在十點整回來。

訪客在客廳等候。這個客廳沒有什麼引人注目的地方，跟所有附帶家具的出租公館一樣。

壁爐托台上放著兩個當代的塞夫勒瓷瓶，掛鐘上有一個拉弓的小愛神，雙面鏡的兩面各有一個雕刻，一是荷馬遊歷圖，另一是貝利澤爾[57]行乞圖。灰色調的壁紙，家具蒙上黑花紅布，這就是威爾莫爵士的客廳。

客廳由幾個球形小燈照明，磨砂玻璃的球形燈罩使燈光微弱，似乎是體恤警察局長的使者那容易疲憊的眼睛。

等了十分鐘，掛鐘敲響十點鐘，敲到第五下時，門打開了，威爾莫爵士出現。

---

57 貝利澤爾（約五〇〇—五六五），拜占庭將軍，一生征戰。

威爾莫爵士比中等身材略高，留著稀疏的褐色鬍鬚，皮膚白皙，金黃頭髮有些花白。他的穿著帶有英國人的怪癖偏好，他穿著一八一一年那種金鈕釦、高領刺繡紋樣的藍色服裝，喀什米爾白色短絨呢背心，以及短了三吋的紫紋布料長褲，同樣布料的褲管綁帶讓褲子不致縮到膝蓋。

他進來的第一句話是：「先生，您知道我不說法語。」

「我當然知道您不喜歡說我們國家的語言。」警察局長先生的使者回答。

「但您可以說法語，」威爾莫爵士說：「因為即使我不說法語，卻懂法語。」

「我呢，」來客改用英語說：「我的英語也很流暢，可以用這種語言交談。您別感到不好意思，先生。」

「哦！」威爾莫爵士用這種天賦英國人的道地音調說。

警察局長的使者將介紹信遞給威爾莫爵士。爵士帶著英國人的冷淡態度看了一遍。看完後，他用英語說：

「我明白，我非常明白。」

於是，來客開始提問。

那些問題跟問布佐尼神父的大同小異。由於威爾莫爵士的身分是基度山伯爵的仇敵，所以不像神父那樣有所保留。問題的範圍寬廣得多，他講述了基度山的青少年時代，據他說，基度山十歲時便為那些跟英國人作戰的其中一位印度小邦主效勞。他，威爾莫在那裡第一次遇到基度山，他們對戰。在那次戰爭中，扎科內成了俘虜，被押解到英國，但他半途從囚船上逃跑，跳入水中。接著開始一連串漫遊、決鬥和愛情的經歷。隨後爆發希臘人的起義，他投身希臘人隊伍。在替希臘人賣命時，他在泰薩利里[58]山區發現了一個銀礦，但他守口如瓶，不洩露給任何人。納瓦林海戰[59]後，等希臘政府取得穩固地位，他向奧通[60]國王申請開採這個礦的優先權，優先權給予了他，他因此成為了巨富。據威爾莫爵士說，他的財產可能達一兩百萬的年收入。不過，一旦礦藏枯竭，這筆財產也會突然耗盡。

「但是，」訪客問：「您知道他為什麼來法國呢？」

「他想從事鐵路投資。」威爾莫爵士回答：「同時，由於他是專業的化學家與出色的物理學家，他發明了一種新的電報技術，想要進行推廣。」

「每年他大約花費多少錢呢？」警察局長的使者問。

「哦！至多五、六十萬法郎，」威爾莫爵士回答：「他很吝嗇。」

顯然地，英國人是出於仇恨才這麼說，他不知道如何詆毀伯爵，就說他吝嗇。

「關於他在奧特伊的別墅，您知道細節嗎？」

「當然知道。」

「您知道什麼呢？」

「您是問他為什麼買下這幢別墅嗎？」

「是的。」

「伯爵是個投資者，他一定會在實踐烏托邦的想像過程中傾家蕩產。他認為在他剛買下的奧特伊那幢別墅附近有一股溫泉，可以跟巴涅爾[61]、呂雄[62]和科特雷[63]的溫泉媲美。他想把買下的房子變成德國人所說

58 位於希臘北部，周圍環繞山脈，中間是平原，奧林匹斯山在它的北面。
59 納瓦林海戰發生在一八二七年，英法俄艦隊擊敗土耳其和埃及的艦隊，從而確保希臘獨立。
60 奧通（一八一五—一八六七），希臘國王（一八三二—一八六二）。
61 上比利牛斯省區政府所在地，有溫泉。

的bad-haus[64]。他已經挖過兩三次花園，想找到了不起的溫泉。如果一直找不到溫泉，不久您將會看到他買下周圍的住宅。然而，由於我恨他，我希望他在經營鐵路、電報或挖掘溫泉上傾家蕩產。他遲早會破產的，我關注他的所作所為，以便能幸災樂禍。」

「為什麼您恨他呢？」來客問。

「我恨他，」威爾莫爵士回答：「因為他途經英國時，曾勾引我的一個朋友的妻子。」

「如果您恨他，為什麼不設法報復他呢？」

「我已經跟伯爵決鬥過三次，」英國人說：「第一次用手槍，第二次用劍，第三次用雙手揮使的長劍。」

「三次決鬥的結果如何？」

「第一次他打斷了我的手臂，第二次他刺穿了我的肺部，第三次他造成我這個傷口。」英國人翻開高聳到耳根的襯衫領子，露出一道傷口，殷紅的顏色顯示時間並不久。

「所以我很恨他。」英國人重複說：「他肯定會死在我手上。」

「但是，」警察局的使者說：「我看您還沒有找到殺死他的辦法。」

「哦！」英國人說：「我每天都練習射擊，格里齊埃隔兩天便到我家裡。」

訪客想打聽的就是這些，或者不如說，看來英國人知道的就是這些。於是密探站起來，向威爾莫爵士鞠了一躬，爵士也以帶著英國人的僵硬和有禮欠了欠身。接著他就告退了。

威爾莫爵士聽到關門聲後便回到臥房，轉眼之間，他拿掉金黃頭髮、褐色鬍鬚，假下顎和傷疤，恢復基度山伯爵的黑頭髮、蒼白膚色和珍珠般的牙齒。

而回到德．維勒福先生家裡的那個人也確是德．維勒福本人，而不是警察局長的使者。

進行這兩次拜訪之後，檢察官有點放心了，雖然他並沒有打聽到可以放心的消息，但也沒有打聽到讓他忐忑不安的消息。因此，在奧特伊晚宴之後，他第一次在夜裡睡得有點安穩了。

62 上加羅納省的村鎮，有溫泉和冬季體育場。
63 上比利牛斯省的村鎮，有溫泉。
64 德文：澡堂。

70 舞會

七月最炎熱的天氣已經到來，星期六德·莫爾賽夫家要舉行舞會。日月流逝，這一天終於降臨。晚上十點鐘，伯爵府邸花園裡高大的樹木開始清晰地顯現在天空中，風雨整天威脅著，雷聲隆隆，但最後一抹烏雲飄浮而過，露出綴滿金色繁星的天幕。

在底樓的幾個客廳裡，傳來樂聲、華爾茲舞和加洛普舞的舞步聲，而明亮的燈光透過百葉窗縫隙照射出來。

這時，花園裡有十幾個僕人正忙碌著，由於天氣越來越好，女主人放下心，剛吩咐開席。至今主人仍猶豫不決，晚餐是開在餐廳，還是細草坪上撐起的人字斜紋布長方形帳篷裡。

花園小徑用彩燈照明，像義大利人習慣的那樣。餐桌上擺滿蠟燭和鮮花，和世界各國一樣——大家都知曉這種豪華的餐桌，但很難遇到這樣多方面都極盡奢華的。

當德·莫爾賽夫伯爵夫人吩咐完畢，回到客廳時，客廳裡正擠滿賓客，伯爵夫人的熱情好客比伯爵的高貴地位更吸引客人。事先即可預料，由於梅爾塞苔絲的高雅風趣，這個宴會將會有值得傳述或模仿之處。

上文敘述過幾件事讓唐格拉爾夫人深感不安，她正遲疑是否去德·莫爾賽夫夫人家裡，早上，她的馬車巧遇維勒福的車子。維勒福對她做了個手勢，兩輛馬車接近時，透過車門，檢察官問：「您會去德·莫爾賽夫夫人家是嗎？」

「不。」唐格拉爾夫人回答：「我身體很不舒服。」

「您錯了，」維勒福帶著意味深長的眼光說：「您要去那裡露面，這很重要。」

「您這樣認為嗎？」男爵夫人問。

「我這樣認為。」

「這樣的話，我就去。」

兩輛馬車分道揚鑣。唐格拉爾夫人蒞臨時不僅美若天仙，而且裝扮光彩照人。她進門時梅爾塞苔絲也從另一扇門進來。

伯爵夫人讓阿爾貝去迎接唐格拉爾夫人。阿爾貝走上前，對男爵夫人的穿著做出應有的恭維，挽住她的手臂，帶她到他挑選的座位。

阿爾貝環顧四周。

「您在找我的女兒？」男爵夫人含笑問。

「不瞞您說，」阿爾貝回答：「您不帶她來，也太狠心。」

「您放心吧，她遇見了德・維勒福小姐，兩人正湊在一起。看，她倆穿著白長裙，隨後就來了，一個捧著茶花，另一個捧著勿忘草，請告訴我……」

「您也在找什麼？」阿爾貝微笑著問。

「今晚基度山伯爵不來嗎？」

「第十七個！」阿爾貝回答。

「您這是什麼意思？」

「我想說這是一場風暴。」子爵笑著回答：「您是第十七個向我提出同樣問題的人。伯爵真是風雲人物，我得向他祝賀！」

「您對每個人都這樣回答嗎？」

「沒錯。我還沒有回答您，放心吧，夫人，這位大紅人會來的，因為我們享有特權。」

「昨天您到歌劇院了嗎？」

「沒有。」

「他去了。」

「啊！是嗎？這個怪人又做了什麼新奇的事嗎？」

「他露面會不做新奇的事嗎？埃爾斯勒在《瘸腿魔鬼》[65]中表演跳舞，那位希臘公主看得入迷了。在響板伴奏的西班牙舞之後，他將一個華麗的戒指套在花束的梗上，拋給那位可愛的舞蹈女演員，第三幕她再次出場時，手上戴著戒指，向他表示敬意。他的希臘公主今晚會來嗎？」

「不，您不會見到她，她在伯爵家的地位還不太明確。」

「喂，讓我待在這裡吧，您快去迎接德·維勒福夫人。」男爵夫人說：「我看她急著跟您說話。」

阿爾貝對唐格拉爾夫人鞠躬後，朝德·維勒福夫人走去，他一走近，她便開口要說話。

「我打賭，」阿爾貝打斷她說：「我知道您要對我說什麼。」

「啊！」德·維勒福夫人說。

「如果我猜對了，您願意老實承認嗎？」

「會的。」

「以名譽擔保？」

「以名譽擔保。」

「您要問我，基度山伯爵來了嗎或者是否要來？」

「完全不對。現在我關心的不是他。我要請問的是，您是否有弗朗茲先生的消息？」

「有，昨天收到的。」

「他怎麼說？」

「他一發信便動身。」

「好。現在，伯爵呢？」

「伯爵會來的，放心吧。」

「您知道他除了基度山之外，還有另一個名字嗎？」

「不，我不知道。」

「基度山是個島名，而他還有個姓。」

「我從來沒有聽說。」

「所以我消息比您靈通。他姓扎科內。」

「這有可能。」

「他是馬耳他人。」

---

65 法國作家勒薩日（一六六八—一七四七）的小說（一七〇七），這裡可能指改編的舞劇。

「這也有可能。」

「他是個船主的兒子。」

「說實話，您應該大聲說出來，您會大出風頭的。」

「他在印度服過役，在泰薩利亞開採一個銀礦，到巴黎來是為了在奧特伊興建一座溫泉療養院。」

「好極了。」莫爾賽夫說：「這真是一則新聞！您允許我告訴別人嗎？」

「可以，不過要逐漸地，一件一件地，但不要洩露消息來源。」

「為什麼？」

「因為這幾乎是剛發現的祕密。」

「誰發現的？」

「警方。」

「所以這些消息的傳播……」

「是昨天在警察局長家裡聽說的。您知道，巴黎人看到那非比尋常的奢華，印象強烈，於是警方展開調查。」

「好啊！只差把伯爵當作流浪漢逮捕了，理由是他太富有了。」

「真的，如果情況不是對他極為有利，這種事很可能發生。」

「可憐的伯爵，他有料想到自己的危險處境嗎？」

「我想沒有。」

「那麼，提醒他才符合良善本意。他一抵達，我便會告訴他。」

這時，一位眼神明亮、頭髮烏黑、髭鬚光潤的漂亮年輕人走過來畢恭畢敬地向德．維勒福夫人鞠躬。阿爾貝向他伸出手。

「夫人，」阿爾貝說：「我有幸向您介紹馬克西米利安．摩雷爾先生，北非騎兵上尉，我們最優秀的、最英勇無畏的軍官之一。」

「我已經在奧特伊基度山伯爵府上有幸見過這位先生了。」德．維勒福夫人回答，一邊帶著明顯的冷淡轉過身。

這個回答，尤其是她的語調，讓可憐的摩雷爾心臟揪緊了。但他馬上獲得補償，轉身的時候，他在門邊看到一張漂亮白皙的臉，一雙看似毫無表情的大眼睛正盯著他，她將一束勿忘草緩緩地舉到唇邊。

這份致意摩雷爾心領神會，他的眼光同樣不帶表情，也將手帕湊到唇上。他們宛如兩尊活生生的大理石雕像，心臟卻怦怦劇烈跳動。他們分立大廳兩端，彼此默默凝視，有一會兒近乎忘我，或者準確地說，也忘了周圍的一切。

即使這兩尊活雕像忘情地彼此長久對望，別人也不致注意到他們，因為基度山伯爵剛剛走進來。

上文已經說過，或者出於人為的威望，或者來自天生的魅力，伯爵所到之處，都相當引人注目。而這不是緣於他的黑色服裝，儘管服裝在剪裁上確實無可挑剔，但樸素且不佩戴勳章；不是因為那件沒有任何刺繡的背心；也不是正好裹住頎長雙腿的醒目長褲。而是由於他蒼白的膚色，波浪起伏的黑髮，沉靜安詳的面容，深邃而憂鬱的眼光，更是由於他無比精巧、動輒流露出輕蔑神情的嘴巴，這一切吸引了所有人的目光。

或許有比他更漂亮的人，但顯然沒有人比他更「意味深長」，要是可以用這個詞形容他的話。伯爵身上的一切似乎要說明什麼，而且深具含義。長時間思考的習慣，這讓他臉龐的線條、表情，以及下意識的動作，都帶著不可比擬的靈活和堅毅。

然而，巴黎社交圈很怪異，如果其間沒有龐大財富為這神祕故事鍍上金邊，旁人或許絲毫不會加以注意。

他什麼也不理會，眾目睽睽下，一邊與大家點頭致意，一邊直走到德．莫爾賽夫夫人面前。她站在擺滿鮮花的壁爐前，從一面擺在門口對面的鏡子裡看到他出現，已準備與他見面。

正當他向她鞠躬時，她帶著刻意的微笑朝他轉過身。

顯然她以為伯爵會對她說話，伯爵則以為她將對他說話，但兩人都緘口不語。於是基度山微微鞠躬後，迎向阿爾貝，他正伸出手朝基度山走來。

「您見到我母親了嗎？」阿爾貝問。

「我剛才有幸向她致意了，」伯爵說：「但我沒有看到您的父親。」

「看！他在那邊跟幾位名流雅士談論政治呢。」

「老實說，」基度山說：「那幾位先生都是名流雅士嗎？我想不到會是哪方面的名流？您知道，有各種各樣的名流。」

「首先有一位學者，就是那位高瘦的先生，他在羅馬鄉下發現一種蜥蜴，比別的蜥蜴多了一節脊椎，他回來後通知法蘭西研究院這個發現。這件事爭論了很久，但高瘦先生勝券在握。脊椎問題在學術界引起巨大回響，高瘦個先生原本只擁有騎士榮譽勳位，因此獲得了四級榮譽勳位。」

「好極了！」基度山說：「我覺得這枚十字勳章頒發得很明智。所以，如果他又找到一節脊椎，就會封予他第三級榮譽勳位囉？」

「可能。」莫爾賽夫說。

「另外那位身穿藍底綠色刺繡衣裳、顯得怪裡怪氣的人，又是誰呢？」

「他身穿這套怪模怪樣的衣服，並不是為了特立獨立，那是共和國的主意。您知道，共和國政府愛好藝術，想為科學院院士訂製一套制服，便委託大衛[66]設計。」

「啊，真的！」基度山說：「所以那位先生是科學院院士？」

「他加入這個博學團體已經一星期了。」

「他的貢獻與專長是哪一方面？」

「他的專長？我想，他把針戳進兔子腦袋，他餵母雞吃茜草，他用鯨鬚挑出狗的脊椎骨髓。」

「他因此進入科學院嗎？」

「不，他是法蘭西科學院院士。」

「怎麼跟法蘭西科學院混在一起呢？」

「我正要告訴您，看來……」

「他的實驗無疑使科學前進了一大步？」

「不，是因為他的文筆非常好。」

「這或許，」基度山說：「能討好取悅那些被他用針戳進腦袋的兔子，被他染紅骨頭的母雞，以及被他挑出脊椎骨髓的狗的自尊心。」

66 大衛（一七八四—一八二五），法國畫家，作品有《奧拉斯之誓》、《蘇格拉底之死》、《馬拉之死》、《薩賓的婦女》等。

阿爾貝哈哈大笑。

「另外那一位呢?」伯爵問。

「另外那一位?」

「是的,第三個。」

「啊!穿淡藍色衣服的?」

「是的。」

「他是伯爵的同僚,他不久前激烈反對貴族院議員穿制服這一構想。關於這件事,他在辨論會上大獲成功。他原本跟自由黨的報紙關係不好,但他嚴正反對宮廷的意願,促使他和自由黨報紙言歸於好。據說他們要任命他為大使。」

「他憑什麼得到貴族頭銜呢?」

「他寫過兩、三齣喜歌劇,在《世紀報》發表四、五份文章,對內閣投了五、六次贊成票。」

「好極了,子爵。」基度山笑著說:「您是一個可愛的導遊,現在您會幫我一個忙,是嗎?」

「什麼忙?」

「不要把我介紹給這幾位先生,如果他們要求認識我,請先告訴我。」

這時,伯爵感到有人按住他的手臂,他轉過身,是唐格拉爾。

「啊,是您,男爵!」他說。

「為什麼您稱呼我為男爵?」唐格拉爾說:「您明明知道我不看重頭銜。我不像您那樣,子爵,您很看重,是嗎?」

「當然，」阿爾貝回答：「因為我若不是子爵，就一文不值了。而您呢，您可以捨棄男爵頭銜，卻仍然是百萬富翁。」

「我想這是七月王朝時期最好的頭銜。」唐格拉爾說。

「不幸的是，」基度山說：「百萬富翁不像男爵、法國貴族院議員或科學院院士那樣，可以終身保有頭銜。舉例來說，法蘭克福的弗蘭克先生和波爾曼先生不久前即破產了。」

「真的？」唐格拉爾臉色刷白地說。

「真的，今晚我收到一份郵件，得知這個消息。我有大約一百萬存在他們那裡，幸好我及時收到資訊，大約一個月前就領出那筆款項。」

「啊！我的天！」唐格拉爾說：「他們提走我二十萬法郎。」

「那麼，您得到提醒了。他們的簽字只值百分之五的信用。」

「是的，但太遲了。」唐格拉爾說：「我已支付他們簽字的那筆單據。」

「所以，」基度山說：「又是二十萬法郎，加上……」

「噓！」唐格拉爾說：「別談這種事……」他挨近基度山：「尤其在小卡瓦爾坎蒂先生面前。」銀行家補充說。說這句話時，他微笑著轉向那名年輕人。

莫爾賽夫離開伯爵，走去和母親說話。唐格拉爾也離開伯爵去跟小卡瓦爾坎蒂打招呼。基度山此時獨自一人。

室內開始變得異常悶熱。

僕人們端著擺滿水果和冷飲的托盤，在客廳裡穿梭往來。

基度山以手帕擦拭汗濕的臉，但托盤從面前經過時，他往後一退，不喝點東西消除暑意。德．莫爾賽夫夫人的目光始終不曾離開過基度山。她看到托盤端過去時，他碰也不碰，她甚至捕捉到了他後退的動作。

「阿爾貝，」她說：「您注意到一件事嗎？」

「什麼事，母親？」

「就是伯爵從來不願受邀在德．莫爾賽夫先生家裡吃飯。」

「是的，但他在我那裡吃早餐，他也是透過那次早餐才進入了社交圈。」

「是在你那裡，而不是伯爵家裡。」梅爾塞苔絲小聲說：「他抵達後，我一直觀察他。」

「怎麼樣？」

「他什麼也不吃。」

「伯爵飲食很有節制。」

梅爾塞苔絲苦笑著。「你到他面前，」她說：「托盤一經過，你堅持讓他吃點東西。」

「為什麼，母親？」

「讓我高興一下吧，阿爾貝。」梅爾塞苔絲說。

阿爾貝親吻母親的手，走到伯爵身邊。

又一個跟剛剛一樣擺滿東西的托盤端過來，她看到阿爾貝堅持請伯爵喝點東西，甚至拿起一杯冰鎮飲料遞給他，但他固執地拒絕了。

阿爾貝回到母親身旁；伯爵夫人面色慘白。

「所以，」她說：「你看，他拒絕了。」

「是的，但您憂心什麼呢？」

「你知道，阿爾貝，女人是很古怪的。我很樂意地看到伯爵在我家吃點什麼，哪怕只是一粒石榴。或許他不適應法國人的習慣，也或許他喜歡吃別的東西吧。」

「不！我在義大利看到他什麼都吃，他可能今晚不太舒服。」

「而且，」伯爵夫人說：「由於他一直住在氣候炎熱的地方，或許他不像別人那麼怕熱？」

「我想不是，因為他剛抱怨很悶熱，而且還問，既然已打開窗戶，為什麼不拉開百葉窗？」

「的確，」梅爾塞苔絲說：「有個方法能讓我知道他這樣節制飲食是不是故意的。」

於是她走出客廳。

過了片刻，百葉窗一扇扇拉開了，透過窗台上的茉莉花和鐵線蓮，可以看到整個花園被提燈照得輝煌明亮，晚餐就設在帳篷底下。跳舞的男女，打牌談天的人發出歡愉的叫聲，每個人都愉快地呼吸著吹拂進來的新鮮空氣。

與此同時，梅爾塞苔絲又走進來，比她出去時更加蒼白，但那堅定的神色只在某些場合才會出現。她逕直走向以她丈夫為中心的那一群人：「別把這幾位先生困在這裡，伯爵先生，」她說：「如果他們不打牌，不如到花園呼吸空氣，否則就要悶壞了。」

「啊！夫人，」一個非常風流，曾在一八〇九年高唱《奔赴敘利亞》的老將軍說：「讓我們自己到花園，我們是不去的。」

「好吧，」梅爾塞苔絲說：「那由我帶路。」

她轉向基度山：「伯爵先生，」她說：「請賞臉讓我挽住您的手臂。」

聽到這句普通的話，伯爵幾乎搖搖欲墜，他望著梅爾塞苔絲半晌。那半晌其實像閃電那麼快，但伯爵夫人覺得有一世紀那麼久。在那一瞥中，基度山投注了多少念頭啊。

他把手臂伸給伯爵夫人，她倚在上面，或者不如說她以小手輕輕挽著，兩人走下兩邊擺滿杜鵑花和茶花的石階。

在他們身後，二十幾個人帶著吵嚷歡笑地，從另一道石階奔向花園。

71 麵包和鹽

德．莫爾賽夫夫人與男伴一起走進綠葉環繞的拱廊。這條拱廊的兩邊種植椴樹，小徑通向溫室。

「大廳裡太熱是嗎，伯爵先生？」她說。

「是的，夫人。您叫人打開門和百葉窗，真是好主意。」

說完這句話，伯爵發覺梅爾塞苔絲的手在顫抖。

「您呢，穿著單薄的長裙，頸子上除了這條紗羅絲巾，沒有別的東西，或許您會著涼的？」他說。

「您知道我要帶您到哪裡嗎？」伯爵夫人問，不回答基度山的問題。

「不知道，夫人，」他回答：「作為朋友，您看，我不抗拒。」

「到溫室去，您看，就在這條小徑的盡頭。」

伯爵望著梅爾塞苔絲，彷彿在詢問她。但她一言不發，繼續走路，基度山也就不開口了。

他們來到一幢房子裡，室內結滿纍纍的果實。在始終調節好溫度，而不是巴黎常年不見陽光下，從七月初起，果實已經成熟了。

伯爵夫人放開基度山的手臂，走到一棵葡萄樹旁，摘下一串麝香葡萄。

「啊，伯爵先生，」她苦笑著說，簡直可以看到她的眼角閃爍淚光，「啊，我們法國的葡萄，我知道，不能跟你們西西里和塞浦路斯的葡萄相比，但您會諒解我們北方陽光不足的。」

伯爵鞠了一躬，往後退一步。

「您拒絕我？」梅爾塞苔絲用顫抖的聲音問。

「夫人，」基度山回答：「我誠惶誠恐地請求您原諒我，我不吃麝香葡萄。」

梅爾塞苔絲嘆了口氣，讓葡萄掉在地上。一顆好看的桃子掛在近牆的果樹上，也像葡萄一樣，是由溫室的人工熱度催熟的。梅爾塞苔絲走近那毛茸茸的果實，摘了下來。

「那麼嘗嘗這顆桃子。」她說。

但伯爵同樣做了拒絕的動作。

「又拒絕！」她帶著痛苦萬分的口氣說，可以感覺到忍抑著的嗚咽，「說實話，我很難過。」

這個場面之後是長久的沉默。桃子像那串葡萄一樣，滾落在沙土上。

「伯爵先生，」梅爾塞苔絲終於又說，一邊用哀求的目光望著基度山，「阿拉伯有一種動人的習俗，凡是在一個屋頂下共用麵包和鹽的人，就成了永久的朋友。」

「我知道這個習俗，夫人，」伯爵回答：「但我們是在法國，不是在阿拉伯。而在法國，既沒有永恆的友誼，也沒有分享鹽和麵包的習俗。」

「但我們畢竟是朋友，對嗎？」伯爵夫人顫抖著說，盯著基度山的眼睛，她近乎痙攣地用雙手抓住伯爵的手臂。

血液湧向伯爵的心臟，他的臉變得死白；接著血液從心臟升到咽喉，流向雙頰，他的眼珠滾動了幾秒鐘，視線茫然，就像暈眩的人一樣。

「我們當然是朋友，夫人。」他回答：「再說，我們為什麼不是朋友呢？」

這種語氣遠遠不是德．莫爾賽夫夫人所期待的，她轉身嘆息一聲，那嘆息宛如呻吟一般。

「謝謝。」她說。

她又往前走。他們這樣在花園裡轉了一圈，沉默不語。

「先生，」無聲地走了十分鐘後，伯爵夫人突然說：「您真的見多識廣，周遊各國，歷盡磨難嗎？」

「我歷盡磨難，是的，夫人。」基度山回答。

「您現在幸福嗎？」

「毫無疑問，」伯爵回答：「因為沒有人聽到我訴苦。」

「您眼前的幸福讓您的心靈變得舒暢嗎？」

「我眼前的幸福跟我過去的苦難相抵。」伯爵說。

「您沒有結婚嗎？」伯爵夫人問。

「我嗎，結過婚了。」基度山哆嗦著回答：「誰會對您談起這事呢？」

「沒有人對我提起過，但有人幾次看見您帶著一個年輕漂亮的女人到歌劇院。」

「那是我在君士坦丁堡買下的女奴，夫人，她是親王的女兒，我收為義女，因為我在世上沒有別人可以寄託我的愛。」

「所以您孑然一身？」

「我獨自一人。」

「您沒有姐妹……孩子……父親？」

「都沒有。」

「沒有讓您依戀的東西，您怎能這樣生活呢？」

「這不是我的過錯，夫人。在馬耳他，我愛過一個少女，即將娶她，那時戰爭爆發，像旋風一樣把我捲走，遠離了她。我原以為她很愛我，會忠貞不渝地等待我，甚至不管我是否已進墳墓。但等我回來時，她已經結婚。凡是過了二十歲的男子，這種事是常有的。或許我的心比別人更脆弱，比他們感受到更多痛苦，如此而已。」

伯爵夫人停下腳步，彷彿她需要休息一下，喘口氣。

「是的，」她說：「愛情始終留在您的心裡……人一生只愛一次……您後來再見過那個女人嗎？」

「從來沒有。」

「從來沒有！」

「我不曾返回她所在的地方。」

「在馬耳他？」

「是的，在馬耳他。」

「她現在在馬耳他？」

「我想是的。」

「您原諒她讓您傷心斷腸嗎？」

「原諒她，是的。」

「但僅原諒她吧。您一直仇恨那些拆散您和她的人嗎？」

伯爵夫人站在基度山面前，她手裡還握著一小串充滿香氣的葡萄。

「吃一點。」她說。

「我從來不吃麝香葡萄，夫人。」基度山回答，彷彿他們之間不曾談過這個話題似的。

伯爵夫人絕望地把葡萄扔到附近的樹叢裡。

「不願通融！」她埋怨著說。

基度山仍然無動於衷，好像那埋怨不是針對他。

這時阿爾貝跑過來。

「哦！母親，」他說：「大事不好了！」

「什麼！出了什麼事？」伯爵夫人直起身問，彷彿從夢中回到了現實，「您說大事不好？大概確實出事了。」

「德・維勒福先生來了。」

「怎麼呢？」

「他來找他的妻子和女兒。」

「為什麼？」

「因為德・聖梅朗侯爵夫人剛到巴黎，帶來一個厄耗，德・聖梅朗先生離開馬賽後在第一個驛站去世了。德・維勒福夫人正在興頭上，既不明白也不相信這個不幸的消息。但瓦朗蒂娜小姐一聽到這個消息，不管她的父親如何婉轉，便猜到了一切，這對她而言宛如晴天霹靂，她當場昏過去。」

「德・聖梅朗先生跟德・維勒福小姐是什麼關係？」伯爵問。

「是她的外祖父。他是來催促弗朗茲和他外孫女結婚的。」

「啊！真的？」

「弗朗茲耽擱了。德・聖梅朗先生不也是唐格拉爾小姐的外祖父嗎？」

「阿爾貝！阿爾貝！」德・莫爾賽夫夫人帶著柔和的嗔怪口吻說，「您說什麼？伯爵先生，他非常敬重您，請告訴他，他出言不遜！」

她往前走了幾步。

基度山非常古怪地望著她，他的表情既若有所思，又充滿愛慕，以致她又退了回來。

接著她握住他的手，又握緊兒子的手，將這隻手跟她兒子的手合在一起。

「我們是朋友，對嗎？」她說。

「哦！成為您們的朋友，夫人，我沒有這種奢望。」伯爵說：「但無論如何，我是您恭順的僕人。」

伯爵夫人帶著難以形容的、揪緊的心離開了，她還走不到十步，伯爵便看到她用手帕捂住眼睛。

「我母親和您，您們意見不合嗎？」阿爾貝驚訝地問。

「相反的，」伯爵回答：「她剛才不是當著您的面說我們是朋友嗎？」

他們回到客廳，而瓦朗蒂娜和德・維勒福夫婦剛剛離開。

不用說，摩雷爾也跟著離開了。

72 德・聖梅朗夫人

在德・維勒福先生家裡，剛確實發生了哀傷動人的一幕。

德・維勒福夫人再三堅持，還是無法讓她的丈夫陪同參加舞會。兩位女士動身前往舞會後，檢察官按照習慣，把自己關在書房裡，眼前有一大疊讓人望而生畏的卷宗。平時，這些卷宗只能勉強滿足他強盛的工作欲望。

但這次，卷宗只是做做樣子。維勒福關在書房裡決不是為了工作，而是為了思索。關上門，吩咐除了要事不得打擾之後，他坐在扶手椅裡，開始在腦海裡重溫這七、八天來讓他坐立難安的陰鬱憂思和痛苦往事。

於是，他不僅沒有碰觸堆在眼前的卷宗，反而拉開抽屜，打開一個暗鎖，取出一疊個人筆記。這些珍貴的手稿，他用只有自己才知道的數字分門別類，記上許多人名，這些是他在政治生涯、金錢往來、司法訴訟、祕密愛情上的仇敵姓名。

而今數量越來越龐大，他不禁哆嗦起來，這些名字，不管曾經多麼強大和顯赫，卻多次讓他露出微笑，就像旅人從山頂眺望腳下的懸崖峭壁，那些崎嶇難行的山路和高聳險峻的山脊，他是歷盡千辛萬苦才爬上來的，因此發出會心的微笑。

他在腦海裡把所有名字追想過一遍，又重新瀏覽一遍，仔細研究，深入思索，搖了搖頭。

「不，」他自言自語地說：「這些仇敵有誰如此有耐心、處心積慮地等到今天，然後用這個祕密擊垮我。正像哈姆雷特所說的，埋藏得最深的東西從地底發出聲音。又像磷火在空中瘋狂飄蕩，作為指引迷途之人的亮光。那個科西嘉人可能將這段經歷告訴教士，教士又轉述給別人，基度山伯爵可能聽到了，為了探明真相……」

「但他何必探明真相呢？」維勒福沉吟一會兒又說：「這個馬耳他船主之子，泰薩利亞銀礦的開採人，原名扎科內的基度山先生，第一次來法國，基於什麼原因要查明這樣一件悲慘神祕且一無用處的事實呢？在布佐尼神父、威爾莫爵士，即他的一個朋友和一個仇敵，他們提供給我的、前後不一致的訊息中，只有一件事在我看來是明朗準確且不容置疑的，那就是無論在何時、何地和何種情況下，我和他沒有絲毫瓜葛。」

但維勒福自言自語的這幾句話，連他自己也不相信。在他看來最可怕的還不是揭露，因為他可以否認，甚至可以辯駁；他並不擔心突然顯現在牆上的幾個血字：彌尼、提客勒、昆勒斯；讓他不安的是，寫下這些字的那隻手是誰。正當他試圖平靜，正當他放下野心藍圖中憧憬的政治前途，他因為擔憂將喚醒沉睡多年的仇敵，便構想出一個限於天倫之樂的場景。這時院子裡傳來馬車轔轔聲，然後他聽見樓梯上一個上年紀的人的腳步聲，接著是痛哭和哀嘆聲！當僕人們想對主人的悲痛表示關切，就會這樣做。

他急忙拉開書房門閂，過了一會兒，一個老婦人不等通報，便闖了進來，披肩挽在臂上，帽子拿在手上。她的白髮間露出黃象牙般無光澤的腦袋，眼角因上了年紀而刻上深深的皺紋，眼睛因哭腫而幾乎不見眼皮。

「哦！先生，」她說：「啊！先生，多麼不幸啊！我會傷心而死！是的，我一定會傷心而死！」

她跌坐在離門口最近的扶手椅中，嚎啕大哭。

僕人們站在門口不敢走近，努瓦蒂埃的老僕在主人房間裡聽到嘈雜聲，也跑來站在其他人後面。維勒福站起身，看見進門的是岳母，趕緊奔向她。

「我的天！夫人，」他問：「發生什麼事？誰讓您這樣悲痛？德．聖梅朗先生沒有陪您來嗎？」

「德·聖梅朗先生過世了。」老侯爵夫人說，她開門見山，沒有表情，神態木然。

維勒福後退一步，兩手交握。

「過世了……」他結結巴巴地說：「突如其來……過世了……」

「一星期前，」德·聖梅朗夫人又說：「吃完午餐後我們一起上車。那幾天德·聖梅朗先生一直不舒服，但想到能再見到我們親愛的瓦朗蒂娜，他便鼓起勇氣，顧不得身體難受，渴望啟程。離開馬賽六法里時，他吃過平時服用的藥丸後沉沉入睡，我覺得有點蹊蹺，但猶豫不定是否要叫醒他，這時我看到他的臉變得通紅，太陽穴的血管跳得比平時劇烈。但由於黑夜已降臨，我什麼也看不清楚，便讓他繼續睡。不久，他發出低沉的，讓人心碎的喊聲，有如做惡夢的人的叫喊，他的頭突然往後一倒。我呼叫他的貼身男僕，讓車伕停車，我叫喚著德·聖梅朗先生，讓他聞我的嗅鹽瓶。但一切都完了，他死了，我守在他的屍體旁，來到埃克斯。」

維勒福呆若木雞，張大嘴巴。

「您想必叫醫生了吧？」

「馬上就叫了，但我說過，為時已晚。」

「沒錯，但他至少能確認可憐的侯爵死於什麼病。」

「我的天！是的，先生，他對我說過，看來是暴發性中風。」

「然後您怎麼處理呢？」

「德·聖梅朗先生總是說，如果他不是死在巴黎，他希望他的遺體能運到家族墓園。我叫人把他放入鉛棺，我比他先幾天回到巴黎。」

「哦！我的天，可憐的母親！」維勒福說：「您這麼大年紀，遭遇這樣的打擊，還照料得這麼周到。」

「上帝給了我力量，讓我支撐到底。況且，親愛的侯爵一定也會為我做我為他做的事。沒錯，我在那裡離開他之後，我想我要瘋了，我哭不出來。據說到了我這樣的歲數，再也沒有眼淚了。但我覺得，心裡難受還是應該哭泣的。瓦朗蒂娜在哪裡，先生？我們是為她而來的，我想見瓦朗蒂娜。」

維勒福心想，要是回答瓦朗蒂娜去參加舞會了，那未免太殘酷了，他僅僅告訴侯爵夫人，她的外孫女跟繼母外出了，會馬上派人通知瓦朗蒂娜。

「馬上去，先生，馬上去，求求您。」老婦人說。

維勒福挽起德．聖梅朗夫人的手臂，把她帶到他的房間。

「休息一下，母親。」他說。

聽到這句話，侯爵夫人抬起頭，眼前這個人讓她想起無限懷念的女兒，對她來說，女兒在瓦朗蒂娜身上復活了。母親這個稱呼讓她深有感觸，她淚如雨下，跪伏在一把扶手椅裡，白髮蒼蒼的頭埋在椅中。

維勒福把她交給女傭照顧，而老僕巴魯瓦慌慌張張地上樓到他主人房裡，因為最讓老年人驚悚的事，莫過於死神暫時離開他們身邊，去打擊另外一個老人。德．聖梅朗夫人始終跪著，內心默默祈禱。這時維勒福派人到廣場找輛馬車，他親自到德．莫爾賽夫夫人家裡去接妻子和女兒回家。當他出現在客廳門口時，臉色刷白，瓦朗蒂娜向他奔來，大聲說：「哦！父親！出了什麼事？」

「你的外祖母剛到，瓦朗蒂娜。」德．維勒福說。

「我的外公呢？」女孩渾身哆嗦地問。

德．維勒福先生沒有回答，只把手臂伸給女兒。

這手臂伸得正及時，瓦朗蒂娜一陣頭昏目眩，搖搖晃晃。德．維勒福夫人趕緊扶住她，幫忙把她攙到馬車旁，一面說：「真是奇怪！誰猜得到呢？是的，真是奇怪！」

懷著悲痛的一家人就這樣匆匆離去，宛如留下一塊黑紗般地，將哀愁留給其他參加晚會的人。

在樓梯底下，瓦朗蒂娜看到巴魯瓦在等待她：「努瓦蒂埃先生今晚想見您。」他悄悄地說。

「請告訴他，我見過外婆就去見他。」瓦朗蒂娜說。

女孩憑著敏銳的心靈，明白此刻需要她的是德．聖梅朗夫人。

瓦朗蒂娜看到外祖母躺在床上。這場相會，盡是無聲的撫慰，痛徹心扉的哀傷，斷斷續續的嘆息，以及止不住的熱淚。德．維勒福夫人挽著丈夫的手臂，對可憐的遺孀滿懷敬意——至少表面看來如此。

一會兒，她俯在丈夫耳畔說：「如果您允許，」她說：「我最好離開，因為看到我會讓您的岳母更加難過。」

德．聖梅朗夫人聽到她的話。「是的，是的，」她在瓦朗蒂娜耳畔說：「讓她走開，但你留下，你留下。」

德．維勒福夫人出去了，只有瓦朗蒂娜留在外祖母床邊，因為檢察官被這個始料未及的死訊弄得很難受，也跟著妻子出去了。

巴魯瓦第一次到老努瓦蒂埃房裡時，努瓦蒂埃已聽到屋子裡的嘈雜聲，正如上述，他派老僕去打探情況。老僕返回時，他以那雙銳利有神、充滿機智的眼睛詢問使者。

「唉！先生，」巴魯瓦說：「發生大事了。德．聖梅朗夫人來了，而她的丈夫已經去世。」

德．聖梅朗先生和努瓦蒂埃從來沒有深交，但大家知道，老人的死訊總是對另一個老人產生影響。努瓦蒂埃的頭垂在胸前，就像心裡難受或正在思索的人一樣，然後他閉上一隻眼睛。

「瓦朗蒂娜小姐嗎？」巴魯瓦說。

努瓦蒂埃示意是的。

「她去參加舞會，先生您是知道的，因為她當時身著盛裝來向您道別。」

努瓦蒂埃又閉上左眼。

「是的，您想見她？」

老人示意他正是此意。

「一定有人到德·莫爾賽夫夫人家找她了，等她回來，我會請她上樓到您這裡來，好嗎？」

「好的。」癱瘓的病人回答。

於是巴魯瓦等著瓦朗蒂娜回來。正如上述，她一回到家，他就把她祖父的願望告訴她。

因此，瓦朗蒂娜從德·聖梅朗夫人那裡出來，就到努瓦蒂埃房裡。

而心情激動的德·聖梅朗夫人，終於因為過度疲憊，陷入焦躁難安的睡眠中。僕人們將一張小桌子放在她伸手可及的地方，桌上有一個盛著她平時愛喝的橘子汁的長頸大肚玻璃瓶和一隻杯子。

瓦朗蒂娜走過去擁抱老人，老人愛憐地望著她，女孩發覺他淚水盈眶，她原以為他的淚泉已乾涸。

老人始終用這種目光望著。

「是的，是的，」瓦朗蒂娜說：「您想說我有一個好爺爺，是嗎？」

老人示意他確實想這樣說。

「唉！幸好如此。」瓦朗蒂娜說：「否則，我會怎麼樣呢，天啊！」

現在已是凌晨一點。巴魯瓦已經很睏，他提醒，經過如此傷心的一晚，大家都需要休息了。老人不忍心說看到孫女他就得到休息了。他讓瓦朗蒂娜退下，痛苦和疲倦確實讓她看來備受煎熬。

第二天，走進外祖母房裡時，瓦朗蒂娜看到老婦人躺在床上，發燒沒有稍退，老侯爵夫人的眼裡閃爍著陰鬱的目光，看來精神受到了強烈的刺激。

「我的天！外婆，您更難受了嗎？」瓦朗蒂娜看到煩躁不安的種種徵兆，大聲說。

「不，我的孩子，不。」德・聖梅朗夫人說：「但我焦急地等著你，好派人找你的父親。」

「我父親？」瓦朗蒂娜不安地問。

「是的，我想跟他談一談。」

瓦朗蒂娜絲毫不敢違拗外祖母的心意，再說她也不知道找她父親的原因。一會兒維勒福進來了。

「先生，」德・聖梅朗夫人說，也不拐彎抹角，彷彿擔心時間不夠用，「您寫信告訴我，要商量這個孩子的婚事？」

「是的，夫人，」維勒福回答：「不止是計劃，已經談妥了。」

「您的女婿名叫弗朗茲・德・埃皮奈先生？」

「是的，夫人。」

「他是埃皮奈將軍之子嗎？埃皮奈將軍是我們的人，在篡權者從厄爾巴島返回的前幾天，被人暗殺了。」

「正是。」

「跟一個雅各賓黨人的孫女聯姻不會讓他反感嗎？」

「幸好我們國內的紛爭已經平息，母親，」維勒福說：「他父親死時，德・埃皮奈先生幾乎還是個孩子，他不太認得努瓦蒂埃先生，將來見面時即使不是非常愉快，至少不會在意。」

「門當戶對嗎？」

「各方面都是如此。」

「那位年輕人？」

「有口皆碑。」

「他知書達禮嗎？」

「是我認識最優秀的青年之一。」

在這場談話中，瓦朗蒂娜始終保持沉默。

「那麼，先生，」德·聖梅朗夫人沉吟了一下說：「您必須盡快動作，因為我時間不多了。」

「您，夫人！」「您，外婆！」德·維勒福先生和瓦朗蒂娜齊聲叫道。

「我知道自己在說什麼。」侯爵夫人說：「您必須盡快，她失去母親，至少讓她有外婆為她的婚禮表達祝福。在我可憐的蕾內這一邊，只剩下我一個人了，您早已忘了蕾內，先生。」

「夫人，」維勒福說：「您忘了，必須給這個失去母親的可憐孩子一個母親。」

「一個繼母決不是一個母親，先生。但這不是我們要談的，還是談談瓦朗蒂娜吧，好讓死者安息。」

這些話說得很急促，語氣古怪，有些地方甚至像囈語一般。

「婚事會按您的意思籌辦，」維勒福說：「尤其您的心意跟我的一致。德·埃皮奈先生一回到巴黎……」

「外婆，」瓦朗蒂娜說：「要考慮禮俗，新近又有喪事……您想在這樣不幸的時候辦喜事嗎？」

「我的孩子，」老女人馬上打斷說：「別提出這些庸俗的理由，那只會妨礙軟弱無能的人去打造他們的未來。我呢，我也是在我母親靈床前結婚的，我並不因此而招來不幸。」

「這時仍然應該顧及喪事，夫人。」維勒福說。

「仍然！仍然！……我告訴您，我行將就木了，明白嗎？我想在死前見到我的外孫女婿，我想叮囑他，讓我的外孫女幸福，我想在他的眼睛裡看到他是否會聽從我的話。總之，我想認識他！」老外婆帶著嚇人的神情繼續說：「如果他沒有做到他該做的，如果他倒行逆施，我會從墳墓裡爬出來找他。」

「夫人，」維勒福說：「您必須捨棄這些驚人的念頭，這近乎瘋狂了。死人一旦進了墳墓，就躺在那兒，永遠爬不起來了。」

「是的，外婆，您冷靜下來！」瓦朗蒂娜說。

「我呢，先生，我對您說，決不是像您想的那樣。昨夜我做了個惡夢，因為我心神恍惚，睡著時我的靈魂彷彿飄蕩在我的軀體上，我努力要睜開眼睛，卻不由自主地閉上。我知道，您會覺得不可能，尤其是您，先生。我閉上眼睛，就在您所站的地方，從通往德．維勒福夫人化妝室門口的那個角落，我看到一個白色的東西無聲無息地走了進來。」

瓦朗蒂娜叫了一聲。

「您是因為發燒才如此激動，夫人。」維勒福說。

「信不信由您，但我確信自己說的都是真的。我看到一個白色的東西，而且，彷彿上帝擔心我單憑一個感官的知覺不足以相信似的，我還聽到杯子移動的聲音。看，就是放在桌上的那一個杯子。」

「哦！母親，那是做夢啊。」

「那不可能是夢。我伸手拉鈴，看到這個動作，那影子消失了。女僕拿著一盞燈進來。幽靈只顯現給應該看到它們的人，那是我丈夫的靈魂。如果我丈夫的靈魂能召喚我，為什麼我的靈魂不能保護我的外孫女呢？

瓦朗蒂娜說：「我還聽到桌上杯子移動的聲音。」

我看這層關係還更直接。」

「哦！夫人，」維勒福說，不由得深受感動，「別再想這些傷心事，今後您跟我們生活在一起，來日方長，您會獲得幸福，備受愛戴，得到尊敬，我們會讓您忘記……」

「不！不！不！」侯爵夫人說：「德·埃皮奈先生什麼時候回來？」

「我們隨時恭候他。」

「很好，他一到就通知我。要快一點，快一點。另外，我想見公證人，要核實我們的財產是否都過繼給瓦朗蒂娜了。」

「哦！外婆！」瓦朗蒂娜低聲說，把嘴唇按在外祖母發燙的額頭上，「您想嚇死我嗎？我的天！您在發燒！要叫的不是公證人，而是醫生！」

「醫生？」她聳聳肩說：「我並不難受，我只是口渴而已。」

「您想喝什麼，外婆？」

「跟往常一樣，你知道，橘子汁。我的杯子在桌上，遞給我，瓦朗蒂娜。」

瓦朗蒂娜將瓶中的橘子汁倒進杯裡，有點害怕地拿起杯子，遞給外祖母，因為據外祖母說，這杯子被幽靈碰過。

侯爵夫人一飲而盡。又躺回枕頭上，反覆說：「公證人！公證人！」

德·維勒福先生出去了。瓦朗蒂娜坐在外祖母床邊。可憐的孩子勸告外祖母請醫生，而她自己似乎也很需要醫生。她的雙頰燒得火紅，呼吸短促，她的脈搏就像發燒一樣撲撲跳動。

這是因為可憐的孩子想到，當馬克西米利安得知德·聖梅朗夫人並不是他的盟友，由於不瞭解他對瓦朗蒂娜的愛，老夫人的所作所為宛如他的敵人的時候，會大失所望。

瓦朗蒂娜不止一次想對外祖母和盤托出，如果馬克西米利安·摩雷爾叫作阿爾貝·德·莫爾賽夫或者拉烏爾·德·沙托·勒諾，她會毫不遲疑。但摩雷爾出身平民，而瓦朗蒂娜知道驕傲的德·聖梅朗侯爵夫人輕視不是貴族出身的人。她幾度想吐露祕密，但總是憂心忡忡地想著，即使說出來也是枉然，而且一旦這個祕密被她父親和繼母知道，一切就完了，於是又把祕密埋藏在心底。就這樣約莫過了兩小時。德·聖梅朗夫人睡得很不安穩。僕人通報公證人來了。

儘管通報的聲音非常低，德·聖梅朗夫人還是抬起頭。

「公證人？」她說：「讓他進來，讓他進來！」

公證人就在門口，他走了進來。

「你走開，瓦朗蒂娜，」德·聖梅朗夫人說：「讓我跟這位先生單獨在一起。」

「可是，外婆……」

「走吧，走吧。」

女孩親吻外祖母的額頭，然後用手帕摀住眼睛，走了出去。

她在門口看到維勒福先生的貼身男僕，男僕告訴她，醫生在客廳等候。

瓦朗蒂娜迅速下樓。醫生是這家的朋友，同時也是當時的名醫，他很喜歡瓦朗蒂娜，當年親眼看到她呱呱墜地。他的女兒跟德．維勒福小姐年紀相仿，但他妻子患了肺病，因此他這輩子不斷為孩子擔憂。

「哦！」瓦朗蒂娜說：「親愛的德．阿弗里尼先生，我們焦急地等待著您。但請先告訴我，馬德萊娜和安托瓦內特的身體怎麼樣了？」

馬德萊娜是德．阿弗里尼先生的女兒，安托瓦內特是他的侄女。

德．阿弗里尼先生苦笑著。

「安托瓦內特很好，」他說：「馬德萊娜還好。是您派人去找我的吧，親愛的孩子？生病的不是您父親，也不是德．維勒福夫人吧？至於您，儘管很明顯您無法擺脫激動，但我不願猜想。您請我過來，不是要我勸您別胡思亂想吧？」

瓦朗蒂娜漲紅了臉，德．阿弗里尼先生的專業猜測幾乎萬無一失，因為他屬於主張治病先治心的流派。

「不，」她說：「是為了我可憐的外婆。您知道我們家遭遇不幸了嗎？」

「我一無所知。」德．阿弗里尼說。

「唉！」瓦朗蒂娜強忍著嗚咽說：「我的外公去世了。」

「德．聖梅朗先生？」

「是的。」

「突然去世？」

「暴發性中風。」

「中風？」醫生重複說。

「是的。我可憐的外婆從來沒有離開過丈夫，所以她總是以為丈夫在呼喚她，她要去與他相會。哦！德・阿弗里尼先生，我拜託您醫治我可憐的外婆！」

「她在哪裡？」

「跟公證人待在房裡。」

「努瓦蒂埃先生呢？」

「還是老樣子，腦袋非常清楚，但仍然無法動彈，不能講話。」

「還是照樣愛您，是嗎，我可愛的孩子？」

「是的。」瓦朗蒂娜嘆氣說：「他很愛我。」

「誰能不愛您呢？」

瓦朗蒂娜苦笑著。

「您的外婆哪裡不舒服？」

「處於一種奇怪的精神亢奮，睡眠也騷動不安。今天早上，她在夢中以為她的靈魂飛離軀體在空中盤旋，看著軀體睡覺，這是胡言亂語了。她還以為看到一個幽靈進入她的房間，聽到所謂幽靈碰觸杯子的聲音。」

「這很奇怪，」醫生說：「我之前不知道德・聖梅朗夫人有產生幻覺的病。」

「我第一次看到她這樣。」瓦朗蒂娜說：「今天早上我嚇壞了，以為她瘋了。當然，德・阿弗里尼先生，您知道我父親是個嚴肅的人，唉，我父親看來也受到驚嚇。」

「我們去看看，」德・阿弗里尼先生說：「您說的情況，我覺得很詭異。」

公證人下樓了，僕人來叫瓦朗蒂娜，她的外祖母單獨在房裡。

「您上樓吧。」她對醫生說。

「您呢？」

「哦！我不敢去，她剛才不准我派人去找您。而且，正如您所說的，我很激動焦躁，不太舒服，我要到花園走走，鎮靜下來。」

醫生握了握瓦朗蒂娜的手，然後上樓到她外祖母的房間，而女孩走下石階。

不需多言瓦朗蒂娜喜歡在花園的哪一處散步。她通常在環繞屋子的花圃轉了兩三圈後，會採下一朵玫瑰插在腰際或髮上，然後踅入那條通往長椅的幽暗小徑，再從長椅走向鐵柵。

這次，瓦朗蒂娜依習慣在花叢中轉了兩三圈，但一朵花也沒摘，雖然她還來不及換上喪服，但她心裡已經舉喪，不願意做這種小裝飾。然後她走向那條小徑。隨著前進，她好像聽到有個聲音在叫喚她的名字。她驚訝地站住。

那聲音因此更清晰地傳到她的耳裡，她聽出是馬克西米利安的聲音。

73 諾言

果然是摩雷爾，從昨天起他就萎靡不振。憑著情人特有的直覺，他猜想，由於德．聖梅朗夫人的到來和侯爵的去世，維勒福先生家裡將會發生一些事，而這攸關他對瓦朗蒂娜的愛情。下文將會看到，他的預感變成了事實。而讓他惶恐且顫抖地來到栗子樹下鐵柵旁的，不僅是緣於憂慮。但瓦朗蒂娜不知道摩雷爾在等她，這不是他平時約定的時間，這純粹是巧合，或者不如說是心有靈犀，促使她來到花園。她出現時，摩雷爾呼喚她，她奔向鐵柵。

「您這時候來這裡！」她說。

「是的，可憐的朋友，」摩雷爾回答：「我是來聽取並且帶來壞消息的。」

「這是一座不幸的屋子，」瓦朗蒂娜說：「說吧，馬克西米利安。說實話，我已經夠不幸了。」

「親愛的瓦朗蒂娜，」摩雷爾說，盡力平靜下來，以便措詞得當，「請聽我說，因為我要告訴您的話是非常嚴肅的。他們計劃什麼時候讓您出嫁？」

「聽著，」輪到瓦朗蒂娜說，「我不想對您隱瞞任何事，馬克西米利安。今天早上談到了我的婚事，我原來視外婆為後盾，但她不僅表示同意這門婚事，而且希望不再耽擱，等德．埃皮奈先生回來，隔天便締結婚約。」

年輕人從胸臆吁出一聲長嘆，他哀傷地久久注視著女孩。

「唉！」他低聲說：「聽到自己的心上人泰然自若地說出下面這種話，真是太可怕了：『您的死期已定，過幾小時就要行刑。』不過沒有關係，只能如此，我決不會提出反對，既然您說他們就等德．埃皮奈先生回來簽訂婚約，既然您在他回來的第二天就屬於他。明天，您將與德．埃皮奈先生訂婚，因為他今天上午回到巴黎了。」

瓦朗蒂娜發出一聲喊叫。

「一小時前我在基度山伯爵家裡，」摩雷爾說：「我們正在談話，他談到您家的不幸，我談到您的痛苦，突然，庭院傳來馬車滾動的聲音。聽著。至今我一直不相信預感，瓦朗蒂娜，但如今我只能相信。聽到馬車的轔轔聲，我一陣哆嗦。不久我聽到樓梯上的腳步聲，唐璜聽到騎士的腳步聲[67]，也不像我聽到那些腳步聲那樣驚慌失措。房門終於打開了，阿爾貝．德．莫爾賽夫先走進來，我還以為自己搞錯了，這時他身後出現一個年輕人，伯爵大聲說：『啊！弗朗茲．德．埃皮奈男爵先生！』這時我求助全身的力量和勇氣，想支撐住自己。或許我臉色慘白，或許我發著抖，但我嘴邊始終掛著笑容。五分鐘後，我告辭了，在那五分鐘裡他們所說的每句話我都沒聽見，我沮喪極了。」

「可憐的馬克西米利安。」瓦朗蒂娜低聲說。

「我在這裡，瓦朗蒂娜。啊，現在請回答我，您的回答將決定我的生死。您打算怎麼辦？」

瓦朗蒂娜低下頭去，她萬分難受。

「聽著，」摩雷爾說：「我們已經走到這一步，您也不是沒想過，目前情況緊急，逼得人喘不過氣，已到了最重要的關頭。我認為現在不是沉浸在悲傷裡的時候，那只適合於一心想受苦度日和飲泣吞聲的人。世上的確有這樣的人，在人間的忍氣吞聲，無疑地，上帝會在天國補償他們的。然而，那些想改變命運的人，是不會把寶貴時間浪費在傷心難過痛苦上，他們會立即奮起反抗。您不是也要跟厄運抗爭嗎，瓦朗蒂娜？告訴我吧，我就是為了問您此事才來的。」

瓦朗蒂娜不寒而慄，睜大驚惶的眼睛望著摩雷爾。她從來沒有想過要反抗父親、外婆，甚至反抗全家。

「您說什麼，馬克西米利安？」瓦朗蒂娜問：「您說的抗爭是什麼意思？哦！這是褻瀆的話。什麼！要我反抗父親的命令，反抗我臨危的外婆的心願？這不可能！」

摩雷爾震動了一下。

「您心地高尚，原本應該明白我的話，親愛的馬克西米利安，您非常瞭解我的心意，所以我看到您始終保持沉默。要我抗爭？上帝保佑，不，不，我要用全部的力氣與自己搏鬥，像您所說的那樣飲泣忍耐。若是讓我的父親難過，擾亂我外婆的臨終安寧，決不！」

「您說得對。」摩雷爾冷靜地說。

「您這是什麼口吻，天哪！」瓦朗蒂娜傷心地說。

「我對您非常讚賞，用的就是這個口吻，小姐。」馬克西米利安說。

「小姐！」瓦朗蒂娜大聲說：「小姐！哦！自私的傢伙！他看到我的絕望，卻假裝不明白我的話。」

「您錯了，相反地，我完全明白您的話。您不想忤逆德．維勒福先生，您不想違背侯爵夫人，明天您會簽訂婚約，選定夫婿。」

「天哪！我還能怎麼做呢？」

67 據傳唐璜邀請被他殺死的騎士的石像赴宴，被石像的腳步聲嚇得心驚膽顫。

「不該求助於我，小姐，因為我在這個案件是個壞法官，我的私心讓我盲目。」摩雷爾回答，他沙啞的聲音和緊握的拳頭顯示他的惱怒正在加劇。

「如果我準備接受您的提議，您會建議我怎麼做？請回答我，不能只說：『您做錯了。』必須拿出主意。」

「您這麼說是認真的嗎，瓦朗蒂娜？我應該出主意嗎？」

「當然，親愛的馬克西米利安，如果主意很好，我會照辦。您知道我對您忠貞不渝。」

「瓦朗蒂娜，」摩雷爾說，把一塊已鬆動的木板扳開，「伸給我一隻手，證明您原諒了我的惱怒。那是因為我氣昏頭了，您看，一小時以來，最瘋狂的念頭輪番閃過我的腦海。哦！如果您拒絕了我的主意……」

「什麼主意？」

「那就是，瓦朗蒂娜。」

女孩望著天空，發出一聲嘆息。

「我無牽無掛，」馬克西米利安說：「我有足夠的錢維持我們倆的開銷，我向您發誓，在我的嘴唇吻在您的額頭之前，您就會成為我的妻子。」

「您的話讓我發抖。」女孩說。

「跟我來，」摩雷爾又說：「我帶您到我妹妹那裡，她足以做您的姐姐。我們搭船前往阿爾及爾、英國或美洲，如果您不願意寄居外省，我們也可以在那裡等待時機返回巴黎，我們的朋友會戰勝您家的固執態度。」

瓦朗蒂娜搖搖頭。

「我早猜到您是這個想法，馬克西米利安，」她說：「這是一個瘋狂的念頭，如果我沒有馬上用這句話阻止您，我會比您更瘋狂。不可能，摩雷爾，不可能。」

「所以您聽天由命，甚至完全不想反抗？」摩雷爾陰鬱地問。

「是的，即使我死去！」

「那麼，瓦朗蒂娜，」馬克西米利安說：「我要再次對您說，您是對的。我確實是個瘋子，而您向我證明，在衝動底下，再穩健的頭腦也會盲目行動。您能冷靜地勸說，很謝謝您。好吧，事情就這樣定了，明天您將無可挽回地與弗朗茲．德．埃皮奈先生締結婚約，但這並非緣於為了讓喜劇有一個大團圓結局，而是出於您自己的意願。」

「您再一次將我推向絕望，馬克西米利安！」瓦朗蒂娜說：「您再一次用匕首在我的傷口轉動！您說，如果您妹妹聽從了您的提議，您會怎麼行動？」

「小姐，」摩雷爾苦笑著回答：「您說過，我是個自私的人，既然自私，我便不會考慮別人處在我的位置會怎樣做，而是考慮我打算做什麼。我想，我認識您一年了，從我認識您的那一天起，我便把全部的幸福都寄託在對您的愛上。當您對我說您愛我，從那天起，我的未來都取決於您，得到您，我的一生才足以完成。現在我什麼都不想了，我只知道，好運已經逆轉，我原以為贏得天堂，最後卻輸掉了。一個賭徒不僅喪失他擁有的一切，還輸掉他原本沒有的東西，這種事天天發生。」

摩雷爾說這些話時神情自若，瓦朗蒂娜以帶著探索的大眼長久凝望著他，努力不讓摩雷爾看到她內心不斷翻湧的紊亂思緒。

「您打算怎麼做？」瓦朗蒂娜問。

「我有幸要向您道別了，小姐。上帝可以做證，祂聽到我的話語，看到我的內心，我預祝您生活安寧幸福，豐富充實，腦海裡因此沒有餘地想起我。」

「啊！」瓦朗蒂娜喃喃地說。

「再見，瓦朗蒂娜，再見！」摩雷爾鞠躬說。

「您到哪裡去？」女孩大聲說，將手伸過鐵柵，抓住馬克西米利安的衣服，相對於自己內心的激動，她知道情人的冷靜不可能是真的，「您到哪裡去？」

「我在意的是，不要給您家裡增添麻煩，為所有置身在我如此處境中的忠誠仁厚男子做出榜樣。」

「離開我之前，請告訴我，您要做什麼，馬克西米利安？」

年輕人苦笑著。

「哦！說啊，說啊！」瓦朗蒂娜說：「求求您！」

「您的決心改變了嗎，瓦朗蒂娜？」

「它不可能改變，不幸的人，您明明知道！」女孩大聲說。

「那麼，再見，瓦朗蒂娜！」

瓦朗蒂娜用超乎想像的力氣搖動鐵柵。摩雷爾走開了，她兩隻手伸過鐵柵，又合在一起扭絞著：「您要做什麼？我想知道！」她喊道：「您到哪裡去？」

「哦！放心吧！」馬克西米利安說，在離鐵柵三步遠的地方站住，「我時運不濟，並不想要別人來為此負責。換了別人，會嚇唬您說，他要去找弗朗茲先生，向他挑釁，跟他決鬥，這都是瘋狂的舉動。弗朗茲跟這一切有什麼關係呢？今天上午他初次見到我，他隨即忘了曾經見過我。當你們兩家談妥婚事時，他甚至不知道有我這個人的存在。因此我決不糾纏弗朗茲先生，我對您發誓，我決不怨恨他。」

「那您怨恨誰呢？怨恨我嗎？」

「您？瓦朗蒂娜！哦，上帝保佑！女人是神聖的，被愛的女人更是神聖的！」

「那麼您怨恨自己？可憐的人，您怨恨自己？」

「我是有罪的，對嗎？」摩雷爾說。

「馬克西米利安，」瓦朗蒂娜說：「馬克西米利安，我要您回來！」

馬克西米利安帶著甜蜜的笑容走過來，要不是他臉色蒼白，旁人真會以為他像平常那樣悠然自得呢。

「聽我說，親愛的，我心愛的瓦朗蒂娜。」他用悅耳而慎重的嗓音說：「像我們這樣的人，面對大家、面對親人、面對上帝時，從來不會羞愧，像我們這樣的人，總能坦誠相見，放開心懷。我從來沒有離奇的遭遇，也不多愁善感，我不曾裝成曼弗雷德和安東尼那樣。我雖然不曾信誓旦旦，但我把自己的生命融合到您身上。我失去您，而您這麼做是有理由的，我已對您說過，我對您再說一遍。但我終究失去您，我的生命也因此完結了。一旦您離開我，瓦朗蒂娜，我在世上就煢煢孑立。我的妹妹在她丈夫身邊生活美滿，但她的丈夫只不過是我的妹夫，也就是說跟我的聯繫只有社會關係，因此世界上沒有人需要我這變得一無是處的人。我準備這麼做：直到您結婚的最後一刻——因為我不願失去命運有時留給我們的意想不到的機會，因為從現在到那時，弗朗茲·德·埃皮奈先生可能死去；當您走近聖壇時，可能劈下一道驚雷。對於死囚來說，一切都有可能，只要能拯救他的生命，奇蹟也是可能發生的。因此，我要等到最後一刻，當我的不幸確定無疑，再也毫無希望時，我會寫一封袒露心跡的信給妹夫，再給寫一封給警察局長，把意圖告訴他，在某個樹林的一角，在某個壕溝的側緣，在某條河邊，我會打破腦袋自盡，我是法國有史以來最正直的人之子，言而有信。」

瓦朗蒂娜的四肢痙攣似地顫抖起來，她的雙手鬆開緊握的鐵柵，雙臂重落在身旁，兩顆斗大的淚珠順著臉頰滾下來。

年輕人站在她面前神色憂鬱，神態堅決。

「哦！您大發慈悲吧！」她說：「您會活下去的，對嗎？」

「不，我以名譽擔保，」馬克西米利安說：「但這跟您有什麼關係呢？您會盡自己的責任，您會問心無愧。」

瓦朗蒂娜跪倒在地，按住她那即將裂開的心。

「馬克西米利安，」她說：「馬克西米利安，我的朋友，我在人間的兄長，我在天上真正的丈夫，我求求您，像我一樣，痛苦地生活下去，或許有一天我們能重逢。」

「再見，瓦朗蒂娜！」摩雷爾又說一遍。

「天哪！」瓦朗蒂娜說，神情肅穆地將雙手舉向天空，「您看到了，我竭盡所能要做個孝順的女兒，我曾請求、懇求、哀求過，但祂不聽我的哀求，也不理會我的眼淚。那麼，」她抹掉淚水，恢復堅決的神態，繼續說：「那麼，我不願悔恨而死，我寧願羞愧而死。您要活下去，馬克西米利安，我不會屬於任何人，而只屬於您。幾點鐘？什麼時候？馬上？說吧，吩咐吧，我準備好了。」

摩雷爾原本已經走離幾步了，因此又返回，他高興得臉色發白，心花怒放，越過鐵柵向瓦朗蒂娜伸出雙手：「瓦朗蒂娜，」他說：「親愛的朋友，您不應該這樣說，還是讓我去死吧。如果您愛我的程度像我愛您那樣，我為什麼要強迫您呢？您只是出於仁慈要我活下去嗎？若真是如此，我寧願去死。」

「事實上，」瓦朗蒂娜低聲說：「世上愛我的是誰？是他。是誰安慰我的痛苦不安？是他。我的希望寄託在誰身上，我不知無措的目光落在誰身上，我淌血的心倚靠在誰身上？在他身上，總是在他身上。所以，你說得對。馬克西米利安，我會跟你走，我會離開家庭，離開一切。啊，我是忘恩負義的人！」瓦朗蒂娜嗚咽著叫道：「離開一切！甚至離開我慈藹的爺爺，我把他忘了！」

「不，」馬克西米利安說，「您不會離開他，您說，努瓦蒂埃先生似乎對我有好感，那麼，在逃走之前，您把一切都告訴他，如果他同意，您在上帝面前就能有所辯解。我們一結婚，他就來跟我們住在一起。他不是只有一個，而是有兩個孩子。您告訴過我，他怎樣跟您說話，您又怎樣回答他。我會很快學會這種動人的溝通語言，瓦朗蒂娜。哦！我對您發誓，等待著我們的不是絕望，我答應您會幸福！」

「哦！您看，馬克西米利安，看您對我有多大的影響力，你讓我幾乎相信你所說的話，但你的話是失去理智的，因為我父親會詛咒我，我瞭解他，他如此鐵石心腸，決不會原諒我。因此，聽我說，馬克西米利安，如果我採取手段，透過哀求，或經由意外事件——誰知道呢？——總之，不管我用什麼方法，總之拖延婚事，您會等我是嗎？」

「是的，我發誓，您也要對我發誓，永遠不要舉辦那可怕的婚禮，哪怕把您拖到法官和教士面前，您也會說不同意，是嗎？」

「我以我在世上最神聖的東西——我母親的名義向你發誓，馬克西米利安。」

「那麼我們就等待吧。」摩雷爾說。

「好的，我們等待。」瓦朗蒂娜說，聽到這句話她感到寬慰，「還有好多事可以拯救像我們這樣不幸的人啊。」

「我相信您，瓦朗蒂娜，」摩雷爾說：「您會把所有事情都做得很好。不過，如果他們不顧您的哀求，如果德・聖梅朗夫人明天要弗朗茲・德・埃皮奈先生來簽訂婚約……」

「那麼，我已發過誓，摩雷爾。」

「您不會簽下……」

「我會來找您，一起逃走。但在這之前，我們不要冒險，摩雷爾。我們先不要見面，我們沒有被發現是個奇蹟，也是天意，如果我們被發現了，他們知道我們經常見面，我們就走投無路了。」

「您說得對，瓦朗蒂娜，但我怎麼知道……」

「可以透過公證人德尚先生。」

「我認識他。」

「還有透過我。我會寫信給您，請相信我。天哪！馬克西米利安，這門婚事對我跟對您一樣都是如此可惡可恨！」

「好的！謝謝，我親愛的瓦朗蒂娜，」摩雷爾說。「那麼不需多說了，我一旦知道您約定的時間，會立刻趕來，幫助您越過這堵牆，這對您來說很容易的，會有輛馬車在花園門口等您，您跟我一起上車，我先帶您到我妹妹那裡。我們可以隱居在那裡，也可以拋頭露面，依隨您的意願。我們會充分展現抵抗的力量和決心，不會隨人處置，就像任憑宰割、只能哀叫的羔羊一樣。」

「好的，」瓦朗蒂娜說：「換我對您說，馬克西米利安，您會做得很好的。」

「哦！」

「所以，您對您的未婚妻滿意嗎？」女孩憂傷地說。

「我親愛的瓦朗蒂娜，說『是的』，是不足以道盡的。」

瓦朗蒂娜更靠近一些，甚至將嘴唇湊到鐵柵邊，她的聲息如同芬芳空氣吹拂向摩雷爾的嘴唇，他的嘴唇亦從冷漠無情的鐵柵門另一端貼近。

「再見，」瓦朗蒂娜說，勉強從這種幸福中掙脫出來，「再見！」

「我會收到您的信嗎？」

「會的。」

「謝謝，我的愛妻，再見。」

傳來一個飛吻聲，瓦朗蒂娜一溜煙跑進椴樹叢間。

摩雷爾傾聽著她的長裙磨擦綠蘺的嚓嚓聲，她的腳踩踏沙土的窸窣聲，他帶著難以形容的微笑舉目仰望天空，感謝上天讓他得到這樣的愛，接著他也離開了。

年輕人回到自己家裡，晚上的其餘時間和第二日整個白天他都在等候，卻沒收到信。直至第三天，大約上午十點鐘，他正要去找公證人德尚先生，他接到了郵差送來一封短箋，他認出是瓦朗蒂娜的筆跡，儘管他從來沒有見過她的字。

信是這樣寫的：

眼淚、懇求、祈禱，都無濟於事。昨天，我在魯勒廣場的聖菲利普教堂待了兩小時，在那兩小時裡我發自內心深處向上帝祈求，而上帝像人一樣無動於衷，簽訂婚約的時間訂在今晚九點鐘。

我只有一個誓言，就像我只有一顆心。摩雷爾，這句誓言是對您許諾的，這顆心是屬於您的！

因此，今晚九點鐘前一刻，鐵柵門見。

您的未婚妻　瓦朗蒂娜·德·維勒福

又及：我的外婆每況愈下。昨天，她的亢奮轉為囈語；今天，她的囈語幾乎變成瘋狂。您會深深愛我，是嗎，摩雷爾，能讓我忘卻自己是在這種情況拋下她？我想，他們對爺爺隱瞞了今晚簽訂婚約的安排。

摩雷爾不滿足於瓦朗蒂娜告訴他的情況，他去找公證人，公證人證實婚約在晚上九點鐘簽訂的消息。然後他去找基度山，他在那裡瞭解到更多情況。弗朗茲來過，慎重地向伯爵宣佈了這件事，德．維勒福夫人也給伯爵寫信，請他原諒沒有邀請他參加儀式，德．聖梅朗先生去世以及他的遺孀目前的狀況，為這次聚會蒙上哀傷的黑紗，她不願讓伯爵的額頭蒙上烏雲，她希望他快快樂樂。

昨天，弗朗茲拜見了德．聖梅朗夫人，她下床相迎，但隨即又躺回床上。

不難理解，摩雷爾一直處在激動不安的狀態，而這逃不過伯爵銳利的目光。因此基度山對他格外親和，以致有幾次馬克西米利安幾乎要和盤托出。但他想起對瓦朗蒂娜許下的諾言，他依然把祕密埋藏在心底。

年輕人白天把瓦朗蒂娜的信反覆看了二十遍。這是她第一次寫信給他，而且是在這樣的情況下啊！每次重讀這封信，馬克西米利安都向自己重申要讓瓦朗蒂娜幸福的誓言。的確，下定決心勇往直前的女孩，是多麼令人折服啊！她為他犧牲一切，難道不值得對方對她忠心耿耿嗎。對她的情人來說，她應該成為他第一個真正崇拜的對象。她既是女王，又是妻子，為了感謝她、愛她，一個人的心靈是遠遠不夠的。

摩雷爾懷著難以言喻的激動想像瓦朗蒂娜來到的那一刻，她說：「我來了，馬克西米利安，帶我走吧。」

他已為這次逃走做好安排，兩把梯子藏在苜蓿園地裡；一輛有篷的雙輪輕便馬車會由他親自駕駛，就等在那裡；沒有僕人，沒有燈光；直到第一條街的轉角才點上提燈，因為若是過於小心，可能反而引來警方注意。

摩雷爾全身不時感到寒顫，他想到那一刻的到來，他要保護瓦朗蒂娜從牆頂下來，他會感受到她瑟縮發抖地倒在他懷裡，而他之前只握過她的手，吻過她的指尖。

一到下午，摩雷爾感覺那一刻即將來臨，他需要獨自待著。他的血在沸騰，這時即使是普通的問題，甚至僅僅是朋友的招呼，都會讓他惱怒。他關在房裡，想盡力看書，但他的目光遊移在字裡行間，什麼也看不清楚，他終於丟掉書，再次籌備他的計劃、梯子和小花園。

那一刻終於逼近了。一往情深的男子是不會讓掛鐘平平穩穩地運行的，摩雷爾把他的掛鐘折磨得很厲害，六點鐘時，指針居然指向八點半。他心想，是時候動身了，簽訂婚約的時間是九點整，但瓦朗蒂娜應該不會等到那時候。因此，摩雷爾在他自己的掛鐘指著八點半時，從梅萊街動身，他進入小花園時，羅勒廣場上的聖菲利普教堂正敲響八點鐘。

馬和馬車藏在一間傾圮的小屋後面，摩雷爾通常就躲在這間屋子裡。

天色漸漸暗了下來，花園裡的樹葉層層疊疊，形成一團團的黑影。

摩雷爾從藏身處走出來，心頭撲撲亂跳，他走到鐵柵小洞前張望，沒有人影。

八點半敲響了。

已等了半個鐘頭，摩雷爾來回左右踱步，越來越頻繁地走到縫隙前張望。花園裡越來越幽暗，在墨黑中卻看不到那襲白色長裙，在寂靜裡卻聽不到腳步聲。

透過樹葉看到的房子仍然黑漆漆的，沒有任何開啟大門、迎接簽訂婚約如此大事的跡象。

摩雷爾看看錶，九點三刻，但隨即傳來教堂大鐘的聲響，他已經聽過兩、三次了，鐘聲敲響九點半，校正了他的錶的錯誤。

已比瓦朗蒂娜約定的時間多等了半個鐘頭，她說好九點鐘，只會提早，不會晚到。對年輕人的心來說，這是最可怕的時刻，每一秒鐘都像鉛錘一樣落在他的心上。

樹葉最輕微的沙沙聲，風兒最低沉的颼颼聲，都引起他耳朵的注意，使他的額頭冒汗。他渾身發抖，架好梯子，把腳踩在第一個踏階上，以免浪費時間。

在恐懼與希望的交替間，在心臟的擴張與收縮中，教堂大鐘敲響十點鐘。

「哦！」馬克西米利安恐懼地低聲說：「簽訂婚約不可能延續這麼長的時間，除非出了始料未及的事。我預估過各種可能性，計算過所有儀式進行的時間，一定發生了什麼事。」

於是，他時而激動不安地在鐵柵門前踱步，時而把發燙的額頭靠在冰冷的鐵柵上。簽訂婚約後，瓦朗蒂娜昏厥過去了？還是逃跑時被抓住了？這是年輕人所能想到的兩種假設，卻都讓人失望。

他還想到，瓦朗蒂娜在逃跑時體力不支，昏倒在小徑上。「哦！如果是這樣，」他大聲說，一面衝上梯子，爬到頂端，「我將失去她，而且是我的錯！」

向他提示這個想法的魔鬼不再離開他，而且執著地在他耳際嗡嗡地說個不停，以致過了一會兒，懷疑變成了確信。他的眼睛竭盡所能穿透越來越濃重的夜色，在暗黑的小徑中，似乎看見一個匐伏著的東西，摩雷爾鼓起勇氣叫喚，他覺得風兒將隱約的呻吟聲傳到他耳朵裡。

又敲響半點鐘。不能再這樣等下去了，什麼事都可能發生。馬克西米利安的太陽穴劇烈地跳動，他的眼前閃過陰霾，他跨過牆頭，跳了過去。他來到維勒福家中，而且是翻牆進來的，他想到如此行動可能產生的後果，但他已無路可退。

轉眼間他來到樹叢的盡頭。從這裡可以看到整幢屋子。

於是，摩雷爾確定了一件事，他透過樹叢以目光探索時已經懷疑過了，那就是，他原以為會像任何舉行重大儀式的日子那樣，每扇窗戶燈火通明，可是他只看到灰濛濛的龐然大物，而大片烏雲遮住月光所投下的黑色陰影，更是罩住了那團東西。

一道亮光不時亂晃而過，經過二樓的三個窗戶。那是德．聖梅朗夫人房間的窗戶。另一道光在紅色窗幔後面一動不動。那是德．維勒福夫人的臥室。

摩雷爾猜到了一切。為了想像瓦朗蒂娜白天每時每刻的所有活動，他揣摩出這幢房子的平面圖，他雖然不曾親眼見過這幢房子，卻已瞭解它。

年輕人對這片黑暗和寂靜，比對瓦朗蒂娜未出現更感到驚恐。

摩雷爾難受得幾乎要發狂，他決定不顧一切要見到瓦朗蒂娜，證實他預感到的不幸。他將一切置之度外，來到樹叢邊緣，準備盡快穿過毫無遮掩的花圃，這時，有個相距很遠的聲音被風傳送到他耳裡。

聽到這聲音，他本來已經探出樹叢的半個身子，馬上退後，隱沒在樹叢中，一動不動，也不作聲，完全躲在黑暗裡。

他下定決心，如果是瓦朗蒂娜獨自一人，他會在她經過時叫住她；如果有人陪著瓦朗蒂娜，至少他能看到她，知道她是否出事了；如果是別的人，他可以聽取他們的談話內容，瞭解他迄今還無法理解的祕密。

這時，月亮從遮住它的烏雲後面露出臉來，在通往台階的門口，摩雷爾看見維勒福走了出來，後面跟著一個穿黑衣的人。他們走下石階，朝樹叢走來。他們才走了三、四步，摩雷爾即認出了那個穿黑衣的人是德．阿弗里尼醫生。

年輕人看到他們向自己走來，反射性地往後退著走，直到撞在一棵埃及無花果樹幹上，那棵樹位於樹叢中央，他不得不站住。

不久，那兩個人腳下，沙土不再發出磨擦聲。

「啊！親愛的醫生，」檢察官說：「老天爺決意要懲罰我家。死得多可怕啊！真是晴天霹靂呀！您不必安慰我。唉，傷口太寬太深了！她死了，她死了！」

冷汗讓年輕人的額頭變得冰涼，讓他的牙齒咯咯作響。維勒福自稱這幢房子受到懲罰，那是誰死了呢？

「親愛的德．維勒福先生，」醫生回答，他的口氣讓年輕人越發毛骨悚然，「恰恰相反，我把您帶到這裡絕不是為了安慰您。」

「您想說什麼？」檢察官惶惶然地問。

「我想說，在您剛遭遇的不幸之後，或許還有另一個更大的不幸。」

「啊！我的天！」維勒福合起雙手喃喃地說：「您還要告訴我什麼事？」

「現在只有我們兩人嗎，我的朋友？」

「是的，只有我們兩人。為何如此小心翼翼？」

「那是因為我有可怕的機密要告訴您，」醫生說：「我們坐下吧。」

維勒福幾乎是跌坐而不是自然坐在長凳上。醫生站在他面前，一隻手擱在他的肩上。摩雷爾嚇得全身冰涼，一隻手扶住額頭，另一隻手按住胸口，他擔心別人聽見他的心跳。

「她死了，她死了！」他在心裡反覆地說。他覺得自己快要死了。

「說吧，醫生，我聽著呢。」維勒福說：「您打擊我吧，我已準備好忍受一切。」

「德．聖梅朗夫人無疑已經年邁，但她的身體還很硬朗。」

摩雷爾十分鐘以來第一次放寬了心。

「她是哀傷而死。」維勒福說：「是的，哀傷，醫生！四十年來，她習慣生活在侯爵身邊……」

「不是哀傷，親愛的維勒福，」醫生說：「哀傷會致命，儘管這種情況很罕見，但不會在一天之內取人性命，不會在一小時內取人性命，不會在十分鐘內取人性命。」

維勒福一言不發，他僅僅抬起原本低垂的頭，用驚惶的目光望著醫生。

「她臨死時您一直在場嗎？」德．阿弗里尼先生問。

「當然。」檢察官回答：「您低聲吩咐我不要離開。」

「您注意到德．聖梅朗夫人致死的症狀嗎？」

「當然。德．聖梅朗夫人在幾分鐘內接連遭到三次打擊，每次都更頻繁、更嚴重。當您到來時，德．聖梅朗夫人已經喘氣好幾分鐘，她首度發作時，我以為是一般的歇斯底里，但當我看到她從床上坐起，四肢和脖子僵直時，我真正驚慌起來。看到她的面容，我知道情況比想像中嚴重。發作過後，我想看看您的眼神，卻看不到。您在把脈，您在數她的心跳，接著第二次發作，您還是沒有轉身。第二次發作比第一次更凶猛，同樣出現神經質動作，嘴巴抽縮，變得發紫。」

「第三次發作時，她斷了氣。」

「第一次發作結束後，我已經看出是僵直性痙攣。您同意我的看法。」

「是的，在眾人面前。」醫生回答：「但現在只有我們兩人。」

「天哪，您要告訴我什麼？」

「僵直性痙攣和植物性藥物中毒的症狀是完全一樣的。」

德．維勒福先生站了起來，一動不動，沉默無言，接著他又跌坐在長凳上。

「啊！天哪！」他說：「您思量過您所說的話嗎？」摩雷爾不知道自己是做夢還是醒著。

「聽著，」醫生說：「我瞭解我的話的重要性，也瞭解我是對什麼人說話。」

「您是對檢察官還是對朋友說話？」維勒福問。

「對朋友說話，現在只對朋友說話。僵直性痙攣和植物性毒藥中毒的症狀如此相似，如果我需要對自己說的話簽字，我會說，我是猶豫不決的。因此，我對您再說一遍，我不是在對檢察官，而是對朋友說話。我對您這位朋友說，在發作延續的三刻鐘內，我研究了德．聖梅朗夫人的掙扎、痙攣和死亡，我確信，不僅德．聖梅朗夫人是被毒死的，而且我能說出的，是的，我能說出是什麼毒藥要了她的命。」

「先生！先生！」

「您看，什麼症狀都具備了。由於歇斯底里發作而打斷了半睡眠狀態，腦子極度亢奮，神經中樞麻痺。德．聖梅朗夫人死於大劑量的番木鱉鹼或馬錢子鹼，處方大約出於偶然，也許開錯藥了。」

維勒福抓住醫生的手。

「哦！不可能！」他說：「我在做夢，天哪！我在做夢！聽到像您這樣的人說出這種話，真是太可怕了！看在老天爺的分上，求求您，親愛的醫生，請告訴我，您可能搞錯了！」

「我可能搞錯，但是……」

「但是？」

「但是，我想不可能。」

「醫生，可憐可憐我吧，幾天以來，我遇到這麼多前所未聞的事，我想自己可能要發瘋了。」
「除了我，還有人為德．聖梅朗夫人看過病嗎？」
「沒有。」
「有沒有派人到藥房去買未經我認可的藥？」
「沒有。」
「德．聖梅朗夫人有仇人嗎？」
「我不知道。」
「有人關切她的死嗎？」
「沒有，天哪！我女兒是她唯一的繼承人，只有瓦朗蒂娜……哦！如果我有這種念頭，我會刺死自己，懲罰我容許這個念頭存在片刻。」
「哦！」輪到德．阿弗里尼先生大聲說：「親愛的朋友，但願我沒有指控任何人，我只是提到一個意外事件，您明白，提到一個過失。但無論是意外事件還是過失，事實俱在，低聲向我的良心訴說著，要我的良心對您大聲說出來。您要調查一下。」
「向誰調查？怎麼調查？調查什麼？」
「例如，老僕巴魯瓦有沒有搞錯，有沒有把為他主人準備的藥劑給了德．聖梅朗夫人？」
「為我父親準備的藥？」
「是的。」
「但是，為努瓦蒂埃先生準備的藥劑怎麼會毒死德．聖梅朗夫人呢？」

「事情很簡單。您知道，對某些疾病而言，毒藥也可能是良藥，癱瘓是其中之一。近三個月來，在盡可能使努瓦蒂埃先生恢復行動和說話能力後，我決心嘗試最後一種辦法。我是說，三個月來，我用番木鱉鹼治療他。因此，在最後開的那帖藥劑中，他要吞下六厘克番木鱉鹼。六厘克對努瓦蒂埃先生癱瘓的身體沒有副作用，況且他逐漸加重劑量，已經習慣了，而六厘克足以殺死其他人。」

「親愛的醫生，在努瓦蒂埃先生和德‧聖梅朗夫人的房間。總之，我要說，醫生，雖然我知道您是世界上最專業、尤其最認真的醫生，雖然任何時候您的話對我而言都是明燈，就像陽光一樣指引我前進。唉！醫生，儘管如此信任您，我還是援引這句格言：errare humanumest[68]。」

「聽著，維勒福，」醫生說：「在我的同僚中，有沒有您同樣信賴的人？」

「為什麼這麼問？您想做什麼？」

「把他叫來，我會告訴他我所觀察到、留意到的情況，我們一起進行屍體剖驗。」

「您們會找到殘留的毒藥？」

「不，不是毒藥，我沒有這樣說，但我們要驗證神經系統的亢奮狀態，以及無法否認的、明顯的窒息跡象。我們會告訴您，親愛的維勒福，如果事情的發生是出於疏忽，那麼要注意您的僕人；如果是仇恨造成，就要留心您的仇人。」

「天哪！您這是什麼建議，德‧阿弗里尼？」維勒福沮喪地回答：「除了您，一旦別人知道這個祕密，調查就變得勢在必行，而在我家裡進行調查，那是不可能的！然而，」檢察官振作起來，惴惴不安地望著醫生，繼續說：「然而，如果您希望驗屍，如果您一定要驗屍，我會照辦。的確，或許我應該調查清楚這件事，我的性格要求我這麼做。但是，醫生，您已看到我的憂心，若還要把這麼多醜事，以及這麼多傷心帶進我家，哦！我的妻子和女兒會痛不欲生。而我呢，我呢，醫生，您知道，一個人達到我今天的地位，一個人做了二十五年的檢察官，不可能沒有結下許多仇敵。我的仇人非常多，這件事一旦傳播開來，對他們而言是好消息，他們會幸災樂禍，而我則會羞愧得無地自容。醫生，請原諒我這些世俗的想法，如果您是教士，我不敢對您說這些；但您是個人，您瞭解其他人。醫生，醫生，您什麼也沒有告訴過我，是嗎？」

「親愛的德．維勒福先生，」醫生回答，他被動搖了，「我的首要職責是從人道出發，如果科學辦得到的話，我會救活德．聖梅朗夫人，但是她死了，我的責任是顧及生者。讓我們把這個可怕的祕密埋在心靈最深處吧。如果有人注意到這件事，我會讓人把我的緘默看作是出於我的無知。可是，先生，您要追查下去，積極地追查，因為事情可能不會到此為止……。一旦您查出兇手，如果您抓到他了，我會對您說：您是檢察官，請盡您的本分。」

「謝謝，謝謝，醫生！」維勒福帶著難以形容的喜悅說：「我不曾有過比您更好的朋友。」

由於他擔心德．阿弗里尼醫生會反悔，他站起身，把醫生帶到房子那邊。

他們走開後，摩雷爾彷彿需要呼吸似地，將頭伸出矮樹叢，月光照射著這張蒼白的臉龐，讓人幾乎以為他是幽靈。

「上帝用明顯而可怕的方式保護我。」他說：「但瓦朗蒂娜，瓦朗蒂娜呢！可憐的朋友！她可以忍受這麼

68 拉丁文：人總有錯。

多傷心事嗎？」

說著，他來回眺望掛著紅色窗幔的窗戶和那三扇掛著白色窗幔的窗戶。

燈光幾乎從紅色窗幔的窗前完全消失了。不用說，德．維勒福夫人剛熄了燈，只剩夜燈投射在玻璃上的光芒。

在樓房盡頭，他看到三扇掛著白色窗幔的窗戶之一打開了。放在壁爐上的一支蠟燭將微弱的光線投射到外頭，有一個身影憑倚在陽台上。

摩雷爾瑟縮發抖，他好像聽到嗚咽聲。

毫不奇怪，這個心靈平時如此勇敢且強而有力，如今被人類情感中最強烈的兩種——愛情和恐懼所攪亂，激動難安，變成非常脆弱，以致出現迷信的幻覺。

儘管他躲藏起來，瓦朗蒂娜不可能看到他，他還是以為窗口的身影在呼喚他。他紛亂的腦海這樣對他說，他灼熱的心靈也這樣複述著，雙重的錯誤變成了不可抗拒的現實。出於難以理解的青春激情，他從藏身處跳出來，冒著被發現、嚇壞瓦朗蒂娜以及少女不由自主叫出聲引起驚動的危險，他大步越過在月光照耀下宛如白色大池的花圃，來到排列在屋前的橘子樹栽培箱前，飛快地踏上石階，毫無阻攔地推開眼前那扇門。

瓦朗蒂娜沒有看到他，她朝向天空的眼睛注視著在藍天上飄過的銀白色雲彩，那雲彩的形狀彷彿一縷升天的幽靈，她充滿激情與詩意的腦海告訴她，那是她外婆的靈魂。

摩雷爾穿過前廳，找到樓梯欄杆，鋪在階梯上的地毯吸取了他的腳步聲。而且摩雷爾極其亢奮，即使德．維勒福先生出現在他面前，也不會讓他害怕。他已經下定決心，他要走過去，吐露實情，尋求原諒並且贊成他和瓦朗蒂娜的愛情，請求把瓦朗蒂娜嫁給他。摩雷爾真是瘋了。幸好他沒有看見任何人。

瓦朗蒂娜曾告訴他屋內的格局擺設，他對空間的瞭解此際派上用場。他順利地來到樓梯上，正分辨往哪一邊時，他聽到嗚咽聲，為他指引了路線。他轉過身，一扇半掩的門讓燈光和啜泣聲投射並傳向他。他推開那扇門，走進去。

在放置床鋪的屋內深處，在蓋著頭部、透顯出身體形狀的白色床單下，躺著遺體，由於摩雷爾偶然間得知祕密，在他眼中，這具遺體變得更加可怕了。

瓦朗蒂娜跪在床邊，將頭埋在寬大搖椅墊子裡，全身因嗚咽而顫抖起伏，兩隻合在一起的、僵直的手伸舉過頭部。

她已經離開那扇打開的窗前，用足以打動最冷漠無情的心的口吻高聲祈禱。她嘴裡快速吐露出斷斷續續、難以理解的話語，過度的哀痛卡緊了她的咽喉。

月光從百葉窗的縫隙篩進來，燭光因此顯得黯淡，為這幅淒涼的圖畫蒙上了憂鬱的色澤。

摩雷爾無法忍受這幅景象，他不是一個敬老尊賢的表率，也不易受到感動，但眼看瓦朗蒂娜悲傷哭泣，雙臂扭絞在一起，這遠遠超過他默默忍受的程度。他嘆了一口氣，低聲說出一個名字。那淹沒在淚水中、在扶手椅的絲絨襯托下宛如大理石般的頭，科雷喬[69]筆下的馬大拉的頭抬了起來，轉向他。

瓦朗蒂娜看到他，毫不訝異。對極度絕望的心靈，程度稍輕的情緒是不會引起波瀾的。

摩雷爾向他的女友伸出手。瓦朗蒂娜對他指了指躺在白布下的遺體，表示不能赴約的原因，隨即又開始嗚

---

69 科雷喬（一四九八—一五三四），義大利畫家，作品有《聖母升天圖》、《牧羊人的崇拜》等。

瓦朗蒂娜向摩雷爾指了指白布下的遺體。

咽。

兩人都不敢在房裡說話，都猶豫著是否打破沉默，死神彷彿站在某個角落，手指按在唇上，下令不許說話。

瓦朗蒂娜終於首先開口。「朋友，」她說：「您怎麼在這裡？唉！如果不是死神為您打開大門，我會對您說一聲歡迎的。」

「瓦朗蒂娜，」摩雷爾聲音顫抖，合起雙手說：「從八點半開始，我就在那裡，我沒有看到您，感到很不安，我翻牆跳進來，走到花園，聽見有人談論這件不幸的事……」

「誰在談論？」瓦朗蒂娜問。

摩雷爾不寒而慄，因為醫生和德．維勒福先生的談話重回他的腦海。而透過床單，他彷彿看到扭曲的手臂，僵直的脖子，發紫的嘴唇。

「您家僕人。」他說：「我什麼都知道了。」

「但您到這裡，會毀掉我們的，我的朋友。」瓦朗蒂娜說，既不慌張，也不生氣。

「原諒我。」摩雷爾用同樣的語調說：「我馬上就走。」

「不，」瓦朗蒂娜說：「您會被撞見的，留下來吧。」

「可是，如果有人來了呢？」

女孩搖搖頭。

「不會有人來。」她說：「放心吧，這是我們的安全保障。」她指了指床單勾勒出的遺體形狀。

「德．埃皮奈先生怎麼樣了？告訴我，求求您。」摩雷爾說。

「弗朗茲來簽婚約時，我的外婆正好斷氣。」

「唉！」摩雷爾慶幸地嘆了口氣，因為他想到這件喪事將讓瓦朗蒂娜的婚事無限期拖延下去。

「但更讓我痛苦的是，」女孩繼續說，彷彿剛才的慶幸隨即受到她的懲罰，「可憐的外婆臨死前吩咐盡快辦完婚事。天哪！她以為在保護我，其實是逼迫我。」

「您聽！」摩雷爾說。

兩人閉口不語。

傳來門打開，以及腳步踩踏在走廊地板和樓梯上的聲音。

「是我父親從書房出來。」瓦朗蒂娜說。

「送醫生出去。」摩雷爾補充說。

「您怎麼知道是醫生？」瓦朗蒂娜驚訝地問。

「我猜想是他。」摩雷爾說。

瓦朗蒂娜望著年輕人。

接著傳來臨街大門關閉的聲音。德．維勒福先生鎖上花園那道門，然後上樓。來到前廳後，他駐立片刻，彷彿猶豫不決，是要回到自己房裡呢，還是到德．聖梅朗的屋子。摩雷爾趕快躲到門簾後。瓦朗蒂娜一動也不動。極度悲傷彷彿讓她免除了尋常的恐懼。

德．維勒福先生回到自己房裡。

「現在，」瓦朗蒂娜說：「您既不能從花園那扇門，也不能從臨街那扇門出去了。」

摩雷爾詫異地注視著女孩。

「現在，」她說：「只有一個安全可靠的出口，就是我爺爺的房間。」

她起身。「來吧。」她說。

「到哪裡？」馬克西米利安問。

「我爺爺房裡。」

「我，到努瓦蒂埃先生房裡？」

「是的。」

「您想這麼做嗎，瓦朗蒂娜？」

「我早就想這樣做。這世上我只有這個朋友，我們倆都需要他。來吧。」

「小心，瓦朗蒂娜。」摩雷爾說，遲疑著是否依從女孩的吩咐，「小心，我現在看清楚了，我到這裡是愚蠢的。您頭腦清楚嗎，親愛的朋友？」

「是的。」瓦朗蒂娜說：「我毫無顧慮，除了離開我外婆的遺體之外，我應該守著她的。」

「瓦朗蒂娜，」摩雷爾說：「死亡本身就是神聖的。」

「是的，」女孩回答：「時間短促，來吧。」

瓦朗蒂娜穿過走廊，走下一道通往努瓦蒂埃房間的小樓梯。摩雷爾踮起腳尖跟在她身後。來到房間前的樓梯平台時，他們看到老僕。

「巴魯瓦，」瓦朗蒂娜說：「關上門，別讓任何人進來。」

她先進去。

努瓦蒂埃還坐在扶手椅裡，傾聽著細微聲響，老僕已告訴他發生的事，他用好奇的目光盯著門口，直到看到瓦朗蒂娜，他眼睛發亮。

女孩的舉止動作透露著某種嚴肅莊重，帶給老人強烈的印象。因此，他的目光從閃爍變成詢問。

「親愛的爺爺，」她急促地說：「聽我說，您知道聖梅朗外婆一小時前過世了，現在除了您，世上沒有別人再愛我了嗎？」

無限的柔情蕩漾在老人的眼裡。

「因此，我只能向您傾訴我的煩惱或希望，是嗎？」

癱瘓病人示意：「是的。」

瓦朗蒂娜拉住馬克西米利安的手。「那麼，」她對老人說：「請好好端詳這位先生。」

老人用探索和略微驚訝的目光盯著摩雷爾。

「這是馬克西米利安．摩雷爾先生。」她說：「是正直的馬賽商人之子，您應該聽說過那位商人吧？」

「是的。」

「他家的名聲無可指責，馬克西米利安正在使之發揚光大，因為他才三十歲就已經是北非騎兵上尉，四級榮譽勳位獲得者。」

老人示意記得他。

「那麼，親愛的爺爺，」瓦朗蒂娜說，一邊跪在老人面前，用手指著馬克西米利安，「我愛他，只願屬於他。如果硬逼我嫁給另一個人，我會憂鬱而死，甚至自盡。」

癱瘓病人的眼睛傳達出紛然雜陳的想法。

「您喜歡馬克西米利安．摩雷爾先生，是嗎，爺爺？」女孩問。

「是的。」不能動彈的老人說。

「我們都是您的孩子，您會保護我們，不讓我父親的意願成真嗎？」

努瓦蒂埃以探詢的目光注視摩雷爾，好像對他說：「這要看情況。」

馬克西米利安聽懂了。

「小姐，」他說：「您還需要在您外婆的房裡完成一項神聖的義務，請讓我有幸跟努瓦蒂埃先生談一會兒，好嗎？」

「是的，正需如此。」老人的目光說。然後他忐忑不安地望著瓦朗蒂娜。

「您想說他要如何才明白您的意思嗎？好爺爺？」

「是的。」

「放心吧，我們常常談到您，他很清楚我怎麼跟您說話。」

然後，她帶著可愛的微笑轉向馬克西米利安，雖然這微笑蒙上了憂愁的陰影：「我所知道的事他都知道。」她說。

瓦朗蒂娜站起來，為摩雷爾挪近座椅，吩咐巴魯瓦別讓人進來。她親切地擁抱祖父，並憂傷地向摩雷爾告別，然後走了。這時，摩雷爾為了向努瓦蒂埃證明，瓦朗蒂娜完全信任他，且他瞭解他們所有的祕密，便拿起詞典、羽毛筆和紙張，放在點著燈的桌子上。

「首先，」摩雷爾說：「先生，請允許我告訴您，我是誰，我怎麼愛上瓦朗蒂娜小姐，以及我怎麼為她打算的。」

「我聽著。」努瓦蒂埃說。

這個老人表面看來是無用的累贅，卻成為這兩個年輕、漂亮、健康、剛踏入人生的情人唯一的保護者、支持者、評判者，這幅情景讓人肅然起敬。

他的臉龐富有高貴威嚴的神態，讓摩雷爾十分敬重，年輕人戰戰兢兢地敘述起來。

於是他提到自己如何認識和愛上瓦朗蒂娜，瓦朗蒂娜在孤獨和不幸中怎麼接受他忠貞不渝的愛情。他告訴老人，他的出身、地位和財產。當他探詢癱瘓病人的目光時，那目光不止一次回答他：「很好，繼續說下去。」

「現在，」摩雷爾結束第一部分的敘述時說：「既然我把我的愛情和希望告訴您了，先生，我要把我的打算告訴您嗎？」

「是的。」老人說。

「好的，這就是我們決心要做的事。」

於是他把一切都告訴努瓦蒂埃：一輛帶篷的雙輪馬車在花園裡等候著，他打算帶走瓦朗蒂娜，送到他妹妹那裡，然後跟她結婚，再虔敬地等待德．維勒福先生的原諒。

「不。」努瓦蒂埃說。

「不？」摩雷爾問：「不該這麼做嗎？」

「不。」

「所以這個計劃無法獲得您的贊同？」

「無法。」

「那還有一個辦法。」摩雷爾說。

老人以探詢的目光問：「什麼辦法？」

「我去找他，」馬克西米利安繼續說：「我去找弗朗茲．德．埃皮奈先生，我很高興能在德．維勒福小姐走開時告訴您，我要迫使他做一個有風度的人。」

努瓦蒂埃繼續以目光探詢。

「我要怎麼做是嗎？」

「是的。」

「正如上述，我會找到他，把我和瓦朗蒂娜小姐的關係告訴他，如果他是一個高尚的人，他會自動放棄婚約，顯示他的品格，如此，他就能得到我的友誼和忠誠，至死不渝。如果他拒絕，或許是緣於利益，或者是出於可笑的自尊心，讓他堅持到底，在我表明心跡後，仍強硬奪走我的妻子，我便跟他決鬥，在對他有利的情況下，我會殺死他，或他殺死我。如果我殺死他，他便娶不了瓦朗蒂娜；如果他殺死我，瓦朗蒂娜絕對不會嫁給他。」

努瓦蒂埃懷著難以描述的興味端詳這張高貴而真誠的臉，上面相應顯現出年輕人表白時的感情，這張俊俏的臉龐線條堅毅，透出真誠，滿面紅光。

等摩雷爾講完，努瓦蒂埃眨了幾下眼睛，讀者知道，這是他說「不」的方式。

「不？」摩雷爾問：「所以您不贊成第二個計劃，就像剛才反對第一個計劃那樣？」

「是的，我不贊成。」老人說。

「那怎麼辦呢，先生？」摩雷爾問：「德．聖梅朗夫人的遺言是要求外孫女的婚事不得拖延，我要讓事情就此了結嗎？」

努瓦蒂埃沒有表示。

「是的，我明白，」摩雷爾說：「我應該等待。」

「是的。」

「但延宕會毀掉我們，先生。」年輕人說：「瓦朗蒂娜孤立無援，勢單力薄，他們會像對待孩子那樣逼她就範。我奇蹟般來到這裡，是為了知道發生什麼事，我奇蹟般見到您，在理智上我無法期待這些好運會再次降臨。請相信我，只有我向您提議的其中一種辦法是可行的，請原諒我年輕氣盛，請告訴我，您傾向哪一種辦法呢？您同意瓦朗蒂娜小姐將自己完全託付給我嗎？」

「不。」

「您傾向我去找德．埃皮奈先生嗎？」

「不。」

「天哪！要我們等待上天的幫助，但究竟誰會援助我們呢？」

老人的眼睛流露笑意，彷彿別人對他提到上天，他就習慣微笑那樣。他始終保持老雅各賓黨人的觀點，是無神論者。

「靠運氣嗎？」摩雷爾問。

「不。」

「您會來救我們嗎？」

「是的。」

「您會來救我們嗎？」

「是的。」老人重複一遍。

「您明白我的要求嗎，先生？請原諒我堅持問清楚，因為我的生命取決於您的回答了，您會來援救我們嗎？」

「是的。」

「您有把握嗎？」

「是的。」

「您能保證成功嗎？」

「是的。」

老人答允的目光斬釘截鐵，即使談不上有這種力量，意志卻不容懷疑。

「哦！先生，萬分感謝！但除非上帝展現奇蹟，讓您恢復說話、動作和行為，而今您困在這把扶手椅裡，不能說話和動彈，您如何反對這門婚事呢？」

微笑讓老人的臉容光煥發，但在一張肌肉不能運作的臉上，眼睛的微笑是很古怪的。

「所以，我應該等待嗎？」年輕人問。

「是的。」

「但婚約呢？」

又出現同樣的微笑。

「您想告訴我不會簽訂嗎？」

「是的。」努瓦蒂埃說。

「所以，婚約不會簽訂？」摩雷爾大聲說。「哦！請原諒，先生！聽到這樣的好消息，請允許我質疑：不會簽訂婚約嗎？」

「不會。」癱瘓病人說。

雖然得到保證，摩雷爾還是半信半疑。一個癱瘓老人做出這個諾言，實在是太奇怪了。會不會不是出於意志力的展現，而是身體機能衰退的結果。瘋子不知道自己發瘋，以為能實現超出自己能力的事，那不是很尋常的嗎？力氣很小卻奢談能舉起重擔，膽小的人膽敢冒犯巨人，窮人自誇擁有寶庫，最卑賤的農民出於自尊心而自稱是朱庇特。

也許是努瓦蒂埃知道年輕人半信半疑，或者他不完全相信年輕人所表現出的順從，他盯著年輕人。

「先生，您要我再次向您保證什麼事也別做嗎？」摩雷爾問。

努瓦蒂埃的目光專注而堅定，似乎表示只是承諾還不夠。接著他的目光從年輕人的臉上轉到手上。

「您要我發誓嗎，先生？」馬克西米利安問。

「是的。」癱瘓病人以同樣的慎重說：「我希望這樣。」

摩雷爾明白，老人非常看重這個誓言。

他舉起手。「以我的名譽保證，」他說：「我向您發誓會等您做出決定，才去找德．埃皮奈先生交涉。」

「好。」老人用眼睛說。

「現在，先生，」摩雷爾問：「您要我告退嗎？」

「是的。」

「不再見見瓦朗蒂娜小姐？」

「是的。」

摩雷爾示意他將照辦。

「現在，」摩雷爾又說：「先生，您允許您的孫女婿擁抱您，就像剛才您的孫女所做的那樣嗎？」

從努瓦蒂埃的眼神看來，他不會誤解的。年輕人在女孩剛才親吻的地方，親吻了老人的額頭。然後他再次向老人鞠躬，走出去。

在樓梯平台上，他看到老僕人，老僕人按瓦朗蒂娜的吩咐，等候摩雷爾，並且帶著他穿過彎彎曲曲的幽暗走廊，來到面臨花園的小門口。

摩雷爾再穿過綠籬，來到鐵柵門，轉眼間他已爬上牆頂。很快地，他沿著梯子下到苜蓿園，他的帶篷雙輪輕便馬車一直等在那裡。

他登上車，經歷過如許激動，他已精疲力竭，將近午夜時分回到梅萊街，倒在床上，宛若酩酊大醉一般沉沉入睡。

74 維勒福的家墓

兩天後，約莫上午十點，一群人聚集在德·維勒福先生家門前，還可以看到一長列靈柩車和私人馬車沿著聖奧諾雷區和苗圃街向前。

在這些馬車中，其中一輛式樣奇特，好像經過長途跋涉。那是一種漆成黑色、長形帶篷的貨運車，是最早參與送葬的馬車之一。

大家紛紛打聽，這才獲悉出於奇特的巧合，這輛車裝載著德·聖梅朗先生的遺體，大家原本是為一人送葬，現在卻是為兩具遺體。

送葬人數很多，德·聖梅朗侯爵先生是國王路易十八和國王查理十世最熱忱和最忠誠的重臣之一，擁有許多朋友，再加上藉此與維勒福攀親帶故的人，組成了浩浩蕩蕩的隊伍。

當局已接獲通知，允許兩個送葬隊伍同時前進。第二輛載送靈柩的馬車同樣排場華麗，駛到德·維勒福先生家門口，靈柩從那輛驛站貨運車搬到這輛當作靈柩車的四輪華麗馬車裡。

兩具遺體都將安葬在拉雪茲神父公墓裡，德·維勒福先生早已在那裡建造墓室，作為他們家族的墓園。墓室裡已安放了可憐的蕾內的遺體，分別十年後，她的父母親來與她相會。

巴黎人總是好奇的，看到殯葬往往動情感懷。他們肅穆地觀看壯觀的送葬行列經過，這個行列伴隨著兩個古老的貴族姓氏，走到最終的歸宿。對於抱持傳統觀念、堅持道德原則的人來說，這是兩個最大名鼎鼎的姓氏。

博尚、阿爾貝和沙托・勒諾坐在同一輛送葬馬車上，談論著這突如其來的死亡。

「去年在馬賽我還見過德・聖梅朗夫人。」沙托・勒諾說：「那時我從阿爾及利亞回來。這個女人能活到一百歲，她身體非常健康，頭腦始終清晰，活力一直充沛。她多大年紀？」

「七十歲，」阿爾貝回答：「至少根據弗朗茲確認的情況。她決不是老死的，而是因為侯爵去世帶給她的哀傷。看來，侯爵去世讓她精神大受打擊，她一直無法恢復神智。」

「她究竟死於什麼病呢？」博尚問。

「據說是腦溢血，或者是暴發性中風。那是不是同一件事？」

「差不多。」

「中風？」博尚說：「這讓人難以相信。我也見過德・聖梅朗夫人一兩次，她很矮小，身材削瘦，是神經質而不是多血質的人。哀傷讓像德・聖梅朗夫人這樣體質的人中風，是很罕見的。」

「無論如何，」阿爾貝說：「不管是疾病還是醫生讓她喪命，德・維勒福先生，或者瓦朗蒂娜小姐，或者不如說我們的朋友弗朗茲將擁有一筆為數可觀的遺產，我想每年有八萬利佛爾收入。」

「等老雅各賓黨人努瓦蒂埃死後，遺產更幾乎翻倍。」

「那是一個執拗的祖父，」博尚說：「Tenacem propositi virum.[70] 我想，他跟死神打過賭，他要親眼見到他所有的繼承人下葬。真的，他會成功。正是這個九三年的老國民議會議員在一八一四年對拿破崙說：『您每況愈下，因為您的帝國如同一株幼小的植物，由於生長過快，枝莖顯得太過脆弱。還是恢復共和國，以它為保護，讓我們帶著良好的體質回到戰場上，我保證您可以擁有五十萬士兵，取得另一個馬倫哥和第二個奧斯特里茨戰役的勝利。理想是不會泯滅的，陛下，理想有時會沉入夢鄉，但醒來時比入睡前變得更有力量。』」

「看來，」阿爾貝說：「對他來說，人有如理想。只有一件事讓我不安，那就是弗朗茲·德·埃皮奈怎麼會牽就一個須臾離不開他新婚妻子的岳祖父呢？弗朗茲現在在哪裡？」

「他跟德·維勒福先生坐在第一輛馬車裡，德·維勒福先生已視他為家中成員了。」

在每一輛送葬馬車裡，談話大致相同，大家訝異於兩人的死亡時間如此接近，這麼快速，但每輛車的人都沒有想到德·阿弗里尼先生在晚上散步時對德·維勒福先生透露的可怕祕密。

行進了將近一小時，大家來到墓園門口，天氣寧靜而晦暗，與即將舉行的喪儀十分相宜。在湧向家墓的人群中，沙托·勒諾認出摩雷爾，他獨自搭乘帶篷雙輪輕便馬車趕來，他孤單地走著，臉色蒼白，默默地走在兩旁種著紫杉的小路上。

「您在這裡！」沙托說，挽著年輕上尉的手臂，「您認識德·維勒福先生？我從來不曾在他家裡見到您，這是怎麼回事？」

「我認識的不是德·維勒福先生。」摩雷爾回答：「我認識的是德·聖梅朗夫人。」

這時，阿爾貝和弗朗茲趕上他們。

「介紹的場合選得不好，」阿爾貝說：「但沒有關係，我們並不迷信。摩雷爾先生，請允許我為您介紹弗朗茲·德·埃皮奈先生，我周遊義大利時的優秀旅伴。親愛的弗朗茲，這是馬克西米利安·摩雷爾先生，你

70 拉丁文，即固執己見的性格。

不在時我結識的一位傑出朋友，每當我要談到真誠、機智與親和時，你會聽到這個名字出現在我的談話中。」

摩雷爾遲疑了一會兒。他在思忖，對一個他暗中與之較量的人友好地打招呼，這是不是該受譴責的虛假偽善？但他想及他的誓言和莊重的場合，他努力不讓臉上流露任何情緒，節制自我，向弗朗茲鞠了一躬。

「德．維勒福小姐十分悲傷，是嗎？」德布雷問弗朗茲。

「哦！先生，」弗朗茲回答：「傷心欲絕。今天早上，她十分憔悴，我幾乎認不出她。」

這句看似尋常的話讓摩雷爾心都碎了。這個人見到瓦朗蒂娜，跟她說過話了？

這時，性情剛烈的年輕軍官需要竭盡所能才足以克制毀掉承諾。

他拉住沙托．勒諾的手臂，迅速朝墓穴走去，喪儀的辦事人員剛把兩具棺柩放在家墓前。

「真是華麗的住宅，」博尚望著陵墓說：「既是夏宮，又是冬宮。遲早會輪到您入住，親愛的德．埃皮奈，因為您即將成為這個家庭的一員。我呢，依我哲學家的脾氣，我寧願要一間鄉間小屋，樹木掩映的小別墅，不要這麼多的方形石塊壓在我可憐的身體上，臨終時我會對周圍的人說出伏爾泰寫給皮隆[71]的話：Eo rus[72]，一了百了。啊，見鬼！弗朗茲，打起精神，您的妻子會繼承遺產呢。」

「說實話，博尚，」弗朗茲說：「您真叫人受不了。政治讓您養成嘲弄一切的習慣，從政的人有多疑的習慣。總之，博尚，當您有幸與普通人相處，就離開政治，盡力收回您那顆和參議院、貴族院的手杖留在辦公室的心吧。」

「唉，天哪！」博尚說：「生命是什麼？是在死神的接見室小憩一下。」

「我厭惡博尚。」阿爾貝說，他拖著弗朗茲後退了幾步，讓博尚繼續跟德布雷進行哲學辯論。

維勒福的家族墓園是一座由大約二十尺高的白色石材組成的方形建築，裡面將聖梅朗家和維勒福家一隔為二，每個房間各有出入口。

這裡不像部分墓穴那樣，有著層層疊疊的、相當難看的抽屜，為了節省，裡面分放著遺骨，還有標籤一般的銘文。一走進青銅大門，先看到肅穆陰暗的前廳，與真正的墓室間有道牆壁隔著。

正是在這道牆的中間設立了上述那兩扇門，分別通往維勒福和聖梅朗家的墓室。

這裡可以盡情發洩悲慟，拉雪茲神父公墓位於郊外，又是情人幽會的地方，那些來此閒逛的遊客，即使唱歌、呼喊或奔跑，都不致驚擾他們的瞻仰默哀或淚流滿面的禱告。

兩具棺柩抬進了右邊的墓室，這是聖梅朗家的墓室，它們放在準備好的支架上，等待放進墓室裡，只有維勒福、弗朗茲和幾個近親進入墓室深處。

宗教儀式在門口完成，而且不發表談話，與會者隨即散去。沙托．勒諾、阿爾貝和摩雷爾一起告辭，而德布雷和博尚結伴走。

弗朗茲和德．維勒福先生留在墓室門口，摩雷爾藉故停下腳步，他看到弗朗茲和德．維勒福先生鑽進一輛送葬的馬車裡，他得出結論，這是密談的不好預兆。於是他返回巴黎，雖然他跟沙托．勒諾和阿爾貝同乘一輛馬車，卻聽不到兩個年輕人說的任何一句話。

正當弗朗茲要離開德．維勒福先生時，「男爵先生，」維勒福說：「我什麼時候會再見到您？」

71 皮隆（一六八九—一七七三），法國詩人，劇作家，在《諷刺詩》中抨擊伏爾泰。

72 拉丁文：到鄉間去吧。

「悉聽尊便，先生。」弗朗茲回答。

「越早越好。」

「我聽候您的吩咐，先生，我們一起回去嗎？」

「如果不打擾您的話。」

「絕對不會。」未來的翁婿就這樣搭乘同輛馬車。摩雷爾看到他們經過時，理所當然地焦急不安。維勒福和弗朗茲回到聖奧諾雷區。檢察官不進任何人的房間，也不與妻子和女兒說話。他讓年輕人到書房，讓他在一把椅子坐下。

「德．埃皮奈先生，」他說：「我想提醒您，這個時間或許不像乍看之下那樣不妥當，因為遵從死者的遺願應是放在棺柩上的第一件祭品，因此我應該提醒您德．聖梅朗夫人前天在病床上表達的心願，那就是瓦朗蒂娜的婚事不能拖延。您知道，亡者的相關程序完備，她在遺囑中表明讓瓦朗蒂娜得到聖梅朗家全部的財產，公證人昨天給我看了文件，根據那些文件足以擬定婚約。您可以去見公證人，以我的名義過目那些文件。公證人就是聖奧諾雷區博韋廣場上的德尚先生。」

「先生，」德．埃皮奈回答：「瓦朗蒂娜小姐還沉浸在悲痛之中，對她來說，現在結婚或許不是適宜時機。說實話，我擔心……」

「瓦朗蒂娜，」德．維勒福先生打斷說：「她最好的慰藉莫過於履行外婆的遺願，因此阻礙不是來自這方面，我向您保證。」

「這樣的話，先生，」弗朗茲回答：「我這方面也不會有所阻礙，您可以隨意安排。我已經許下諾言，我不僅樂意而且將高興地兌現。」

「那麼，」維勒福說：「沒有什麼事能阻撓您。婚約本該在三天前簽訂，一切都已準備好，甚至今天就可以簽訂。」

「還服喪呢？」弗朗茲猶豫地說。

「放心吧，先生，」維勒福回答：「我家決不會忽略禮節。德・維勒福小姐三個月服喪期間可以寄居在她的聖梅朗領地裡，我說她的領地，是因為這份產業是屬於她的。一星期之內，如果您願意，可以在那裡安靜地，不張揚地，也不講排場地舉行非宗教婚禮。讓外孫女在那塊領地結婚是德・聖梅朗夫人的願望。婚禮之後，先生，您可以回到巴黎。而您的妻子和她的繼母將在那裡度過服喪期。」

「悉聽尊便，先生。」弗朗茲說。

「那麼，」德・維勒福先生說：「請耐心等候半小時，瓦朗蒂娜即將下樓到客廳裡。我派人去找德尚先生，我們當場念誦並簽訂婚約。今晚德・維勒福夫人就把瓦朗蒂娜帶到她的領地，一星期之內，我們去與她們會合。」

「先生，」弗朗茲說：「我對您只有一個請求。」

「什麼事？」

「我希望阿貝爾・德・莫爾賽夫和拉烏爾・德・沙托・勒諾出席這場簽字儀式，您知道他們是我的證人。」

「通知他們只需要半個小時，您想親自去找他們嗎？或派人過去？」

「我想親自去，先生。」

「我等您半小時，男爵，瓦朗蒂娜在半小時內就可以準備好。」

弗朗茲向德・維勒福先生鞠了一躬，走了出去。

臨街那扇門在年輕人身後一關上，維勒福便叫人通知瓦朗蒂娜，讓她在半小時內下樓到客廳，因為公證人和德·埃皮奈先生的證人也到齊了。

這個意想不到的消息在家裡引起騷動。德·維勒福夫人難以置信，瓦朗蒂娜如同遭遇晴天霹靂。她環顧四周，彷彿想尋求能拯救她的人。

她想下樓到祖父房裡，但她在樓梯上遇到德·維勒福先生，他挽起她的手臂，把她帶到客廳。

在接見室瓦朗蒂娜遇到巴魯瓦，對老僕投了絕望的一瞥。

過了一會兒，瓦朗蒂娜、德·維勒福夫人和小愛德華走進客廳。很明顯，少婦也分擔了家裡的悲哀，她臉色蒼白，顯得心力交瘁。

她坐下來，將愛德華抱在膝上，以近乎痙攣的動作，不時把孩子抱緊在胸前，她的整個生命似乎都凝聚在孩子身上。

不久，傳來兩輛馬車駛進院子的聲音。一輛是公證人的馬車，另一輛是弗朗茲和他朋友們的車子。過了片刻，大家都聚集在客廳裡。

瓦朗蒂娜臉色蒼白，可以看到她太陽穴的青筋出現在眼睛四周，還延伸到雙頰。弗朗茲禁不住異常激動。沙托·勒諾和阿爾貝驚訝地相對而視，他們覺得剛才結束的喪禮，似乎不比即將開始的儀式更為哀淒。德·維勒福夫人待在天鵝絨窗簾後的陰影中，由於她不斷俯向兒子，很難從她臉上看清楚她心裡所思所想。德·維勒福先生像往常一樣面無表情。

公證人按照司法人員的慣例，將文件整齊地擺在桌上，坐在扶手椅裡，扶好眼鏡，這才轉向弗朗茲：「您是弗朗茲·德·凱內爾先生，德·埃皮奈男爵嗎？」他問，儘管他一清二楚。

「是的，先生。」弗朗茲回答。

公證人躬了躬身。「我要通知您，先生，」他說：「這是應德・維勒福先生的要求，您與德・維勒福小姐計劃中的婚事，改變了努瓦蒂埃先生對他孫女的安排，他完全剝奪了本該遺贈給她的財產。我們必須補充說明，」公證人繼續說道：「立遺囑人只有權利剝奪部分財產，若剝奪全部財產，遺囑是可以被提起訴訟的，會被宣佈無效。」

「是的，」維勒福說：「不過，我事先提醒德・埃皮奈先生，我在世時，我父親的遺囑決不會被提起訴訟，我的地位不容許我蒙上醜聞的陰影。」

「先生，」弗朗茲說：「面對瓦朗蒂娜小姐，提出這樣的問題，我很遺憾。我不曾打聽她財產的數目，她的財產無論減少到什麼程度，都遠超過我的財產。我家之所以與德・維勒福先生聯姻，是出於尊敬，我所追求的則是幸福。」

瓦朗蒂娜做了一個難以察覺的動作表示感謝，兩滴眼淚沿著她的臉頰無聲地流下。

「另外，先生，」維勒福對他未來的女婿說：「除了損失部分希望，這份出人意料之外的遺囑絲毫沒有傷害您意思，只能以努瓦蒂埃先生神智不清來解釋。讓我父親不滿的，決非德・維勒福小姐嫁給您，而是瓦朗蒂娜要結婚，與別人結合同樣會引發他的煩惱。

「老人是自私的，先生，而德・維勒福小姐能忠實地陪伴努瓦蒂埃先生，這卻是德・埃皮奈男爵夫人今後不可能做到的。我父親的處境很可憐，別人很少跟他談論正事，神智不清的他也無法與他人對話。我深信，努瓦蒂埃先生此刻只記得他孫女要結婚，而早已忘卻他未來孫女婿的名字。」

德・維勒福先生說完這番話，弗朗茲欠身作答。這時客廳的門打開了，巴魯瓦出現。

「諸位，」他說，一個僕人在如此莊重的場合對主人們說話，他的口氣顯得異常堅定，「諸位，努瓦蒂埃·德·維勒福先生想立即對弗朗茲·德·凱內爾先生，德·埃皮奈男爵說幾句話。」

他也像公證人一樣，為了不致弄錯人，說出了那個未婚夫的全部頭銜。

維勒福哆嗦起來，德·維勒福夫人讓兒子從膝上滑下，瓦朗蒂娜像一尊雕像那樣蒼白無語地站起來。

阿爾貝和沙托·勒諾再度交換目光，比第一次更驚奇。

公證人望著維勒福。

「不可能，」檢察官說：「而且，德·埃皮奈先生此刻不能離開客廳。」

「正是此刻，」巴魯瓦帶著同樣堅決的神態說：「我的主人努瓦蒂埃先生要跟弗朗茲·德·埃皮奈先生談論要事。」

「努瓦蒂埃爺爺現在會說話了？」愛德華帶著往常那種放肆問。

但這句俏皮話甚至沒有讓德·維勒福夫人露出笑容，大家都在思索，場面頓時顯得很嚴肅。

「告訴努瓦蒂埃先生，」維勒福又說：「他的要求無法辦到。」

「那麼努瓦蒂埃先生告訴諸位，」巴魯瓦回答：「他要叫人把他搬到客廳裡。」

大家的驚訝達到了最高點。

德·維勒福夫人的臉上似笑非笑。瓦朗蒂娜禁不住抬頭望著天花板，感謝上天。

「瓦朗蒂娜，」德·維勒福先生說：「請去瞭解一下，你爺爺又有什麼奇怪念頭。」

瓦朗蒂娜趕緊走向門口，但走沒幾步，德·維勒福先生改變主意了。

「等等，」他說：「我陪你去。」

「對不起，先生，」輪到弗朗茲說：「我覺得，既然努瓦蒂埃先生要見的是我，我應該去滿足他的願望。而且，我會很高興向他表示敬意，因為我還沒有機會得到這份榮幸。」

「我的天！」維勒福帶著明顯的不安說：「不需麻煩您。」

「原諒我，先生，」弗朗茲說，那口氣表明他心意已決，「我決不想失去這個機會，向努瓦蒂埃先生證明，他對我反感是大錯特錯了，不管他的反感達到什麼程度，我還是決心以忠心耿耿來戰勝它。」

弗朗茲不願再被維勒福絆住，也站起身，尾隨瓦朗蒂娜，她已經走下樓梯，那份快樂就像一個沉船遇難的人用手攀住了一塊岩石。

德·維勒福先生跟隨他們兩人。

沙托·勒諾和莫爾賽夫第三度交換目光，比前兩次更加驚訝。

75 會議紀錄

努瓦蒂埃一身黑衣，坐在他的扶手椅裡等待著。

當他所等待的三個人進來時，他望著門，他的貼身男僕馬上把門關上。

「注意，」維勒福低聲地對瓦朗蒂娜說，她掩飾不住高興，「如果努瓦蒂埃先生要告訴您，不許您結婚，我不許您回應他。」

瓦朗蒂娜漲紅了臉，但不作聲。

維勒福走近努瓦蒂埃。「這是弗朗茲·德·埃皮奈先生。」他說：「您要見他，先生，他應邀而來。不用說，我們早就盼望這次會面，如果這次會面能向您證明，您反對瓦朗蒂娜結婚是沒有道理的，我會十分高興。」

努瓦蒂埃僅僅瞥了一眼，這一瞥讓維勒福打了個寒噤。

努瓦蒂埃示意瓦朗蒂娜走近。由於她習慣用這種方式跟祖父交談，很快地，她找到鑰匙這個字。

於是她詢問癱瘓病人的目光，這目光盯著放在兩扇窗之間一個小櫃的抽屜上。

她打開抽屜，果然找到一把鑰匙。她拿了鑰匙，老人示意他要的正是這一把，隨後癱瘓病人的眼睛又轉向一張多年來遺忘在那裡的舊書桌，大家原以為那只放著一些無用的文件。

「要我打開書桌嗎？」

「是的。」老人示意。

「要我打開抽屜嗎？」

「是的。」

「兩邊的抽屜？」

「不。」

「中間的抽屜？」

「是的。」

瓦朗蒂娜打開中間的抽屜，取出一疊文件。

「您要的是這個嗎，爺爺？」她問。

「不。」

她依次取出其他文件，直至抽屜裡都空了。

「抽屜已經空了。」她說。

努瓦蒂埃的目光停駐在字典上。

「哦，爺爺，我明白您的意思。」女孩說。

她依次念字母，聽到S，努瓦蒂埃止住她。她打開字典，一直找到「暗鈕」這個詞。

「啊！有暗鈕嗎？」瓦朗蒂娜問。

「是的。」努瓦蒂埃示意。

「誰知道這個暗鈕呢？」

努瓦蒂埃望著僕人剛才出去的那扇門。

「巴魯瓦？」她問。

「是的。」努瓦蒂埃示意。

「要我叫他來嗎？」

「是的。」

瓦朗蒂娜走到門口去叫巴魯瓦。

這時，由於不耐煩，汗水從維勒福的額頭流下，而弗朗茲驚訝得瞠目結舌。

老僕出現了。

「巴魯瓦，」瓦朗蒂娜說：「我爺爺叫我從這張靠牆的蝸形腳桌子裡取出鑰匙，打開書桌和這個抽屜，抽屜裡有暗鈕，看來你知道，請你打開。」

巴魯瓦望著老人。

「照辦。」努瓦蒂埃睿智的目光說。

巴魯瓦服從了，他觸碰暗鈕，打開暗屜，露出一卷文件，用黑絲帶紮著。

「您要的是這個嗎，先生？」巴魯瓦問。

「是的。」努瓦蒂埃示意。

「應該交給誰？德．維勒福先生嗎？」

「不。」

「瓦朗蒂娜小姐嗎？」

「不。」

「弗朗茲．德．埃皮奈先生嗎？」
「是的。」
弗朗茲十分驚愕，上前一步。
「交給我嗎，先生？」他問。
「是的。」
弗朗茲從巴魯瓦手裡接過文件，將目光移到封面上，他讀到：

在我辭世之後，交給我的朋友杜朗將軍，他死時會將這包東西留給他的兒子，並囑其妥為保存，裡面有一份極為重要的文件。

「那麼，先生，」弗朗茲問：「您要我怎麼對待這份文件呢？」
「當然是要您原封不動地保存起來。」檢察官說。
「不，不。」努瓦蒂埃趕緊回答。
「或許您要這位先生看看？」瓦朗蒂娜問。
「是的。」老人回答。
「您聽見了，男爵先生，我爺爺請您看看這份文件。」瓦朗蒂娜說。
「那麼我們坐下吧，」維勒福不耐煩地說：「因為這需要一段時間。」
「坐下吧。」老人示意。

維勒福坐了下來，但瓦朗蒂娜站在祖父身旁，倚在他的扶手椅上，而弗朗茲站在他前面。

年輕人手裡拿著那份神祕的文件。

「看吧。」老人以眼睛示意。

弗朗茲拆開信封，房間裡鴉雀無聲。他在寂靜中念道：

摘自一八一五年二月五日聖雅克街拿破崙黨人俱樂部的一次會議紀錄。

弗朗茲停住了。「一八一五年二月五日！這是我父親遭到暗殺那一天！」

瓦朗蒂娜和維勒福一聲不吭，只有老人的目光清晰無誤地說：「繼續念。」

「正是從這個俱樂部出來後，」弗朗茲又說：「我父親失蹤了！」

努瓦蒂埃的目光仍說：「繼續念。」

弗朗茲又念道：

簽字人炮兵中校路易・雅克・博爾佩爾、准將艾蒂安納・杜尚皮和水力林業主管克洛德・勒沙帕爾表示：

一八一五年二月四日，接到來自厄爾巴島的一封信，向拿破崙黨人俱樂部成員推薦，禮遇和信任弗拉維安・德・凱內爾將軍。他自一八〇四年至一八一五年為皇帝效力，儘管路易十八新封他為男爵，並賜以埃皮奈封地，他仍然會對拿破崙皇朝忠心耿耿。

因此，已向德．凱內爾將軍發出一信，請他參加明天即五日的會議。信上沒有指明舉行會議那幢房子所在的街道和號碼，也沒有署名，但向將軍說明，如果他願意前往，會有人在晚上九點鐘來接他。會議從晚上九點鐘開到午夜。九點鐘，俱樂部主席來到將軍家裡。將軍準備好了，主席告訴他，帶他赴會有一個條件，就是他決不能知道會議地點，他要蒙上眼睛，同時發誓決不拿掉綁帶。德．凱內爾將軍接受了條件，以名譽擔保不會偷看自己將被帶到何處。

將軍已叫人備好馬車，但主席告訴他，不能使用他的馬車，如果車伕睜著眼睛，認出所經過的街道，那就用不著綁住主人的眼睛了。

「那怎麼辦呢？」將軍問。

「我有馬車。」主席回答。

「您這樣信任您的車伕，把祕密告訴他，卻認為告訴我的車伕是不謹慎嗎？」

「我們的車伕是俱樂部成員。」主席說：「為我們駕車的是個國務顧問呢。」

「那麼，」將軍笑著說：「我們會有另一種危險，就是翻車。」

我們記下這句玩笑，作為證明：將軍決不是被迫參加會議，他完全是自願的。

一上馬車，主席就提醒將軍遵守蒙上眼睛的諾言。將軍毫不反對這種程序，馬車上為此準備了一條薄綢，把眼睛蒙上了。

路上，主席似乎發覺將軍企圖從綁帶下方觀察，他提醒將軍遵守誓言。

「啊！沒錯，」將軍說。

馬車停在聖雅克街的一條小巷前。將軍倚著主席的手臂上下車，他不知道主席的身分，以為是俱樂部一般成員。他們穿過小巷，走上二樓，來到議事房間。

會議已經開始。俱樂部成員得到通知，今晚要介紹新人，全部到齊。來到客廳，他們請將軍解去綁帶。將軍立即解開時，驚訝地看到，他甚至至今沒有想到會存在這個團體，現在卻見到那麼多熟悉的面孔。

大家詢問他的政見，但他僅僅回答，來自厄爾巴島的信應該已讓他們有所瞭解……

弗朗茲停了下來。

「我的父親是保王黨人，」他說：「不需問他的意見，這已經眾所周知。」

「因此，」維勒福說：「我跟您的父親來往，親愛的弗朗茲先生，志同道合。」

「繼續念。」老人的目光繼續示意。

弗朗茲繼續往下念：

於是主席開口，要將軍袒露得更明白。但德．凱內爾先生回答，他想先知道大家要他做什麼。

於是向將軍宣讀厄爾巴島來信的內容，那封信把他視為可信賴的人並推薦給俱樂部。有一整段話敘述可能會有人從厄爾巴島回來，並答應帶來信函，只等馬賽摩雷爾船主的帆船法老號抵達，便可知道更詳盡的情況，那位船主完全忠誠於皇帝。

大家本來以為可以把將軍當作兄弟一樣信賴，讀信時，將軍卻做出明顯不滿和反感的表示。讀完信以後，他默默無言，緊鎖眉頭。

「所以，」主席問：「您怎麼看這封信，將軍先生？」

他回答：「我宣誓效忠路易十八國王時間雖然很短，但不能為了前皇帝的利益而破壞這個誓言。」

這次他的回答太明確了，大家不至於搞錯他的政見。

「將軍，」主席說：「對我們來說，沒有路易十八國王，也沒有前皇帝。只有皇帝兼國王陛下，由於暴力和反叛，他離開他的國土法蘭西已有十個月。」

「對不起，諸位，」將軍說：「對你們來說，可能沒有路易十八國王，但對我來說是存在的，因為他封我為男爵和旅長，我永誌不忘這兩個頭銜要歸功於他，榮耀法國。」

「先生，」主席正經地站起來說：「請留意您的話，您的話向我們清楚表明，厄爾巴島那方面誤解您了，我們也受騙了。讓您看這封信是出於對您的信任，原來我們搞錯了，一個頭銜和一級軍階就能使您投靠我們要推翻的新政府。我們不會強迫您幫助我們，我們不會讓任何人違反心願加入。但我們要迫使您光明正大地採取行動，即使您不準備這樣做。」

「您把瞭解你們的密謀而不洩漏出去稱為光明正大！我把這稱作跟你們同流合污。您看，我比您更坦率……」

「啊！我的父親，」弗朗茲停下來說：「現在我明白他們為什麼要暗殺您了。」

瓦朗蒂娜禁不住瞥了弗朗茲一眼，年輕人出於血緣關係的衝動確實很感人。

維勒福在他身後來回踱步。

努瓦蒂埃注視著每個人的表情，保持威嚴的態度。

弗朗茲回到手抄本上，繼續念：

「先生，」主席說：「我們請您參加聚會，絕對沒有強迫；我們提出蒙住您的眼睛，您接受了。當您同意這雙重要求時，您很清楚，我們不是殫精竭慮要確保路易十八的王位，否則我們不會小心翼翼地躲過警方的耳目。現在您明白，您戴上一副面具來發現我們的祕密，然後脫下面具毀掉信任您的人，這樣做是太不正當了。不，不，您要先直率地回答，您究竟是忠於當今在位的、碰巧當上的國王，還是忠於皇帝陛下。』

「我是保王黨人，」將軍回答：「我向路易十八宣過誓，我要遵守誓言。」

「這番話引起與會者的竊竊私語，從許多俱樂部成員的目光中，可以看出，他們在討論：如何讓德．埃皮奈先生後悔說法這番魯莽的話。

主席又站起來，要大家肅靜。「先生，」他說：「您是一個非常嚴肅和明智的人，不會不明白我們雙方處境，而且出於您的坦率，我們最後只有向您提出如下條件：您要以名譽發誓絲毫不洩露您聽到的事。」

將軍將手按在佩劍上，大聲說：「如果您提到名譽，首先不要無視它的法則，不要通過暴力來強加於人。」

「而您呢，先生，」主席繼續說，他的平靜比將軍的怒意更可怕，「不要去碰您的佩劍，這是我給您的忠告。」

將軍環顧四周，開始顯露出不安的目光。但他仍不屈服，鼓起全部勇氣：「我不會發誓。」他說。

「那麼，先生，您會喪命的。」主席平靜地說。

德．埃皮奈先生臉色煞白，他再次環顧四周，幾個俱樂部成員交頭接耳，在披風下摸索著武器。

「將軍，」主席說：「放心吧，您身處品格高尚的人們間，他們對您採取極端措施之前，會盡力說服您。但正如您所說的，您又是處在密謀者間，您掌握了我們的祕密，必須還給我們。」

這番話之後是意味深長的靜默，因為將軍不做回應。

「把門關上。」主席對工作人員說。

這句話之後又是死一般的沉寂。

於是將軍走上前，竭力控制自己：「我有一個兒子，」他說：「我處在暗殺者間時，應該想到他。」

「將軍，」會議主持人神態高貴地說：「單身一人總是有權侮辱五十個人，這是弱者的特權。不過，眼前他用錯了這個權利。請相信我，將軍，發誓吧，而且不要侮辱我們。」

將軍又一次被大會主持人的氣勢壓倒了，遲疑了一下。但末了，他走到主席的桌前：「用什麼形式？」他說。

「如下：『我以名譽發誓，決不向任何人洩露我在一八一五年二月五日晚上九點鐘至十點鐘之間的所見所聞，如果我破壞了誓言，死有應得。』」

將軍似乎神經質地顫慄一下，幾秒鐘內無法回答。最後，他克服了明顯的反感，說出所要求的誓言，但聲音非常低，大家勉強聽得到。因此，有幾個成員要求他提高聲音更清晰地再說一遍，他照辦了。

「現在，我想告辭了，」將軍說：「我終於自由了嗎？」

主席站起來，指定三個成員陪他出去，先蒙住他的眼睛，然後跟將軍一起登上馬車。在這三個成員當中，也包括先前駕車的那個車伕。其他俱樂部成員默默地分開。

「您要我們把您送到哪裡？」主席問。

「任何能擺脫您的地方。」德．埃皮奈先生回答。

「先生，」於是主席又說：「請小心，您已不再待在會場中，您面對的只有我們幾個人，如果您不想為侮辱負責，請不要侮辱我們。」

但德·埃皮奈先生不理解這番話，反而回答：「您在您的馬車裡跟在您的俱樂部裡一樣耀武揚威，先生，原因是你們能四對一。」

主席吩咐馬車停下。這時正好來到榆樹碼頭入口處，石階就通往河裡。

「您為什麼在這裡停車？」德·埃皮奈先生問。

「先生，」主席說：「因為您侮辱了一個人，如果不正大光明地向您提出彌補之道，這個人不願再往前走一步。」

「又是一種暗殺的方法。」將軍聳聳肩說。

「閉嘴。」主席回答：「如果您不想我把您看作剛才您所說的那種人，也就是以弱者作為擋箭牌的懦夫。您單獨一個人，也會只有一個人對付您；您有一把佩劍，我的手杖中也有一把劍；您沒有證人，這幾位先生之一可以做您的證人。現在，如果您方便的話，您可以解下綁帶。」

將軍馬上拉下蒙在眼睛上的手帕。

「我終於知道跟在誰打交道了，」他說。

車門打開，四個人下車……

弗朗茲再次停住。他抹去額頭上的冷汗，看到這個做兒子的瑟縮發抖、臉色蒼白，大聲念出他至今一無所知的、關於他父親喪命的詳細情形，那是一件令人驚駭的事。

瓦朗蒂娜合十雙手，彷彿祈禱。

努瓦蒂埃帶著鄙視和高傲得近乎崇高的表情，望著維勒福。

弗朗茲又念下去：

正如上述，這一天是二月五日。三天來天氣是零下五、六度，結了冰，石階上有一層冰碴。將軍又高又胖，主席把有欄杆的一邊讓給他，便於他走下去。

兩個證人緊隨在後。

天空漆黑，從石階到河裡的地面上，既是雪又是霜，濕漉漉的，可以看到河水幽深漆黑，奔流而過，席捲著冰塊。

有個證人到一艘運煤船上尋找提燈，藉著燈光，大家檢查武器。

主席的劍正如他所說的，不過是套在拐杖裡的一把劍，比對手的劍要短，而且沒有護手。德・埃皮奈將軍提議抽籤選劍，但主席回答，挑釁的是他，而且挑釁時，他本來就認為各人使用自己的武器。兩個證人想堅持，但主席不讓他們說話。

提燈放在地上，兩個對手各站一邊，決鬥開始了。

燈光使兩把劍發出兩道閃光。至於人，只能隱約見到，因為黑暗實在太深重。

將軍公認是軍隊裡最優秀的劍手之一，但一開始時他便被逼得很緊，只能後退，後退時他摔倒了。

兩位證人以為他喪命了，但他的對手知道並沒有刺中他，向他伸出手，想幫他站起來。這種局面非但沒有讓他鎮靜下來，反而激怒了將軍，輪到他撲向對手。

但他的對手寸步不讓，用劍朝他刺去。將軍被逼得三次後退，又衝上去。

在第三次攻擊時，他又跌倒了。

人們以為他像第一次那樣滑倒在地，但兩位證人看到他沒有站起來，便走近他，想扶他起來，可是抱住他的那個證人感到手上有一股又濕又熱的東西。是鮮血。

將軍幾近昏厥，這時恢復了知覺。

「啊！」他說：「他們派了一個劍客、團隊裡的教頭來對付我。」

主席一言不發，走近拿著提燈的那個證人，挽起他自己的袖子，露出中了兩劍的手臂。然後，他解開外衣和背心，讓人看到肋部的第三個傷口。但他甚至沒有呻吟一聲。

德．埃皮奈將軍開始垂死掙扎，五分鐘後斷了氣……

弗朗茲用壓抑的聲音念出最後一句話，大家勉強聽到。念完後他停下來，用手擦擦眼睛，彷彿要驅散烏雲。

但沉寂片刻後，他繼續念：

主席將劍插入拐杖，又登上石階，一絲血跡印在他所經過的雪路上。他還沒有到石階上頭，便聽到沉濁的濺水聲，那是將軍的屍體，兩個證人證實他死了以後，把屍體扔到河裡。

因此，將軍是在一場光明正大的決鬥中而不是像人們所說的那樣，在伏擊中喪命的。

為了澄清事實真相，我們簽署這份文件，特此做證，以防有朝一日這幕悲劇場景中的某個當事者，被指控為蓄意謀殺或幹了玷污榮譽法則的壞事。

簽字：博爾佩爾，杜尚皮，勒沙帕爾

弗朗茲念完了這份對他來說極其可怕的文件，瓦朗蒂娜激動得臉色蒼白，抹去一滴眼淚，維勒福顫抖著，蜷縮在角落裡，力圖向無情的老人投去哀求的目光，防止風暴來臨。

「先生，」德．埃皮奈對努瓦蒂埃說：「既然您對這件可怕的事瞭如指掌，既然您讓威望人士簽署文件以證實這樁事件，最後，既然您似乎在關心我，雖然您的關心帶給我悲痛，請您不要拒絕給予我最後的滿足，請告訴我俱樂部主席的名字，讓我知道那個殺死我可憐父親的人。」

維勒福彷彿失去理智一般，尋找房門把手。瓦朗蒂娜比誰都明白老人的回答，她時常注意到他的前臂有兩個劍刺的傷痕，這時她往後退了一步。

「看在老天爺的分上，小姐，」弗朗茲對未婚妻說：「幫助我，讓我知道是誰讓我在兩歲時成了孤兒。」

瓦朗蒂娜一動不動，沉默不語。

「哎，先生，」維勒福說：「請相信我，不要讓這個可怕的場面持續下去了，況且他們的名字是刻意隱藏起來的。我的父親也不認識那個主席，即使他認識，他也不會說出來，何況詞典裡不收錄人名。」

「真是不幸！」弗朗茲大聲說：「支持著我讀下去，並給我力量堅持到底的唯一希望，就是至少能知道殺死我父親的那個人的名字！先生，先生，」他轉向努瓦蒂埃，大聲說：「看在老天爺的分上！請您盡力而為，求求您設法指點我，讓我知道……」

「好的。」努瓦蒂埃回答。

「小姐，小姐！」弗朗茲大聲說：「您的爺爺示意他可以指點我……說出那個人……請幫幫我……您明白他的意思……幫幫我吧。」

努瓦蒂埃望著詞典。

弗朗茲帶著神經質的顫抖拿起詞典，依次說出字母，直到M。

聽到這個字母，老人示意：「是的。」

「M！」弗朗茲再說一遍。

年輕人的手指在詞上滑動，但努瓦蒂埃對每個詞都做出否定的回答。

瓦朗蒂娜用雙手抱住頭。

弗朗茲終於指到「是我」這個詞。

「是的。」老人示意。

「是您！」弗朗茲大聲說，他的頭髮倒豎，「是您，努瓦蒂埃先生！殺死我父親的就是您嗎？」

「是的。」努瓦蒂埃回答，用莊嚴的目光盯著年輕人。

弗朗茲無力地跌坐在扶手椅裡。

維勒福打開房門，逃走了，因為他腦海裡剛剛閃過一個念頭，竟想要掐熄老人可怕內心裡那殘存的一點生命。

76 小卡瓦爾坎蒂的進展

老卡瓦爾坎蒂先生已動身回去重操舊業，不是在奧地利皇帝陛下的軍隊裡，而是在盧卡溫泉浴場的輪盤賭場旁邊，他是那裡最持之以恆的賭客。

不用說，他把這次出遠門和扮演父親角色所得到的優厚報酬絲毫不漏地全都帶走了。在動身時，安德烈亞先生拿到了證實自己榮幸地為巴爾托洛梅奧侯爵和萊奧諾拉·科爾西納理侯爵夫人之子的所有文件。

巴黎社交圈本來很樂意接待外國人，並且不是按照他們的身分，而是按照他們希望得到的身分去對待他們，因此，安德烈亞幾乎在巴黎社交圈站穩腳步了。

而且，巴黎人對一個年輕人有什麼要求呢？不外乎能說法語，穿著體面，輸了錢不生氣，並且用金幣付款。不用說，人們對待外國人不像對巴黎人那樣挑剔。

因此，安德烈亞在半個月內混得相當不錯。人們稱他為子爵先生，說他每年有五萬利佛爾的收入，大家還談論他父親的龐大財產，據說那筆財產埋藏在薩拉韋札的採石場裡。

有人在一位學者面前提到上述最後一項，說得煞有其事。學者聲稱見過大家談論的那個採石場，這為至今仍讓人半信半疑的說法增加可信度，從此變成確鑿無疑的事實。

讀者進入的巴黎社交圈當時就是如此。一天傍晚，基度山前去拜訪唐格拉爾先生，但唐格拉爾先生出門了，僕人建議伯爵去見男爵夫人，由女主人接待客人，伯爵接受了。

自從奧特伊晚宴，以及隨後發生的事件以來，唐格拉爾夫人聽到基度山的名字，總不免神經質的打著寒顫。若道出他的名字，伯爵卻未出現，她的痛苦感受會越發強烈；相反地，伯爵現身，他開朗的臉龐，明亮的眼睛，和藹的態度，甚至對唐格拉爾夫人殷勤相對，旋即就能驅散她最後一點恐懼印象。對男爵夫人而言，一個看來如此可愛的男人是不可能對她產生邪惡企圖的；況且，邪惡的心靈唯有在有利可圖時才會想到使壞，毫無意義和無緣無故使壞只是徒然招人厭惡。

當基度山走進我們向讀者多次介紹過的小客廳時，男爵夫人正不安地欣賞幾幅畫，這些畫是她的女兒與小卡瓦爾坎蒂先生欣賞過後遞給她的。男爵夫人聽到通報伯爵的名字時，有點張皇失措，但仍微笑著接待她。伯爵只望一眼，整個場面便盡收眼底。

男爵夫人斜躺在一張橢圓形雙人沙發上，歐仁妮坐在她身旁，而卡瓦爾坎蒂則站著。卡瓦爾坎蒂像歌德筆下的主人公一樣，穿一身黑，漆皮鞋，鏤空白絲襪，白皙且保養得很好的手撫過他金黃色頭髮，手指上閃爍著一顆鑽戒。儘管基度山曾加以勸阻，但這位愛慕虛榮的年輕人還是抵擋不住將它戴在小指上的欲望。

伴隨著這個動作，他朝唐格拉爾小姐傳送勾魂攝魄的眼波，連同嘆息一起。

唐格拉爾小姐還是老樣子，也就是漂亮、冷淡，語帶譏諷。安德烈亞的眼波和嘆息她都收到了，或者可以說，它們滑過彌涅耳瓦[73]的護胸甲，有的哲學家認為，這副護胸甲保護過莎孚[74]的胸口。

歐仁妮冷淡地向伯爵致意，趁旁人寒暄時退回她的練習室。不久，那裡傳來兩個談笑聲，伴隨著鋼琴開頭的和絃。基度山隨即明白，唐格拉爾小姐寧願與她的唱歌教師路易絲・德・阿米利小姐在一起，而不喜歡跟他和卡瓦爾坎蒂先生作伴。

伯爵一邊跟唐格拉爾夫人談話，且顯得興味盎然；一邊留意安德烈亞·卡瓦爾坎蒂先生所關心的事，只見他一副走到房門口傾聽音樂，流顯出欣賞的神情，卻不敢冒然進入的模樣。

不久，銀行家回來了。顯然，他先看向基度山，第二眼則望著安德烈亞。至於他的妻子，他就像某些丈夫對待妻子那樣向她致意，但那種態度單身漢是無法理解的，除非將來出版一部內容詳盡的夫妻生活指南。

「兩位小姐沒有邀請您跟她們一起彈琴唱歌嗎？」唐格拉爾問安德烈亞。

「唉！沒有，先生。」安德烈亞回答，嘆了口氣，比先前的嘆息更為明顯。

唐格拉爾馬上走向那道通向鄰室的門，打開門。

只見兩個女孩一起坐在鋼琴前的座椅上。她們各用一隻手聯彈，出於奇發異想，她們習於這樣練習，而且效果很好。

從門框外望過去，德·阿米利小姐跟歐仁妮正好構成了一幅德國人時常編排的生動畫面。阿米利小姐的俏麗，或者不如說溫柔可愛，相當引人注目。她很嬌小，像童話故事裡的小仙女，濃密的金黃鬈髮垂落在稍長的頸項上，就像佩呂吉諾[75]筆下的某些處女。她的眼睛疲倦無神，據說她的肺很衰弱，讓人擔憂她會像《克雷莫納的小提琴》中的安東妮婭[76]一樣死於歌唱。

基度山迅速看了一眼那個房間，他第一回看到德·阿米利小姐，他常在這家裡聽人提起她。

---

73 羅馬神話中的智慧女神，等於希臘神話中的雅典娜。
74 莎孚（約西元前六一〇—五八〇），古希臘女詩人，擅寫情詩。
75 佩呂吉諾（一四四五—一五二三），義大利畫家，作品有《抱孩子的聖母》、《耶穌受難像》等。
76《克雷莫納的小提琴》是德國作家霍夫曼（一七七六—一八二二）的小說，安東妮婭是小說的女主人公。

「嘿，」銀行家問他的女兒：「我們都遭到排斥了嗎？」

於是他把年輕人帶進小客廳，或者出於偶然，或者有意為之，門在安德烈亞身後又半掩上了，從基度山和男爵夫人所坐的位置，什麼也看不到了，但由於銀行家跟安德烈亞一起進去，唐格拉爾夫人似乎不在意。

過了一會兒，伯爵聽到安德烈亞的聲音，在鋼琴伴奏下，他唱起一首科西嘉民謠。

這首民謠讓他忘卻安德烈亞，而想起了貝內德托。伯爵含笑傾聽歌曲時，唐格拉爾夫人向基度山誇讚丈夫的毅力。當天早上，由於米蘭一家銀行的破產，他損失了三、四十萬法郎。

這番讚揚名副其實，因為伯爵若不是從男爵夫人，或者藉由他無所不知的管道知道這件事，在男爵的臉上，是看不出絲毫痕跡的。

「好！」基度山思忖：「他已經開始隱瞞損失了，一個月前他還自我吹噓呢。」

然後他大聲說：「哦！夫人，唐格拉爾先生對交易所瞭如指掌，他在別的地方損失的，總是能在那裡賺回來。」

「我看您也人云亦云，判斷錯誤。」唐格拉爾夫人說。

「錯在哪裡？」基度山問。

「錯在以為唐格拉爾先生投資證券，其實他根本不做。」

「啊！是的，沒錯，夫人，我記得德布雷先生對我說過……對了，德布雷先生怎麼了？我已有三、四天沒見到他了。」

「我也是。」唐格拉爾夫人以驚人的鎮靜說：「您剛才那句話還沒有說完。」

「哪一句？」

「德布雷先生對您說過，您想說什麼……」

「啊！沒錯，德布雷先生對我說過，您成了獻給投資惡魔的犧牲品。」

「我一度對投資感興趣，我承認，」唐格拉爾夫人說：「但現在再也沒有興趣了。」

「您錯了，夫人。唉！天哪！發財的運氣是不可靠的，如果我是女人，而且剛好又是銀行家的妻子，不管我對丈夫的幸運多麼有信心——因為在投資上，您知道，一切取決於運氣好壞，我說，不管我對丈夫的運氣多麼有信心，我會想辦法擁有一筆能獨立運用的財產，即使我必須瞞著他，由別人經手取得這筆財產。」

唐格拉爾夫人不由自主地臉紅了。

「嗯，」基度山說，彷彿他什麼也沒看到，「大家都在談論昨天拿波里國庫券市場上有人操作得很漂亮。」

「我沒有那種國庫券，」男爵夫人趕緊說：「我從來沒有過。說實話，我們談論太多交易所的事，伯爵先生，我們簡直像兩個證券經理人。談談可憐的維勒福一家吧，他們正受到命運的折磨呢。」

「他們究竟發生什麼事？」基度山一臉憨厚地問。

「您知道，先是德．聖梅朗先生啟程後三、四天死了，侯爵夫人抵達巴黎後三、四天，他們又失去她了。」

「啊！沒錯，」基度山說：「我知道這事，但就像克勞狄斯對哈姆雷特說的，這是自然規律。父輩先一步死去，他們痛哭流涕；而他們將比兒女先死去，他們的兒女也會淚流滿面。」

「但還不僅止於此。」

「不僅止於此？」

「您知道，他們就要嫁女兒……」

「嫁給弗朗茲．德．埃皮奈先生……難道婚事取消了嗎？」

「昨天上午，弗朗茲似乎取消婚約了。」

「啊！真的……知道退回婚約的原因嗎？」

「不知道。」

「這是什麼樣的消息啊，上帝！夫人……而德．維勒福先生，他怎麼受得了接二連三的打擊呢？」

「跟往常一樣，他很樂觀。」

這時，唐格拉爾獨自回來了。

「喂，」男爵夫人說：「您讓卡瓦爾坎蒂先生跟您的女兒待在一起嗎？」

「還有德．阿米利小姐，」銀行家說：「您把她當作什麼了？」

然後他轉向基度山：「伯爵先生，卡瓦爾坎蒂王子難道不是可愛的年輕人嗎？……不過，他確實是親王嗎？」

「我無法證實。」基度山回答：「有人將他父親以侯爵之名介紹給我，所以他應會是伯爵，但我想，他本人並不是很想要這個頭銜。」

「為什麼？」銀行家說：「如果他是親王，就不應該一聲不響。每人有各自的權利。我不喜歡別人否認自己的出身。」

「哦！您是道地的民主派。」基度山微笑說。

「啊！」男爵夫人說：「看看您招惹什麼麻煩吧！要是德．莫爾賽夫先生剛好到訪，看到卡瓦爾坎蒂待在他身為歐仁妮未婚夫也不曾進入的房間裡。」

「您說剛好，算是說對了。」銀行家回答：「因為說實話，他很少來訪，他到我們家確實只能說是湊巧。」

「總之，如果他來了，又看到這個年輕人在您女兒身邊，他會不高興的。」

「他？天哪！您錯了！阿爾貝先生不會給我們面子，對未婚妻表現出妒意？他沒有愛她到那地步。況且，他高興與否和我又有什麼關係呢！」

「可是，我們到了這一步……」

「是的，我們到了這一步，您想知道我們到了哪一步嗎？在他母親舉辦的舞會上，他只跟我女兒跳了一支舞，而卡瓦爾坎蒂先生跟她跳了三次，他甚至沒有注意到。」

「阿爾貝．德．莫爾賽夫子爵先生到！」貼身男爵通報說。

男爵夫人連忙站起來。她要去練習室通知女兒，這時唐格拉爾拉住了她的手臂。

「別去。」他說。

她驚訝地望著他。

基度山佯裝沒看到這齣好戲。

阿爾貝走進來，他顯得英挺開朗。

他瀟灑地向男爵夫人鞠躬，熱絡地向唐格拉爾鞠躬，親切地對基度山鞠躬。然後轉向男爵夫人說：「您允許我請問，唐格拉爾小姐身體好嗎？」

「很好，先生，」唐格拉爾趕緊回答：「此時她正在小客廳裡跟卡瓦爾坎蒂先生彈琴唱歌。」

阿爾貝保持無動於衷的平靜神態，或許他內心微惱，但他感覺到基度山的目光盯著他。

「卡瓦爾坎蒂先生有副出色的男中音嗓子，」他說：「歐仁妮小姐是傑出的女高音，而她的琴彈得像塔爾貝格[77]。他們合唱一定很迷人。」

「事實是，」唐格拉爾說：「他們倆配對真是天衣無縫。」

阿爾貝看來沒有注意到這句失禮的雙關語，而唐格拉爾夫人卻因此臉紅了。

「我呢，」年輕人又說：「至少據我的老師們說的，我也是個音樂家。但奇怪的是，我的嗓子從來無法跟別人配合，尤其是跟女高音。」

唐格拉爾微微一笑，意味著：生氣吧！「因此，」他說，無疑希望達到預期的目的，「親王和我女兒昨天受到一致的讚賞。昨天您不在場吧，德．莫爾賽夫先生？」

「哪個親王？」阿爾貝問。

「卡瓦爾坎蒂親王。」唐格拉爾回答，始終堅持給年輕人這個頭銜。

「啊！對不起，」阿爾貝說：「我不知道他是親王。卡瓦爾坎蒂親王昨天跟歐仁妮小姐合唱嗎？說真的，那一定令人陶醉，我非常遺憾沒有聽到。我不能應邀前去，我不得不陪同德．莫爾賽夫夫人到沙托．勒諾的母親、男爵夫人的府上，她家邀請德國人來演唱。」

沉默片刻，彷彿他沒有提起過似的：「我能得到允許，」莫爾賽夫再說一遍，「向唐格拉爾小姐致意嗎？」

「哦！請等一下，請等一下，」銀行家說，一邊拉住年輕人，「您聽到了這支美妙的卡伐蒂那[78]嗎？達、達、達、迪、達、迪、達、達，這很迷人，快要結束了……稍等等。真妙！好極了！好極了！」

銀行家熱情地鼓掌了。

「的確很妙，」阿爾貝說：「沒有什麼比卡瓦爾坎蒂親王的演唱更能讓人瞭解他祖國的音樂了。您剛才說他是親王，對嗎？況且，即使他不是親王，也會受封的，這在義大利很容易。還是回到兩位令人愛慕的歌唱家身上吧，您應該讓我們高興一下，唐格拉爾先生，別通知他們有個外人，您請唐格拉爾小姐和卡瓦爾坎蒂先生再唱一支曲子。離遠一點，讓音樂家待在幽暗裡，不讓人看見，就不會有所妨礙，音樂家因此可以充分發揮天才般的本領，以及全部激情，這是一件非常美妙的事。」

這時，唐格拉爾被年輕人的冷峻態度弄得不知所措。

他把基度山拉到一邊。「喂，」他說：「您對這位情人有什麼看法？」

「啊！我覺得他很冷淡的，這是不能否認的。但您有什麼辦法呢？您已經承諾過他了。」

「毫無疑問，但我是承諾將我女兒嫁給一個愛她的人，而不是一個不愛她的人。您看這位，像大理石一樣冷淡，像他的父親一樣不可一世。如果他也富有，如果他有卡瓦爾坎蒂家的財產，倒也罷了。真的，我沒有問過我的女兒，如果她很有眼光……」

「哦！」基度山說：「我不知道是否友情讓我變得盲目，但我向您保證，德．莫爾賽夫先生是個可愛的年輕人，他會讓您的女兒幸福，他遲早會有所成就，因為他父親的地位很顯赫。」

「哼！」唐格拉爾說。

「您為什麼懷疑？」

「過去的身分始終存在……過去他出身微賤。」

「但父親的過去跟兒子無關。」

「剛好相反！剛好相反！」

---

77 塔爾貝格（一八一二—一八七一），奧地利鋼琴家兼作曲家。
78 歌劇的一種詠嘆調。

「啊，不要激動。一個月前，您覺得這門親事很好……您明白，我很抱歉，您是在我家裡見到小卡瓦爾坎蒂的，我不瞭解他，我再說一遍。」

「我瞭解他，」唐格拉爾說：「這就夠了。」

「您瞭解他？您得到他的相關資訊嗎？」基度山問。

「還需要嗎？跟什麼人打交道，不是一見就能知道嗎？首先他有錢。」

「我不敢肯定。」

「但您不是為他做擔保嗎？」

「擔保五萬利佛爾，小意思。」

「他受過良好的教育。」

「哼！」換基度山這樣表示。

「他是音樂家。」

「所有義大利人都是音樂家。」

「咦？伯爵，您對這個年輕人不公平。」

「是的，我承認，我難過地看到，他明知您跟莫爾賽夫家有婚約，還強行介入，仗著自己有錢。」

唐格拉爾笑了起來。「哦！您真是個清教徒！」他說：「世上這樣的事天天發生。」

「您不能這樣毀約，親愛的唐格拉爾先生，莫爾賽夫家很看重這門親事呢。」

「他們看重？」

「確實如此。」

「那就讓他們來說明理由。您與他們一家關係親近，您可以給做父親的一些暗示，親愛的伯爵。」

「我？您從哪裡看出我們關係親近？」

「從他們的舞會。那位伯爵夫人，那個驕傲的梅爾塞苔絲，目中無人的加泰隆尼亞女人，她難得對親朋好友說上一句話，卻挽著您的手臂，一起去了花園，您們在小徑待了半小時，才又露面。」

「啊！男爵，」阿爾貝說：「您妨礙我們聆聽了。像您這樣的樂迷，這是多麼失禮的舉動啊！」

「很好，很好，諷刺家先生。」唐格拉爾說。

然後他轉向基度山：「那就勞煩您對那位做父親的說清楚？」

「我很樂意，如果這是您的意願。」

「但希望這次事情做得確實，一勞永逸。尤其他要來商議我女兒的婚事，請他確定日期，表明他的金錢條件。總之，要嘛談妥，要嘛告吹。但請明白，決不要再拖延。」

「好的，我會進行斡旋。」

「我不會對您說我很樂意等候他，但我確實會等著。您知道，銀行家應是他的諾言的奴隸。」

唐格拉爾嘆了一口氣，半小時前，小卡瓦爾坎蒂也這樣嘆氣。

「好極了！」莫爾賽夫喊道，模仿銀行家剛才的喝彩，在一曲終了時叫好。

唐格拉爾正睨視著阿爾貝，這時僕人過來低聲對他說了兩句話。

「我就來，」銀行家對基度山說：「請等我一下，待會兒我有事要告訴您。」

於是他出去了。

男爵夫人趁丈夫不在，推開她女兒練習室的房門，只見安德烈亞先生與歐仁妮小姐坐在鋼琴前，他反射性地站起來。

阿爾貝含笑向唐格拉爾小姐鞠躬，她看來毫不慌亂，跟往常一樣冷淡地還禮。

卡瓦爾坎蒂明顯十分尷尬，他向莫爾賽夫行禮，莫爾賽夫桀驁不遜地還了禮。

於是阿爾貝開始連聲誇讚唐格拉爾小姐的歌喉，並且根據他剛才聽到的歌曲，後悔昨晚沒有赴會……

卡瓦爾坎蒂被冷落在一旁，便把基度山拉到旁邊。

「好了，」唐格拉爾夫人說：「彈琴唱歌和恭維都夠了，你們來喝茶吧。」

「來，路易絲。」唐格拉爾小姐對女友說。

大家移步至旁邊的客廳，茶已準備好了。

正當大家開始依英國作風把茶匙放進杯裡的時候，門又打開了，唐格拉爾出現時明顯非常激動。

基度山尤其注意到，用目光詢問銀行家。

「喂，」唐格拉爾說：「我剛收到從希臘寄來的信。」

「啊！」伯爵說：「正是為了這件事，僕人把您叫走嗎？」

「是的。」

「奧通國王好嗎？」阿爾貝用最詼諧的口吻問。

唐格拉爾斜睨著他，沒有回答，而基度山轉過身，想掩蓋剛流露在臉上、轉瞬即逝的憐憫神情。

「我們一起回去，好嗎？」阿爾貝問伯爵。

「只要您願意。」伯爵回答。

阿爾貝絲毫不瞭解銀行家的眼神是什麼意思，因此他轉向基度山，後者則完全明白。

「您看到他是怎麼看我的嗎？」他問。

「看到了，」伯爵回答：「您覺得他的目光有特殊之處嗎？」

「我想是這樣。他提到來自希臘的消息是指什麼？」

「我怎麼會知道呢？」

「我猜想您瞭解這個國家的情況。」

基度山意味深長的微笑。

「看，」阿爾貝說：「他朝您走來了，我要去恭維唐格拉爾小姐，誇她如何模仿浮雕玉石的單色畫，如此一來，做父親的就有時間跟您說話了。」

「如果您要恭維她，至少要恭維她的歌聲。」基度山說。

「不，人人都這樣做。」

「親愛的子爵，」基度山說：「您既傲慢又自負。」

阿爾貝嘴上掛著微笑，走向歐仁妮。

這時，唐格拉爾附在伯爵耳邊。「您給了我一個極好的建議，」他說：「費爾南和雅尼納這兩個名字，有一段可怕的歷史。」

「啊！」基度山說。

「是的，我會告訴您的。但先把年輕人帶走，現在我無法忍受跟他待在一起。」

「我正要這樣做，他陪我走。要我叫他父親來看您嗎？」

「太需要了。」

「好。」

伯爵向阿爾貝示意。

他們倆對女士們鞠躬，走了出來。阿爾貝對唐格拉爾小姐的輕慢完全無所謂。基度山伯爵再度忠告唐格拉爾夫人，一個銀行家的妻子應該謹慎行事，保證丈夫的前程。

卡瓦爾坎蒂又主宰了這個戰場。

77 海蒂

伯爵的馬車剛彎過大街轉角，阿爾貝便轉向伯爵，哈哈大笑，但笑得有點勉強。

「嗯，」他說，「我要像查理九世[79]國王在聖巴托羅繆大屠殺之後問卡特琳·德·梅迪奇[80]那樣問您：

『我略施小計，您覺得如何？』」

「您是指哪一件事？」基度山問。

「關於我的情敵待在唐格拉爾先生家裡……」

「哪個情敵？」

「哪個情敵？當然是您的保護人安德烈亞·卡瓦爾坎蒂先生。」

「哦！不要開玩笑，子爵。我決不保護安德烈亞先生，至少在唐格拉爾先生身邊是絕無此事。」

「如果年輕人真的需要您的保護，我就要說您的不是了。幸虧是針對我而來，他不需要保護。」

「怎麼！您認為他別有所圖？」

「我可以保證，他那情意綿綿的眼神，甜蜜柔情的語調，他渴望向驕傲的歐仁妮求婚。看，我念的是一句詩！我以名聲擔保，這不是我的錯。沒關係，我再說一遍：他渴望向驕傲的歐仁妮求婚。」

---

79 查理九世（一五五〇—一五七四），法國國王（一五六〇—一五七四），下令在一五七二年八月二十三至二十四日（聖巴托羅繆之夜）屠殺新教徒。

80 卡特琳·德·梅迪奇（一五一九—一五八九），法國國王亨利二世之妻，長期執掌大權，也是藝術的保護者。

「那有什麼關係，只要他們屬意您不就好了？」

「別這樣說，親愛的伯爵，我受到兩面夾攻。」

「什麼？兩面？」

「當然。歐仁妮小姐對我愛理不理，她的知心密友德·阿米利小姐根本不理睬我。」

「是的，但那位父親非常喜歡您。」基度山說。

「他？剛好相反，他在我心上捅了上千刀，但刀刃縮到刀柄裡，沒錯，那是演戲用的刀，而他卻把它當真的來使。」

「嫉妒代表愛情。」

「是的，但我並不嫉妒。」

「他卻嫉妒。」

「嫉妒誰？嫉妒德布雷？」

「不，嫉妒您。」

「嫉妒我？我保證，不到一星期，他會把我拒於門外。」

「您想錯了，親愛的子爵。」

「何以見得？」

「您要我證明？」

「是的。」

「我受託請德·莫爾賽夫先生到男爵那裡把事情確定下來。」

「誰委託您的？」

「男爵本人。」

「哦！」阿爾貝以他擅長的柔軟語調說：「您不會去做的，是嗎，親愛的伯爵？」

「您又錯了，阿爾貝，我會的，因為我答應了。」

「唉，」阿爾貝嘆了口氣說：「看來您一定要讓我結婚。」

「我要跟所有人友好相處。說到德布雷，我在男爵夫人那裡見不到他了。」

「他們有所爭執。」

「跟夫人？」

「不，跟男爵先生。」

「他察覺到什麼嗎？」

「啊！這玩笑開得很妙！」

「您認為他起了疑心？」基度山憨態可掬地問。

「您從哪裡來的，親愛的伯爵？」

「來自剛果，如果您希望的話。」

「那還不夠遠。」

「我怎麼會瞭解你們巴黎人做丈夫的想法呢？」

「哦！親愛的伯爵，全天下的丈夫都是一樣的，只要您研究任何國家中的一個，您就能瞭解他們了。」

「究竟是什麼原因讓唐格拉爾和德布雷鬧翻的呢？他們看來非常和諧。」基度山再次天真地說。

「啊！我們現在要探索伊西斯[81]的祕密了，但我並不擅長。等卡瓦爾坎蒂先生成為這個家庭的一分子，您再去問他吧。」

馬車停下。

「我們到了。」基度山說：「才十點半，請進來吧。」

「好的。」

「我的馬車會送您回家。」

「不，謝謝，我的雙座四輪轎式馬車跟在我們後面。」

「確實。」基度山跳下車說。

他們進了屋，此時客廳燈火通明，他們走了進去。

「為我們備茶，巴蒂斯坦。」基度山說。

巴蒂斯坦一言不發地出去了。轉眼間他已端著備好茶點的托盤進來，那宛如童話般的點心，就像是從地底下冒出來似的。

「說真的，」莫爾賽夫說：「我讚賞您的地方，親愛的伯爵，不是由於您富有，或許還有比您更有錢的人；也不在您的機智，因為博馬舍也許跟您不分軒輊；而是僕人侍候您的方式，不需應答，只要幾秒鐘時間，僕人似乎就能根據您敲鈴的方式，猜測您想要的東西，您想要的東西似乎隨時都準備好了。」

「您說得倒也沒錯。僕人知道我的習慣。例如，您喝茶時想做什麼呢？」

「沒錯，我想抽菸。」

基度山走近小鈴，敲了一下。

轉眼間一扇暗門打開了，阿里拿著兩支土耳其長管菸斗出現，裡面填滿上等的拉塔基亞[82]菸草。

「真神奇。」莫爾賽夫說。

「不，這非常簡單，」基度山說：「阿里知道，我喝茶或咖啡時，通常會抽菸。他知道我想喝茶，也知道我帶您回來，因此他聽到我的叫喚，即猜到原因。他來自這樣一個國家，那裡用菸斗款待客人，所以他不是拿來一支而是兩支長管菸斗。」

「這當然是合情合理的解釋，但的確也只有……哦！我聽到的是什麼聲音？」

莫爾賽夫側向門邊，門裡確實傳來像六弦琴的樂聲。

「真的，親愛的子爵，今晚您註定要聆聽音樂，您擺脫了唐格拉爾小姐的鋼琴，又陷入海蒂的六弦琴中。」

「海蒂！多麼可愛的名字！除了在拜倫爵士的詩歌裡，還真有叫海蒂的女人嗎？」

「當然有，在法國海蒂這名字非常罕見，但在阿爾巴尼亞和埃皮魯斯卻很普遍；如同你們稱為聖潔、貞潔、純真，像你們巴黎人所說的那樣，這是一種教名。」

「哦！多麼迷人啊！」阿爾貝說：「我多麼希望看到法國女人叫善良小姐、沉靜小姐、慈善小姐啊！如果唐格拉爾小姐不是被叫作克萊爾．瑪麗．歐仁妮，而是聖潔．貞潔．純真．唐格拉爾小姐，寫在結婚公告上時，效果會有多好啊！」

「您真的瘋了！」伯爵說：「別這麼大聲說笑，海蒂會聽到的。」

---

81 伊西斯是古埃及的生命和健康之神。

82 敍利亞港口，臨地中海。

「她會生氣嗎？」

「不會。」伯爵神態高傲地說。

「她很和順嗎？」阿爾貝問。

「一個女奴不生主人的氣，這不叫和順，而是她的本分。」

「好了！別開玩笑了。這個時代還有奴隸？」

「毫無疑問，因為海蒂就是我的女奴。」

「確實，您的所作所為和擁有的東西與眾不同。基度山伯爵先生的女奴！這在法國也算是一種身分了。依您花錢的方式，她這個職位每年大約要花十萬埃居吧。」

「十萬埃居！這個可憐的孩子本來擁有比這更多的財產，她出生時是躺在金銀堆上的，連《一千零一夜》裡的財寶都相形遜色。」

「她真的是個公主？」

「您說對了，甚至是她國度裡最顯赫的公主之一。」

「但顯赫的公主怎麼會變成女奴了呢？」

「暴君德尼斯[83]怎麼變成小學教師的呢？那是戰爭浩劫的結果，親愛的子爵，是命運的捉弄。」

「她的名字是祕密嗎？」

「對外界是的，但對您不是，您是我的朋友，如果您答應我不說出去。您不會說出去，是嗎？」

「哦！以名譽發誓！」

「您知道雅尼納的帕夏的身世嗎？」

「阿里．泰貝林嗎？當然，我父親就是效力於他才致富的。」
「沒錯，我忘了這點。」
「所以，海蒂是阿里．泰貝林的什麼人？」
「是他的女兒。」
「什麼！阿里帕夏的女兒？」
「跟美麗的瓦西莉吉所生的女兒。」
「她是您的女奴？」
「天哪，是的。」
「怎麼會這樣？」
「有一天，我經過君士坦丁堡的市場，因緣際會買下她。」
「太神奇了！親愛的伯爵，跟您在一起，不像尋常生活，而是在做夢。現在，請聽我說，我要請問的事非常冒昧。」
「說吧。」
「既然您跟她一起出門，有時還帶她上歌劇院……」
「所以呢？」

83 德尼斯（西元前三六七—三四四），即迪奧努修斯，敍拉古暴君，失位後隱居於科林斯。

「我能冒昧要求您的幫忙吧？」

「您可以大膽向我要求一切。」

「那麼，親愛的伯爵，把我介紹給您的公主吧。」

「好的，但有兩個條件。」

「我願意接受。」

「第一，您決不能把這次見面告訴任何人。」

「好的。」莫爾賽夫伸出手：「我發誓。」

「第二，您不會告訴她，您父親曾為她父親效力。」

「我發誓。」

「好的，子爵，您會記得這兩個誓言，是嗎？」

「是！」阿爾貝說。

「很好，我知道您是守信的人。」

伯爵又敲敲鈴，阿里再次出現。

「通知海蒂，」伯爵對他說：「我要到她房裡喝咖啡，讓她知道，我要求她允許為她介紹一個朋友。」

阿里鞠了一躬，出去了。

「就這麼說定了，別直接提問，親愛的子爵。如果您想瞭解什麼事，先問過我，我再去問她。」

「一言為定。」

阿里第三次出現，撩起門簾，向他的主人和阿爾貝表示，他們可以進去了。

看到基度山，海蒂帶著少女和情人特有的微笑。

「進去吧。」基度山說。

阿爾貝伸手掠一掠頭髮，捲了捲髭鬚，伯爵又拿起帽子，戴好手套，領著阿爾貝走進房間。阿里像個哨兵守著，而米爾托指揮的三個法國女傭環侍著這間套房。

海蒂待在第一個房間裡，這是客廳，她的大眼睛訝異地睜大著，因為這是第一次，除了基度山，有另一個男人進入她房間。她坐在角落的沙發上，盤起雙腿，就像在條紋的和綴滿東方華麗刺繡圖案的綾羅綢緞中，築了個安樂窩。剛才演奏曲調的樂器就放在身旁，她的樣子十分迷人。

看到基度山，她帶著少女和情人特有的微笑站起來。基度山朝她走去，向她伸出手，她像往常那樣用嘴唇親吻他的手。

阿爾貝待在門邊，被從未見過的奇異之美迷住了，想像不到在法國有這種美貌。「您帶誰到我這裡？」女孩用現代希臘語問基度山，「是個兄弟、朋友、尋常相識，還是敵人？」

「是個朋友。」基度山用同樣語言回答。

「他的名字呢？」

「阿爾貝子爵，就是我在羅馬從強盜手裡救出來的那個人。」

「您要我用什麼語言跟他說話？」

基度山轉向阿爾貝。

「您會說現代希臘語嗎？」他問年輕人。

「唉！」阿爾貝說：「連古希臘語也不會說，親愛的伯爵。荷馬和柏拉圖從來沒有比我更可憐、甚至更糟糕的學生了。」

「那麼，」海蒂說，她的回覆證明她聽懂了基度山的問題和阿爾貝的回答：「如果大人答允，我可以說法語或義大利語。」

基度山沉吟一下。「你說義大利語吧。」他說。

然後轉向阿爾貝：「您聽不懂現代或古希臘語，很令人遺憾，海蒂這兩種語言說得很出色。現在這個可憐的孩子不得不對您說義大利語，這或許會讓您對她產生某種錯覺。」

他向海蒂示意。

「朋友，您跟我的大人和主人一道前來，歡迎您。」女孩用純正的托斯卡尼方言說，這種柔和的羅馬口音讓但丁的語言跟荷馬的語言一樣鏗鏘悅耳，「阿里！準備咖啡和菸斗。」

海蒂以手勢叫阿爾貝過去，而阿里退下執行年輕女主人的吩咐。

基度山對阿爾貝指了指兩把帆布折凳，他們各拿一把，移近一張獨腳小圓桌，桌上放了一把水菸筒，還擺著鮮花、畫稿和樂譜。

阿里端著咖啡和土耳其長菸筒進來，至於巴蒂斯坦先生，他不被允許進入這個房間。

阿爾貝推開努比亞人遞給他的菸斗。

「哦！抽吧。」基度山說：「海蒂幾乎像巴黎女人一樣，哈瓦那雪茄讓她不快，因為她不喜歡難聞的菸味，但東方菸草有種香味，您是知道的。」

阿里退下。

咖啡杯都準備好了，僕人已為阿爾貝多加了一只糖罐。基度山和海蒂按阿拉伯人的方式喝阿拉伯飲料，也就是不加糖。

海蒂伸出手，用渾圓粉色的纖細手指拿起一只日本瓷杯，帶著孩子享用喜愛的東西的那種純真的愉悅，送到自己唇邊。

這時，兩個女人端著另外兩個托盤進來了，上面擺滿冰塊和果汁飲料，她們把托盤放在兩張專用的小桌上。

「親愛的主人，還有您，小姐，」阿爾貝用義大利語說：「請原諒我的訝異。我暈頭轉向了，而這是自然而然。剛才我還聽到公共馬車轔轔駛過的聲音，和賣檸檬水小販的鈴聲。但眼前我又看到了東方風情，真正的東方，而不是我以前看到的那種悲慘景象，是我在巴黎城裡夢想的那樣。哦，小姐！如果我會說希臘語，您們的談話加上這仙境般的場面，這一夜我將永誌難忘。」

「我會說流利的義大利語，可以跟您談話，先生，」海蒂平靜地說：「如果您喜歡東方，我會盡力而為，讓您在這裡重溫舊夢。」

「我可以談些什麼呢？」阿爾貝悄聲問基度山。

「您想談什麼都可以。她的國家、她的少女時代、她的往事。如果您喜歡的話，談談羅馬、拿波里或者佛羅倫斯。」

「哦！」阿爾貝說：「對一個希臘女人，談論著對巴黎女人才所說的話，那大可不必了，讓我跟她談談東方吧。」

「那就談吧，親愛的阿爾貝，這是最令她愉快的話題。」

阿爾貝轉向海蒂。「小姐離開希臘時多大？」他問。

「五歲。」海蒂回答。

「您記得您的國度嗎？」阿爾貝問。

「當我閉上眼睛，一切往事歷歷在目。有兩種視野：肉體的視野和心靈的視野。肉體看見的東西有時會遺忘，但心靈總是記憶猶新。」

「您的記憶能追溯到什麼時候呢？」

「我剛學會走路的時候。我的母親，別人叫她瓦西莉吉——瓦西莉吉的意思是最美的。」女孩抬起頭補充說，「我的母親拉著我的手，我們先把所有的金幣都放進錢袋，兩人都戴上面紗，出去為囚犯募捐。我們這麼說：『誰施捨給窮人，就是借錢給上帝。』[84] 等到錢袋裝滿了，我們便回到宮裡，並對父親隻字不提。這些錢是別人把我們當作窮人施捨給我們的，我們派人把錢送到修道院，由修道院分發給囚犯。」

「那時您多大？」

「三歲。」海蒂說。

「所以從三歲開始，您記得周圍所發生的事？」

「全都記得。」

「伯爵，」莫爾賽夫低聲對基度山說：「請允許讓小姐為我們訴說她的身世。您不許我對她談到我父親，但或許她會主動談起，您無法想像我多高興聽到從這樣美麗的嘴裡說出他的名字。」

基度山轉向海蒂，眉毛一動，向她表示千萬留意他的叮囑。他用希臘語對她說：「說說你父親的命運，但不要提及叛徒的名字和被出賣的經過。」

海蒂長嘆一聲，一片烏雲飄過她純潔無瑕的額頭。

「您對她說什麼？」莫爾賽夫低聲地問。

「我再次告訴她，您是朋友，她用不著隱瞞什麼。」

「因此，」阿爾貝說：「您最早的記憶是為囚犯乞討，其他的呢？」

「其他的？至今我還記得在湖邊的埃及無花果樹下，透過樹葉，看到湖面像一面泛起漣漪的鏡子。我父親坐在墊子上，靠在最古老、枝葉最茂密的樹上，我母親躺在他的腳邊，我呢，還是個弱小的孩子，正玩弄著他垂落胸前的白色鬍子，以及掛在他腰帶上的、刀柄鑲嵌鑽石的彎刀。不時有個阿爾巴尼亞人走到他面前，說幾句話，我沒留意他說什麼，但我父親則用同樣的口吻說：『殺掉！』或者：『赦免！』」

「這不是在舞台上，」阿爾貝說：「由一個女孩說出這樣的話，而且我想這決不是編造出來的，我覺得很奇特。」阿爾貝問道：「看慣那詩情畫意的景致，看慣那神奇的畫面，您覺得法國如何？」

「我想這是個美麗的國家，」海蒂說：「但我還看到法國的真實情況，因為我是用女人的眼光來看它的，相反的，我只是用孩子的目光去看我的國度，我覺得它總是包裹在時明時暗的薄霧中，它是可愛國度或苦難

84 引自《舊約》全書箴言第十九章：憐憫貧窮的，就借錢給耶和華。

之地，這取決於我的眼睛。」

「您這樣年輕，小姐，」阿爾貝說，不由得忘了基度山的要求，「您怎麼會受盡磨難呢？」

海蒂把目光轉向基度山，他做了個難以察覺的動作，低聲說：「說吧。」

「沒有什麼比最初的往事更能構成心靈的記憶，除了我剛才告訴您的那兩件事之外，我幼時的往事都是不堪回首的。」

「說吧，小姐。」阿爾貝說：「我向您發誓，我懷著難以言喻的興味傾聽您的敘述。」

海蒂苦笑了一下：「您希望我再說說往事？」她問。

「求您說吧。」阿爾貝說。

「好吧，我四歲時，有天晚上，被母親叫醒，那時我們待在雅尼納宮。她從墊子上抱起我，我睜開眼睛，看到她淚水盈眶。

「看到她哭泣，我也要哭了。

「『別出聲！孩子，』她說。

「我平時常常不顧母親的安慰或恐嚇，像其他孩子那樣任性，繼續哭個不停。但這回，我可憐的母親的聲音裡帶著一種恐懼，我立即不出聲了。

「她迅速地把我抱走。

「接著我看到，我們走下一道寬闊的樓梯。走在我們前面的，是我母親的女傭們，她們背著箱子、珠寶首飾盒、裝滿金幣的錢袋，走下同一道樓梯，甚至不如說飛奔下樓。

「女傭後面是一支二十人的保衛隊，裝備著長槍和手槍，穿著希臘人建國後，你們法國人熟識的那種服裝。

「您也想像得到，發生了不幸的事。」海蒂搖著頭補充，一想起這件事，她就臉色蒼白，「那一長列的女奴和女傭睡眼惺忪，至少我是這麼想像的，也許因為我被叫醒後精神恍惚，所以以為別人也睡著了。

「樓梯上出現巨大的陰影，那是松枝火把顫動地投影在拱頂上。

「『快點！』走廊盡頭有個聲音喊道。

「那個聲音使大家低下頭，就像吹過平原的強風讓麥田低伏一樣。

「我呢，它讓我哆嗦不已。

「那是我父親的聲音。

「他走在最後，穿著華麗的衣服，手裡拿著您們的皇帝送給他的短槍。他扶在寵臣塞林的肩上，催促我們向前，就像牧羊人驅趕走散的羊群那樣。

「我的父親，」海蒂抬起頭說：「是大名鼎鼎的人物，歐洲人知道他的名字叫阿里．泰貝林，雅尼納的帕夏，在他面前，土耳其人都要發抖。」

阿爾貝聽到她用難以形容的驕傲和尊貴的口吻說出這番話，不由自主地哆嗦起來。他覺得，她像一個召喚幽靈的古希臘女占卜者，在喚醒對那個滿身是血的人物的回憶，他的慘死讓他在當代歐洲人眼裡宛如巨人。

這時，女孩的眼中閃爍著陰森的、可怖的光芒。

「不久，」海蒂接著說，「隊伍停止向前，我們來到石階下方的湖邊。我的母親把我緊抱在她心臟怦怦亂跳的胸前，在她身後不遠處，我看到我父親用不安的目光掃視周圍。

「我們前面延展著四級大理石階，最後一級底下蕩漾著一艘小船。

「從我們站著的地方，可以望見湖中矗立著一團烏黑的東西，那是我們要去的湖心亭。

「也許由於黑暗，我覺得湖水亭距離遙遠。我們下到小船裡。我記得槳划進水裡時無聲無息，俯身細看，只見槳用我們民兵的腰帶包裹起來。

「除了槳手，小船裡只有女傭、我的父母親、塞林和我。民兵都待在湖邊，跪在最後一級石階上，萬一有人追來，上面三級石階就是掩護。

「我們的小船乘風疾駛。『小船為什麼開得這麼快？』我問母親。

「『噓！我的孩子，』她說：『因為我們在逃命。』

「我不明白。我的父親大權在握，通常是別人一見到他便逃跑，他的座右銘是：『他們恨我，因此他們怕我。』

「為什麼他要逃命呢？

「我的父親確實從湖上逃命。後來他告訴我，雅尼納宮的守軍長期服役，疲憊不堪……」

說到這裡，海蒂意味深長地看著基度山，基度山的目光也盯著她的眼睛。女孩繼續緩緩訴說，就像要杜撰或略去事實那樣。

「小姐，剛才您說到，」阿爾貝全神貫注地傾聽敘述，提醒說，「雅尼納宮的守軍長期服役，疲憊不堪……」

「已跟土耳其蘇丹派來捉拿我父親的總司令庫爾希德商議好。正是此時，我父親下決心引退，他即將引退到他早就準備好的棲身之地，他稱為 Kataphygion，也就是避難所。他先派一個歐洲軍官到蘇丹那裡，他非常信任那個軍官。」

「那個軍官，」阿爾貝問，「您記得他的名字嗎，小姐？」

基度山跟女孩交換了一個快如閃電的眼神，而莫爾賽夫沒有察覺。

「不，」她說：「我不記得了。以後或許我會想起來，再告訴您。」

當基度山慢慢地舉起手指，示意別再說時，阿爾貝正要說出他父親的名字，年輕人想起他的誓言，便默不作聲。

「我們朝那個湖心亭駛去。

「亭子底層以阿拉伯式圖案裝飾，底座浸在水裡，二樓則面臨湖上。那座大型建築看上去就是這樣。

「在底樓之下，延伸到島中，有一個巨大的地下室，有人將我母親、我和我們的女傭帶到那裡，裡面放著六萬只錢袋和兩百萬個木桶，全堆在一起。錢袋裡有兩千五百萬金幣，桶子裡裝著三萬斤火藥。

「剛才提到的我父親的寵臣塞林，他待在那些桶子旁邊。日以繼夜地看守著，手持一根長矛，頂端燃燒著火繩。他已得到命令，一旦我父親發出信號，就炸掉一切，包括建築、衛兵、帕夏、女傭、金幣。

「我記得，女奴們知道與可怕的火藥為伍後，便日夜祈禱、哭泣、呻吟。至於我，我彷彿至今仍能看到那個臉色蒼白、雙眸烏黑的年輕軍人，將來死神來抓我時，我深信祂就是塞林那模樣。

「我說不出我們待了多長時間，那時候，我還沒有時間概念。有時，但這種情況很少，我父親派人來叫我母親和我一起到上面平台。我在地洞裡只看到呻吟的鬼影和塞林那根尖端燃燒著火繩的長矛，離開那裡是我最快樂的時刻。我的父親坐在一個寬大的窗洞前，用陰沉目光盯著天際遠方，探索出現在湖面的每一個黑點，而我母親半躺在他身邊，將頭倚靠在他的肩上。我呢，我在他腳邊玩耍，帶著孩童的大驚小怪，讚嘆聳立向天際的品都斯山的懸崖峭壁，從湛藍湖水升起的、棱角分明的白色雅尼納宮，宛如緊緊依附在高山岩壁上的苔蘚的、一望無際的綠樹，它們遠看像苔蘚，近看才知是巨大的樅樹和愛神木。

「有天早上，父親派人來找我們。我們看到他臉色平靜，但比往常更蒼白。

「『忍耐一下，瓦西莉吉，今天一切都將結束，蘇丹的敕令即將到達，我的命運將要決定了。如果我能完全獲得赦免，我們就能高高興興地回到雅尼納；如果是壞消息，我們今晚就逃走。』

「『但如果他們不讓我們逃走呢？』我的母親問。

「『哦！放心吧，』阿里微笑著回答：『塞林和他的長矛會對付他們的。他們希望我死，但不是跟我一起死。』

「我母親用一聲長嘆回答這種安慰，因為這些安慰不是發自我父親內心的。

「我母親為他準備了冰水，他隨時可以飲用，因為自從移居湖心亭以來，他就忍受著高燒的折磨。她在他的白鬍子上灑香水，並為他點燃土耳其長管菸斗。有時，他一連幾個小時都悠閒地望著那裊裊上升的青煙。

「突然，他做了一個出人意表的動作，讓人嚇一跳。

「他眼睛直盯前方，沒有轉過頭地叫人拿來望遠鏡。

「我母親把望遠鏡遞給他，臉色比她靠著的仿大理石還蒼白。

「我看到父親的手在顫抖。

「『一艘船！……兩艘！……三艘！……』父親喃喃地說，『四艘！……』

「他站了起來，抓起武器，我記得，他把火藥倒在幾把手槍的彈槽裡。

「『瓦西莉吉，』他聲音顫抖地對我母親說：『決定我們命運的時刻到了。再半過小時我們就會得知蘇丹皇帝的回音，你跟海蒂回到地下室吧。』

「『我不願離開您，』瓦西莉吉說：『如果您死了，老爺，我願隨您而去。』

「『你們到塞林那裡去！』我的父親喊道。

「『別了，老爺！』我的母親低聲說，順從地深深地一鞠躬，彷彿死神已經降臨。

「『把瓦西莉吉帶走。』我的父親對民兵說。

「而我呢，旁人忘了我。我跑向父親，朝他伸出手。他看到我，俯下身，親吻我的額頭。

「哦！這是最後一吻，它還遺留在我的額頭上。

「下到地下室時，我們透過露台上的葡萄藤蔓，看到湖面上靠近的船隻變得越來越大，剛才它們還像小黑點，現在卻已經像飛掠過水面的大鳥。

「這時，在亭子裡，有二十個民兵坐在我父親跟前，他們手持鑲嵌螺鈿和銀片的長槍，以細木護壁板遮擋，睜著血紅的眼睛，窺伺船隊到來。大批子彈散放在地板上。我的父親看著錶，焦慮不安地踱來踱去。

「我得到父親的最後一吻，離開時，我印象最深刻的就是這一幕。

「我母親和我，我們穿過地下通道。塞林始終堅守崗位，他對我們苦笑。我們到岩洞的另一邊找到墊子，然後坐在塞林旁邊，大難臨頭時，忠實的朋友總是互相支持。我雖然是個孩子，卻直覺感受到災難就籠罩在我們頭上。」

關於雅尼納這位大臣臨終的情況，阿爾貝常常聽人談起，但不是聽他父親敘述，他從來不談及此事，而是聽外國人說起。阿爾貝還看過描寫對他的慘死的不同描述。但這個故事在女孩身上和聲音裡是如此活生生，那真切的語氣和悲淒的過程，以難以形容的魅力和恐怖打動他的心。

至於海蒂，她沉浸在可怕的往事中，一時間講不下去。她的前額宛如風雨中低垂著的花朵，倚靠在她的手腕上，她的眼神茫然若失，彷彿還凝望著天際那蓊鬱的品都斯山和蔚藍的雅尼納湖，水面如同魔鏡般地映照出她所描繪的那幅陰暗畫面。

基度山帶著難以形容的關切和憐憫注視著她。

「繼續說，我的孩子。」伯爵用現代希臘語說。

海蒂抬起頭，彷彿基度山的響亮聲音把她從夢中喚醒似的。她接著說：「那時是傍晚四點鐘，雖然外面天空晴朗燦爛，我們卻陷入地底的黑暗裡。岩洞裡只有一點亮光，如同漆黑天幕中一顆顫抖的星星。那是塞林的火繩。我的母親是基督徒，她在祈禱。

「塞林不時念叨著祝聖用語：『上帝是偉大的！』

「但我母親還抱著一絲希望，剛才下岩洞時，她似乎認出了那位曾被派往君士坦丁堡的歐洲人，我父親非常信任他，因為我父親知道，法國蘇丹[85]的士兵常是高豪氣仗義的。我母親朝階梯往前走幾步，傾聽著。

「『他們靠近了，』她說：『但願他們帶來和平與生機。』

「『你擔心什麼，瓦西莉吉？』塞林用非常悅耳而又驕傲的口吻問：『如果他們帶來的不是和平，我們就要他們的命。』

「他挑旺長矛上的火繩，那動作恰似古代克里特島[86]上狄奧尼索斯[87]的姿勢。

「當時我那樣年幼天真，對這種勇氣感到害怕，覺得既兇狠又瘋狂，對隱藏在空中和火焰裡的可怕死神，我恐懼萬分。

「我母親有著同樣的感受，因為我感覺她在顫抖。

「『天哪，母親！』我叫道：『我們就要死了嗎？』

「聽到我的喊聲，奴隸們哭泣和祈禱得更厲害了。
「『孩子，』瓦西莉吉對我說：『上帝決不會讓你接近你害怕的死神。』
「她又低聲說：「『塞林，主公給你什麼命令？』
「『如果他送來他的匕首，代表蘇丹拒絕赦免他，我便點燃火藥；如果他送來他的指環，意味著蘇丹寬恕他，我便交出熄滅火繩。』
「『朋友，』我母親說：『如果你主公送來匕首，下達了命令，請別讓我們那樣可怕的慘死，我們會朝你伸出脖子，你用那把匕首殺死我們吧。』
「『好的，瓦西莉吉。』塞林平靜地回答。
「突然，我們似乎聽到大聲叫喊。我們仔細聆聽，那是快樂的叫聲，民兵們高聲呼喊那位被派往君士坦丁堡的歐洲人名字，顯然，他帶來至高無上的皇帝的答覆，而那答覆是鼓舞人心的。」
「您不記得那個名字了嗎？」莫爾賽夫問，想幫忙喚起女孩的記憶。
基度山向她示意。
「我不記得了。」海蒂回答。
「喧鬧聲越來越激烈，腳步聲越來越靠近，有人走進地下室的石階。

85 指法國國王。
86 希臘島名。
87 古希臘神話中的植物神和酒神。

「塞林準備好他的長矛。

「不久，在照進洞口光線所形成的、近乎藍色的微光中，出現了一個影子。

「『你是誰？』塞林叫道：『不管你是誰，不許再往前一步。』

「『光榮歸於蘇丹！』影子說：『大臣阿里完全獲得赦免，他不僅被饒恕性命，而且財產將歸還於他。』

「我的母親快樂地喊出聲，把我抱緊胸前。

「『站住！』塞林看到她將衝出去，對她說：『您知道我要拿到指環才行。』

「『沒錯，』我母親說，她跪了下來，把我舉向空中，彷彿她在為我向上帝祈禱的同時，還想把我舉向上帝。」

海蒂再次停下來，激動得說不下去，汗水從她蒼白的額頭流下，她哽咽的聲音彷彿無法穿越她乾涸的喉嚨。

基度山倒了點冰水遞給她，以溫和同時帶著一點命令意味的口吻說：「鼓起勇氣，我的孩子！」

海蒂拭了一下眼睛和額頭，繼續說：「這時，我們已習慣黑暗的眼睛認出了帕夏的使者，那是一個朋友。

「塞林已認出他，但正直的年輕人只知道一件事：服從命令。

「『是誰派你來的？』他問。

「『是我們的主公阿里．泰貝林派我來的。』

「如果是阿里派你來的，你應該知道要交給我什麼東西吧？』

「『是的，』使者說：『我把他的指環交給你。』

「與此同時，他將手高舉過頭，但由於距離太遠，洞裡太暗，塞林從我們所在的位置無法看清楚他手裡的東西。

「『我看不見你拿著的東西。』塞林說。

「『你走近一點，』使者說：『或者我走近一點。』

「『都不可以。』年輕軍人回答：『你把東西放在前面的亮光之下，你往後退，直到我看清楚為止，』

「『好的。』使者說。

「他把信物放在指定的地方，並往後退。

「我們的心怦怦直跳，因為那看上去果然是指環。不過，這是我父親的指環嗎？』

「塞林拿著點燃的火繩，走向洞口，在亮光下欣喜地彎下腰，撿起信物。

「『主公的信物。』他吻著指環說：『很好！』

「於是他把火繩扔到地上，用腳踩滅。

「使者發出快樂的喊聲，連連擊掌。聽到這個信號，庫爾希德總司令的四個士兵衝過來，塞林被刺了五刀，倒下去。那五個人每人給了他一刀。

「他們浸淫在罪惡之中，儘管還驚嚇得臉色發白，但仍然在岩洞裡亂竄，四處尋找火種，並在裝金幣的錢袋上打滾。

「這時，我母親把我摟在懷裡，機靈地奔向只有我們知道的曲折小道，一直來到亭子的暗梯前，這時亭子已陷入喧鬧。

「低矮的大廳擠滿了庫爾希德的士兵，也就是我們的敵人。

「正當我母親要推開小門時，我們聽到帕夏咄咄逼人的可怕聲音響起。

「我母親將眼睛貼在木板縫隙上，我的眼前也正好有一條裂縫，我往外看去。

「『你們想幹什麼？』我父親對那些手裡拿著以金粉寫就的文件的人說。

「『幹我們想幹的事，』其中一個回答：『就是通知你陛下的旨意。你看到這份敕令嗎？』

「『我看到了。』我父親說。

「『那念吧，敕令要你的腦袋。』

「我父親發出狂笑，那笑聲比恐嚇更可怕。他還沒笑完，便開了兩槍，打死兩個人。

「簇擁在父親周圍的民兵本來匐伏地下，這時跳起、開火。房裡聲響四起，煙硝瀰漫。

「另一方也馬上開火，子彈打穿了我們周圍的木板。

「啊！我的父親阿里・泰貝林大臣在槍林彈雨中顯得多麼俊美高大啊，他手握土耳其大彎刀，臉上被火藥燻得赤黑！他的敵人落荒而逃！

「『塞林！塞林！』他叫道：『火的守衛者，盡你的責任啊！』

「『塞林死了。』有個彷彿從亭子深處發出的聲音回答：『你啊，我的老爺阿里，你完了！』

「與此同時，傳來一記沉悶的槍聲，我父親周圍的地板炸飛了。

「土耳其兵從地板下方朝上射擊。三、四個民兵渾身是傷，倒了下去。

「我的父親吼叫起來，手指摳進子彈洞孔，掀起一整塊地板。

「但與此同時，從這個缺口射出二十發子彈，就像火山爆發似的，射到帷幔上，把帷幔舔個精光。

「在可怕的槍林彈雨中，在恐怖的吼叫聲裡，有兩記槍聲格外清晰，有兩聲蓋過其他喊叫，讓人撕心裂肺的叫喊，讓我嚇得全身冰涼。那致命的兩槍擊中了我的父親，那叫聲就是我父親發出的。

「但他仍然站著，抓住一扇窗戶。我母親拚命搖晃著門，想出去與他一起死，但門被反鎖了。

「我父親周圍的民兵們垂死掙扎，兩三個未受傷或只受輕傷的從窗口跳出去。在此同時，整個地板嘎嘎作響，即將碎裂塌陷。我父親一隻腳跪下。這時，二十隻手臂拿著軍刀、手槍和匕首，一起伸向前，同時落在他一個人身上，我的父親消失在這些怒吼的魔鬼所燃旺的火焰中，彷彿地獄之門在他的腳下打開了。

「我感到自己滾到地下，我的母親昏倒了。」

海蒂垂下雙手，發出呻吟，望著伯爵，彷彿問他，對她這樣服從是否滿意。

伯爵站起來，走到她身邊，拉起她的手，用現代希臘語對她說：「休息一下，親愛的孩子，要鼓起勇氣，要想到上帝會懲罰叛徒的。」

「這是一個驚心動魄的故事，伯爵，」阿爾貝說，被海蒂蒼白的臉色嚇壞了，「我責怪自己如此冒失，真是殘忍。」

「沒關係。」基度山回答。

然後他把手按在女孩頭上：「海蒂，」他又說：「是一個勇敢的女孩，她有時透過陳述傷心事來解脫心裡的重擔。」

「因為，我的主人，」女孩急忙說：「因為我的傷心事讓我想起您的恩典。」

阿爾貝好奇地望著她，因為她還沒有說到他最想知道的事，就是她如何成為伯爵的女奴。

海蒂同時在伯爵和阿爾貝的眼光中看到這願望。

她繼續說：「當我母親恢復知覺時，」她說：「我們站在總司令面前。

「『殺死我吧，』她說：『但是請保持阿里遺孀的清白。』

「『你不該對我說這種話，』庫爾希德說。

「『那麼應對誰說呢？』

「『對你的新主人說。』

「『他是誰？』

「『他在這裡。』

「庫爾希德對我們指著最賣力導致我父親死亡的那個人。」女孩帶著悲憤說。

「所以，」阿爾貝問：「你們屬於那個人所有！」

「不，」海蒂回答：「他不敢留下我們，他把我們賣給來到君士坦丁堡的奴隸販子。我們穿越希臘，心力衰竭地來到皇宮門前，門口圍滿了好奇的人，他們閃開，讓我們過去。突然，我母親順著他們的目光望去，慘叫一聲，對我指著門上掛著的一顆頭顱，倒了下去。

「腦袋上方寫著幾個字：

這是雅尼納的帕夏阿里．泰貝林的頭顱

「我哭著想扶起我的母親，但她已經死了。

「我被帶到奴隸市場上，一個富有的阿美尼亞人買下我，讓我受教育，為我請教師，我十六歲時把我賣給了馬哈默德蘇丹。」

「阿爾貝，正像我告訴您的那樣，」基度山說：「我向蘇丹贖回她，是用那和我裝大麻的藥盒相似的碧玉換來的。」

「啊！您真是善良偉大，我的大人。」海蒂說，吻著基度山的手，「我屬於您真是幸福。」

聽到這一切，阿爾貝神情茫然。

「喝完您的咖啡吧。」伯爵對他說：「故事講完了。」

78 雅尼納來鴻

弗朗茲離開努瓦蒂埃的房間時踉踉蹌蹌，茫然失措，以致瓦朗蒂娜可憐起他來。

維勒福只說了幾句沒頭沒腦的話，便躲到書房裡，兩小時後，他收到了如下的一封信：

鑑於上午所揭露的事情，努瓦蒂埃·德·維勒福先生已斷無同意其家庭與弗朗茲·德·埃皮奈先生家庭之間締結婚約之可能。

弗朗茲·德·埃皮奈先生對於德·維勒福先生看來早已知曉今天上午披露的事件，卻未事先告訴他，感到十分震驚。

任誰見到此刻檢察官所受到的打擊，一定會認為他不曾預料到事情的發生。的確，他沒有想到他父親會這樣直言不諱，或者不如說這樣粗魯地吐露出這件事。

沒錯，努瓦蒂埃先生十分倨傲，他從來不把兒子的意見放在眼裡，因此沒想過對兒子澄清事實。沒錯，維勒福一直以為，德·凱內爾將軍或者德·埃皮奈男爵——根據他給予自己的或別人賦予他的稱謂——是被暗殺的，而不是死於一場公平的決鬥。

接到這樣一封由始終對他謙恭有禮的年輕人發出的、措辭強烈的信，對於像維勒福這樣的人的自尊心，是致命的打擊。他一回到書房，他的妻子便進來了。

弗朗茲被努瓦蒂埃先生叫去，每個人都萬分驚訝，德．維勒福夫人單獨跟公證人和證人待在客廳的處境越來越尷尬。於是德．維勒福夫人打定主意，她決定離開一會兒，說她去打聽消息。

德．維勒福先生只告訴她，由於他、努瓦蒂埃先生和德．埃皮奈先生之間的一番談話，瓦朗蒂娜和弗朗茲的婚事告吹了。

很難跟等待著的人啟齒交代，因此，德．維勒福夫人回來時僅說，努瓦蒂埃先生在開始商議婚事時突然中風，因此必須延後幾天簽訂婚約。

這種說法很難讓人信服，而且之前才剛發生兩次類似的不幸事件，在場的人聽了都訝異地面面相覷，隨即一言不發地告退。

這時的瓦朗蒂娜又驚又喜，擁抱並感謝衰弱的老人，因為老人剛剛一舉斬斷了她以為無法擺脫的鎖鏈。她要求回房休息，努瓦蒂埃以目光示意，允許她提出的請求。

但瓦朗蒂娜沒有上樓回房，她一出老人房門就沿著走廊，從小門出去，衝到花園。當事件接踵而來發生時，有一種隱隱的恐懼不斷壓抑著她的心。她一直擔憂摩雷爾會臉色蒼白，神情嚇人地出現，就像拉文斯伍德爵士跟拉馬摩爾露西亞[88]締結婚約時一樣。

果然，她來到鐵柵的時間，很是剛好。馬克西米利安看到弗朗茲跟德．維勒福先生離開墓地，預料到即將發生的事，便跟隨而至。後來看到弗朗茲進去後又出來，接著更帶著阿爾貝和沙托．勒諾回來。對他來說，

88 英國小說家司各特的小說《拉馬摩爾的新娘》中的主人公。

事情已無可置疑了。於是他進入花園，準備應付一切狀況，他深信瓦朗蒂娜一旦得空，會跑來見他。

他沒有想錯。他的眼睛貼在板縫上，果然看到少女出現，她不像往常那樣小心翼翼，而是逕直奔向鐵柵。馬克西米利安朝她看了第一眼，便放下心；聽到她說出第一句話，便高興得跳起來。

「我們得救了！」瓦朗蒂娜說。

「我們得救了！」摩雷爾重複說了一遍，無法相信眼前的幸福，「是誰拯救我們的？」

「我的爺爺。哦！要好好愛他，摩雷爾。」

摩雷爾發誓真心誠意地愛老人，這個誓言對他來說不算什麼，因為此刻他對老人的愛勝過對朋友和父親的愛，他把老人當作上帝一樣崇拜。

「發生了什麼事呢？」摩雷爾問：「他用了什麼奇特的方法？」

瓦朗蒂娜開口想和盤托出，但她轉念一想，這裡面有個可怕的祕密，不僅僅關係到她祖父一人。

「以後我再全部告訴您。」她說。

「什麼時候？」

「等我成為您的妻子。」

回到摩雷爾容易理解的話題，他知道他應該感到滿足，一天裡知道這些事也夠多了。但他要瓦朗蒂娜答應明晚再見面，才同意離去。瓦朗蒂娜答應摩雷爾的要求。在她看來，一切都改變了。一小時前，她很難相信能不嫁給弗朗茲，而現在她相信會嫁給馬克西米利安。

這時，德．維勒福夫人上樓來到努瓦蒂埃房裡。努瓦蒂埃帶著平時對待她時的那種陰沉嚴峻的目光望著她。

「先生，」她對他說：「我不用告訴您，瓦朗蒂娜的婚事取消了，因為事情就是在這裡發生的。」

努瓦蒂埃無動於衷。

「但是，」德．維勒福夫人又說：「先生，您有所不知，我是一直反對這門婚姻的，不過我無能為力。」

努瓦蒂埃望著他的媳婦，等待她解釋。

「可是，現在既然知道您不滿意這門婚事，既然已經取消了，我想要求一件事，這是德．維勒福先生和瓦朗蒂娜，都不會做的事。」

努瓦蒂埃先生以眼神詢問是什麼事。

「我請求您，先生，」德．維勒福夫人又說：「只有我有這個權利，因為我是唯一無利害瓜葛的人。我請求您，我不說寵愛，因為她始終擁有您的寵愛，請您把財產贈與您的孫女。」

努瓦蒂埃的目光一時之間猶豫不定，顯然他在思索此舉的動機。

「先生，」德．維勒福夫人說：「我能期望您的意願跟我的請求一致嗎？」

「可以。」努瓦蒂埃示意。

「這樣的話，先生，」德．維勒福夫人說，「我既感激又高興地告退了。」她向努瓦蒂埃先生鞠躬告辭。

果然，第二天努瓦蒂埃就請來公證人，第一份遺囑作廢，立了一份新的遺囑，他把全部財產贈與瓦朗蒂娜，條件是不得讓她與他分離。

於是有人估算，德．維勒福小姐作為德．聖梅朗侯爵夫婦的繼承人，又重新得到了祖父的寵愛，有朝一日，她將擁有三十萬利佛爾的年收入。

正當維勒福家這門婚事破裂時，德．莫爾賽夫伯爵先生接待了基度山的造訪。接著，為了表示對唐格拉爾的誠意，德．莫爾賽夫伯爵又換穿華麗的少將軍服，戴上所有十字勳章，叫人準備最好的馬。如此裝束妥當後，他驅車前往昂坦堤道街，叫僕人向唐格拉爾通報，此時銀行家正在進行月底結帳。

曾幾何時，拜訪銀行家得等他心情好的時候，現在，即不是好時機。

因此，唐格拉爾一見到他的老朋友，便擺出神情凝重的姿態，正襟危坐在他的扶手椅裡。

莫爾賽夫平時非常呆板，現在卻裝出一副笑容可掬、和藹可親的模樣。他自信以為提議會被熱切接受，便省略外交辭令，單刀直入地說：「男爵，我來了。我們長期以來總是在過往的承諾上打轉……」

說完這句話，莫爾賽夫期待著看到銀行家笑逐顏開，他認為銀行家臉色陰沉是由於他一直保持沉默；但相反地，且完全出乎意料地，那張臉變得更加冷酷無情。

莫爾賽夫因此只說到一半便打住了。

「什麼承諾，伯爵先生？」銀行家問，彷彿他怎麼也想不起將軍所說的事。

「哦！」伯爵說：「您是一個重視形式的人，親愛的先生，您提醒了我要按慣例履行禮節。很好，真的。請原諒我，由於我只有一個兒子，而且我第一次考慮他的婚事，所以還是個生手。好的，我依循禮節。」

接著莫爾賽夫帶著勉強的微笑站起來，向唐格拉爾深深一鞠躬，說：「男爵先生，我榮幸地為我的兒子阿爾貝．德．莫爾賽夫子爵向您的女兒歐仁妮．唐格拉爾求婚。」

但唐格拉爾並不像莫爾賽夫所期待的那樣欣喜地接下請求，他反而皺起眉頭，沒有請站著的伯爵坐下。

「伯爵先生，」他說：「在回答您之前，我要考慮一下。」

「考慮一下！」莫爾賽夫接著說，越來越訝異，「自從我們首度談到這樁婚事以來，已經八年了，其間難道您沒有仔細考慮嗎？」

「伯爵先生，」唐格拉爾說：「每天都會發生新狀況，使得本來以為考慮過的事，必須重新評估。」

「怎麼回事？」莫爾賽夫問：「我不明白您的意思，男爵。」

「先生，我想說這半個月以來的新狀況……」

「對不起，」莫爾賽夫說：「我們不是在演戲吧？」

「演戲？」

「是的，讓我們有話直說吧。」

「我求之不得。」

「您見過德．基度山先生了？」

「我經常見到他。」唐格拉爾搖晃著他的襟飾說：「他是我的朋友。」

「那麼，最近一次見到他時，您對他說，我似乎對這件婚事很輕忽，且猶豫不決？」

「沒錯。」

「那麼，我來了。我既不輕忽，也沒有猶豫不決，您看到了。我即是來催促您履行承諾的。」

唐格拉爾一言不發。

「難道您這麼快就改變了心意，」莫爾賽夫又說：「難道您要我再三請求，屈尊降格以博君一笑嗎？」

唐格拉爾明白，如果莫爾賽夫繼續用這種話語談下去，事情會變得對自己不利。

「伯爵先生，」他說：「您有權對我的保留態度表示驚訝，我明白這點。因此，請相信我也不好受，我包持保留態度也是被情勢所迫，萬不得已。」

「這都是空話，親愛的先生。」伯爵說：「偶然遇到的人也許會接受這種話，但德．莫爾賽夫伯爵不是偶然相遇的人。像他這樣的人來找朋友，提醒曾經做出的承諾，對方卻食言了，他有權利要求對方提出充分的理由。」

唐格拉爾很膽怯，但他決不願流露出來，他被莫爾賽夫剛才的口吻惹怒了。

「我並不缺少充分的理由。」他回答。

「您這是什麼意思？」

「我說我有充分的理由，但難以解釋。」

「您要知道，」莫爾賽夫說：「我無法接受您保持沉默。無論如何，有一件事我是清楚的，那就是您拒絕我們兩家聯姻。」

「不，先生，」唐格拉爾說：「我暫時不做決定，如此而已。」

「但我猜想，您不至於認為我容許您反覆無常，而且會低三下四地等待您回心轉意吧？」

「那麼，伯爵先生，如果您不能等待，我們就當作這件事不曾發生過好了。」

伯爵咬著嘴唇，幾乎要咬出血來，只為了按捺住脾氣，他的性格高傲易怒，有一觸即發之勢。但他明白，要是發怒，可笑的會是他。他原本已走到客廳門口，卻又馬上改變主意，回過頭來。

他的額頭掠過一道烏雲，留下的不是被冒犯的高傲神態，而是一抹隱隱不安的痕跡。

「好了，」他說：「親愛的唐格拉爾，我們相識多年，所以彼此應該寬容一點。您必須解釋一下，至少要讓我知道出了什麼事，促使您失去了對我兒子的好感。」

「這與子爵無關，我只能對您說這些，先生。」唐格拉爾回答，看到莫爾賽夫和顏悅色，他又變得盛氣凌人。

「那跟誰有關呢？」莫爾賽夫用有點變調的聲音問，他的臉色慘白。

這些跡象沒有逃過唐格拉爾的眼睛，他用比平時更堅定的目光盯著莫爾賽夫。

「最好不要讓我進一步解釋。」他說。

莫爾賽夫全身神經質的顫抖，無疑出自壓抑住的憤怒。

「我有權利。」他竭力克制住自己，回答說：「我堅持要求您做出解釋。難道您對德．莫爾賽夫夫人有偏見？或者我的財產不夠多？我的政見與您不合？……」

「都不是，先生。」唐格拉爾說：「要是這樣我會變得不可原諒，因為我早已瞭解實情，並且應允了婚約。不，別再追究了，讓您這樣自省我真的很慚愧，就到此為止，請相信我。我們採取延期的折衷辦法，既不是破裂，也不是訂約。不用急急忙忙，我的天！我的女兒十七歲，您的兒子二十一歲。在這段期間，時間依然會流逝，各種事情依然會發生。昨天顯得晦暗不明的事，第二天可能就變得清楚明白。而有時，短短一天，最無情的汙衊會從天而降。」

「您說汙衊，先生！」莫爾賽夫大聲說，面如土色，「有人汙衊我？」

「伯爵先生，我們不要再談這件事了。」

「所以，先生，我必須平靜地接受您的拒絕嗎？」

「對我來說尤其難堪，先生。是的，這對我比對您更難以忍受，因為我一直看重與您聯姻的名聲，婚事告吹對未婚妻造成的損害總是比對未婚夫大。」

「很好，先生，我們不必再談了。」莫爾賽夫說。

他氣憤地揉搓著手套，走出房間。

唐格拉爾注意到，莫爾賽夫不止一次想問是否因為他——莫爾賽夫本人的因素，唐格拉爾才收回承諾，可是莫爾賽夫一直不敢開口。

晚上，唐格拉爾跟幾個朋友長談，卡瓦爾坎蒂先生一直待在太太小姐的小客廳裡，最後一個離開銀行家的家。

第二天，唐格拉爾醒來時要了報紙，僕人馬上取來，他放下其他三、四份，拿起《大公報》。這是博尚擔任主編的報紙。

他迅速撕開封皮，焦急地打開報紙，匆匆翻過「巴黎要聞」版，直到「社會新聞」版，他帶著惡毒的微笑停留在一篇以「雅尼納特訊」為題的短文上。

「好，」他看完後說：「這篇關於費爾南上校的文章，應該可以免去我對德．莫爾賽夫伯爵先生的解釋了。」

這時，上午九點鐘敲響了，阿爾貝．德．莫爾賽夫身著黑衣，鈕釦扣得整整齊齊，神情激動，話語簡短，來到香榭麗舍大街伯爵家拜訪。

「伯爵先生大約半小時前剛剛出門。」門房說。

「他帶走巴蒂斯坦嗎？」莫爾賽夫問。

「沒有，子爵先生。」

「請叫巴蒂斯坦，我想跟他說話。」

門房去找那個貼身男僕，片刻後帶著他回來。

「我的朋友，」阿爾貝說：「請您原諒我的魯莽，但我想問您，您的主人是否真的外出了？」

「是的，先生。」巴蒂斯坦回答。

「對我也是這樣回答？」

「我知道我的主人非常樂意接待先生，我絕對不敢怠慢先生的。」

「你說得對，因為我要跟他商談要事。依你看他很晚才會回家嗎？」

「不會，因為他吩咐十點鐘備好早餐。」

「好，我到香榭麗舍大街轉一圈，十點鐘回到這裡。如果伯爵先生在我之前回來，請轉告他，請他等一下。」

「我會轉達，先生盡可以放心。」

阿爾貝讓他來時乘坐的出租馬車停在伯爵家門口，自己散步離開。

經過寡婦巷前，他似乎看見伯爵的馬就停在戈賽射擊房門口。他走過去，先確認馬匹，又認出車伕。

「伯爵先生在練習射擊嗎？」莫爾賽夫問車伕。

「是的，先生。」車伕回答。

果然，莫爾賽夫走近射擊房，傳來幾聲規律的槍響。他走進去。

侍者待在小花園裡。「對不起，」他說：「能不能請子爵先生稍等？」

「為什麼，菲利普？」阿爾貝問，他是常客，不明白為什麼受到阻擋，心裡感覺奇怪。

「因為現在的打靶者習於單獨練習，他從不在別人面前射擊。」

「甚至不在你的面前，菲利普？」

「您看，先生，我待在傳達室門口。」

「誰為他裝上子彈？」

「他的僕人。」

「一個努比亞人？」

「一個黑人。」

「沒錯。」

「您認識這位爵爺？」

「我是來找他的，他是我的朋友。」

「哦！那麼是另一回事。我進去告訴他。」

菲利普在好奇心的驅使下走進木板屋。片刻，基度山出現在門口。

「原諒我跟隨您到這裡，親愛的伯爵，」阿爾貝說：「我首先必須說，這決不是您僕人的過錯，僅是我自己莽撞。我去拜訪您，僕人告訴我，您去散步了，但十點鐘回來吃早餐。我因此也隨意走走，準備等到十點鐘。散步時我看到您的馬和車。」

「您這番話讓我心生希望，您是來與我共進早餐的。」

「不，謝謝，這時候我沒心思吃早餐。也許我們稍晚一起用餐，不過自然不會有好心情。」

「您到底在說什麼？」

「親愛的，今天我要跟人算帳。」

「您？為什麼？」

「當然是為了決鬥。」

「是的，我明白，但為什麼？人們什麼事都可以決鬥，您明白。」

「為了榮譽。」

「啊，那就嚴重了。」

「非常嚴重，因此我來請您幫忙。」

「什麼忙？」

「做我的證人。」

「這是嚴肅的事，我們不要在這裡談論，到我家。阿里，給我一點水。」

伯爵挽起袖子，走到射擊房前的小型前廳，打靶的人習慣在那裡洗手。

「進來吧，子爵先生，」菲利普低聲說：「您會看到奇事。」

莫爾賽夫走進去。發現貼在靶上的不是標靶黑點，而是紙牌。遠遠看去，莫爾賽夫以為是整副紙牌，從A到十點。

「啊！」阿爾貝說：「您正在玩牌？」

「不，」伯爵說：「我正在做一副紙牌。」

「怎麼回事？」

「是的，您看到的紙牌原來都是A和兩點，不過我已經用子彈打出三點、五點、七點、八點、九點和十點。」

阿爾貝走近看。確實，子彈在本來應該印上數字的地方打穿了紙牌，子彈洞代替了缺少的數字，線條排列得非常準確，間距十分均勻。走近靶子時，莫爾賽夫還撿到兩三隻燕子，牠們不小心經過伯爵的射程範圍，被伯爵打下來。

「見鬼！」莫爾賽夫說。

「有什麼辦法呢，親愛的子爵，」基度山說，用阿里遞給他的毛巾擦手：「我總得消磨空閒時光。來吧，我等著您呢。」

他們倆登上伯爵的雙座四輪轎式馬車。不久，馬車把他們載到三十號門口。

基度山把莫爾賽夫帶到書房，指給他一個座位，兩人坐下。

「現在，我們心平靜氣談談吧。」伯爵說。

「您看，我非常平靜。」

「您想跟誰決鬥？」

「跟博尚。」

「您的一個朋友。」

「決鬥的對手總是朋友。」

「至少得有個理由。」

「我有一個。」

「他哪裡得罪您？」

「昨晚的報紙……喏，您看吧。」

阿爾貝遞給基度山一份報紙，上面寫著：

雅尼納特訊：

我們終於獲悉一件至今不為人知，或者至少不曾揭露過的事實。防衛城市的城堡是由一位法國軍官出賣給土耳其人，大臣阿里·泰貝林完全信賴他，他名叫費爾南。

「呃，」基度山問：「這裡面哪裡冒犯您了嗎？」

「什麼！哪裡冒犯我？」

「是的。雅尼納宮被一個名叫費爾南的法國軍官出賣了，這與您有什麼關係呢？」

「關係到我的父親德·莫爾賽夫伯爵，費爾南是他的教名。」

「您的父親為阿里帕夏效力過嗎？」

「他為希臘人的獨立戰鬥過。汙衊就由此而來。」

「啊！親愛的子爵，你說話理智一點。」

「我求之不得。」

「告訴我，在法國有誰知道軍官費爾南與德·莫爾賽夫伯爵是同一個人呢？現今又有誰關心雅尼納？我想，雅尼納是在一八二二或一八二三年被攻陷的吧？」

「這正是陰險惡毒之處。時間過去這麼久，他們今天又把大家已然忘卻的往事翻出來，強調這件醜聞，這可能會讓一個地位崇高的人，因此蒙上陰影。我呢，我繼承了父親的名字，我不願意這個名字遭遇不白之冤。博尚的報紙刊登了這條消息，我要請兩個證人去找他，讓他加以更正。」

「博尚決不會更正。」

「那我們就決鬥。」

「不，您不會決鬥，因為他會回答您，在希臘軍隊可能有五十個法國軍官叫作費爾南。」

「即使這樣回答，我們還是要決鬥。哦！我要完全消除這個情況。我的父親，一個如此高貴的軍人，擁有如此顯赫的生涯經歷……」

「或者他會說：我們有理由相信，這個費爾南跟德．莫爾賽夫伯爵先生絲毫不相干，雖然伯爵的教名也叫費爾南。」

「我非要他完全更正不可，我決不滿足這種解釋。」

「您要請證人去找他？」

「是的。」

「您錯了。」

「您的意思是拒絕幫忙。」

「啊！您知道我對決鬥的看法，我在羅馬曾發表過我的主張，您還記得吧？」

「但是，親愛的伯爵，今天上午，就在剛才，我看到您所做的事跟這種見解大相逕庭。」

「親愛的朋友，您知道，因為凡事不能堅執己見。跟瘋子生活在一起，就必須學會各種瘋狂的事，說不定哪天會有個愛冒險的狂熱傢伙無緣無故地向我挑釁，就像您要向博尚挑釁那樣，他為了一點無聊事便隨隨便便來找我，或者請他的證人來找我，在大庭廣眾下侮辱我。那麼，這個愛冒險的狂熱傢伙，我必須殺死他。」

「所以，您承認您也會決鬥了？」

「當然。」

「呃，那麼，為什麼您不希望我決鬥呢？」

「我沒說您不能決鬥，我只說決鬥是件嚴肅的事，必須好好考慮。」

「他侮辱我父親時，有好好考慮過嗎？」

「如果他沒考慮清楚，並且向您承認，您就不該怨恨他。」

「哦！親愛的伯爵，您太寬容了！」

「而您太嚴厲了。我假設……好好聽著，我假設……對我即將說的話請不要生氣！」

「我聽著。」

「我假設報導內容是確實的……」

「做兒子的不應容忍對父親的名譽做這樣的假設。」

「天哪！我們所處的時代是無奇不有的啊！」

「這正是所謂世風日下。」

「您立意要改革除弊嗎？」

「是的，只要涉及到我。」

「天哪！真是一個嚴厲的漢子，親愛的朋友。」

「我就是這樣。」

「您不接受忠告嗎？」

「不，只要是來自朋友。」

「您認為我是您的朋友嗎？」

「是的。」

「那麼，在請您的證人去找博尚之前，您要打聽一下情況。」

「跟誰打聽？」

「當然是海蒂。」

「把女人拉扯進來，她能派上什麼用場？」

「比如，她向您表明，您父親與她父親的失敗和死毫無瓜葛，或者她會為您澄清事實，如果您父親參與了這件不幸……」

「親愛的伯爵，我已經對您說過，我不能容許這樣的假設。」

「所以您拒絕這個提議？」

「我拒絕。」

「絕對？」

「絕對！」

「那麼，最後一個建議。」

「好的，但是最後一個了。」

「您不願意聽嗎？」

「正好相反，請說吧。」

「決不要請證人去找博尚。」

「怎麼？」

「您要親自去。」

「這違反慣例。」

「您的事本來就不同尋常。」

「為什麼我要親自去呢？」

「因為這樣就只是您和博尚之間的事。」

「請您解釋清楚。」

「當然可以。如果博尚已準備更正，就該為他留餘地，讓他更正。相反地，如果他拒絕了，屆時再讓兩個外人知道您的祕密也不嫌遲。」

「不是外人，是兩個朋友。」

「今天的朋友是明天的仇敵。博尚就是佐證。」

「因此……」

「因此，我勸您謹慎行事。」

「因此，您認為我要親自去找博尚？」

「是的。」

「單獨去？」

「單獨去。當您想從一個人的自尊心中有所得，就必須保全他的面子，不讓他為難。」

「我想您說得對。」

「啊！那就太讓人高興了！」

「我這就單獨前去。」

「去吧。但是若您不去更好。」

「這不可能。」

「那就這樣去吧，總比您剛才的方式好。」

「如此一來，儘管我謹慎行事，盡了最大努力，如果還是要決鬥，您願意做我的證人嗎？」

「親愛的子爵，」基度山一臉嚴肅地說：「您應該知道，在之前的許多時間和地點，我對您完全忠誠；但現在您要我幫的忙，超出了我能力所及的範圍。」

「為什麼？」

「或許有朝一日您會知道。」

「在這期間呢？」

「我請您能寬恕我保守祕密。」

「好吧。我會找弗朗茲和沙托．勒諾擔任我的證人。」

「那很好。」

「總之，如果我要決鬥，您願意傳授我劍術和射擊技巧嗎？」

「不，這也是我無法答應的事。」

「您這個人真古怪，所以您完全不想插手？」

「絕對不插手。」

「不談了。再見，伯爵。」

「再見，子爵。」

莫爾賽夫拿起帽子，走出去。他在門口找到他的馬車，忍住滿腔憤怒，驅車去報社找博尚。

阿爾貝來到報社。博尚待在一間陰暗的、滿佈塵土的辦公室裡，報社的辦公室都是這樣子。

向他通報阿爾貝・德・莫爾賽夫來訪，重複了兩次，他還是無法相信，叫道：「請進！」

阿爾貝出現了。博尚看到他的朋友小心跨過一捆捆紙張，踩在辦公室的紅磚地——而不是地板上時，發出一聲驚嘆。

「走這裡，走這裡，親愛的阿爾貝。」他說，向年輕人伸出手去，「是什麼風把您吹來？你像大拇指[89]一樣迷路了吧，還是特地來跟我共進早餐？想辦法找一把椅子，喏，那邊，靠近天竺葵那裡。只有天竺葵使我想起世上除了紙張還有葉子[90]。」

「博尚，」阿爾貝說：「我是來跟您談談報紙的事。」

「您，莫爾賽夫，什麼事？」

「我要求刊登更正啟事。」

「更正啟事？關於什麼，阿爾貝？請坐下！」

「謝謝。」阿爾貝回答，略微點一下頭。

89 指貝洛童話的主人公。

90 法文的葉子（feuille）與紙張（feuille de papier）有共用的詞，因此博尚說出這句俏皮話。

「您解釋一下。」

「更正一個消息，這個消息損害了我家人的名譽。」

「怎麼會！」博尚驚愕地說：「什麼消息？這不可能。」

「就是雅尼納特訊。」

「雅尼納特訊？」

「是的，雅尼納特訊。看您的樣子，您真的不知道我的來意？」

「以我的名譽保證。巴蒂斯特，把昨天的報紙拿來！」博尚喊道。

「不需要，我帶來一張。」

博尚喃喃地念道：「『雅尼納特訊……』」

「您明白事情很嚴重。」博尚念完後，莫爾賽夫說。

「這個軍官是您的親戚？」新聞記者問。

「是的。」阿爾貝紅著臉回答。

「那麼，我要怎樣做您才會滿意？」博尚和顏悅色地問。

「親愛的博尚，我希望您更正這個消息。」

博尚仔細端詳阿爾貝，他的態度無疑表明他充滿誠意。

「啊，」他說：「這件事我們得詳談一下，因為更正是一件嚴肅的事。請坐，我把這三、四行消息再讀一遍。」

阿爾貝坐下，博尚更加聚精會神地重讀被他的朋友提出責難的那幾行字。

「呃，您看，」阿爾貝堅決且近乎粗魯地說：「有人在您的報上侮辱我的家庭成員，我要求更正。」

「您……要求……」

「是的，我要求！」

「請允許我告訴您，您不善於談判，親愛的子爵。」

「我不想成為那樣的人。」年輕人站起來回答：「我要求的是更正一則您昨天披露的消息，並且一定要做到。您是我相當要好的朋友，」阿爾貝看到博尚也開始抬起高傲的頭，撇起嘴唇又說：「您是我相當要好的朋友，您很瞭解我，我希望您能理解我在這種情況下不容阻擋的決心。」

「即使您是我的朋友，莫爾賽夫，可是您剛才說出的話，會讓我忘卻這一點……算了，我們別生氣，或者至少現在還不能生氣。您焦慮不安，十分惱怒，受到傷害……嗯，這個叫費爾南的人是您什麼人？」

「他就是我的父親，」阿爾貝說：「費爾南．蒙德戈先生，德．莫爾賽夫伯爵，一個在戰場上馳騁了二十年的老軍人，有人想在他高貴的傷疤上塗抹水溝裡的污泥。」

「他是您的父親？」博尚說：「那又另當別論，我可以想像您的憤怒，親愛的阿爾貝，讓我們再讀一遍。」

於是他再讀一遍這條消息，並仔細斟酌每一個字的分量。

「但您從什麼地方看出，報上的費爾南就是您父親呢？」博尚問。

「沒有，但我知道別人看得出來。因此我要求更正這則消息。」

聽到「我要求」這幾個字，博尚抬起頭看了看莫爾賽夫，幾乎隨即又低下眼睛，他短暫陷入沉思。

「您會更正這則消息，是嗎，博尚？」莫爾賽夫又說了一遍，火氣越來越大，雖然一直控制著。

「是的。」博尚說。

「好極了。」阿爾貝說。

「但要等我確信這則消息是假的。」

「什麼！」

「是的，這件事值得調查，而且我會徹查它。」

「這件事又有什麼需要調查的呢，先生？」阿爾貝怒不可遏地說：「如果您不相信這是我父親，就說出來；如果您認為是他，請告訴我，您這麼做的理由。」

博尚帶著他特有的微笑望著阿爾貝，這種微笑可以傳達出各種情緒的細微之處。「先生，」他回答：「既然先生光臨，如果您來對我興師問罪的，那麼就應該直說出來，不必花費半個鐘頭談什麼友誼和我耐著性子聽完的廢話。難道我們今後就如此交往嗎？」

「是的，如果您不更正這卑劣的詆毀的話！」

「等等，請不要語出恐嚇，阿爾貝．蒙德戈先生，德．莫爾賽夫子爵，我不能忍受敵人的恐嚇，更不能忍受朋友的恐嚇，您要求我更正這則關於費爾南上校的消息，是嗎？我以自己的名譽保證，我根本沒有插手這條消息。」

「是的，我要求更正！」阿爾貝說，他開始失去理智了。

「否則，您要跟我決鬥？」博尚鎮定自若地問。

「是的！」阿爾貝提高聲音回答。

「那麼，」博尚說：「這就是我的回答，親愛的先生：這則消息不是由我刊登的，我一無所知。但您此舉已讓我注意到這則消息，我會盡快瞭解，更正或是證實，要等事情徹查清楚後而定。」

「先生，」阿爾貝站起來說：「那就請讓我的證人來找您，您可以跟他們商定決鬥地點和使用的武器。」

「很好，親愛的先生。」

「如果您願意，今晚或最遲明天，我們會再見面。」

「不！不！如果非如此不可，我會去決鬥。依我看，我有權發表意見，因為是我接受挑釁，但時機未到。我知道，您的劍術很好，我的劍術也還過得去。我知道，您六槍能有三槍擊中紅心，但我的槍法也不相上下。我知道，我們倆的決鬥不是兒戲，因為您是勇敢的，而我也是。因此，我不願意無緣無故冒險殺死您或者被您殺死。現在該由我來提問了，而且直接了當。

「您堅持更正，如果我不更正，就要殺死我，即使我一再重申，以名譽擔保，我不知道刊登這則消息的事。最後，雖然我向您表明，除了您這樣雅弗[91]似的人物，別人決不可能從費爾南這個名字猜出是德·莫爾賽夫伯爵，是嗎？」

「我堅持這樣做。」

「那麼，親愛的先生，我同意跟您一決生死，但我需要三個星期的時間，三個星期後，再見面時，我會告訴您：是的，這消息是假的，我更正；或者說：是的，這消息是真的。之後我會拔劍出鞘，或者從槍盒取出手槍，方式由您選擇。」

「三個星期！」阿爾貝大聲說：「三個星期如同三個世紀，在這期間，我會身敗名裂的。」

91 據《聖經》創世紀第十章，雅弗是挪亞的兒子。

「如果您仍然是我的朋友，我要對您說：有耐心一點，朋友。若您成為我的仇敵，我會對您說：這跟我有什麼關係，先生。」

「好吧，三個星期。」莫爾賽夫說：「但請記住，之後不能再拖延，您也不能再有什麼藉口……」

「阿爾貝·德·莫爾賽夫先生，」換博尚站起來說：「只要等三個星期，也就是二十四天之後[92]，我才會親手把您從窗口扔出去，而您也只有在那個時候才有權利攻擊我。今天是八月二十九日，因此是等到九月二十一日。此刻請相信我，我對紳士的忠告，我們不要像兩條分別栓著的狗那樣狂吠亂叫。」

博尚莊重地向年輕人鞠躬，然後轉過身，走到印刷間。

阿爾貝使勁用手杖抽打往一落報紙洩憤，報紙被打得七零八落。然後他朝外面走去，但忍不住三番兩次朝印刷間門口轉過身體。

阿爾貝抽打過對他的沮喪無能為力的無辜報紙之後，又抽打他的有篷雙輪輕便馬車的駕馬。穿過大街時，他看到摩雷爾仰頭朝天，睜大眼睛，手臂無拘無束地擺動著，正從聖馬丹門那頭走來，經過中國式澡堂前，再朝馬德萊娜教堂走去。

「啊！」他嘆氣說：「這是一個幸福的人！」

阿爾貝這次剛好沒有看錯。

79　檸檬水

摩雷爾確實非常幸福。

努瓦蒂埃先生剛派人找他，他迫不及待想弄清楚原委，因此沒有乘坐馬車，因為他信賴自己雙腳，更勝於出租馬車。因此他快如流星，從梅萊街出發，趕往聖奧諾雷區。

摩雷爾小跑步趕路，可憐的巴魯瓦竭力跟隨著他。摩雷爾三十一歲，巴魯瓦已六十歲，摩雷爾沉醉在愛情裡，巴魯瓦則燥熱口渴。這兩個人關心之事和年齡迥異，卻酷似三角形的兩邊，底端分開，頂部會合。頂部是努瓦蒂埃，他派人去找摩雷爾，吩咐摩雷爾盡速趕來，摩雷爾一板一眼地執行，可苦了巴魯瓦。趕到時，摩雷爾甚至大氣也不喘一聲，愛情為他生出翅膀；但巴魯瓦早就不談情說愛了，他只是一逕汗流浹背。

老僕讓摩雷爾從一道邊門進入後，隨手關上書房的門。不一會兒，傳來長裙拖在地板上的窸窣聲，瓦朗蒂娜來了。

瓦朗蒂娜身著喪服，卻顯得俏麗動人。夢一般的現實如此誘人，摩雷爾幾乎把跟努瓦蒂埃談話一事拋諸腦後。但不久傳來老人的輪椅在地板滾動的聲音，他進來了。

92 法國人把一週之後說成「八天之後」。

摩雷爾對他表達萬分謝意，感謝他好心介入，把瓦朗蒂娜和他從絕望中拯救出來。努瓦蒂埃以親切的目光接受謝意。接著摩雷爾以目光詢問女孩，他是如何獲得這一新的恩惠。女孩羞澀地坐在遠離摩雷爾的地方，等待著不得不開口的時刻。

努瓦蒂埃也望著她。

「一定要我說出您委託我說的話嗎？」她問。

「是的。」努瓦蒂埃示意。

「摩雷爾先生，」於是瓦朗蒂娜對年輕人說，他正盯著她，「努瓦蒂埃爺爺要告訴您許多事，這三天，他已先陸續告訴我了。今天，他派人去找您，讓我複述給您聽。既然他挑選我做傳話人，我就原封不動地一一複述他的原意。」

「哦！我迫不及待地洗耳恭聽。」年輕人回答：「說吧，小姐。」

瓦朗蒂娜低下眼睛，這在摩雷爾看來是好預兆。瓦朗蒂娜只有在幸福中才變得柔弱。

「爺爺想離開這幢房子，」她說：「巴魯瓦正在為他物色合適的公寓。」

「您呢，小姐，」摩雷爾說：「您與努瓦蒂埃先生這樣親近，他是離不開您的。」

「我嗎，」女孩回答：「我決不離開爺爺，他和我已經說定了。我的房間會靠近他的。我會徵得德·維勒福先生的同意，跟爺爺住在一起；然我可能會遭到拒絕。若是第一種情況，我現在就能離開這裡；若是第二種情況，再過十八個月我就成年了，那時我將獲得自由，擁有一筆得以獨立支配的財產，而且……」

「而且？」摩雷爾問。

「而且，得到爺爺的允許後，我會遵守對您許下的承諾。」

瓦朗蒂娜說出最後一句話時聲音非常小，要不是全神貫注傾聽，摩雷爾幾乎無法聽見。

「我把您的想法表達清楚了嗎，爺爺？」瓦朗蒂娜插入一句，問努瓦蒂埃。

「是的。」老人示意。

「一旦住到爺爺家裡，」瓦朗蒂娜又說：「摩雷爾先生就可以到這個可親可敬的保護人面前來看我。我們或許天真無知，或者會任性胡來，但我們心意相通，如果這種聯繫，能保證我們將來的幸福（唉！據說被阻礙激起熱情的心，在風平浪靜時會冷卻下來！）那時，摩雷爾先生可以向我求婚，我一定會等著他。」

「哦！」摩雷爾大聲說，很想跪在老人面前，就像跪在上帝面前一樣，也想跪在瓦朗蒂娜面前，如同跪在天使面前一般，「我這輩子做了什麼好事，能得到這麼樣的幸福呢？」

「在這之前，」女孩用清亮而莊重的語調說下去：「我們要遵守禮節和我父母親的意願，只要那意願不試圖拆散我們。總之，我重複這句話，是因為它包含一切意思：我們等待。」

「我願意對這句話做出犧牲，先生，」摩雷爾說：「我向您發誓，一定辦到，不是逆來順受，而是欣然接受。」

「因此，」瓦朗蒂娜繼續說，她的眼光讓馬克西米利安的心感受到甜蜜，「不要再莽撞行事，我的朋友，不要損害從今天起自知最終將純真無愧地加上您姓氏的那個女子。」

摩雷爾將手按在心上。

努瓦蒂埃溫柔地望著他們倆。巴魯瓦待在房間深處，別人無需對他隱瞞，他微笑著，同時擦拭從禿頂上流下的涔涔汗水。

「天哪，善良的巴魯瓦，他多熱啊。」瓦朗蒂娜說。

「啊！」巴魯瓦說：「那是因為我跑了一大段路，小姐。但摩雷爾先生，我應該為他說句公道話，他跑得比我還快。」

努瓦蒂埃以眼光示意托盤上擺著一隻裝檸檬水的長頸大肚玻璃瓶和一隻杯子。瓶裡少掉的部分是半小時前努瓦蒂埃喝掉的。

「巴魯瓦，」女孩說：「喝一點吧，我看到您正盯著這大半瓶檸檬水呢。」

「事實上，」巴魯瓦說：「我渴死了，而且我很樂意為您的健康喝一杯檸檬水。」

「喝吧，」瓦朗蒂娜說：「過一會兒回來。」

巴魯瓦拿走托盤，到了走廊上，透過他忘了關上的房門，只見他仰頭喝光了瓦朗蒂娜為他斟滿的一杯檸檬水。

瓦朗蒂娜和摩雷爾在努瓦蒂埃面前互相道別，這時，樓梯傳來鈴聲，表示有人來訪。瓦朗蒂娜看看掛鐘。「十二點了，」她說：「今天是星期六，爺爺，一定是醫生來了。」

努瓦蒂埃示意可能是他。

「他來了，摩雷爾先生就該走了，是嗎，爺爺？」

「是的。」老人回答。

「巴魯瓦！」瓦朗蒂娜叫道：「巴魯瓦，快來呀！」

傳來老僕回答的聲音：「我就來，小姐。」

「巴魯瓦會領您到門口。」瓦朗蒂娜對摩雷爾說：「現在，請您記住一件事，軍官先生，我爺爺囑咐您決不要冒險做出會損害我們幸福的舉動。」

「我答應等待。」摩雷爾說：「我會等待的。」

這時候，巴魯瓦進來了。

「是誰拉鈴？」瓦朗蒂娜問。

「醫生德·阿弗里尼先生。」巴魯瓦說，雙腿搖搖晃晃。

「您怎麼了，巴魯瓦？」瓦朗蒂娜問。

老人一聲不吭，他用驚惶的目光望著主人，他痙攣的手正尋找支撐點，以便站好。

「他站不住了！」摩雷爾喊道。

果然，巴魯瓦顫抖得越來越厲害，臉色由於肌肉痙攣而改變，顯示將引發強烈的神經性發作。

努瓦蒂埃看到巴魯瓦這樣痙攣顫抖，越發盯著他，眼神裡明顯流露出他內心的激動與哀憐。

巴魯瓦朝主人走近幾步。

「天哪！主啊！」他說：「我怎麼了……我很難受……我看不見東西了。上千支火針穿過我的腦袋。哦！別碰我，別碰我！」

他的眼球突出，目光驚恐不安，頭往後仰，身體其他部分變得僵直。

驚惶的瓦朗蒂娜喊了一聲，摩雷爾把她抱在懷裡，彷彿要保護她免於某種不測。

「德·阿弗里尼先生！德·阿弗里尼先生！」瓦朗蒂娜用忍抑的聲音喊道：「來人哪！救人哪！」

巴魯瓦轉過身體，往後倒退三步，又踉踉蹌蹌走向前，倒在努瓦蒂埃腳下，他的手支在主人膝蓋上，一面喊道：「我的主人！我的好主人！」

這時，德·維勒福先生被喊聲吸引過來，出現在門口。

摩雷爾放開快暈倒的瓦朗蒂娜，往後退去，躲在房間角落，幾乎完全躲藏在窗幔後。他臉色蒼白，彷彿看到一條蛇突然竄到面前，他冰涼的目光盯著那垂死掙扎的不幸僕人。

努瓦蒂埃心急如焚，驚恐萬分，他的心靈飛去拯救可憐老人，那人毋寧是他的朋友，而不是僕人。只見老僕額頭青筋突出，眼眶周圍的肌肉劇烈地抽搐，生與死正在進行可怕的搏鬥。

巴魯瓦臉部顫動，眼球充血，脖子往後仰，雙手拍打著地板，僵硬的雙腿似乎即將折斷，而無法彎曲。他嘴角冒出些許白沫，他痛苦地呼吸困難。

維勒福目瞪口呆，直楞楞盯著這幅畫面，當他一踏進房間，這場景就緊緊攫住他的目光。

他沒有看到摩雷爾。他默默地盯著，只見他的臉變得蒼白，頭髮倒豎。

「醫生！醫生！」他喊道，衝向門口，「快來！快來！」

「夫人！夫人！」瓦朗蒂娜大聲叫她的繼母，撞在樓梯的板壁上，「快來！快來！把您的嗅鹽瓶拿來！」

「怎麼了？」德．維勒福夫人用節制的刺耳語調問道。

「快來！快來！」

「醫生在哪裡？」維勒福喊道：「他在哪裡？」

德．維勒福夫人慢悠悠地下樓，只聽到木板在她腳下嘎吱作響。她一隻手拿著手帕擦臉，另一隻手拿著英國嗅鹽瓶。

來到門口，她第一眼便是看向努瓦蒂埃，除了臉上流露出應有的激動外，看不出他的健康有任何變化，她第二眼才看著垂危的僕人。她臉色驟然轉為蒼白，目光又從僕人轉到主人身上。

「看在上天的分上，夫人，醫生在哪裡？他進我們家了。這是中風，您看，放血能救他。」

「他剛才吃過東西嗎？」德．維勒福夫人問，她要搞清楚狀況。

「夫人，」瓦朗蒂娜說：「他沒有吃早餐，上午執行爺爺交代的事，跑了很多路，回來後他只喝了一杯檸檬水。」

「啊！」德．維勒福夫人說：「為什麼不喝酒？喝檸檬水不適合。」

「檸檬水就在他手邊，爺爺的長頸大肚玻璃瓶裡。可憐的巴魯瓦口渴，找到水就喝。」

德．維勒福夫人不寒而慄。努瓦蒂埃用深沉的目光凝視她。

「他多不幸！」她說道。

「夫人，」維勒福說：「我問您，德．阿弗里尼醫生在哪裡？看在上天的分上，快回答！」

「他在愛德華的房裡，愛德華有點不舒服。」德．維勒福夫人說，她不能繼續迴避。

維勒福衝到樓梯上，親自去叫醫生。

「拿著吧。」少婦把嗅瓶交給瓦朗蒂娜說：「看樣子等等會給他放血。我得上樓回房裡，我不能看到血。」

她跟隨丈夫出去了。

摩雷爾從躲藏的幽暗角落走出來，大家只顧著眼前的事，沒有人看到他。

「快走，馬克西米利安，」瓦朗蒂娜對他說：「等我派人去叫您。走吧。」

摩雷爾做了個手勢詢問努瓦蒂埃。努瓦蒂埃十分鎮定，示意他可以走。

他把瓦朗蒂娜的手按在自己心上，從邊門出去。

這時，維勒福和醫生從相反方向的那道門進來。巴魯瓦逐漸甦醒過來，發作過去了，他又能哼哼著說話，他跪著一條腿爬起來。

德．阿弗里尼和維勒福把巴魯瓦抬到一張躺椅上。

「您要什麼東西，醫生？」維勒福問。

「給我拿點水和乙醚來。您家裡有吧？」

「有的。」

「派人去給我弄點松節油和催吐藥。」

「快去！」維勒福說。

「現在請大家出去。」

「我也出去？」瓦朗蒂娜膽怯地問。

「是的，小姐，尤其是您。」醫生生硬地說。

瓦朗蒂娜驚訝地望著德．阿弗里尼先生，親吻努瓦蒂埃的額頭，便出去了。

醫生在她身後陰沉地關上門。

「看，醫生，他醒過來了，這只是一次無關緊要的發作。」

德．阿弗里尼先生陰沉地微笑著。

「您感覺怎麼樣，巴魯瓦？」醫生問。

「好一點了，先生。」

「您能喝下這杯摻了乙醚的水嗎？」

「我試試看，但別碰我。」

「為什麼？」

「因為我覺得一碰到我，哪怕只是指尖，又要發作了。」

「喝吧。」

巴魯瓦拿起杯子，湊到發紫的嘴唇上，喝下將近一半。

「您哪裡難受？」醫生問。

「到處都難受，我感到全身可怕地痙攣。」

「您眼冒金星嗎？」

「是的。」

「耳鳴嗎？」

「可怕的耳鳴。」

「什麼時候發病的？」

「剛才。」

「很快？」

「像閃電一樣。」

「昨天沒事？前天沒事？」

「沒事。」

「沒有昏昏欲睡？沒有沉滯的感覺？」

「沒有。」

「今天您吃了什麼？」

「我沒吃東西，只不過喝了一杯努瓦蒂埃先生的檸檬水。」

巴魯瓦用頭做了一個動作，指向努瓦蒂埃，老人一動不動地坐在扶手椅裡，看著這個可怕的場景，不遺漏任何一個動作，也不說一句話。

「檸檬水在哪裡？」醫生急忙問。

「在樓下的長頸大肚玻璃瓶裡。」

「在樓下什麼地方？」

「在廚房裡。」

「要我去把它拿來嗎，醫生？」維勒福問。

「不，請留在這裡，讓病人喝完這杯水。」

「但這檸檬水……」

「我自己去拿。」

德．阿弗里尼一個箭步，打開房門，衝到僕人使用的樓梯，差點撞倒了德．維勒福夫人，她也正下樓來到廚房。

她叫了一聲。德．阿弗里尼甚至沒有留意到，他腦海裡只有一個念頭，跳下最後三、四級樓梯，衝進廚房，看到倒空了四分之三的玻璃瓶仍然放在托盤上。

他像一隻老鷹撲向獵物那樣猛撲過去。他氣喘吁吁地走上底樓，回到房裡。

德．維勒福夫人慢慢地上樓回到她的臥房。

「就是這隻玻璃瓶嗎？」德．阿弗里尼問。

「是的，醫生先生。」

「您喝的就是這瓶檸檬水嗎？」

「我想是的。」

「您覺得是什麼味道？」

「一股苦味。」

醫生倒了幾滴檸檬水在手心裡，吸入口中，漱漱口，就像品酒似的，然後把飲料吐在壁爐裡。

「就是它，」他說：「您也喝過嗎，努瓦蒂埃先生？」

「是的。」老人示意。

「您也感覺到苦味嗎？」

「是的。」

「啊！醫生先生！」巴魯瓦大聲說：「又發作了！我的天，主啊，可憐我吧！」

醫生衝向病人：「維勒福，看看催吐藥來了沒有。」

維勒福一邊衝出去一邊叫道：「催吐藥！催吐藥！拿來了嗎？」

沒有人回答。屋子裡籠罩著恐怖慌亂的氣氛。

「如果我有辦法把空氣吹進他的肺部，」德・阿弗里尼環顧四周說：「或許有可能防止窒息。不，毫無辦法，毫無辦法！」

「啊！先生！」巴魯瓦大聲說：「您就讓我死去，不救救我嗎？我要死了，天哪！我要死了！」

「拿支筆來！拿支筆來！」醫生要求著。

他看到桌上有支筆。

他想把筆伸進病人嘴裡，因為病人痙攣時是吐不出來的。但是病人咬緊牙關，筆插不進去。巴魯瓦這次神經性的發作比第一次更強烈。他從躺椅滑落到地板上，全身挺直。醫生只能讓他遭受痛苦，因為無法為他減輕痛苦，於是走向努瓦蒂埃。

「您感覺如何？」他匆促地低聲問：「還好嗎？」

「是的。」

「胃感覺輕鬆還是沉甸甸？很輕鬆？」

「是的。」

「就像吃過每個星期天我開給您的藥丸那樣？」

「是的。」

「是巴魯瓦為您泡的檸檬水嗎？」

「是的。」

「是您要他喝的嗎？」

「不。」

「是德．維勒福先生？」

「不。」

「是夫人？」

「不。」

「那麼是瓦朗蒂娜？」

「是的。」

巴魯瓦嘆一口氣，接著打一記呵欠，打得顎骨嘎吱作響，這引起德・阿弗里尼的注意，他離開努瓦蒂埃先生，衝到病人身邊。

「巴魯瓦，」醫生說：「您能說話嗎？」

巴魯瓦咕噥了幾句含混不清的話。

「努力一下，我的朋友。」

巴魯瓦睜開血紅的眼睛。

「檸檬水誰泡的？」

「是我。」

「您泡好後就端給主人嗎？」

「不。」

「您把它放在一邊？」

「放在配膳室，有人叫我。」

「誰拿到這裡來的？」

「瓦朗蒂娜小姐。」

德・阿弗里尼拍拍額頭。「天哪！天哪！」他喃喃地說。

「醫生！醫生！」巴魯瓦叫道，他感到第三次發作來臨。

「催吐劑還沒有拿來嗎？」醫生大聲問。

「這是調好的一杯。」維勒福進房來說。

「誰調好的？」

「跟我一起來的藥房夥計。」

「喝吧。」

「不行，醫生，太晚了，我喉嚨緊縮了，我感到窒息！哦！我的心！哦！我的頭！哦！難受死了！我會一直這樣難受嗎？」

「不，我的朋友，」醫生說：「一會兒您就不難受了。」

「啊，我明白您的意思！」不幸的人大聲說：「天哪！可憐我吧！」

他叫一聲後往後倒下，彷彿受到了雷擊。

德・阿弗里尼將一隻手按在他心口上，拿一杯冰水湊到他唇邊。

「怎麼樣？」維勒福問。

「去對廚房說，盡快端點堇菜汁來。」

維勒福馬上下樓。

「別害怕，努瓦蒂埃先生，」德・阿弗里尼說：「我把病人帶到另一個房間放血。說實話，這種發作看了令人害怕。」

他扶住巴魯瓦兩腋，拖到隔壁房間。但他幾乎立刻回到努瓦蒂埃房裡，拿剩下的檸檬水。

努瓦蒂埃閉起右眼。「瓦朗蒂娜，是嗎？您要叫瓦朗蒂娜嗎？我告訴僕人叫她來。」

維勒福又上樓，德．阿弗里尼在走廊遇到他。

「怎麼樣？」維勒福問。

「來吧。」德．阿弗里尼說。他把維勒福帶進房間。

「一直昏迷？」檢察官問。

「他死了。」

維勒福倒退三步，握緊雙手，高舉過頭，望著屍體，帶著明顯的同情說：「死得這麼快。」

「是的，很快，對嗎？」德．阿弗里尼說，「但這不應使您驚訝，德．聖梅朗夫婦也死得很快。哦！這幢房子裡的人都死得很快，德．維勒福先生。」

「什麼！」檢察官帶著恐懼和驚愕的聲調大聲地說：「您又提起那個可怕的念頭！」

「我總是朝那裡想，先生，總是朝那裡想！」德．阿弗里尼莊重地說：「這個念頭一刻也沒有離開我。為了讓您確信我這次沒有搞錯，您聽好，德．維勒福先生。」

維勒福痙攣顫抖起來。

「有一種毒藥能殺人不留痕跡，這種毒藥我很清楚，我研究過它造成的症狀、產生的現象。我剛才在可憐的巴魯瓦身上發現這種毒藥，正如我在德．聖梅朗夫人身上發現的那樣。這種毒藥，有一種發現它的方法，它會使被酸染紅的石蕊試紙恢復藍色，而且它能把堇菜汁染成綠色。我們沒有石蕊試紙，但是，剛才我要來堇菜汁，現在端來了。」

果然，走廊傳來腳步聲，醫生打開一條門縫，從女僕手中接過一隻杯子，裡面有兩三匙堇菜汁，他又把門關上。

「看，」他對檢察官說，檢察官的心怦怦跳，幾乎可以聽到他的心跳聲，「這杯子裡有堇菜汁，這玻璃瓶裡還剩下一點檸檬水，努瓦蒂埃先生和巴魯瓦喝掉了一部分。如果檸檬水是正常無害的，堇菜汁就會保持它既有顏色；如果檸檬水有毒，堇菜汁就會變成綠色。您看吧！」

醫生慢慢地將玻璃瓶裡的檸檬水倒了幾滴在杯子裡，隨即看到杯底形成一團雲狀物；這團雲狀物先是呈現藍色，然後從藍色轉成乳白色，再從乳白色轉為翠綠色。

變成最後這種顏色後，它便不再改變。實驗的結果已無庸置疑。

「不幸的巴魯瓦中了仿安古斯都拉樹皮和聖伊涅斯核桃的毒，」德．阿弗里尼說：「我在法庭和上帝面前都會這樣證實。」

維勒福一聲不響，但他雙臂往上舉，睜大驚恐的雙眼，癱倒在一把扶手椅裡。

80 指控

德．阿弗里尼先生很快讓檢察官甦醒過來，在這間死了人的房間裡，檢察官就像第二具屍體。

「啊！死神來到我家了！」維勒福大聲說。

「還是說您家充滿罪惡吧。」醫生回答。

「德．阿弗里尼先生！」維勒福大聲說：「我無法向您表達我此時此刻的感觸，那是恐怖，是痛苦，是狂亂。」

「是的。」德．阿弗里尼用莊重而平靜的口吻說：「但我想，該是我們行動的時刻了。我想，該是我們築起堤防阻止死亡激流的時候了。而我，我不能繼續保守這樣的祕密，也希望不久後有人出來為社會和受害者報仇雪恥。」

維勒福用陰沉的目光環顧四周。「在我的家裡！」他喃喃地說：「在我的家裡！」

「好了，檢察官，」德．阿弗里尼說：「要做個男子漢，作為法律的代言人，您應該犧牲自我。」

「您讓我顫抖，醫生，您說犧牲自我啊！」

「我是說了這個詞。」

「所以您懷疑某個人嗎？」

「我不懷疑任何人。死神敲叩您的門，它進來了，它在走動，從這個房間到那個房間，它並不盲目，而是保持理智。我呢，我在追蹤它的足跡，我發現它所經之處。我運用前人的智慧，摸索前行，因為我對您家的友誼，因為我對您的尊敬，是綁在我眼上的兩條帶子，呃……」

「說吧，說吧，醫生，我會鼓起勇氣的。」

「呃，先生，在您的府邸或家庭中，出現了可怖怪物，就像每世紀都會出現的怪物。羅庫絲特和阿格麗萍[93]生活在同一時代，那只是特例，那證明上帝決意毀掉罪惡深重的羅馬帝國的憤怒。布魯納奧和弗蕾戴貢德[94]是文明初始階段艱難發展的產物，在那個階段，人們學會主宰靈魂，即使是透過黑暗使者學習。這些女人都曾經或者仍然年輕漂亮。她們臉上曾經盛開或者仍然盛開純潔無邪的花朵，如今在您家裡那個犯罪少女臉上也能看到這花朵。」

維勒福發出一聲叫喊，握緊雙手，懇求地望著醫生。

但醫生無情地繼續說：「法學上有一條格言說，謀殺對誰有利可圖就去追查誰……」

「醫生！」維勒福大聲說：「哦！醫生，司法機關多少次上了這句有害無益的話的當啊！我不知道為什麼，但我覺得這樁罪行……」

「啊！您終於承認這是一樁罪行了？」

「是的，我承認，否則怎麼辦呢？必須承認。但讓我說下去。我覺得這一犯罪是針對我一個人，而不是針對受害者的。我懷疑在這些奇怪的災禍下潛藏衝著我來的惡意。」

「人啊！」德．阿弗里尼小聲說：「所有動物中最自私的，所有生物裡最利己的一種，總是認為地球只為他一個人旋轉，太陽只為他一個人發光，死神只打擊他一個人。就像螞蟻在一小莖草上詛咒上帝，那些失去生命的人，難道就微不足道嗎？德．聖梅朗夫婦、努瓦蒂埃先生……」

「什麼？努瓦蒂埃先生！」

「是的！您以為是要謀害那個可憐的僕人嗎？不，就像莎士比亞筆下的波洛紐斯[95]那樣，他成了替死鬼。喝檸檬水的應該是努瓦蒂埃。按照邏輯，喝下檸檬水的是努瓦蒂埃，別人只是出於偶然意外，儘管死的是巴魯瓦，但應該死的是努瓦蒂埃。」

「可是，我父親怎麼沒有死呢？」

「那天晚上，德．聖梅朗夫人死後，我已在花園裡對您說過，因為他的身體已習慣這種毒藥，因為對他微不足道的藥劑對別人卻是致命的，最後因為，沒有人知道，連兇手也不知道，一年來我用番木鱉鹼治療努瓦蒂埃先生的癱瘓。而兇手憑藉經驗證實，番木鱉鹼是劇烈毒藥。」

「我的天！我的天！」維勒福喃喃地說，一邊擰扭著雙臂。

「我們來看看罪犯採取的步驟，他先殺害了德．聖梅朗先生。」

「哦！醫生！」

「我發誓是如此，別人告訴我的症狀跟我親眼目睹的情況太相像了。」

維勒福停止爭辯，發出一聲呻吟。

「他先殺死德．聖梅朗先生，」醫生再說一遍：「又殺死德．聖梅朗夫人，想得到雙份遺產。」

93 羅庫絲特（卒於西元六八年）是古羅馬的下毒女人，她提供毒藥給阿格麗萍，毒死克洛德一世，並提供給尼祿，毒死布利塔尼庫斯，最後被處死。

94 布魯納奧（五四三—六一三）是奧斯特拉齊國的王后，其妹是納斯特里國的王后，被弗蕾戴貢德（五四五—五九七）所害，由此奧斯特拉齊國向納斯特里國發動戰爭，打敗對方；弗蕾戴貢德被暗殺。布魯納奧後來也被人暗殺。

95 莎士比亞的悲劇《哈姆雷特》中的御前大臣。

維勒福擦拭從額頭流下的汗水。

「好好聽著。」

「啊！」維勒福結結巴巴地說：「我一個字也不遺漏。」

「努瓦蒂埃先生，」德·阿弗里尼先生用無情的聲音又說：「努瓦蒂埃先生不久前立下不利於您、不利於您家庭的遺囑，而捐贈給窮人。努瓦蒂埃先生因此被放過了，因為覺得他那裡沒有什麼指望。但他後來撕毀第一份遺囑，立下第二份遺囑，由於擔心他還會擬訂第三份遺囑，於是對他下手。我想，是前天立下遺囑，您看，沒浪費一點時間。」

「哦！饒了我吧！德·阿弗里尼先生。」

「用不著饒恕，先生，醫生有神聖的使命，為了履行這項使命，他要追溯生命的起源，探索死亡的神祕。當犯罪發生，震驚的上帝將目光從罪犯身上移開時，這時醫生必須說：犯人就在這裡！」

「饒恕我的女兒吧，先生！」維勒福小聲地說。

「您看，是您說出她的名字的，是您，她的父親！」

「饒恕瓦朗蒂娜吧！聽著，這不可能。我情願指控自己！瓦朗蒂娜有顆鑽石般的心，宛如一朵純潔的百合！」

「不要請求饒恕，檢察官先生，罪行擺在眼前，是德·維勒福小姐親手包紮寄給德·聖梅朗先生的藥品，而德·聖梅朗先生死了。

「是德·維勒福小姐準備好德·聖梅朗夫人的湯藥，而德·聖梅朗夫人死了。

「又是德·維勒福小姐從巴魯瓦手中接過盛檸檬水的玻璃瓶，而巴魯瓦被支到外面，老人平時會在早上喝完這瓶檸檬水，是出於奇蹟才倖免於難。

「德．維勒福小姐是罪人！是她下的毒！檢察官先生，我向您揭發德．維勒福小姐，履行您的職責吧。」

「醫生，我不再抗拒，不再爭辯，我相信您的話。但請大發慈悲，饒恕了我的性命和聲譽吧！」

「德．維勒福先生，」醫生越來越振振有詞地說：「有時我必須打破愚蠢的人情界限。如果您的女兒只是初犯，而我看到她正謀畫再次犯罪，我會對您說：警告她，懲罰她，讓她到修道院去，在哭泣和祈禱中度過餘生。如果她再次犯罪，我會對您說：『看，德．維勒福先生，這毒藥沒有解毒劑，藥性發作時像思想一樣快捷，像閃電一樣迅速，像雷殛一樣致人於死。把毒藥交給她，同時把她的靈魂託付給上帝，以及挽救您的名聲和生命，因為她恨的是您。』我看到她帶著虛偽的微笑走近您的床邊，甜言蜜語地勸告您服下毒藥。德．維勒福先生，如果您不盡快下手，您就要遭殃了。如果她只殺死兩個人，我會對您說這些話。但她已經見過三個掙扎的人，欣賞過三個瀕死的人，跪在三具屍體旁邊，把下毒的女孩交給劊子手吧！交給劊子手吧！您不斷地說要維護名聲，那就照我的話做吧，等待著您的會是不朽的聲譽。」

維勒福跪倒在地。「聽著，」他說：「我不像您那樣決斷有魄力，或者不如說，如果不是關係到我的女兒瓦朗蒂娜，而是您女兒馬德萊娜，您也不會這樣果斷。」

醫生臉色發白。

「醫生，人都是女人生下的，都要忍受痛苦和死亡。醫生，我會忍受痛苦，等待死亡。」

「小心，」德．阿弗里尼先生說：「這種死亡很緩慢，您將會看到死神打擊您父親、您妻子，或許還有您兒子，最後才走向您。」

維勒福感到窒悶，緊抓著醫生的臂膀。「聽我說，」他大聲說：「可憐我，救救我吧！不，我的女兒沒有犯罪。即使您把我們拖到法庭上，我仍然會說：『不，我的女兒沒有犯罪。』我家裡沒有人犯罪，您明白嗎，我不願意我家裡發生罪行。因為當犯罪進入某個地方時，就像死神一樣，它不會獨自前來。聽著，我被謀害了關您什麼事呢？您還是我的朋友嗎？您是人嗎？您有良心嗎？不，您只是個醫生！那麼，我對您說：『不，我的女兒不會被我拖到劊子手手裡！』啊！這種念頭在折磨我，讓我激動，像一個瘋子那樣用指甲去挖我的心臟！要是您搞錯了呢，醫生！如果不是我的女兒呢！如果有一天我像幽靈一樣蒼白地對您說：『兇手！你殺死了我的女兒！』啊，要是發生這樣的事，我是基督徒，德．阿弗里尼先生，我會自殺的！」

「好吧。」醫生沉默片刻說：「我等著看。」

維勒福望著他，彷彿仍然懷疑他的話。

「不過，」德．阿弗里尼先生緩慢地又說，聲音莊重，「如果您家裡的人病倒了，如果您感到自己也遭到了暗算，別叫我來，因為我不會來的。我願意一起保守這個可怕的祕密，但不願意羞愧和內疚在我的良心上滋長、蔓延，正如犯罪和不幸在您家裡日益滋長、蔓延一樣。」

「您要丟下我嗎，醫生？」

「是的，因為我不能跟您同行，我要止步在斷頭台前。之後若再發生，一定帶來可怕的悲劇結局。再會。」

「醫生，我求求您！」

「這些慘事讓我想起來都噁心，它們使您的家變得可憎可惡，並會帶給人不幸。再見，先生。」

「一句話，再說一句話，醫生！您撒手不管，只留下我面對恐怖的局面，由於您向我透露的情況，越發增添了恐怖氣氛。這個可憐的老僕突然死去，別人會怎樣議論呢？」

「沒錯，」德．阿弗里尼先生說：「送我出去吧。」

醫生先出去，德．維勒福先生跟隨在後。惴惴不安的僕人們待在醫生經過的走廊和樓梯裡。

「先生，」德．阿弗里尼對維勒福說，聲音很大，讓大家都聽得見，「近幾年來，可憐的巴魯瓦很少出門，他本來非常喜歡跟主人一起騎馬或者乘車周遊歐洲各地，局限在扶手椅周圍的單調日子害了他。他的血脈不暢通，他發胖了，脖子又肥又短，他得了暴發性中風，我接獲通知趕到時，已經太晚了。

「對了，」他低聲補充說：「小心一些，把那杯董菜汁倒在灰燼裡。」

醫生沒有與維勒福握手，也沒有重提他剛才的話題，穿過滿室的哀泣和悲嘆走了出去。當晚，維勒福所有僕人齊聚廚房，商量許久，然後來向德．維勒福夫人要求辭職。無論怎麼挽留，而且主動提出加薪，也留不住他們。無論對方說什麼，他們都回答：「我們想走，因為死神闖進了這個家。」

因此，不管怎樣懇求，他們還是要走，他們表示，離開這麼好的主人，尤其是這麼善良、仁慈和溫柔的瓦朗蒂娜小姐，他們十分捨不得。

維勒福聽到這些話時，望著瓦朗蒂娜。她在哭泣。

淚水讓他心裡一陣激動，他也望了德．維勒福夫人一眼，感覺一絲轉瞬即逝的冷笑掠過她的薄唇，就像風雨欲來的天空中，一顆流星從兩片烏雲間掠過。

81 退休麵包商的房間

在德．莫爾賽夫伯爵受到銀行家冷落，既羞愧又氣憤地從唐格拉爾家出來的那天晚上，安德烈亞．卡瓦爾坎蒂先生頭髮鬈曲，油光鑑人，髭鬚向上翹著，白手套勾勒出指尖的線條，幾乎挺立在他的四輪敞篷馬車上，駛進昂坦堤道街銀行家的庭院裡。

在客廳裡談了十分鐘話之後，他設法把唐格拉爾引到窗前。在巧妙的開場白之後，他陳述自從他高貴的父親走後，他生活中的各種磨難。他說，父親走後，銀行家一家人像對待兒子般接待他，他在這裡找到了幸福的保障。一個人在被激情左右之前應該追求這種保障的，至於激情，他有幸在唐格拉爾小姐美麗的眼中看到了。

唐格拉爾聚精會神地傾聽著，他期待這番表白已經兩三天，現在終於盼到了，他的眼睛睜得大大的，跟他聽莫爾賽夫說話那樣閃躲冷淡大相逕庭。

但是，他不願意就這樣接受年輕人的提議，於是提出幾個坦率的問題。

「安德烈亞先生，」他問：「您現在考慮結婚，不會太年輕了嗎？」

「不，先生，」卡瓦爾坎蒂回答，「至少我感到不會。在義大利，世家貴族大都很早結婚，這是合乎邏輯的習俗。人生變幻莫測，一旦幸福在我們能力所及之處，就應該抓住它。」

「現在，先生，」唐格拉爾說：「您的提議讓我備感榮幸，如果我的妻子和女兒也接受了，我們應該跟誰商議婚嫁條件呢？我覺得，這是一次重要的商談，只有做父親的才能為孩子們的幸福安排妥當。」

「先生，我父親是一個講究禮節、充滿理智的聰明人。他早就預見我可能想在法國成家，動身時留下了證明我身分的文件和一封信，如果我的選擇符合他的心意，他保證從我結婚之日起，每年給我一筆十五萬利佛爾的收入。據我估計，這等於我父親四分之一的收入。」

「我呢，」唐格拉爾說：「我有意給我女兒五十萬法郎當嫁妝，況且她是我唯一的繼承人。」

「那麼，」安德烈亞說：「您看，事情會盡善盡美，如果我的求婚不會遭到唐格拉爾男爵夫人和歐仁妮小姐拒絕的話。我們每年可以支配十七萬五千利佛爾。如果我能得到侯爵同意，不是給我利息，而是直接把本金給我（這不容易，您知道，但畢竟有可能。）您就可以為我們為這兩三百萬增加收入，在能人手裡，兩三百萬總能賺到一分利。」

「我向來只給四厘，」銀行家說：「甚至三厘半。但對我的女婿，我會給五厘，而且紅利對分。」

「好極了，岳父，」卡瓦爾坎蒂說，忍不住流露出庸俗本性，儘管他試圖掩飾，但本性還是不時擊碎他那美麗的貴族外表。

然而他馬上恢復常態，說道：「哦！對不起，先生，您看，光是期待就幾乎讓我瘋了。一旦成真，我不知道又會如何呢！」

「可是，」唐格拉爾說，他沒有發覺這場談話起初毫不涉及金錢，現在卻迅速轉向了生意，「在您的財產中，無疑地，有一部分是您父親不能拒絕給您的吧？」

「哪一部分？」年輕人問。

「來自您母親那部分。」

「當然，來自我母親萊奧諾拉．柯爾西納理的那部分。」

「那部分財產有多少？」

「說實話，」安德烈亞說：「我向您保證，先生，我從來沒有想過這一點，但我估計至少有二百萬。」

唐格拉爾喜出望外，如同守財奴找回了一筆丟失的寶貝，又像即將淹死的人腳底踩到了陸地，而不是即將吞沒他的深淵。

「那麼，先生，」安德烈亞說，畢恭畢敬地向銀行家鞠了一躬，「我能抱持希望……」

「安德烈亞先生，」唐格拉爾說：「不僅可以希望，而且可以認為，如果您那方面沒有什麼阻礙，事情就算確定下來了。但是，」唐格拉爾沉吟著說：「您在巴黎社交圈的保護人基度山伯爵為何不跟您一起來提親呢？」

安德烈亞的臉一紅，但別人難以察覺。

「我剛從伯爵那裡來，先生，」他說：「無疑地，他是一個可愛的人，但古怪得難以想像。他非常贊成我的做法，甚至對我說，他認為我父親會毫不猶豫把本金而不是利息交給我。他答應施加影響力，幫助我促成這件事；但他表示，從個人來說，他從來沒有做過，也永遠不會承擔向別人提親這種重責大任。可是我應該為他說句公道話，他又說，如果他對這種不願出力的態度表示遺憾，也是因為我的關係。他認為這門婚事一定會幸福，而且很相配。此外，即使他不願公開出面，但據他親口所說，只要您問他，他會在適當時機回答您的。」

「啊！很好。」

「現在，」安德烈亞笑容可掬地說：「我跟岳父談完了，我要跟銀行家談談。」

「您要跟他談什麼呢？」輪到唐格拉爾笑著問。

「後天我要從您那裡提取四千法郎，伯爵瞭解下個月我這個單身漢或許會增加開銷，我那微薄的收入不夠支付，他開了一張兩萬法郎的支票。您看，有他的親筆簽字，您能接受嗎？」

「這樣的支票，就是開一百萬的面額，我也會照付給您。」唐格拉爾說著將支票放進口袋，「請告訴我明天您什麼時候要，我的出納員會帶一張兩萬四千法郎的收據到您那裡。」

「上午十點鐘，如果您方便的話越早越好。明天我想到鄉下去。」

「好的，十點鐘，仍然在王子飯店嗎？」

「是的。」

第二天，銀行家非常準時，顯示他辦事一絲不苟，命人將兩萬四千法郎送到年輕人那裡。他確實正要出門，走時給卡德魯斯留下了二百法郎。

安德烈亞這次出門，主要是為了躲避他這個危險的朋友，因此，當晚他盡可能晚回來。但他一踏進庭院的石子路時，就看到飯店門房站在面前，手裡拿著鴨舌帽等候他。

「先生，」門房說：「那個人來過了。」

「什麼人？」安德烈亞漫不經心地問，彷彿他忘了似的，其實相反，他記得太清楚了。

「就是大人給他一筆錢的那個人。」

「啊！是的。」安德烈亞說：「他是我父親以前的僕人。我留下的二百法郎，您給他了吧。」

「是的，大人。」

安德烈亞讓人稱他為大人。

「但是，」門房又說：「他不肯拿走。」

安德烈亞臉色發白，不過，由於天黑，沒有人看見。

「什麼！他不肯拿走？」他用有點激動的聲音說。

「不肯！他想跟大人說話。我回答您出去了，他還是堅持要見您。最後他看來被說服了，給了我這封信，他隨身帶來時已封好了。」

「讓我看看。」安德烈亞說。

他藉著馬車提燈看了起來：

你知道我住在哪裡。明天上午九點鐘，我等你來。

安德烈亞檢查封印，看是否拆開過，是否有人偷看到信的內容。但這封信折成複雜的菱形和多角形，要看信必須拆開封印，然而封印原封不動。

「很好，」他說：「可憐的人，真是個好傢伙。」

他任憑門房自己去琢磨這幾句話，門房可真不知該更尊重這位年輕的主人，還是那位老僕。

「趕快卸馬，上樓到我房間。」安德烈亞對車伕說。

年輕人三步併作兩步來到他的房間，燒掉了卡德魯斯的信，直到化為灰燼。

當僕人進來時，他已辦好這件事。

「你的身高跟我一樣，皮埃爾。」他說。

「是我的榮幸，大人。」僕人回答。

「你應該有套新的僕人制服，是昨天送來的吧？」

「是的，先生。」

「我要跟一個年輕的縫紉女工約會，我不想說出我的頭銜和身分。把你的僕人制服借給我，證件也拿給我，讓我必要時能在旅店過夜。」

皮埃爾照辦。

五分鐘後，安德烈亞全身扮裝妥當，走出飯店，沒被人認出。他搭上一輛帶篷的輕便雙輪馬車，來到皮克普斯的紅馬旅店。

第二天，他走出紅馬旅店時就像走出王子飯店那樣，沒受到注意。他來到聖安東尼區，踏上大街，直到梅尼爾蒙唐街，在左邊第三幢房子的門口停住，由於門房不在，他找人打聽情況。

「您找什麼，漂亮的小伙子？」對面賣水果的女人問。

「請問，帕伊坦先生住在這裡嗎，胖大嬸？」安德烈亞回答。

「退休的麵包商嗎？」賣水果的女人問。

「是的，沒錯。」

「在院子盡頭，左邊的四樓上。」

安德烈亞按指示走去。在四樓，他看到一個兔掌形狀的拉鈴，他沒好氣地搖動起來，響起了急促的鈴聲。

頃刻，卡德魯斯的臉出現在門上小窗洞的鐵柵後面。

「啊！你很準時。」他說。

他抽開門閂。

「當然！」安德烈亞進來時說。

他把僕人的鴨舌帽朝前面一扔，但沒有扔到椅子上，帽子落在地下，順著硬邊帽沿，在房間裡滾動了一圈。

「好了，好了，」卡德魯斯說：「別生氣，小傢伙！看，我正想著你呢，看看我們這頓豐富的早餐，都是你愛吃的，媽的！」

安德烈亞在吸氣時確實聞到了從廚房飄出來的氣味，那種粗劣食物的香味對饑腸轆轆的人來說，倒也不乏某種誘惑力。新鮮油脂和大蒜混合在一起，顯示是外省下層百姓廚房燒出來的東西；另外還有一種撒上乾酪絲的烤魚味道，以及肉豆蔻和丁香花蕾的刺鼻香味。這一切都是從兩個火爐上加蓋的兩個鍋子和一個鐵爐上吱吱作響的平底鍋中散發出來的。

在隔壁房間，安德烈亞還看到一張相當乾淨的桌子，上面放著兩份餐具，兩瓶封口的葡萄酒，一瓶是綠色的封口，另一瓶是黃色的封口，一隻玻璃瓶盛著不少燒酒，一片甘藍葉輕巧地放在瓷盆上，上面擺著各種水果。

「您覺得怎麼樣？小傢伙，」卡德魯斯說：「唔，香味撲鼻！當然！你知道，我以前是個好廚師。你記得那時候你怎麼舔手指頭的嗎？我做的菜，你總是第一個嘗味道，我想你肯定覺得不錯吧。」

卡德魯斯開始剝剩下的洋蔥。

「很好，很好，」安德烈亞沒好氣地說：「如果你這次打擾我只是為了共進早餐，那真是見鬼了！」

「我的孩子，」卡德魯斯用教訓人的口吻說：「邊吃邊聊。你又忘恩負義了，不想看看你的朋友嗎？我呢，我開心得都流淚了。」

卡德魯斯的確在淌淚，不過，很難說是開心還是洋蔥刺激了以前噶赫水道橋旅店老闆的淚腺。

「閉嘴，偽君子，」安德烈亞說：「你愛我嗎？」

「是的。我愛你，不然鬼就把我抓去吧。這是一個弱點，」卡德魯斯說：「我很清楚，但我束手無策。」

「這並未妨礙你耍詭計算計我。」

「好了！」卡德魯斯說，在圍裙上擦拭他那把寬刀，「如果我不愛你，我忍受得了你要我過的這種可憐兮兮的生活嗎？你看看，你身上穿著僕人的衣服，所以你有一個僕人；我呢，我沒有僕人，不得不親自做菜。你瞧不起我做的菜，因為你在王子飯店或巴黎咖啡館的餐桌上吃飯。我也可以有個僕人，我也可以有輛輕便雙輪馬車，我也可以隨便到哪裡吃飯。為什麼我都沒有這麼做呢？為的是不讓我的小貝內德托為難。呃，你得承認，我本來是可以那樣做的吧，嗯？」

卡德魯斯那令人一目瞭然的眼光補充了他這番話的所有含義。

「好，」安德烈亞說：「就算你愛我，那為什麼你要我來共進早餐呢？」

「為的是見到你，小傢伙。」

「為的是見到我，何必呢？既然我們事先談妥了的條件。」

「哼！親愛的朋友，」卡德魯斯說：「有的遺囑不是也立下附加條款嗎？你主要是來吃早餐的，是吧？那麼請坐下，我們先吃這些沙丁魚和新鮮奶油，我把它們放在葡萄葉上，是為了討你歡心，小壞蛋。啊！是的，你看看我的房間，四把草墊椅子，三法郎一張的畫像。當然，有什麼辦法呢，這不是王子飯店。」

「唉，你現在很挑剔啊，你本來只要求像個退休的麵包商那樣生活，如今又不滿足了。」

卡德魯斯嘆了一口氣：「那麼，你還有什麼話說呢？你的夢想已經實現了。」

「我要說的是，這還是個夢想。我可憐的貝內德托，一個退休的麵包商應該是很有錢的，有年金收入。」

「當然，你是有年金收入的。」

「我有嗎？」

「是的，你有，因為我帶給你二百法郎。」

卡德魯斯聳聳肩，他說：「像這樣接受不甘願付出的錢，而且錢的來源隨時會斷絕，不是長久之計，實在丟臉。你看，我不得不省吃儉用，以防你的好運無法持續。唉，我的朋友，就像隨軍牧師說的，命運是變幻無常的。我知道，你鴻運當頭，小壞蛋，你就要迎娶唐格拉爾的女兒。」

「什麼！唐格拉爾的女兒？」

「當然，唐格拉爾的女兒！非要我稱呼唐格拉爾男爵嗎？就像我說貝內德托伯爵那樣。唐格拉爾是我的朋友，如果他記憶不差，他應該邀請我參加你的婚禮……因為他參加過我的婚禮。是的，是的，參加過我的婚禮。當然，那時節他不是這樣趾高氣揚，他還是善良的摩雷爾先生公司裡的小職員。我不止一次跟他和德．莫爾賽夫伯爵吃飯。你看，我有一些體面的老朋友，如果我想拉這些關係，我們會在同一個客廳裡相遇呢。」

「算了吧，你的嫉妒心讓你異想天開了，卡德魯斯。」

「沒關係，貝內德托，我知道自己在說什麼。或許有一天我會盛裝打扮，來到大門口說：『請開門！』現在，你暫且坐下來吃東西吧。」

卡德魯斯自己先開始津津有味地吃起來，一面稱讚他端給客人的每一道菜。

年輕人似乎打定主意，他熟練地打開瓶塞，喝著普羅旺斯魚湯，吃起放上大蒜的烤鱈魚。

「啊，朋友，」卡德魯斯說：「看來你跟你以前的旅店老闆言歸於好了？」

「老實說，是的。」安德烈亞回答，他年輕而精力旺盛，胃口暫時壓倒了其他念頭。

「你覺得味道還好嗎，夥計？」

「好極了，以致我不明白，一個能料理出這麼美味食物的人，怎麼會感覺生活困苦。」

「你看，」卡德魯斯說：「因為我全部的幸福都被一個想法毀了。」

「什麼想法？」

「就是我要靠朋友養活，而我向來是勇氣十足，自食其力的。」

「噢！沒有關係，」安德烈亞說：「我養得起兩個人，別感到不好意思。」

「不，真的，信不信由你，每個月底，我就感到內疚。」

「善良的卡德魯斯！」

「所以昨天我不願意拿二百法郎。」

「是的，你只是想跟我談談。你真的內疚嗎？」

「真的內疚。後來我心生一個念頭。」

安德烈亞不寒而慄，一聽到卡德魯斯心生念頭，他不禁發抖。

「你看，」卡德魯斯繼續說：「總是要等到月底，顯得可憐兮兮的。」

「唉！」安德烈亞冷靜地說，決定看看他的夥伴到底想幹嘛，「日子難道不是在等待中過去的嗎？像我，難道就不同嗎？我有耐心，不是嗎？」

「是的，因為你等的不是可憐的二百法郎，而是五、六千，或者一萬，甚至一萬二千。因為你是一個愛故弄玄虛的人，你一向藏著私房錢、存錢筒，你想瞞過可憐的朋友卡德魯斯。幸虧這個朋友卡德魯斯鼻子靈敏。」

「好了，你又胡說八道了。」安德烈亞說：「一再提過去的事。我問你，為何這樣反反覆覆呢？」

「啊！因為你只有二十一歲，你可以忘記過去；而我已五十歲，不得不回憶往事。但沒關係，還是回到正題吧。」

「好的。」

「我想說，如果我處在你的位置……」

「怎麼樣？」

「我會預支……」

「什麼！你會預支……」

「是的，我會要求預支六個月的錢，以競選議員，並準備買下一個農莊為藉口，然後帶著這六個月的錢，逃之夭夭。」

「好啊，好啊。」安德烈亞說：「這想法或許不壞！」

「我親愛的朋友，」卡德魯斯說：「吃了我的料理，聽從我的忠告吧。省心又省力，你會感到滿意的。」

「那麼，」安德烈亞說：「為什麼你不按自己的建議去做呢？為什麼你不預支六個月甚至一年的錢，然後退隱到布魯塞爾呢？不是裝扮成退休麵包商的模樣，而是像個破產的生意人，這樣會很不錯。」

「見鬼，只有一千二百法郎，你叫我怎麼退休呢？」

「啊！卡德魯斯，」安德烈亞說：「你真貪心。兩個月前你可是快餓死了。」

「胃口是會越想越大的。」卡德魯斯說，像笑嘻嘻的猴子和咆哮的老虎那樣露出牙齒。「因此，」他補充說，用即使年紀不輕卻仍然尖利的白牙咬了一大塊麵包，「我設想了一個計劃。」

卡德魯斯的計劃比他的想法更讓安德烈亞吃驚。想法只是胚芽，計劃則是實施方案了。

「讓我們聽聽這個計劃吧，」他說：「應該會很出色。」

「誰說不是呢？我們能夠離開那個鬼地方，靠的是誰想出來的計劃？是我，是我想出來的。依我看，那個計劃並不壞，因為我們現在在這裡！」

「我沒說不好，」安德烈亞回答：「有時你是會想到好計劃，總之，讓我聽聽你的計劃吧。」

「好吧，」卡德魯斯又說：「你能不花費一個蘇，給我弄到一萬五千法郎嗎？不，一萬五千法郎不夠，至少要三萬法郎，否則我是無法當一個有教養的人，是吧？」

「不，」安德烈亞生硬地回答：「不，我辦不到。」

「看來你不明白我的意思，」卡德魯斯帶著平靜的神態冷冷地說，「我說的是不花費你一個蘇。」

「難道你要我去偷，壞了我的好事嗎？況且壞了我的好事也就壞了你的好事，他們會把我們押回那邊的。」

「哦！我嗎？」卡德魯斯說：「把我再抓回去，我無所謂。你知道，我是一個怪人，有時我會因為夥伴們不在身邊而感到惆悵。我跟你不同，你沒有良心，從來不想再見到他們。」

安德烈亞這回不只是顫抖，他臉色蒼白。

「好了，卡德魯斯，別說傻話了。」他說。

「嘿！放心吧，我的小貝內德托。不過，指點我一個方法，弄到三萬法郎，而你不需插手，我動手就好！」

「那麼，我來想想辦法。」安德烈亞說。

「你暫且把我的月金提高到五百法郎吧。我有個願望，想聘請一個女傭。」

「那就給你五百法郎。」安德烈亞說：「不過，對我來說，這樣負擔很重，我可憐的卡德魯斯，你得寸進尺……」

「嘿！」卡德魯斯說：「反正你可以從深不見底的錢櫃取錢。」

夥伴一說出這句話，安德烈亞就的眼睛幾乎發出閃電般的光芒，旋即又消失了。

「這是事實。」安德烈亞回答：「我的保護人對我非常好。」

「這個親愛的保護人，」卡德魯斯說：「他每月給你多少？」

「五千法郎。」安德烈亞回答。

「他給你五張一千法郎，而你給我五張一百法郎，」卡德魯斯又說：「說實話，只有私生子才會如此好運。每月五千法郎，這麼多錢你要怎麼花呢？」

「唉，我的天，很快就花光了！因此，我也像你一樣，想有一筆本金。」

「一筆本金，是的，我明白，人人都想有一筆本金。」

「我呢，會有一筆本金。」

「誰給你的？你的大人嗎？」

「是的，我的大人，美中不足的是要等待。」

「等待什麼呢？」卡德魯斯問。

「等他死去。」

「等你的大人死掉？」

「是的。」

「怎麼會這樣？」

「因為他在遺囑裡載明會給我一筆錢。」

「真的？」

「我以名譽擔保！」

「多少錢？」

「五十萬！」

「就這一點，不止吧？」

「我是如實以告。」

「算了吧，不可能！」

「卡德魯斯，你是我的朋友嗎？」

「怎麼！我們是生死之交。」

「那我要告訴你一個祕密。」

「說吧。」

「聽著。」

「哦！我當然會守口如瓶。」

「那麼，我想……」安德烈亞住口，環顧四周。

「你想？別怕，只有我們倆。」

「我想我找到我父親了。」

「親生父親？」

「是的。」

「不是老卡瓦爾坎蒂？」

「不是，他已經走了。像你所說的，親生的……」

「那您父親是……」

「呃，卡德魯斯，是基度山伯爵。」

「啊！」

「是的，你知道，這樣事情就能全部解釋清楚。看來他不能公開向我承認，但他透過卡瓦爾坎蒂先生承認我，為此他給了卡瓦爾坎蒂先生五萬法郎。」

「做你的父親得到五萬法郎！我呢，只要一半的錢，只要兩萬、一萬五，我就能接受！怎麼，你這個忘恩負義的傢伙，沒有想到我嗎？」

「我事先知道嗎？我們還在那地方的時候，一切就已安排好了。」

「啊，沒錯。你說，他在遺囑裡……」

「他留給我五十萬利佛爾。」

「你確定？」

「他讓我看過。還不止於此。」

「有一個附加條款，就像我剛才說的那樣。」

「可能有。」

「在附加條款裡？」

「他承認我了。」

「哦！那個做父親的真是個好人，又正直又有教養！」卡德魯斯說，一邊將一個鍋子拋到空中，鍋子在空中旋轉著，他再用雙手接住。

「現在，你說，我有什麼事瞞著你嗎？」

「沒有，你的信任讓你在我眼裡增色不少。你的大人父親很有錢，是個富豪？」

「我想是的。他不知道自己有多少財產。」

「怎麼可能？」

「當然！我隨時能去他家，我很清楚。那一天，有個銀行的夥計用一個跟你的餐巾同樣大小的皮包為他送來五萬法郎；昨天，一個銀行家送來十萬法郎的金幣。」

卡德魯斯驚愕不已，他覺得年輕人的話語發出金屬的聲響，彷彿聽到路易金幣像瀑布一樣傾瀉下來。

「你能進那幢房子嗎？」他直率地大聲說。

「只要我願意。」

卡德魯斯沉吟了一會兒。明顯看出，他腦袋裡正運轉著一個深謀遠慮的念頭。驀地，他大聲說：「我很想去看看那一切！一定非常富麗堂皇！」

「確實如此。」安德烈亞說：「富麗堂皇！」

「他不是住在香榭麗舍大街嗎？」

「三十號。」

「啊！」卡德魯斯說：「三十號？」

「是的，一座獨棟的漂亮住宅，前後有院子和花園，你一定認得出來。」

「可能，但我關心的不是外部，而是裡面，裡面一定有華麗漂亮的家具吧？」

「你見過杜樂麗宮嗎？」

「沒有。」

「他的住宅比那裡還美。」

「說說看，安德烈亞，當那個善良的基度山掉下一個錢袋時，他會費心彎腰去撿嗎？」

「哦！我的天！不需要！」安德烈亞說：「在那幢住宅裡，滿地都是金錢，就像果園裡到處都是果實那樣。」

「你改天帶我到那裡去。」

「怎麼有辦法呢？以什麼名義？」

「你說得對，但你讓我垂涎欲滴，我非得去看看，我會找到辦法的。」

「別幹傻事，卡德魯斯！」

「我以擦地板工人的身分到那裡去。」

「到處都鋪著地毯。」

「啊！可惜！那我只能依靠想像了。」

「這樣最好，請相信我。」

「至少設法讓我瞭解那幢房子的面貌吧。」

「我要怎麼說呢？」

「非常容易。房子大嗎？」

「不太大也不太小。」

「格局如何？」

「啊，我需要墨水和紙，畫一張平面圖。」

「這裡都有！」卡德魯斯趕緊說。

於是他從舊書桌找來一張白紙、一瓶墨水和一支筆。

「喏，」卡德魯斯說：「統統為我畫在紙上，我的孩子。」

安德烈亞帶著難以察覺的微笑拿起筆，畫了起來。

「正如我告訴你的，房子的前後是院子和花園。你看，就像這樣。」

安德烈亞畫出花園、庭院和房子的輪廓。

「圍牆很高嗎？」

「不，至多八至十尺。」

「這樣不夠精準。」卡德魯斯說。

「庭院裡有種著橘子樹的栽培箱、草坪和花圃。」

「設有捕獸器嗎？」

「沒有。」

「馬廄呢？」

「在鐵柵門的兩旁，就在這裡。」安德烈亞繼續畫平面圖。

「讓我們來看看底樓。」卡德魯斯說。

「底樓有餐廳、兩間客廳、一間桌球房，樓梯設在前廳，還有小暗梯。」

「窗戶呢？」

「富麗堂皇，又大又好看。真的，我相信像你這樣身材的人也可以鑽進每扇窗戶。」

「既然有這樣的窗戶，為什麼還要裝設樓梯呢？」

「有什麼辦法呢！闊氣嘛。」

「百葉窗呢？」

「是的，有百葉窗，不過從來不用。這個基度山伯爵是個古怪的人，他在夜裡也愛看天空。」

「僕人呢，他們睡在哪裡？」

「哦！他們有自己的房子住。請想像大門右邊有一間漂亮的庫房，梯子就放在裡面。庫房上方有一排僕人房間，安裝著拉鈴，與府邸房間相連接。」

「啊！見鬼！有鈴！」

「你說什麼？」

「沒什麼。安裝拉鈴的代價昂貴，請問，那用來做什麼呢？」

「以前晚上有一隻狗在院子裡巡邏，但這隻狗已被帶到奧特伊別墅了。你去過那裡，知道吧？」

「知道。」

「我呢，我昨天還對他說：『伯爵先生，您不夠謹慎，當您到奧特伊，把僕人都帶走的時候，這個家就空無一人了。』他問：『那又怎麼樣？』

「『這樣您遲早會失竊的。』」

「他怎麼回答？」

「你問他怎麼回答？」

「是的。」

「他回答：『失竊又有什麼關係呢？』」

「安德烈亞，那裡恐怕有張裝上機關的寫字台。」

「那是什麼？」

「那機關能把盜賊突然關在鐵柵裡，並且發出警鈴聲。我聽說上次博覽會上就有那樣的東西。」

「確實有一張桃花心木的寫字台，我看到鑰匙總是插在上面。」

「他沒有失竊過？」

「沒有，他的僕人對他忠心耿耿。」

「那張寫字台裡大概放著錢吧，嗯？」

「或許有，無法知道裡面有什麼。」

「寫字台放在哪裡？」

「放在二樓。」

「那麼為我畫出二樓的平面圖，小傢伙，就像你畫出底樓平面圖那樣。」

「統統為我畫在紙上，我的孩子。」卡德魯斯說。

「這很容易。」安德烈亞又拿起了筆。

「你看，二樓有接見室、客廳；客廳右邊是藏書室和工作室；客廳左邊通向臥室和更衣室。那張引人注目的寫字台就放在更衣室裡。」

「更衣室有窗戶嗎？」

「有兩扇，分別在這裡。」安德烈亞在房間裡畫了兩扇窗，在他的平面圖上，更衣室在角上，像一個小方塊，連接著一個更大的長方塊，那是臥室。

卡德魯斯腦海裡開始盤算了。「他常去奧特伊嗎？」他問。

「每星期去兩三次，比如明天，他要去那裡度過白天和夜晚。」

「你確定嗎？」

「他邀請我去吃飯。」

「好極了！真是逍遙自在。」卡德魯斯說：「城裡有房子，鄉下也有房子。」

「富豪就是這樣。」

「你會去吃飯嗎？」

「可能會。」

「你去吃飯時，也在那裡過夜嗎？」

「隨我高興。我在伯爵家裡就像在自己家裡那樣。」

卡德魯斯端詳著年輕人，彷彿要挖出他心裡的實情。安德烈亞從口袋裡掏出一只雪茄菸盒，取出一根哈瓦那雪茄，平靜地點燃，瀟灑地抽起菸來。

「你什麼時候要那五百法郎？」他問卡德魯斯。

「如果你有，我馬上要。」

安德烈亞從口袋裡掏出二十五路易。

「金幣嗎？」卡德魯斯說：「不用了，謝謝！」

「怎麼，你看不起金幣？」

「什麼話，我尊重金幣，但我不要。」

「你兌換時可以賺到價差，傻瓜。一枚金幣可以多兌換五個蘇。」

「沒錯，但兌換商會派人跟蹤你的朋友卡德魯斯，然後抓住他，他必須解釋清楚，為何佃戶能用金幣來付佃租。別幹蠢事了，小傢伙，直接給一般錢幣，有國王人頭像的圓幣。人人都能擁有五法郎的錢幣。」

「我明白，但我身上沒有五百法郎的小額錢幣，那樣的話，我必須雇用一個跑腿的人。」

「那把這筆錢留在你的門房那裡，那個人還算正直，我會去取。」

「今天？」

「不，明天，今天我沒有時間。」

「那好吧，明天我去奧特伊時，會把錢留下來。」

「我可以放心吧？」

「當然。」

「因為我要事先聘請一個女傭，你知道。」

「聘請吧。這樣可以了吧？你不會再折磨我了吧？」

「絕對不會了。」

卡德魯斯變得非常陰沉，安德烈亞生怕他又有什麼變化，於是越加顯出無憂無慮的樣子。

「你多開心啊。」卡德魯斯說：「遺產幾乎已經到手了。」

「可惜還沒有。不過，我一旦拿到手……」

「怎麼樣？」

「我會記得朋友們的，我只對你這麼說。」

「你的記憶力很好，不錯。」

「我還以為你要敲詐我呢。」

「我嗎？怎麼這樣想？我還要給你一個朋友的忠告。」

「什麼忠告？」

「就是把你手指上那只鑽戒留下來。你想讓人抓住我們嗎？你做這種蠢事，是想毀掉我們倆嗎？」

「為什麼這樣說？」安德烈亞問。

「你穿著僕人制服，喬裝打扮成僕人模樣，手指上卻戴著一枚價值四、五千法郎的鑽戒！」

「啊！你說得對！你怎麼不當一個估價商呢？」

「因為我對鑽戒很內行，我有過鑽戒。」

「我建議你在這方面多吹噓。」安德烈亞說，他並不像卡德魯斯所擔心的那樣，聽到這新的勒索會勃然大怒，相反地，他心甘情願地交出戒指。

卡德魯斯仔細察看鑽戒，安德烈亞知道他在觀察棱角是否切割鋒利。

「這是一枚假鑽戒。」卡德魯斯說。

「你在開玩笑？」安德烈亞說。

「別生氣，我們來看看。」卡德魯斯走到窗口，用鑽石去劃玻璃，傳來吱吱聲。

「Confiteor！[96]」卡德魯斯說，把鑽戒戴到小指，「我弄錯了，那些奸巧的珠寶商很會造假，以致別人都不敢到珠寶店行竊了。又一種行業斷了生機。」

「所以，」安德烈亞說：「沒事了吧？你還有什麼事嗎？既然都說開了，就不用不好意思。」

「沒有了。說真的，你是一個好夥伴。我不再留你，我會盡力克服欲望。」

「不過要小心，在變賣這枚鑽戒時，不要發生你擔心兌換金幣時所發生的事。」

「我不會賣掉鑽戒，放心吧。」

「至少從現在到後天不要賣掉。」年輕人想。

「幸運的傢伙！」卡德魯斯說：「你將得到你的僕人、馬匹、座車和未婚妻了。」

96 義大利文：真慚愧！

「是的。」安德烈亞說。

「我希望你迎娶我朋友唐格拉爾的女兒那天，會送給我一件像樣的結婚禮物，你說呢？」

「我已經說過了，那是你的幻想。」

「多少嫁妝？」

「我告訴你……」

「一百萬？」

安德烈亞聳聳肩。

「即使是一百萬，」卡德魯斯說：「你也永遠達不到我希望你得到的數目。」

「謝謝。」年輕人說。

「我是真心誠意的。」卡德魯斯補充說，朗聲大笑，「等等，我送你。」

「用不著。」

「要的。」

「為什麼要這樣？」

「因為門上有一個小機關，那是我必須採取的措施，叫作『于雷和菲歇鎖』，經過加斯帕爾・卡德魯斯的檢查和改裝。你成為資本家後，我會為你造一把一模一樣的。」

「謝謝，」安德烈亞說：「我會提前一星期通知你。」

他們道別。卡德魯斯留在樓梯平台上，直到看見安德烈亞走下三層樓梯，穿過院子。接著他匆匆返回，小心地關上房門，像一個深謀遠慮的建築師，開始研究安德烈亞留下的那張平面圖。

「這個可愛的貝內德托，」他說：「我想他會樂意繼承的，那個讓他提前拿到五十萬法郎的人不至於是他最可惡的朋友吧。」

82 撬鎖

在上述這場談話的第二天，基度山伯爵果然帶著阿里、幾個僕人和他想試騎的幾匹馬動身到奧特伊去。前一天他甚至沒有考慮前去，安德烈亞也不得而知。促使他決定此行的，是貝爾圖喬返回了。管家從諾曼第歸來，帶回房子和小型護航船的消息。

房子已經置妥，小型護航船一星期前已經到達，下錨停泊在一個小海灣裡，一切必要手續都已辦好，船上有六名船員，隨時可以出海。

伯爵誇獎貝爾圖喬辦事有成，叫他隨時準備動身，他在法國逗留的時間不會超過一個月。

「現在，」他說：「我可能需要在一夜之間從巴黎趕到勒特雷波爾。在這條路上我想設八個驛站，使我能在十小時內趕五十法里的路。」

「大人已經表示過這種願望，」貝爾圖喬回答：「馬都準備好了，是我親自買的，全都安置在妥當之處，也就是無人的村莊裡。」

「很好，」基度山說：「我在這裡待一兩天，您做好應對吧。」

正當貝爾圖喬要出去吩咐逗留期間的有關安排時，巴蒂斯坦打開門，他拿著一個鍍金的銀托盤，上面放著一封信。

「你來做什麼？」伯爵看到他風塵僕僕，問道：「我想我沒有叫你吧？」

巴蒂斯坦一言不發，走近伯爵，把信遞給他。

「重要的急件。」巴蒂斯坦說。

伯爵拆開信看了起來：

茲通知德·基度山先生，今夜有人將潛入他在香榭麗舍大街的住宅，竊取可能放在更衣室寫字台中的文件。眾所周知，德·基度山伯爵先生相當勇敢，不會向警方求援，否則會嚴重危及通風報信者。伯爵先生若候在從臥室到更衣室的門口，或埋伏在更衣室裡，便能親自制伏賊人。人數眾多和顯著的防範勢必會嚇跑惡棍，使德·基度山先生失去這個認識敵人的機會。為伯爵報信的人是偶然發現這個歹徒的，或許他沒有機會再報信了，如果第一次行動失敗，這個歹徒想再次行竊的話。

伯爵的第一個反應是以為竊賊故弄玄虛，這個明顯的陷阱告知他一個並不嚴重的危險，為的是讓他遭逢更大的危險。因此，他不顧勸告，或許正是由於這個匿名朋友的勸告，他想要派人將這封信送給警察分局長，但轉念一想，那或許是他自己的仇敵，只有他才認得出來並予以制伏。如果發生這種情況，只有他才能加以利用，就像曾經想謀殺他的摩爾人菲埃斯科所幹的那樣。讀者知道伯爵是怎樣一個人，他個性果敢，精力旺盛，總是以過人的毅力面對不可能辦到的事。以他過往的生活，以他勇往直前的決心，伯爵在與大自然亦即上帝，與人世可以說是魔鬼的鬥爭中獲得前所未有的樂趣。

「他們不是要偷我的文件，」基度山說：「他們是想殺害我。這不是賊盜，是刺客。我不願意警察局長干預我的私事。我確實很有錢，這件事不必耗費他的管理預算。」

伯爵把巴蒂斯坦叫來，巴蒂斯坦把信送來後就離開房間了。

「你馬上再返回巴黎，」他說：「把留在那裡的僕人都帶過來。我需要所有人都到奧特伊來。」

「家裡不留人嗎，伯爵先生？」巴蒂斯坦問。

「不，只留下門房。」

「伯爵先生必須想到從門房小屋到宅邸間有一段路。」

「怎麼樣？」

「有可能整幢房子被劫掠一空，卻聽不到任何聲響。」

「誰來劫掠？」

「竊賊呀。」

「你是笨蛋，巴蒂斯坦先生，即使竊賊把整幢房子劫掠一空，也不會像不聽從我的使喚那樣讓我不快。」

巴蒂斯坦鞠了一躬。

「聽清楚我的話，」伯爵說：「把你的同伴，從第一個到最後一個，全都帶來。讓一切保持原樣，你把底樓的百葉窗關上就可以了。」

「二樓的百葉窗呢？」

「你知道那從來不關的。去吧。」

伯爵吩咐後，獨自在房裡用餐，只讓阿里侍候。

他帶著往常的泰然自若，有節制地用了餐。飯後，他示意阿里跟隨，從小門出去，像散步一樣來到布洛涅園林，然後毫不掩飾地踏上回巴黎的路。夜幕降臨時，他來到香榭麗舍大街自己的住宅面前。

屋子裡一切都黑漆漆的，唯有門房小屋裡點著微弱的燈光。就像巴蒂斯坦所說的，門房小屋離宅邸有四十步遠。

基度山靠在一棵樹上，用他那雙幾乎不曾出錯的目光探索那兩條小徑，觀察行人，掃視鄰近街道，看看有沒有人埋伏著。過了十分鐘，他深信沒有人窺伺。他馬上跟阿里一起奔向那扇小門，匆匆地閃了進去，他有傭人上下樓梯的鑰匙，穿過這道樓梯，他回到臥室，沒拉開或掀動窗簾，連門房也沒料到主人已經回來，他還以為家裡空無一人呢。

伯爵來到臥室後，示意阿里止步，接著他走進更衣室，檢查了一番，一切都保持原樣：寶貴的寫字台在原位，鑰匙留在抽屜上。他把鑰匙轉了兩圈鎖好，然後拿走鑰匙，回到臥室門口，抽掉雙重插銷門栓，返回房裡。

這時，阿里把伯爵所要的武器放在桌上，那是一支短槍和一對雙銃手槍，並置的槍口能像靶場手槍一樣準確瞄準。經過這般武裝，伯爵手裡可謂掌握著五個人的性命。

這時差不多九點半，伯爵和阿里匆匆吃過一塊麵包，喝下一杯西班牙葡萄酒，然後基度山移開一塊活動壁板，以便他能觀察另一個房間裡的情況。手槍和短槍就在伸手可及的地方，阿里站在他旁邊，手裡握著一把阿拉伯小斧，這種斧頭自十字軍東征以來就沒有改變過形狀。

透過跟更衣室平行的一個臥室窗口，伯爵可以看到街上的情況。

兩小時就這樣過去了。深夜黑得伸手不見五指，但阿里仰賴他的原始天性，而伯爵無疑仗著他先前練就的眼力，能在黑夜中分辨院中樹叢最輕微的搖曳。

門房小屋的微弱燈光早已熄滅。

可以預料，如果真有預謀的襲擊，那襲擊只會來自底層樓梯，而不會來自窗戶。在伯爵的想法裡，那些歹徒想要他的命而不是他的錢。因此，他們會襲擊他的臥室，或者從暗梯，或者從更衣室窗口進入他的臥室。他讓阿里守住通往樓梯的門口，自己繼續監視更衣室。

傷殘軍人院的大鐘敲響十一點三刻。飽含濕氣的西風傳來三下陰鬱而顫抖的鐘聲。

當最後一下鐘聲消逸時，伯爵似乎聽到更衣室有輕微聲響。第一下聲響，或者不如說第一下劃東西的聲音，緊接著第二下，然後第三下。聽到第四下時，伯爵已明白是怎麼回事了。一隻堅定而熟練的手正在用鑽石切割一扇窗玻璃的四邊。

伯爵感到心跳加速。不管如何歷經考驗，無懼危險，不管事先得知危險將臨，只要感覺自己這般心驚肉跳，就會明白夢幻與現實、計劃與實踐之間有著極大的差別。

基度山只做了一個動作通知阿里。阿里明白危險發生在更衣室，於是朝主人靠近一步。基度山很想搞清楚他是在跟什麼敵人打交道，又有多少人。

有人正動手腳的那扇窗戶，就在伯爵藉以觀察更衣室的那扇窗戶的對面。於是他望向那扇窗，看到一個黑影顯現出來，緊接著，一格玻璃變得模糊不清，彷彿有人從外面貼上一張紙，隨後玻璃發出爆裂聲，但沒有掉落下來。一條手臂從窗洞伸進來，尋找長插銷，轉眼間窗戶在鉸鏈上轉動，一個人跳了進來。只有一個人。

「是個大膽的傢伙。」伯爵心裡想。

這時，他感到阿里輕輕地拍了拍他的肩膀。他轉過身，阿里指指臥室的窗口，那扇窗臨街。

基度山朝窗口走了三步，他知道這個忠僕非常敏銳。果然，他看到另一個人從門的陰影裡走出來，爬上一塊牆腳石，好像力圖觀察伯爵家發生什麼事。

「好！」他說：「他們是兩個：一個動手，一個把風。」

他向阿里示意監視街上那個人，自己返身對付更衣室那一個。劃玻璃的人進來後雙手往前伸，在辨別方向。看他的樣子，好像終於熟悉所有情況似的。更衣室有兩扇門，他走了過去，把那兩扇門鎖上。

當他走近臥室那扇門時，基度山以為他要進來，連忙準備好一把手槍。但他只聽到插銷在滑軌中移動的聲音。這只是小心防範，這個夜間來客哪裡知道伯爵滿腹心機，早就抽掉插銷門栓。他以為這樣就能像在自己家裡，放心行動了。

這傢伙做了這些事後，以為只有自己一個人，於是從大口袋裡掏出一樣東西，伯爵無法分辨，只見他把那件東西放在獨腳小圓桌上，然後逕直走向寫字台，在鎖孔上摸索一陣，發現出乎他意料之外，上面沒有鑰匙。

劃破玻璃的人小心周詳，早已預見一切。不久，伯爵聽到鐵器磨擦的聲音。那是一串未定型鑰匙晃動的聲音，鎖匠來開門時，攜帶的就是這種鑰匙。竊賊稱之為夜鶯，應是由於它們開鎖時會發出小夜曲般的美妙樂聲。

「啊！」基度山帶著失望的微笑思忖，「這不過是一個賊。」

但那個人在黑暗中無法選出合適的工具。於是他求助放在獨腳小圓桌上的東西。他按了一下彈簧，隨即出現一道昏黃的光，那道光足以讓人看清楚東西，金色的光線照射在那個人的臉上和手上。

「啊！」基度山驀地說，吃驚地後退，「這是……」

阿里舉起斧頭。「別動，」基度山低聲對他說：「把你的斧頭放在這裡，我們用不著武器了。」

他又降低音量補充了幾句話，因為伯爵發出的驚嘆聲不管多麼輕微，已足以使那個處於古代工匠姿態的人不寒而慄。伯爵剛才發出的是一道命令，阿里馬上奉命踮起腳尖離開，從床邊內凹牆壁取下一件黑衣服和一頂三角帽。這時，基度山迅速脫下他的禮服、背心和襯衣，藉著板縫流瀉進來的亮光，可以在伯爵胸部看出那是一件用鋼絲做成的柔軟而精細的緊身衣，穿上它在法國就不用擔心匕首了。最後一個穿上它的約莫是路易十六國王，他怕胸口挨刀，卻沒想到是腦袋上被砍了一斧頭。

瞬時間，這件緊身衣消失在一襲教士長袍下；伯爵的頭髮也不見了，取而代之的是一頂剃光一圈圓頂的假髮；三角帽戴在假髮上，伯爵變成了一個神父。

由於那個人再沒聽到動靜，便又起身，正當伯爵喬裝打扮時，他逕直走向寫字台，鎖孔在夜鶯的試探之下咯吱地響起來。

「好！」伯爵心想，他無疑對鎖上的祕密機關很有信心，這種機關應是撬鎖者一無所知的，不管他多麼機靈。「你得忙上好幾分鐘呢。」於是他走向窗口。伯爵剛才看到的那個爬上牆腳石的人已經下去了，但還在街上躊躇。奇怪的是，他並不擔心有人經過，不管是從香榭麗舍大街，還是從聖奧諾雷區，他看來只關心伯爵家裡發生的事，他的舉動顯示目的在觀察更衣室裡的情況。

基度山猛然拍拍自己的額頭，一絲無聲的微笑蕩漾在微開的唇上。

接著他走近阿里：「你留在這裡。」他在黑暗中低聲說：「無論你聽到什麼聲響，無論發生什麼事，你都別進來，只有我叫你的名字時才露面。」阿里點頭表示明白並遵從。

接著基度山從櫃子裡拿出一支蠟燭，然後把蠟燭點亮，正當那個竊賊全神貫注地開鎖的時候，他輕輕地打開門，讓手中的燭光聚焦照射在竊賊的臉上。

門悄無聲息地打開，那個竊賊連一點聲音都沒聽到。但突然房間被照得透亮，他大吃一驚，轉過身來。

「喂！晚安，親愛的卡德魯斯先生。」基度山說：「見鬼，這種時候您到這裡做什麼？」

「布佐尼神父！」卡德魯斯大聲說。

他不知道怎麼會這麼奇怪，突然出現一個人，因為他已把門上插銷鎖上了。那串不管用的鑰匙從手中掉下來，他一動不動，呆若木雞。

伯爵站在卡德魯斯和窗戶之間，因此切斷了竊賊唯一的退路。

「布佐尼神父！」卡德魯斯又說了一遍，用驚惶的目光盯著伯爵。

「沒錯，正是布佐尼神父，」基度山說：「就是在下，我很高興您認出我，親愛的卡德魯斯先生，這證明我們的記憶力都很好，如果我沒有記錯，我們快十年沒見了。」

這種鎮靜，這種嘲諷，這種有力的措詞，把卡德魯斯嚇得頭暈目眩。

「神父！神父！」他咕噥著說，握緊了拳頭，牙齒格格作響。

「想偷基度山伯爵的東西嗎？」假神父又說。

「神父先生，」卡德魯斯咕噥著說，想走到窗口，但伯爵無情地堵住了他，「神父先生，我不知道……請您相信……我對您發誓……」

「一塊玻璃被劃開，」伯爵繼續說：「一盞遮光的提燈，一串夜鶯，寫字台被撬開了一半，這是顯而易見的。」

卡德魯斯被逼得無法呼吸，他尋找躲藏的角落，簡直無地自容。

「啊！」伯爵說：「我看您還是老樣子，兇手先生。」

「神父先生，既然您什麼都知道了，您知道那不是我，是卡爾孔特女人幹的。審案時已經確定了，因為他們只判我服苦役。」

「您服刑期滿，我想您又要被送回去了吧？」

「不，神父先生，我是被救出來的。」

「那個人對社會真是功德無量。」

「啊！」卡德魯斯說：「我曾承諾……」

「所以您違反諾言了？」基度山打斷說。

「唉，是的。」卡德魯斯惴惴不安地說。

「再犯惡習，如果我沒有搞錯，會把您送到沙灘廣場[97]的。算了，算了，diavolo[98]！就像我國俗話所說的那樣。」

「神父先生，我是一時衝動……」

「所有罪犯都這樣說。」

「窮困……」

「算了吧！」布佐尼輕蔑地說：「窮困可以驅使一個人行乞，在麵包店偷一塊麵包，但不會到主人不在的房子裡去撬開寫字台。當首飾商若阿內斯掏出四萬五千法郎買下我給您的鑽戒時，當您殺死他，想把鑽戒和錢都拿到手時，難道也是窮困的緣故？」

「對不起，神父先生，」卡德魯斯說，「您救過我一次，再救我一次吧。」

「我提不起勁了。」

「只有您一個人嗎，神父先生？」卡德魯斯握著雙手問：「還是您已經叫憲兵準備抓我？」

「只有我一人。」神父說：「如果您把實情都告訴我，我可能還會憐憫您。我心腸很軟，您可能因此再幹壞事，但也許我會放您走。」
「啊！神父先生！」卡德魯斯大聲說，握緊雙手，走近基度山，「我要對您說，您是我的救命恩人。」
「您說有人把您從苦役監救了出來？」
「是的，這是實話，神父先生。」
「是誰？」
「一個英國人。」
「他叫什麼名字？」
「威爾莫爵士。」
「我認識他，如果您說謊，我會知道的。」
「神父先生，我說的是實話。」
「那個英國人保護您嗎？」
「不是保護我，而是保護一個年輕的科西嘉人，他和我鎖在同一條鐵鏈上。」
「那個年輕的科西嘉人叫什麼名字？」
「貝內德托。」

97 從一三一〇年起，為執行死刑之處。
98 義大利文：魔鬼。

「這是一個教名。」

「他沒有別的名字，他是棄嬰。」

「那個年輕人跟您一起逃走了？」

「是的。」

「怎麼回事？」

「我們在土倫附近的聖芒德里埃幹活，您知道聖芒德里埃嗎？」

「我知道。」

「午睡時，從正午到一點鐘……」

「苦役犯睡午覺！還有人同情這些傢伙呢。」神父說。

「當然！」卡德魯斯說：「不能總是幹活，又不是狗。」

「同情狗還比較恰當。」基度山說。

「當別人午睡時，我們走到一旁，用英國人設法交給我們的銼刀鋸斷了腳鐐，然後游泳逃走了。」

「那個貝內德托後來怎麼樣了？」

「我一無所知。」

「您應該知道。」

「說實話，不知道。我們在耶爾[99]分開。」

為了讓他的話更具分量，卡德魯斯又朝神父邁了一步。神父站在原地一動不動，保持平靜，但帶著詢問的神態。

「您說謊！」布佐尼神父說，他的口氣帶著無法抗拒的威嚴。
「神父先生……」
「您說謊！這個人仍然是您的朋友，您或許利用他做共犯？」
「哦，神父先生……」
「您離開土倫以後，是怎麼生活的？回答我。」
「我有辦法。」
「您說謊！」神父用更加嚴厲的口吻第三次說。
卡德魯斯誠惶誠恐，望著伯爵。
「您靠他給您的錢生活。」伯爵說。
「沒錯，」卡德魯斯說：「貝內德托成了一個富豪的兒子。」
「他怎麼會成為富豪的兒子呢？」
「是私生子。」
「那個富豪叫什麼名字？」
「基度山伯爵，就是這幢房子的主人。」
「貝內德托是伯爵的兒子？」輪到基度山驚訝地問。

99 土倫附近的村鎮，離海四公里。

「是的！我相信，因為伯爵為他找了個假父親，每月給他四千法郎，並在遺囑上留給他五十萬法郎。」

「啊！」假神父說，他開始明白是怎麼回事，「這個年輕人現在叫什麼名字？」

「他叫安德烈亞．卡瓦爾坎蒂。」

「所以就是我的朋友基度山伯爵曾經招待，即將迎娶唐格拉爾小姐的那個年輕人？」

「正是。」

「您居然容忍這件事，混蛋！您不是瞭解他的生平和他所幹的壞事嗎？」

「為什麼您要我阻礙一個夥伴取得成功呢？」卡德魯斯問。

「沒錯，應該讓唐格拉爾先生瞭解內情的不是您，而是我。」

「別這樣做，神父先生……」

「為什麼？」

「因為您這樣會毀了我們。」

「您認為，為了讓您這樣的混蛋有飯吃，我會包庇你們的陰謀詭計，成為犯罪的幫兇嗎？」

「神父先生！」卡德魯斯說，又靠近了一點。

「我會把一切都說出來。」

「說給誰聽？」

「說給唐格拉爾先生聽。」

「媽的！」卡德魯斯叫道，猛地從背心裡掏出一把打開的刀子，向伯爵的胸口刺去，「你什麼都說不了了，神父！」

讓卡德魯斯吃驚的是，匕首不但沒有刺進伯爵的胸膛，刀尖反而捲起並反彈回來。與此同時，伯爵用左手抓住兇手的手腕，用力一扭，刀子便從他僵硬的手指間掉下來，卡德魯斯痛得叫了一聲。

但伯爵聽到這叫聲並沒有住手，而是繼續抓扭這個竊賊的手腕，直到他的手臂脫臼，只見他雙腿跪地，接著臉孔朝下撲倒在地。

伯爵用腳踩住他的腦袋說：「我不知道有誰會拉住我，讓我不砸碎你的腦袋，混蛋！」

「啊！饒命！饒命！」卡德魯斯說。

伯爵挪開他的腳。「起來！」他說。

卡德魯斯爬了起來。「真該死！你的腕力多大啊，神父先生！」卡德魯斯說，撫著被這肉鉗扭傷的手臂，「該死！多大的腕力啊！」

「住口。上帝給了我力氣，以制伏像你這樣的猛獸，我正是以上帝的名義行事。記得這一點，混蛋，現在饒了你，仍然是按上帝的意旨行事。」

「喔喲！」卡德魯斯說，痛得直叫。

「拿起這支筆和這張紙，我口述，你寫下來。」

「我不會寫字，神父先生。」

「你說謊，拿起這支筆，寫！」

卡德魯斯懾於這種威嚴，坐下來寫道：

先生，您所接待並準備把女兒嫁給他的那個人曾是個苦役犯，他跟我一起逃出土倫的苦役監，他五十九號，我五十八號。

他名叫貝內德托，由於他從不知道他的父母，他不知道自己的真實姓名。

「簽名！」伯爵又說。

「您要斷送我的命嗎？」

「如果我要斷送你的命，混蛋，我會把你拖到離這兒最近的警衛隊。而且，等這封信按地址送達時，可能你就什麼也不用害怕了。簽名吧。」

卡德魯斯簽了名。

「地址是：昂坦堤道街，銀行家唐格拉爾男爵先生收。」

卡德魯斯寫下了地址。

神父拿起了信。「現在，」他說：「很好，你走吧。」

「從哪裡出去？」

「從你進來的地方出去。」

「您要我從這窗口出去？」

「你不是很順利地從窗口進來了嗎？」

「您是想暗算我吧，神父先生？」

「傻瓜，你要我怎麼暗算呢？」

「為什麼不給我開門？」

「何必叫醒門房呢？」

「神父先生，說吧，您並不希望我死。」

「上帝希望什麼，我也希望什麼。」

「向我發誓，我下樓時您不會襲擊我。」

「你又蠢又膽怯。」

「您要拿我怎麼辦？」

「我正想問你。我曾想使你成為一個幸福的人，但我卻讓你成為兇手！」

「神父先生，」卡德魯斯說：「再試一次。」

「好吧。」伯爵說：「聽著，你知道我是一個守信的人嗎？」

「知道。」卡德魯斯說。

「如果你安全無恙地回到家裡……」

「除了您，我有什麼可擔心的呢？」

「如果你安全無恙地回到家裡，你就離開巴黎，離開法國，無論你到什麼地方，只要你清清白白地做人，我會讓你得到一小筆養老金。因為，如果你安全無恙地回到家裡，那麼……」

「怎麼樣？」卡德魯斯瑟縮發抖地問。

「那麼，我相信上帝寬恕了你，我也會寬恕你。」

「我是個基督徒，說實話，」卡德魯斯結結巴巴地說，一邊往後退去，「您嚇死我了！」

「好了，走吧！」伯爵指著窗口向卡德魯斯說。

卡德魯斯對這個承諾還不放心，跨出窗口，腳踩在梯子上。

他渾身發抖，一時站住了。

「現在下去吧。」神父在胸前交叉手臂，說道。

卡德魯斯開始明白，這裡沒有什麼可害怕的，便下去了。

伯爵拿著蠟燭走了過去，這樣，從香榭麗舍大街可以清楚看到這個人正從窗口往下爬，而另一個人為他照明。

「您幹什麼呢，神父先生？」卡德魯斯說：「如果有巡邏隊經過……」

卡德魯斯吹滅蠟燭。然後他繼續爬下去，直到感覺到雙腳踩在花園土地上時，才放下心來。

基度山回到臥室，從花園往街上迅速一瞥，他先看到卡德魯斯爬下去後在花園裡轉了一圈，然後把梯子架在牆角，沒有放在他翻牆進來的位置，而是選擇另一個地方，準備翻牆出去。

然後，基度山把目光從花園移到街上，看到那個似乎在等待的人奔向同一方向，躲在卡德魯斯就要翻出去的那個牆角的後面。

卡德魯斯緩慢地爬上梯子，爬到最上面幾級梯子時，將頭伸出了牆頂，想確定街上有沒有人。不見人影，萬籟俱寂。傷殘軍人院正敲響一點鐘。

於是卡德魯斯騎在牆頭上，將梯子抽上來，把它放到牆外，然後準備下去，或者確切地說，準備沿著兩條梯柱往下滑，他這方面非常熟練，可見是他的拿手絕活。

但往下一滑，便停不住了。滑到一半時，他眼睜睜看到一個人從黑暗中竄出，落地時，他無助地看見一隻手臂舉起來，他還來不及自衛，那隻手臂便兇狠地在他背上一擊，他鬆開梯子，叫了一聲：「救命！」

幾乎同時，第二下又擊向他的肋部，他倒下去，一邊叫道：「殺人了！」

他在地上翻滾著，對手又抓住了他的頭髮，朝他胸部給了第三刀。

這回，卡德魯斯還想叫喊，但只能發出一聲呻吟，三股鮮血從他的三個傷口往外流淌，他呻吟著。兇手見他不再叫喊，便抓住他的頭髮，提起他的腦袋。卡德魯斯閉著眼睛，嘴巴扭曲。兇手以為他死了，放下他的腦袋，逃之夭夭。

卡德魯斯感到兇手已經遠去，便用手肘支起身子，以奄奄一息的聲音竭力呼喊：「抓兇手！我沒命了！救救我，神父先生，救救我！」

這淒慘的呼喊穿過了濃重的黑暗。暗梯的那道門打開了，然後花園的小門也打開了，阿里和他的主人提著燈，跑了過來。

83 上帝的手

卡德魯斯繼續慘叫：「神父先生，救命啊！救命啊！」

「怎麼了？」基度山問。

「救救我！」卡德魯斯又說了一遍：「有人暗殺我！」

「我們在這裡！撐住！」

「完了，你們來遲了，你們是來看我斷氣的。刺得多深，流了多少血啊！」他昏厥過去。

阿里和他的主人抓住受傷的人，把他抬到一個房間裡。基度山向阿里示意脫掉他的衣服，看到了他身上有三個可怕的傷口。

「我的天！」基度山說：「您的報應遲早會來，但我相信只有上天給的報應才是更徹底的。」

阿里望著主人，彷彿問他要怎麼做。

「去把檢察官維勒福先生找來，他住在聖奧諾雷區，把他帶到這裡。你順便叫醒門房，叫他去找一個醫生來。」

阿里應命而去，讓假神父單獨跟始終昏迷的卡德魯斯待在一起。當不幸的人睜開眼睛時，伯爵坐在離他幾步遠的地方，帶著深沉而憐憫的神情望著他，嘴唇翕動著，好似在低聲禱告。

「外科醫生，神父先生，外科醫生！」卡德魯斯說。

「已經去找了。」神父說。

「我知道命是救不了了，或許他能讓我恢復一點力氣，我希望有時間告發他。」

「告發什麼？」

「告發殺我的兇手。」

「您認識他？」

「我是否認識他？是的，我認識他，那是貝內德托。」

「那個年輕的科西嘉人？」

「就是他。」

「您的夥伴？」

「是的。他為我畫了伯爵住宅的平面圖，不用說是希望我殺死伯爵，這樣他就成為伯爵的繼承人。要不就是他想殺死我，這樣就可以擺脫我。於是他在街上等著，對我下毒手。」

「我派人去找醫生時，也派人去找檢察官了。」

「來不及了，來不及了。」卡德魯斯說：「我感到我的血都流光了。」

「等等。」基度山說。

他走了出去，五分鐘後拿了一隻瓶子回來。

垂死的人雙眼呆滯得可怕，伯爵離開時，目光緊盯房門，他本能地猜到救兵會出現。

「快點！神父先生，快點！」他說：「我感覺又要昏過去了。」

基度山走過來，在受傷的人發紫的嘴唇上倒了三、四滴瓶裡的藥水。

卡德魯斯嘆了一口氣。「啊！」他說：「您倒給我的是生命，再倒……再倒……」

「再倒兩滴就會要您的命。」神父回答。

「哦！但願來個人，我能向他告發這個混蛋。」

「您願意我寫下您的供詞嗎？您可以簽名。」

「願意……願意……」卡德魯斯說，得知死後能復仇的方法，他的眼睛炯炯發亮。

基度山寫道：

我是被科西嘉人貝內德托殺害的，他是我在土倫同一條鎖鏈上的囚犯，五十九號。

「快點！快點！」卡德魯斯說：「我快無法簽名了。」

基度山把筆遞給卡德魯斯，他傾盡全力，簽了名，又倒在床上，一面說：「其餘的由您來說，神父先生。您就說，他自稱為安德烈亞・卡瓦爾坎蒂，他住在王子飯店……啊！啊！我的天！我的天！我要死了！」

卡德魯斯再度昏了過去。

神父讓他聞瓶裡逸出的氣味，受傷的人又睜開眼睛。

在他昏迷時，他的復仇願望並沒有離開他。

「啊！您會全部說出來的，是嗎，神父先生？」

「是的，全部說出來，還要說許多別的事。」

「您要說什麼？」

「我要說他確實給您畫了這幢房子的平面圖，希望伯爵殺了您。我要說他寫了封短信通知伯爵。我要說，伯爵不在家，是我收到這封信，等候著您來。」

「他會上斷頭台，是嗎？」卡德魯斯說：「他會上斷頭台，您能答應我嗎？我抱著這個希望死去，這樣我會好受些。」

「我要說，」伯爵繼續說：「他是跟在您身後來的，他一直在窺伺著您。當他看到您從房子裡出去時，便跑到牆角躲起來。」

「您都看到了嗎？」

「請您想起我說過的話：『如果你安然無恙地回到家裡，我相信上帝寬恕了您，我也會寬恕你。』」

「但您並沒有警告我啊？」卡德魯斯大聲地說，想支著手肘起身，「您明明知道我一離開這裡便會被殺死，卻沒有警告我！」

「沒有，因為我看到上帝假借貝內德托之手執法，我認為違犯天意是褻瀆神聖。」

「上帝執法！不要對我說這個，神父先生。如果上帝會執法，您比別人都清楚，有的人可能受到懲罰，有的人卻逍遙法外。」

「堅持一下！」神父說，他的口吻使垂危的人發抖，「堅持一下！」

卡德魯斯驚愕地望著他。

「而且，」神父說：「上帝慈悲為懷，對您也曾這樣。上帝先是慈父，然後才是法官。」

「啊！所以您信仰上帝？」卡德魯斯問。

「即使今天之前我不願信仰上帝，」基度山說：「但今天看到你的情形，我會信的。」

卡德魯斯向上舉起握緊的拳頭。

「聽著，」神父說，向受傷的人伸出手，好像要讓他相信似的，「這是上帝為你所做的事，而你臨終時還拒絕承認上帝。上帝曾經給你健康、精力、安穩的工作甚至朋友，最後是人應該得到的生活。只要平和知足，這種生活就是甜蜜的。你沒有珍惜上帝難得的賞賜恩典，反而沉緬於怠惰、酗酒之中，而且你喝醉時還出賣了你的摯友。」

「救命呀！」卡德魯斯喊道：「我不需要教士，而是需要醫生。或許我受的傷不會致命，或許我還不會死，或許我的命還有救。」

「你受了致命傷，要不是剛才我給你三滴藥水，你早已斷氣。你給我好好聽著！」

「啊！」卡德魯斯喃喃地說：「您是個多麼古怪的教士，不但不安慰垂死的人，反而使他們絕望。」

「聽著，」神父繼續說：「當你出賣朋友的時候，上帝沒有擊倒你，而是開始警告你。你陷入了貧困，你忍饑挨餓，你半輩子都在貪圖富貴，而你本來可以自食其力的。你藉口被生活所迫而心生犯罪念頭，這時，上帝為你顯現奇蹟，通過我的手，在你貧困時為你送來一筆財富，你當時一無所有，那對於不幸的你來說，是很可觀的一筆錢。但這筆神奇的意外之財到手後你卻又不滿足了，你想翻倍。用什麼方法呢？殺人。你成功了，於是上帝剝奪了你這筆財產，把你送到人間法庭上。」

「不是我，」卡德魯斯說：「是卡爾孔特女人想殺死那個猶太人。」

「是的，」基度山說：「但這次我不能說上帝是公正的，因為上帝本該判你死罪。但祂總是仁慈的，讓法官聽了你的話後受到感動，留給你一條生路。」

「沒錯！把我送到苦役監服無期徒刑，好慈悲啊！」

「你獲得赦免時，可是把祂看作是慈悲的。混蛋！你那怯懦的心，面對死亡時懼怕得發抖，因此當你聽到要終身服役時，高興得跳起來，因為你像所有苦役犯一樣，認為苦役監有一扇門，而墳墓是沒有門的。你對了，因為這扇苦役監的門出乎意料地為你打開。有個英國人參觀土倫，表示要把兩個人從那恥辱的處境中拉出來。他選擇了你和你的夥伴。好運再度從天而降，你有錢，又得到了安寧，你可以重新開始過著一般人過的那種生活——你本來被判決要過苦役犯的生活。壞蛋，於是你第三次冒險。你從來沒有這麼多錢，你卻還說不夠，於是你毫無緣由、不可原諒地第三次犯罪。上帝厭倦了，上帝懲罰了你。」

卡德魯斯看上去衰弱無力。

「我要喝水，」他說：「我口渴……我燒得難受……」

基度山給了他一杯水。

「貝內德托這個混蛋，」卡德魯斯遞還杯子說：「他卻溜掉了！」

「誰也溜不掉，我這樣對你說，卡德魯斯，貝內德托會受到懲罰。」

「那麼您也會受到懲罰，」卡德魯斯說：「因為您沒有履行教士的職責，您本該阻止貝內德托殺死我。」

「我！」伯爵說，他的微笑讓垂死的人嚇得全身冰涼，「我本該阻止貝內德托殺你，而你剛把刀子刺在我胸前的鎖子甲上，折斷了刀。是的，如果我看到你虛懷若谷，悔不當初，或許我會阻止貝內德托殺你，但我看到你傲慢狂妄，嗜血成性，於是我讓上帝實踐祂的意志。」

「我不信上帝！」卡德魯斯吼叫著說：「你也不信……你撒謊……你撒謊……」

「閉嘴，」神父說：「因為你把最後幾滴血都擠出來了。啊！你不信上帝，你受到了上帝的打擊而死去！啊！你不信上帝，而上帝只要你祈禱，說句話，流一滴眼淚，就會寬恕。上帝能指揮兇手的匕首，讓你馬上死於非命。上帝給了你一刻鐘悔悟。反省吧，混蛋，悔悟吧！」

「不，」卡德魯斯說：「不，我不悔悟。沒有上帝，沒有天主，只有運氣。」

「有一個天主，有一個上帝。」基度山說：「證據就是你躺在那裡，一籌莫展。你否認上帝，我呢，我站在你面前，富有、幸福、健康、安全，在你不願信仰，但內心卻深信的上帝面前雙手合十。」

「您究竟是誰？」卡德魯斯問，用毫無生氣的目光盯著伯爵。

「好好看看我。」基度山說，拿起蠟燭，湊近自己的臉。

「嗯，神父……布佐尼神父……」

基度山摘掉了改變他容貌的假髮，讓美麗的黑髮垂落下來，十分和諧地襯托他蒼白的臉。

「我以我父親的墳墓發誓。」神父說。

「哦！」卡德魯斯惶恐地說：「如果不是這頭黑髮，我會說您就是那個英國人，我會說您是威爾莫爵士。」

「我既不是布佐尼神父，也不是威爾莫爵士。」基度山說：「仔細看看，想得更遠一些，直到早年的回憶。」

在伯爵的這句話裡，有一種富魅力的顫音，那個混蛋衰弱的感官不由得振作起來。

「確實，」他說：「我覺得我見過您，我從前認識您。」

「是的，卡德魯斯，是的，你見過我，是的，你認識我。」

「那麼您究竟是誰？如果您見過我，如果您認識我，為什麼讓我死呢？」

「因為怎麼也救不了你，卡德魯斯，因為你的傷口是致命的。如果救得了你，我會認為是上帝最後的慈悲。我以我父親的墳墓向你發誓，我仍然會竭盡所能救你，讓你悔悟。」

「以你父親的墳墓發誓！」卡德魯斯說，他迴光返照，抬起身體想仔細看看剛向他發了對所有人來說都是神聖誓言的人，「喂！你究竟是誰？」

伯爵不斷地察看卡德魯斯垂死掙扎的過程。他明白，這是迴光返照，他走近瀕死的人，以沉靜而憂鬱的目光凝視著：「我是……」他在卡德魯斯的耳畔說：「我是……」他的嘴唇略微張開，輕輕地說出一個名字，伯爵似乎連自己也擔心聽到它。

卡德魯斯本來撐起身體跪著，這時伸出雙臂，竭力要後退，然後合攏雙手，用盡力氣舉了起來：「哦，我的上帝，我的上帝，」他說：「原諒我否認了祢，祢確實存在，祢確實是人類在天之父和人世間的法官。我的上帝，主啊，我長久以來一直不認祢！我的上帝，主啊，請原諒我！我的上帝，主啊，接納我吧！」

卡德魯斯閉上眼睛，發出最後一聲叫喊和嘆息，仰身倒下去。

鮮血馬上在狹長的傷口止住。

他死了。

「一個！」伯爵神祕地說，目光盯著屍體，如此可怕的死已經改變了屍體的樣貌。

十分鐘後，醫生和檢察官分別由門房和阿里領進來，接受布佐尼神父的接待，神父在死者旁邊祈禱。

（未完待續）

國家圖書館出版品預行編目（CIP）資料

基度山恩仇記／大仲馬（Alexandre Dumas）作；鄭克魯譯 . -- 三版 . -- 臺北市：遠流 , 2019.08

冊；　公分 . --（世界不朽傳家經典；PR00A ,PR012-PR015）

譯自：Le comte de Monte-Cristo

ISBN 978-957-32-8601-1（全套：平裝）. --
ISBN 978-957-32-8597-7（第 1 冊：平裝）. --
ISBN 978-957-32-8598-4（第 2 冊：平裝）. --
ISBN 978-957-32-8599-1（第 3 冊：平裝）. --
ISBN 978-957-32-8600-4（第 4 冊：平裝）

876.57　108010331

世界不朽傳家經典 PR014

基度山恩仇記 3

Le Comte De Monte-Cristo Vol.3

作者／大仲馬（Alexandre Dumas）
譯者／鄭克魯

總 編 輯／黃靜宜
執行主編／蔡昀臻
視覺設計／張士勇
美術編輯／丘銳致
行銷企劃／沈嘉悅

發 行 人／王榮文
出版發行／遠流出版事業股份有限公司
地址：104005 台北市中山北路一段 11 號 13 樓
電話：（02）2571-0297
傳真：（02）2571-0197
郵政劃撥：0189456-1
著作權顧問／蕭雄淋律師
2019 年 8 月 1 日 新版一刷
2023 年 3 月 10 日 新版三刷
定價 330 元

ISBN 978-957-32-8599-1

◎本書譯文由南京譯林出版社授權使用
◎本書譯自：Le Comte De Monte-Cristo
Librairie Générale Française, 1973

遠流博識網 http://www.ylib.com　E-mail: ylib @ ylib.com